insel taschenbuch 5006
Jorid Mathiassen
Die Insel der weißen Lilien

Jorid Mathiassen

DIE INSEL DER WEISSEN LILIEN

Roman

Aus dem Norwegischen von
Nina Hoyer und Nora Pröfrock

INSEL VERLAG

Die Originalausgabe erschien 2022 unter dem Titel
Der hvite liljer vokser bei Cappelen Damm, Oslo.

Wir bedanken uns für die Übersetzungsförderung bei
NORLA – Norwegian Literature Abroad.

Die Übersetzung wurde vom Deutschen
Übersetzerfonds unterstützt.

2. Auflage 2023

Erste Auflage 2023
insel taschenbuch 5006
Deutsche Erstausgabe
© der deutschsprachigen Ausgabe Insel Verlag
Anton Kippenberg GmbH & Co. KG, Berlin, 2023
© CAPPELEN DAMM AS, Oslo, 2022
Alle Rechte vorbehalten. Wir behalten uns auch
eine Nutzung des Werks für Text und
Data Mining im Sinne von § 44b UrhG vor.
Umschlaggestaltung: Lübbeke, Naumann, Thoben, Köln,
unter Verwendung des Originalumschlags von
Cappelen Damm, Abbildungen: Anne Gundersen, Adobe,
iStock by Getty Images, Tetra Images,
LLC/Alamy/mauritius images
Satz: Satz-Offizin Hümmer GmbH, Waldbüttelbrunn
Druck: CPI books GmbH, Leck
Printed in Germany
ISBN 978-3-458-68306-3

www.insel-verlag.de

DIE INSEL DER WEISSEN LILIEN

Nimm das Unsichtbare wahr.

Christer Strömholm (1918-2002),
schwedischer Fotograf

PROLOG

Dort, weit weg, weit weg vom Meer.
Dort ist mein Dorf, dort ist Serbien.
Dort, weit weg, wo weiße Lilien blühen.

Jetzt bin ich bald wieder bei dir. Du hast auf mich gewartet, sagst du? Das freut mich zu hören, denn stell dir vor, du wärst mir dort oben inmitten aller Sterne verloren gegangen! Wie viele Abende habe ich zum Himmel hochgesehen und nach Zeichen von dir Ausschau gehalten, aber keine Antwort bekommen.

Weshalb es so lange gedauert hat? Nun, das lag nicht in meiner Hand. Unser Herrgott war anscheinend der Ansicht, ich hätte noch dies und jenes hier auf Erden zu verrichten, obwohl wir streng genommen nicht viel miteinander zu tun hatten, er und ich. Aber jetzt scheinen wir uns einig zu sein, dass ich genug hier unten herumgekreucht bin. Was hast du gesagt? Ich höre dich immer noch nicht so gut, aber deine Stimme kommt allmählich näher. Ob ich auch heute, nach all den Jahren, seit das Schreckliche geschah, noch deine Marie bin? Was für eine Frage! Das musst du doch wissen.

Ich habe jeden einzelnen Tag an dich gedacht und dich vermisst. Wie oft habe ich mich doch einsam und allein gefühlt, und wenn die Sehnsucht nach dir wie ein ausgehungerter Wolf an mir genagt hat, habe ich sie mit Träumen und Wünschen genährt. Bei vielen galt ich als Einzelgängerin, und so manchem habe ich wohl auch leidgetan. So mögen *sie* das gesehen haben, ich aber bin, wie ich finde, diese ganzen Jahre hindurch gut zurechtgekommen. Ich war ein eckiger Stein unter runden, doch ich habe einen Platz gefunden und ihn mir zu eigen gemacht.

Die Arbeit im Garten habe ich stets geliebt, obwohl er nun längst nicht mehr so schön aussieht wie einst. Ich bin in der letzten Zeit nicht in der besten Verfassung gewesen und habe dich nur noch schmerzlicher vermisst. Meine Beine versagen mir zunehmend den Dienst, weißt du, und der eine Arm taugt auch nicht mehr ganz. Ich habe viel darüber nachgedacht, wie unser Leben wohl verlaufen wäre, hätten wir zusammenbleiben können. Dann würdest du nun bestimmt hier neben mir auf der Bank unter dem Goldregen sitzen, den Wanderstock ans Bein gelehnt, mit grauem Haar und diesem schelmischen Funkeln im Blick, und womöglich würde deine Hand leicht zittern, wenn sie nach meiner griffe. Mittlerweile ist meine Hand alt und runzelig. Glücklicherweise durfte ich meinen Verstand und Humor behalten und bin nicht wie meine Mutter allmählich weggedämmert. Kannst du sehen, wie schön ich mich heute für dich gemacht habe? Ich habe mein feinstes Sommerkleid angezogen, das mit dem Mohnblumenmuster, und sogar ein klein wenig Rot auf die Lippen gelegt.

Einst habe ich von einem Haus voller Leben geträumt, dessen Wände von Gesang und Kinderlachen widerhallten. Wir beide haben eng aneinandergeschmiegt getanzt, und die Welt um uns herum war voller Frieden. Nun ist es still im Haus, doch wer weiß, vielleicht wird sich seine Tür eines Tages wieder öffnen und hier andere Menschen willkommen heißen.

Wenn wir uns sehen, muss ich dir übrigens etwas erzählen. Etwas, das niemand mehr weiß außer mir. Ein Geheimnis, das ich mein Leben lang bewahrt habe, das mich zugleich beflügelt und bedrückt hat. Ja, ich wusste, dass du jetzt neugierig werden würdest. Ich bin gespannt, was du dazu sagen wirst. Lange brauchst du nicht mehr zu warten ...

Wenn ich die Augen schließe, glaube ich Glockengeläut zu hören. Ihr schöner, klarer Klang wird immer deutlicher. Reich mir die Hand, dann komme ich.

KAPITEL 1

Linnea atmete ein paarmal tief ein und wieder aus, wie sie es aus dem Yogaunterricht kannte, aber es half nichts. Die Nervosität angesichts der Dinge, die nun vor ihr lagen, wurde nicht weniger.

Beim Blick durchs Autofenster auf die grauschwarze, neblige Landschaft um sie herum war es ihr ein Rätsel, wie sie es jemals für eine gute Idee hatte halten können, sich an diesen gottverlassenen Ort mehr als tausend Kilometer von ihrer sicheren Osloer Wohnung entfernt zu begeben.

Ihr kam das Wort »ungemütlich« in den Sinn, und nun lag es ihr auf der Zunge wie ein saurer Drops. Noch bevor ihr neues Leben überhaupt angefangen hatte, stieß sie bereits an die Grenzen des meteorologischen Spektrums. Mit einem Mal klatschte etwas gegen die Frontscheibe, und es dauerte einen Moment, bis Linnea es als eine Mischung aus Regen und Schnee identifiziert hatte, die aber trotzdem nicht dem entsprach, was sie üblicherweise als Schneeregen bezeichnen würde. Auch dafür gab es vermutlich irgendeinen Fachausdruck. Die Scheibenwischer jedenfalls hatten ihre liebe Mühe, die undefinierbare Masse beiseitezuschaffen.

Iris, ihre ansonsten ganz vernünftige Freundin, musste sich vertan haben, als sie ihr Hjartøy als perfekten Ort für einen Neuanfang angepriesen hatte. Linnea fiel nun auch auf, dass die Bilder, die sie von diesem Ort gezeigt bekommen hatte, allesamt an strahlenden Sommertagen aufgenommen worden waren. Nun hingegen waren hier weit und breit weder sonnenüberflutete Felsstrände noch bezaubernde Bootshäuschen zu sehen, stattdessen glich die Umgebung einem deprimierenden Stück moderner Kunst, sodass sie Iris mit Fug und Recht irreführendes Marketing vorwerfen konnte.

Linnea und Iris hatten sich in der achten Klasse kennengelernt, als Iris plötzlich mitten im Schuljahr einfach aufgetaucht war. Anfangs sah es nicht so sehr danach aus, dass sie sich mal anfreunden würden. Doch dann kam der Tag, an dem Iris nach der letzten Stunde weinend auf dem Schulklo saß.

Linnea hatte die verzweifelten Schluchzer aus der kleinen Kabine nicht zuordnen können und war erst einmal ratlos vor der verschlossenen Tür stehen geblieben, bis sie sich ein Herz gefasst und angeklopft hatte. Schließlich wurde von innen am Schloss herumgefummelt, die Tür glitt auf, und aus verweinten Augen hatte Iris überrascht zu ihr aufgeblickt. Die sonst so weichen Locken des neuen Mädchens hatten ihre Form verloren und klebten an ihren feuchten Wangen. Als Linnea wissen wollte, was los sei, hatte Iris tief Luft geholt und gesagt, sie habe ihren Vater verloren. Wie sich herausstellte, war der aber keineswegs gestorben, sondern nur von der Mutter vor die Tür gesetzt worden, die nämlich der Meinung gewesen war, dass er weder als Ehemann noch als Vater etwas tauge. Später, als Linnea ihn persönlich kennenlernte, hatte sie gedacht: Das ist dann wohl so ein »Freigeist«. Seit der Trennung von Iris' Mutter lebte er in einem kanariengelben, ziemlich heruntergekommenen Haus inmitten der alten Holzhaussiedlung im Osloer Viertel Rodeløkka, wo Iris und ihre Freunde allzeit willkommen waren. Er war eher eine Art Kumpel als eine verlässliche Vaterfigur.

Von jenem Tag an hatte Iris Einzug in Linneas Leben gehalten, und bei den Lehrern waren die beiden nur noch unter dem Spitznamen »Blumenkinder« bekannt. Wenn Linnea es sich recht überlegte, war es am Anfang fast wie eine Verliebtheit gewesen. Iris war so anders als sie selbst, mit ihrem welligen, rotblonden Haar, das sich wie ein Fluss über Schultern und Rücken ergoss und bei Regen zu einem regelrechten Wasserfall aus Löckchen wurde. Linneas glatte schwarze Mähne war das genaue Gegenteil davon.

Nach einer turbulenten Kindheit, in der Iris viele Ortswechsel verkraften musste und sich oft selbst überlassen war, hatte die Kernfamilie schließlich den Stellenwert als einzig wahres Lebensmodell für sie bekommen. Voller Elan hatte sie sich dann auch an die Verwirklichung dieses Traums gemacht, war ein paarmal gestolpert und gefallen, aber immer wieder aufgestanden, bis sie mit einem gutaussehenden, aber etwas langweiligen Mann (Guttorm, Lehrer an einer weiterführenden Schule) und zwei relativ wohlerzogenen Kindern (Gerhard und Pernille, sechs und sieben Jahre alt) zu guter Letzt ans Ziel gelangt war. Nach dem Abitur hatte Iris Vorschulpädagogik studiert und war Leiterin eines privaten Kindergartens geworden.

Und dann, viele Jahre später, war sie an der Reihe damit, die Reste einer aufgelösten, völlig ratlosen Freundin aufzusammeln, der nicht nur ein, sondern nun schon zum zweiten Mal der Himmel auf den Kopf gefallen war. Der Klumpen in Linneas Bauch war sofort wieder da, und ihr schien, als wäre das Leben einfach irgendwann zu einer Suppe aus schmerzhaften Empfindungen verkommen, einem zusammengepantschten Gebräu, das mit der Zeit ziemlich bitter schmeckte. Noch immer fragte sie sich manchmal, wie richtig ihre Entscheidung von vor fast zwei Jahren eigentlich gewesen war. Iris war die Einzige, die davon wusste, und sie hatte ihr wieder und wieder beteuert, dass es die einzig vernünftige Lösung gewesen sei. Vernunft geht wohl einfach über Gefühl, dachte Linnea missmutig. Nach dem Drama der letzten Zeit, diesem neuen Drama, das ihr Leben auf den Kopf gestellt und sie letztlich sogar aus ihrer Heimatstadt vertrieben hatte, holten die negativen Gedanken der Vergangenheit sie nun mit voller Wucht wieder ein.

»Du könntest nach Hjartøy, da kannst du umsonst wohnen«, hatte Iris gesagt, als Linnea dummerweise laut ausgesprochen hatte, dass sie am liebsten auf eine einsame Insel ziehen würde. Sie hatte die Freundin nur verständnislos angeguckt, leicht beduselt von der Flasche Wein, die sie sich geteilt hatten, während die zweite bereits wartete. »Na, du weißt schon, die Insel, von der meine Oma kam. In Nordland«, hatte Iris präzisiert. Aber Linnea wusste nicht. Ihr war zwar bekannt, dass Iris' Großmutter aus dem Norden stammte, von wo genau hatte sie jedoch vergessen, und dass es sich um eine Insel handelte, erst recht. Für Linnea gehörte alles nördlich von Trondheim zu Nordland.

»Nach dem Tod von Großtante Marie hat Papa Omas Elternhaus geerbt«, hatte Iris erklärt.

Da war Linnea wieder eingefallen, dass Iris ein Jahr zuvor mit ihrem Vater die weite Strecke nach Norden gefahren war, um an der Beerdigung der Großtante teilzunehmen, oder war das schon zwei Jahre her? Die Zeit verging ja so schnell. Eigentlich hatte sie gedacht, das Haus sei längst verkauft.

»Du kennst doch meinen Vater«, hatte Iris mit einem resignierten Kopfschütteln gesagt, »er ist nicht gerade der Schnellste, wenn es um Entscheidungen geht. Außerdem hat es ihn wohl überrascht, wie wenig das Haus wert ist, obwohl es ja nicht klein ist und durchaus seinen Charme hat. Die alten Häuser da oben kriegst du echt hinterhergeworfen.«

Und hier saß Linnea nun, in ihrem neu angeschafften Gebrauchtwagen auf dem Weg zu besagtem Haus, einem Haus auf einer ihr völlig unbekannten Insel. In einem Augenblick des Übermuts – und der Weinseligkeit – hatte sie Iris beim Wort genommen. Danach war alles so schnell gegangen, dass sie nicht mehr viel über ihren neuen Wohnort herausfinden konnte. Oder vielleicht hatte sie es auch vermieden, aus Angst davor, kalte Füße zu bekommen. Iris war der Meinung gewesen, sie solle sich ein Jahr Zeit zum Einleben lassen, aber Linnea hatte sie auf ein halbes Jahr heruntergehandelt. Ein halbes Jahr ohne Männer immerhin. Sie schielte auf ihr Handy, das auf dem Beifahrersitz lag. Es war und blieb stumm. Glücklicherweise kannten nur wenige ihre neue Nummer, und die Kommunikation mit der Arbeit lief größtenteils per E-Mail.

Ja, sie brauchte definitiv eine Luftveränderung, doch im Moment hätte sie sich lieber an einem Strand in Thailand frische Luft um die Nase wehen lassen, im Schatten einer üppigen Palme und mit Wellengeplätscher im Hintergrund. Für Arthur wäre das allerdings nichts gewesen. Sie stieß einen schweren Seufzer aus, und aus dem Käfig auf dem Rücksitz drang ein vorwurfsvolles Miauen.

»Ja, ich weiß, Arthur, das ist alles meine Schuld. Aber wir müssen jetzt einfach versuchen, uns an dieses neue Leben zu gewöhnen, wir beide. Und es ist auch nicht für immer, das verspreche ich dir.« Sie versuchte, möglichst optimistisch zu klingen, hörte aber selbst, dass ihre Stimme nicht mitmachte. Ihr Reisegefährte hatte ohnehin nichts als verdrießliches Schweigen für sie übrig. Kaum hatten sie das Osloer Stadtgebiet verlassen, war bei Arthur bereits die Reisekrankheit ausgebrochen und er hatte sich in seinem Katzenkäfig übergeben. Sie musste ihm eine der Beruhigungspillen verabreichen, die ihr die Tierärztin für ihn verschrieben hatte, und danach hatte er bis zu ihrer Ankunft in Trøndelag, wo sie die Nacht in einem Hotel verbrachten, geschlafen.

Dass ihnen die Fähre nach Hjartøy genau vor der Nase weggefahren war, hatte nicht unbedingt zur Verbesserung der Laune beigetragen. Gerade als sie in den kleinen Küstenort gefahren kamen, von wo aus es weiter zur Insel ging, hatte das Schiff vom Kai abgelegt und war langsam aufs Wasser hinausgeglitten. Linnea konnte nur dasitzen und zusehen, wie die Lichter der Fähre nach und nach auf dem Fjord verschwanden. Da die nächste erst zweieinhalb Stunden später ging, musste sie auch den Plan aufgeben, noch bei Tageslicht am Haus anzukommen. Es war gerade mal fünf Uhr nachmittags gewesen, doch die bescheidene Hauptstraße des Ortes war bereits wie leergefegt. Linnea waren ein Hotel, eine Bücherei und ein kleines Einkaufszentrum aufgefallen, aber außer einem Lebensmittelgeschäft unten am Kai und einer Pizzeria ein Stück die Straße hinauf hatte alles geschlossen. Zumindest hatte sie ihren Hunger stillen und für sich und Arthur ein paar Vorräte einkaufen können.

Die Überfahrt mit der »Ea«, wie die Fähre hieß, hatte zum Glück nur eine halbe Stunde gedauert, und sowohl das Borden als auch die Ankunft an Land war völlig unproblematisch verlaufen. Zu den Fahrgästen im Aufenthaltsraum zählten neben ihr selbst eine Gruppe Jugendlicher im Stimmbruch, vier strickende Frauen mit Thermoskannen und ein paar Männer mittleren Alters, die sich hinter ihren Zeitungen versteckten. Der schlaksige Fahrkartenverkäufer hatte einen ziemlich gepfefferten Preis für den Transport zur Insel verlangt und sie dabei neugierig gemustert. Vielleicht begegnete er nicht so oft neuen Reisenden. Dennoch hatte sie sicherheitshalber diskret ihren Handspiegel gezückt und nachgeschaut, ob sie eventuell noch Pizzareste im Gesicht hatte. Seit ihrem Aufbruch im Hotel an diesem Morgen hatte sie ihr Spiegelbild kaum mehr gesehen. Ein rascher Blick offenbarte ein blasses Gesicht mit angespannten Zügen und einem Anflug dunkler Augenringe, aber ohne Pizzaschnute.

Nun hoffte sie nur, dass sich im Haus auch ein funktionstüchtiger Kühlschrank befand. Glücklicherweise hatte Iris' Vater es bisher versäumt, den Stromvertrag zu kündigen. Vom Inneren des Hauses hatte Iris keine Fotos gehabt, deshalb wusste Linnea nicht, was sie dort erwartete. Die Freundin hatte nur gesagt, dass es groß und im Stil einer älteren Dame eingerichtet sei, was auch immer das bedeuten mochte. Linnea sah pastellfarbene Blümchentapeten, altmodische Spitzengardinen, jede Menge Nippes und feine, mit Rosen bemalte Porzellantassen vor sich.

Erneut atmete sie tief ein und wieder aus. Weit konnte es jetzt nicht mehr sein. Iris hatte ihr die Anfahrt genau beschrieben, und was die schmalen, kurvigen Sträßchen anging, hatte sie jedenfalls nicht übertrieben. Aus Angst, im Straßengraben zu landen, hatte Linnea den ganzen Weg vom Fähranleger im Schneckentempo zurückgelegt. Sie konnte die Umrisse einiger Berge erahnen, doch durch den Nebel und das Dämmerlicht sah alles so aus, als blickte sie durch eine viel zu starke Brille. Dass es hier draußen auf der Insel weder Straßennamen noch Hausnummern gab, machte die Sache nicht leichter.

Wenigstens hatte der undefinierbare Niederschlag inzwischen aufgehört, sodass sie den Scheibenwischer ausschalten konnte. Sie fuhr noch etwas langsamer und rief sich die Wegbeschreibung in Erinnerung. Wenn sie sich nicht irrte, musste sie nach der nächsten Kurve am Ziel sein. Zum Glück war hier gerade sonst niemand unterwegs. Mit suchendem Blick hielt sie auf der rechten Straßenseite nach dem richtigen Haus Ausschau.

Beim Umrunden der Kurve zuckte sie plötzlich zusammen und trat reflexartig mit solcher Kraft auf die Bremse, dass Arthur mitsamt seinem Käfig nach vorn geschleudert wurde. Unmittelbar vor dem Auto stand ein riesiges Ungetüm, das die ganze Straße versperrte. Ihr schlug das Herz bis zum Hals, als ihr ein leuchtendes Paar Augen entgegenstarrte. Sie spürte, wie ihr der Schweiß ausbrach, und durch den hämmernden Puls in den Ohren nahm sie Arthurs klägliches Heulen wahr. Dann verschwand das Monstrum so schnell, wie es aufgetaucht war, während Linnea sich weiter krampfhaft am Lenkrad festhielt wie an einem Rettungsreifen. Verdammt noch mal, wieso hatte Iris kein Wort darüber verloren, dass es auf Hjartøy Elche gab? Dieses Riesenviech hätte sie und Arthur beinahe umgebracht! Schließlich gelang es ihr, die Hände vom Lenkrad zu lösen und aus dem Wagen zu wanken, um nach der Katze auf dem Rücksitz zu sehen. Der Käfig war in Schieflage geraten und Arthur krallte sich verängstigt an einer Seite fest.

»Tut mir leid, mein Kleiner«, sagte sie mit zittriger Stimme, während sie den Käfig wieder ordentlich auf den Rücksitz stellte. Sie wagte es nicht, ihn zu öffnen, aus Angst, dass Arthur vor lauter Panik Reißaus nehmen könnte, dann würde sie ihn nie wiederfinden. »Alles wird gut«, versuchte sie den Kater zu beruhigen, stellte aber fest, dass sie gleichermaßen zu sich selbst sprach. Ohne einen Mucks kehrte ihr das Tier den Rücken zu.

Nachdem sie den Schock halbwegs verdaut hatte, konnte die Fahrt weitergehen, und ganz richtig: Schon kurz darauf erblickte sie das Haus. Ohne den Blinker zu setzen, bog sie auf die Einfahrt und betrachtete das Gebäude im Licht der Scheinwerfer. Mit seinen dunklen Fenstern, die blind auf sie hinabsahen, glich es einem Geisterhaus, und es war nicht viel Fantasie nötig, um sich lautlos wehende Vorhänge und leichenblasse Gesichter mit leerem, starrem Blick dahinter vorzustellen. Das Haus war weiß, der letzte Anstrich musste jedoch schon eine Weile zurückliegen. Linnea fiel auf, dass ein paar Dachziegel fehlten, aber die beiden Schornsteine machten immerhin einen soliden Eindruck.

Und dann, mit einem Mal, überkam sie ein so überwältigendes Unbehagen, dass sie am liebsten augenblicklich kehrtgemacht und die tausend Kilometer zurück nach Oslo gefahren wäre. Iris hatte ihr versichert, dass es keinen Grund zur Sorge gebe, da die Inselbewohner allesamt friedliche, nette Leute seien. Aber was wusste die schon, schließlich war sie erst einmal hier gewesen – für ganze zwei Tage.

Das Haus schien in den 1920er- oder 1930er-Jahren erbaut worden zu sein und bestand aus drei Etagen sowie einer Glasveranda mit kleinen Fensterscheiben. Es war von einem großen Garten mit vielen alten Bäumen umgeben, die ihre kahlen Äste weit von sich streckten, und über der Tür zur Glasveranda, die über eine steile Treppe zu erreichen war, brannte eine schwache Außenlampe. Der Haupteingang musste sich wohl auf der Rückseite befinden. Nachdem Linnea noch einmal nach dem Schlüssel in ihrer Jackentasche getastet hatte, machte sie sich bereit zum Aussteigen. Die Scheinwerfer ließ sie an, um leichter zur Haustür zu finden und sicheren Fußes die wichtigsten Gepäckstücke samt Einkäufen hineinzuschaffen.

Als sie aus dem Auto stieg, nahm sie ein gleichbleibendes lautes Rauschen wahr, und erst nach einer Weile begriff sie, dass es vom Meer kommen musste. Das Haus lag nicht weit vom Wasser entfernt. »Komm, Arthur, jetzt kannst du endlich raus in die Freiheit – und mal aufs Klo.« Vorsichtig hob sie den Käfig aus dem Wagen und öffnete ihn, damit der Kater hinauskonnte. Skeptisch hielt er die Nase in die Luft, gab ein langgezogenes Miauen von sich, beschloss dann aber, seine Gefängniszelle zu verlassen.

Der Wind fuhr in Linneas halblanges Haar und blies es ihr vor die Augen, sodass sie nichts mehr sah. Sofort bereute sie, dass sie beim Friseur gewesen war. Sie hätte entweder gar nicht hingehen und ihren praktischen Pferdeschwanz behalten oder gleich so viel abschneiden lassen sollen, dass der Wind keinen Unfug mit der Frisur anstellen konnte. Auch in der Kuppel über der Haustür brannte Licht. Iris und ihr Vater mussten vergessen haben, es nach ihrem Besuch auszuschalten.

Fröstelnd zog Linnea den Schlüssel aus der Tasche. Er war von der altmodischen Sorte, wie man sie sicher in einem gut sortierten Gebrauchtwarenladen nachkaufen konnte. Sie steckte ihn ins Schloss, drehte ihn herum und zog kräftig an der Türklinke. Immer noch abgeschlossen. Augenblicklich kehrte die Panik zurück und umschloss ihre Brust wie eine giftige Klaue. Ihre Finger begannen zu zittern. Hatte Iris ihr den falschen Schlüssel gegeben? Sie sah eine eiskalte Nacht auf dem Rücksitz des Wagens auf sich zukommen und setzte in Gedanken schon zu einer Schimpftirade an die Freundin an. Doch dann riss sie sich zusammen, zog den Schlüssel wieder heraus, konnte ihn nach einigem Herumprobieren schließlich passend ins Schloss schieben und unternahm, ein leises Stoßgebet gen Himmel schickend, einen neuen Versuch. Sie musste die Augen geschlossen haben, denn als sie wieder hinsah, glitt die Haustür mit einem langsamen Quietschen auf. Erleichterung durchrieselte ihren Körper. Sie trat ein und ließ die Tür hinter sich angelehnt, damit Arthur ihr folgen konnte, sobald er draußen fertig war.

Im Flur schlug ihr ein dumpfer, stickiger Geruch entgegen. Zögernd tastete sie an der Wand nach einem Lichtschalter, jedoch ohne Erfolg. Als sie noch einen weiteren Schritt ins Haus machte, stieß sie mit dem Fuß gegen irgendeinen losen Gegenstand, der sogleich quer über den Boden rutschte. Reflexartig führte sie die Hand zum Mund, um nicht laut aufzuschreien. Dann gewöhnten sich ihre Augen allmählich an die Dunkelheit, und in einiger Entfernung entdeckte sie endlich einen Lichtschalter. Im Schein der Deckenlampe sah sie nun auch, worüber sie soeben gestolpert war: einen Schuh. Es war ein praktisches Exemplar aus braunem Leder und mit Schnürriemen, etwa ein bis zwei Nummern größer als ihre eigenen. Er musste Marie gehört haben. Mit einer Mischung aus Unbehagen und Neugier stellte sie ihn zurück neben den anderen und sah sich um.

Sie stand in einem Raum mit mehreren altmodischen Spiegeltüren, die alle weiß gestrichen waren und genau gleich aussahen. Eine hellgraue Wendeltreppe führte hinauf in die zweite Etage, wo es stockfinster war. An der Wand unter dem Fenster hing ein elektrischer Heizkörper, und Linnea beugte sich hinunter, um den Stecker einzustöpseln und das Gerät voll aufzudrehen. Ein leises Knacken ertönte, und im selben Moment bemerkte sie eine ganze Heerschar toter Fliegen auf dem Fensterbrett. Der unappetitliche Anblick ließ sie schaudern. Trotzdem nahm sie all ihren Mut zusammen und ging weiter, nun durch eine Tür, die in die Küche führte. Hier folgte die gleiche Prozedur mit Deckenlampe und Elektroheizung. Im Auto hatte sie noch einen Heizlüfter, damit sollte sie fürs Erste zurechtkommen, bis sie Brennholz besorgt und in dem alten, schwarzen Holzofen an der Wand Feuer gemacht hatte.

Die Küche war groß und relativ hell und konnte im modernen Marketingsprech wohl als retro bezeichnet werden. Vor einem der Fenster hing ein Rollo, und direkt darunter stand ein Respatex-Küchentisch mit einer blaukarierten Tischdecke. Linnea zuckte zusammen, als sie ein Glas darauf entdeckte. Dann sah sie, dass einer der Stühle vom Tisch abgerückt war, und bekam das unheimliche Gefühl, dort könnte kürzlich noch jemand gesessen haben. Zögernd trat sie näher heran, aber das Glas war leer. Erleichtert atmete sie auf. Was hatte sie denn gedacht? Wenn sie weiter überall Gespenster sah, würde ihr Aufenthalt auf Hjartøy nicht besonders lang ausfallen.

Vor dem anderen Fenster stand ein Diwan und in der Mitte des Raumes ein Schaukelstuhl mit einer Häkeldecke. Die Kufen hatten sichtbare Spuren auf dem graugestrichenen Holzboden hinterlassen, der ansonsten mit bunten Läufern bedeckt war. Linneas ungezügelte Fantasie ließ ihr keine Ruhe, und vor dem inneren Auge sah sie nun Szenen aus einem Hitchcock-Film, in dem auf einem ganz ähnlichen Stuhl eine mumifizierte Leiche saß. Entschieden schaute sie in eine andere Richtung und fand zu ihrer Freude einen Kühlschrank, sogar mit Gefrierfächern. Glücklich beugte sie sich hinunter und steckte den Stecker in die Steckdose, und als sie einen prüfenden Blick ins Innere des Kühlschranks warf, leuchteten ihr dort die leeren Regale entgegen.

An der Decke befanden sich Balken, zwischen denen drei Leinen genau über dem Holzofen aufgespannt waren, ein praktischer Trockenplatz, wenn der Ofen erst einmal warm wäre. An einer der Leinen hing ein Handtuch.

So recht gelang es ihr immer noch nicht, das Unbehagen abzuschütteln, doch ihr blieb nichts anderes übrig, als noch einmal zum Auto zu gehen und das Notwendigste zu holen, einschließlich Katzenklo und Kaffeemaschine. Der Rest konnte warten, bis es wieder hell war.

Draußen rief Linnea nach Arthur, doch alles, was sie zur Antwort bekam, war das klagende Heulen des Windes. Jetzt fehlte nur noch, dass der Kater weg war. »Du hast fünf Minuten!«, rief sie aus voller Brust in die Dunkelheit.

Beim Einräumen der Lebensmittel in den Kühl- und Gefrierschrank behielt sie die Daunenjacke und ihre Lederhandschuhe an. Das Essen würde zwei Wochen lang für eine ganze Familie reichen, aber sie hatte das Lebensmotto ihres Vaters übernommen: Better safe than sorry. Woher sollte sie wissen, ob es hier überhaupt einen Laden in der Nähe gab?

Eigentlich hatte sie ihren Eltern versprochen, sich zu melden, sobald sie angekommen war, doch das musste nun bis morgen warten. Ihre Mutter würde ihr garantiert anhören, wie verängstigt sie war, und den Triumph gönnte sie ihr nicht. Der Botanikerin im Vorruhestand hatten die Worte »eigenartiger Einfall« bereits auf der äußersten Zungenspitze gelegen, das hatte Linnea ihr förmlich angesehen, als sie von ihrem Vorhaben erzählt hatte, für eine Weile nach Nordnorwegen zu gehen. Doch die Mutter hatte sich den Kommentar verkniffen und stattdessen nur ihre Sorge darüber geäußert, dass Linnea den ganzen weiten Weg allein im Auto zurücklegen wollte.

Arthur war noch immer nicht aufgetaucht, obwohl Haus- und Küchentür angelehnt waren. Verärgert ging Linnea auf die Treppe vor dem Haus und rief so laut sie konnte seinen Namen. Nichts. Mittlerweile war ihr vor lauter Angst und Erschöpfung zum Heulen, trotzdem zwang sie sich ein weiteres Mal hinaus in die Dunkelheit. Das Licht ihrer Handy-Taschenlampe reichte nur ein paar Meter, und zu allem Überfluss hatte es inzwischen angefangen, heftig zu regnen. Plötzlich rutschte sie mit einem Fuß in irgendetwas aus und musste wild mit den Armen rudern, um nicht das Gleichgewicht zu verlieren. Auf dem matschigen Boden waren deutliche Spuren zu sehen. Stiefel? Nein, jetzt spielte ihr die Fantasie wieder einen Streich. Wahrscheinlich waren das nur Abdrücke von nassem Laub, das der Wind aufgewirbelt hatte, versuchte sie sich zu beruhigen.

Als sie schon heiser vom vielen Rufen war und beinahe aufgegeben hätte, leuchteten ihr zwei Punkte wie Laternen auf einem schwarzen Meer entgegen. Langsam kam das bepelzte Schiff näher, erreichte schließlich den sicheren Hafen und versah die türkise Daunenjacke mit feuchtbraunen Flecken, während Linnea schwarze Streifen aus Mascara und Tränen über die Wangen liefen.

Nun hatte sie nur noch die Kraft, ihre mitgebrachte Bettwäsche auszupacken und in dem eiskalten Haus, das ab jetzt ihr Zuhause sein sollte, einen Schlafplatz zu finden.

KAPITEL 2

»Karl, komm schnell her!« Edith rief aus der Küche nach ihm, aber da er gerade in den neusten Zeitungsbeitrag zur Krankenhausdebatte vertieft war, beschloss er, die Ohren auf Durchzug zu stellen. Bald kam die Stimme jedoch näher, und die Lautstärke stieg. »Karl! Jetzt leg doch mal die dumme Zeitung weg und komm in die Küche. Drüben bei Marie brennt Licht!« Nun stand Edith in der Tür zum Wohnzimmer. Sie war sichtlich aufgewühlt. Die Brille saß ihr schief auf der Nase, und sie hielt sich mit einer Hand am Türrahmen fest.

Karl schielte über den Zeitungsrand. »Hast du etwa wieder *Die Geisterakte* geguckt? Ich hab dir doch gesagt, die Sendung ist die reinste Zeitverschwendung. Es gibt keine Gespenster, das ist nichts als Einbildung, aber die machen da ein Unterhaltungsprogramm draus und wollen die Leute für dumm verkaufen.« Mit einem resignierten Seufzen erhob er sich widerwillig aus dem Lesesessel. Wenn seine Frau so drauf war, hatte er zu gehorchen. Gemeinsam gingen sie zum Küchenfenster, und mit einer entschlossenen Geste schob Edith den Vorhang zur Seite.

»So, jetzt sieh selbst.« Einen Moment starrten sie zu zweit in die Finsternis. Bei Marie war kein Licht zu sehen, nur die Außenlampe, deren Glühbirne Karl selbst ausgetauscht hatte, als die alte im Frühjahr durchgebrannt war.

»Also ... jetzt versteh ich gar nichts mehr. Da hat eben noch Licht gebrannt! Und zwar in mehreren Fenstern. Ich hab es mit eigenen Augen gesehen«, behauptete Edith, nahm die Brille ab, putzte sie mit einem Zipfel ihrer Bluse und setzte sie wieder auf. Das Nachbarhaus war und blieb dunkel.

»Ja, ja, Edith, ich glaub, wir zwei Alten lassen jetzt mal gut sein für heute und gehen ins Bett.« Karl wandte sich ab, um das Licht im Wohnzimmer auszuschalten. Den Artikel musste er wohl ein anderes Mal zu Ende lesen.

Edith wollte etwas erwidern, doch ihre Worte schienen sich gerade im Generalstreik zu befinden, und so blieb sie ausnahmsweise mal stumm.

Nachdem beide im Bad fertig waren und sich umgezogen hatten, überprüfte Edith sicherheitshalber, ob die Haustür auch ordentlich verriegelt war. Karl belächelte diese neumodische Angewohnheit, wie er es nannte. Hier in der Gegend schloss niemand zu Hause die Tür ab.

Im Bett trank Karl noch einen Schluck Wasser aus dem Glas auf seinem Nachttisch, knipste dann auf seiner Seite das Licht aus und machte sich bereit zum Schlafen. Edith hingegen war jetzt hellwach, und allmählich fand sie auch ihre Sprache wieder.

»Ich versteh das einfach nicht, sowohl in der Küche als auch im Flur war Licht an. Das müssen irgendwelche Einbrecher sein. Was, wenn die da Feuer legen? Um keine Spuren zu hinterlassen, meine ich. Oje, ich will gar nicht darüber nachdenken, da tu ich ja kein Auge mehr zu. Wir hätten unten Licht anlassen sollen, damit die Verbrecher gleich sehen, dass hier jemand zu Hause ist. Kannst du nicht noch mal runtergehen und es einschalten? Du bist doch viel besser zu Fuß als ich.«

Karl atmete schwer. »Unsinn, Edith. Wenn bei uns spätabends noch Licht brennt, sieht das doch viel verdächtiger aus. Dann denken die Diebe, wir wären verreist und wollten es so aussehen lassen, als wären wir zu Hause.« Er hoffte, dass sich seine Frau damit zufriedengeben würde.

»Hm, ja, jetzt, wo du es sagst ... Das hab ich wohl auch schon mal gehört.«

Eine Weile blieb es still. Edith lag da und grübelte. Zuletzt hatte sie vor über einem Jahr Licht bei Marie gesehen, aber das vorhin konnte doch keine Einbildung gewesen sein. Ob Maries Seele in dem alten Haus umging? War sie gekommen, um sich zu rächen? Karl konnte sagen, was er wollte, aber Edith glaubte fest an solche Dinge, wie unheimlich sie auch waren. Sie erinnerte sich noch lebhaft an die Geschichten ihrer Großmutter über Gespenster und Waldgeister. Die Alte war so abergläubisch gewesen, dass sie immer erst die Unterirdischen bat, sich in Acht zu nehmen, bevor sie ihren Putzeimer leerte.

Hatte Karl nicht irgendwie seltsam ausgesehen, als sie ihm von dem Licht in Maries Haus erzählt hatte? Ja, ihr war, als hätte er einen Moment selbst an Gespenster geglaubt. Edith wälzte sich im Bett. Das Flanellnachthemd fühlte sich warm und klamm auf ihrer Haut an.

»Wir hatten doch nicht noch irgendwas zu klären mit Marie? Nicht, dass sie …«

Noch bevor Edith den Satz vollenden konnte, hörte sie das wohlbekannte Schnarchen ihres Mannes. Karl hatte schon immer einen gesegneten Schlaf gehabt. Sie drehte sich auf die Seite und versuchte, ebenfalls zur Ruhe zu kommen, doch das Gedankenkarussell in ihrem Kopf drehte sich unerbittlich weiter, während der Wind draußen immer heftiger wurde und der Regen gegen die Fensterscheibe prasselte. Petrus hatte sie diesen Herbst nicht gerade mit Sonnentagen überschüttet, so viel stand fest. Das war wohl die Abrechnung für den schönen Sommer, den sie gehabt hatten.

Vielleicht war sie Marie gegenüber nicht immer fair gewesen. Besonders eine Gelegenheit war ihr in Erinnerung geblieben, da hatte sie ihre Zunge nicht zügeln können und zu Marie gesagt, sie sei … Nein, sie mochte jetzt nicht daran denken. Aber Marie war immer so stark gewesen, ganz anders als sie selbst. Edith konnte immer noch zusammenzucken, sobald jemand nur etwas zu laut ins Zimmer platzte, und mehr als ein paar Tage am Stück war sie ihr Leben lang nicht allein gewesen. Sie hatte auch nie richtige Männerarbeit verrichten müssen, sondern für alles ihren Karl gehabt.

Edith erinnerte sich noch daran, wie klein und unscheinbar sie sich vorgekommen war, als Karl und sie in den 1960er-Jahren hierhergezogen waren. Sie kamen beide nicht aus besonders wohlhabenden Verhältnissen und hatten schnell gemerkt, dass ihre unmittelbaren Nachbarn von der feineren Sorte waren. Das war ihnen auch anzuhören. Ihre Worte schienen immer erst kräftig durch die Mangel gedreht worden zu sein, bevor sie ihren Mund verließen. Vermutlich hatte es diesen Leuten nie an etwas gefehlt. Das Haus war groß und herrschaftlich, kaum zu glauben, dass dort nur drei Personen lebten – Marie und ihre Eltern. Und dann der prächtige Garten. Ihr eigenes Haus, das sie sich nur mit Ach und Krach hatten leisten können, wirkte dagegen fast wie Unkraut in einem Schlosspark.

Edith war auf der anderen Seite der Insel aufgewachsen, wo alles ein bisschen karger zuging. Ihre Eltern hatten einen kleinen Bauernhof gehabt, mit dem sie die Familie kaum durchfüttern konnten. Damals gehörte es zur größten Schande, wenn eins der Kinder ins Heim abgegeben werden musste, und das hatten die Mutter und der Vater immerhin zu vermeiden gewusst. Karl kam aus etwas besseren Verhältnissen, aber auch in seinem Elternhaus auf einer der inzwischen entvölkerten Inseln in der Nähe von Hjartøy hatte es insgesamt sechs Geschwister gegeben. Der Vater hatte die Familie durch seine Arbeit an der Lotsenstation versorgt. Und eins musste sie Karl lassen, er war fleißig und konnte anpacken und kümmerte sich um das Haus, das er immer weiter ausgebaut hatte, je größer die Kinder geworden waren. Wir finden schon eine Lösung, so lautete stets sein Lebensmotto. Und aus Helge und Inger war zum Glück ja auch etwas Ordentliches geworden.

Ediths Gedanken machten einen Sprung, und sie sah noch einmal Maries Beerdigung vor sich. Viele waren an dem Tag nicht gekommen. Die Familie war nicht so groß, und aus den Reihen der Dorfgemeinschaft hatten bereits einige das Zeitliche gesegnet. Aber dass Inger, ihre eigene Tochter, extra zu diesem Anlass den weiten Weg aus Bergen zurückgelegt hatte, das war schon eine Überraschung gewesen. Edith spürte einen Stich, als ihr die Worte in den Sinn kamen, die Inger ihr irgendwann als Jugendliche mal an den Kopf geworfen hatte – dass sie sich wünsche, Marie wäre ihre Mutter. Diese Inger, sie war schon ein gedankenloses Kind gewesen. Edith kniff die Augen fest zusammen, doch die Bilder von der Beerdigung ließen ihr keine Ruhe.

Von Maries Verwandten aus dem Süden des Landes hatten sich nur zwei die Ehre gegeben, ein Mann und eine junge Frau. Das mussten ein Sohn von Borghild, dieser ständig abwesenden Schwester, und eins ihrer Enkelkinder gewesen sein. Zwei Tage später waren sie auch schon wieder verschwunden, Edith hatte sie nicht einmal auf einen Kaffee einladen können. Nach der Beerdigung hatte sie die beiden nur ein einziges Mal gesehen, da hatten sie schwarze Müllsäcke ins Auto getragen und waren damit fortgefahren. Edith ging davon aus, dass sie sich einfach die Wertsachen aus dem Haus unter den Nagel gerissen hatten.

Wenn sie es richtig verstanden hatte, waren die Lieder für den Gottesdienst von Marie selbst ausgewählt worden. Der Pastor hatte sogar ein langes schwedisches Gedicht vorgetragen, von dem Edith nicht besonders viel verstanden hatte, außer dass es von Goldregen handelte. Dass aber auch alles so vornehm zugehen musste. Solche Dinge konnte sie getrost Karl überlassen, wenn der Tag mal kam, da war sie wirklich froh.

Ein paar Wochen nach der Beerdigung war ein hübscher

Grabstein aufgestellt worden, doch es gab niemanden, der sich um das Grab kümmerte. Edith fand das so traurig mitanzusehen, dass sie selbst eine Pflanze vorbeigebracht hatte und immer wieder mal nach dem Grab sah, wenn sie auf dem Friedhof war. Das zumindest konnte Marie ihr nicht vorwerfen. Edith hoffte nur, dass sie es von da oben auch sah, wo sie wohl unter den Heerscharen des Himmels thronte, obwohl sie zu Lebzeiten ja kein allzu oft gesehener Gast im Hause Gottes war.

Edith drehte sich um und zog sich die Decke über den Kopf. Sie konzentrierte sich auf Karls vertraute, gleichmäßige Atemzüge, bis sie irgendwann in denselben Rhythmus verfiel und einschlief.

KAPITEL 3

Am nächsten Tag wurde Linnea von einer rauen Katzenzunge geweckt, die ihr über die Wange schleckte. Es dauerte einen Moment, bis sie begriff, dass sie gar nicht in ihrem eigenen Bett lag. Das einzig Bekannte um sie herum waren der Bettbezug und der Eulenschlafanzug, den sie im vergangenen Jahr von Iris zu Weihnachten bekommen hatte. Gestern Abend war sie so müde und erschöpft gewesen, dass sie kaum noch klar denken konnte, als sie sich eins der Schlafzimmer im zweiten Stock zurechtgemacht hatte, und zum Glück war sie dann auch augenblicklich eingeschlafen.

Sie rieb sich die Augen und blinzelte in das trübe Tageslicht, das durch die Vorhänge rieselte. »Na, was meinst du, Arthur, ob wir uns hier wohlfühlen werden?« Der Vierbeiner antwortete mit einem Schnurren, und sie strich ihm über das weiche rote Fell, in das man so schön die Nasenspitze vergraben konnte. Wie es schien, hatte er die dramatischen Ereignisse des gestrigen Tages unbeschadet überstanden. Die vielen vertraulichen Gespräche mit Arthur hatten Linnea eine kostspielige Psychotherapie erspart, da war sie sich sicher. Mit der Einhaltung der Schweigepflicht gab es bei ihm auch keine Probleme. Außerdem waren sie dadurch gewissermaßen quitt, denn sie hatte Arthur seinerzeit vor einem Rudel hyperaktiver Kinder gerettet, die keinen Unterschied zwischen ihm und seinen batteriebetriebenen Artgenossen machten.

Als Linnea sich aufsetzte, spürte sie einen leichten Druck im Hinterkopf, der sich im weiteren Verlauf zu hämmernden Kopfschmerzen weiterentwickeln konnte, wie sie befürchtete. Schleichend kehrte die Angst vom Vortag zurück, doch sie lenkte sich davon ab, indem sie ihre Aufmerksamkeit erst einmal auf das Zimmer um sich herum richtete. An den Wänden hing eine verblichene Blümchentapete, die sich an den Nähten bereits hier und da löste. Bis auf zwei Landschaftsgemälde, wie man sie oft auf Flohmärkten fand, waren die Wände kahl. Eins zeigte ein Waldmotiv mit loderndem Lagerfeuer und das andere Berge, Meer und darauf ein Boot mit vollen Segeln. Das Bett war weißgestrichen, daneben stand ein Nachttisch im selben Stil, und auf dem hellgrauen Holzfußboden lag ein Flickenteppich in Blautönen. Ein Zeitbild der 1950er-Jahre, fand Linnea, so in etwa zumindest.

Im Zimmer war es eiskalt, und Linnea war versucht, einfach noch ein bisschen weiterzuschlafen, doch das Licht lockte sie zum Fenster. Sie zog die hauchdünnen Vorhänge auf und schaute hinaus. Im ersten Moment fragte sie sich, ob sie über Nacht an einen völlig anderen Ort versetzt worden war. Vor dem Fenster offenbarte sich eine in klares Herbstlicht getauchte Landschaft. Eine postkartentaugliche Bergkette auf dem Festland dominierte die Aussicht, und das Meer vor dem Haus lag spiegelglatt da. Ein Fischkutter mit einem kleinen, preiselbeerfarbenen Segel und einer Wolke von Möwen im Schlepptau tuckerte langsam vorüber. Die Bäume im Garten, die am Abend zuvor mit ihren schwankenden Ästen gedroht hatten, standen nun in Reih und Glied und rührten sich nicht. Nur ein paar Blätter in unterschiedlichen Grün-, Gelb- und Rottönen winkten vorsichtig und versuchten zugleich, nicht den Halt zu verlieren. Die letzten Büschel leuchtend orangeroter Vogelbeeren klammerten sich an die Zweige, als fürchteten sie, ins Verderben zu stürzen, sobald sie losließen. Bis auf das Krächzen zweier Elstern im nächsten Baum war es vollkommen still. Vielleicht fragten sie sich, wer da in ihr Revier eingedrungen war. Mit einem Mal war Linnea fast feierlich zumute, und sie musste darüber schmunzeln, wie panisch sie vor ein paar Stunden noch gewesen war.

Erst jetzt spürte sie, dass ihre Füße fast taub vor Kälte waren, und sie kroch noch einmal unter die Bettdecke, um sich aufzuwärmen, bevor sie endgültig aufstehen wollte. Fast wäre sie wieder eingeschlummert, als sie in der unteren Etage plötzlich ein Geräusch hörte. Auch der Kater hatte etwas gemerkt; er spitzte die Ohren und saß regungslos da, die Zunge halb aus der Schnauze geschoben. Sofort war die albtraumhafte Stimmung zurück und schnürte Linnea die Brust zusammen. Dann war es wieder still. Vielleicht war es doch nichts. Sie lauschte. Doch, jetzt war ein deutliches Klopfen zu hören – an einer der Innentüren. Um Himmels willen, sie musste so durch den Wind gewesen sein, dass sie vergessen hatte, die Haustür abzuschließen, bevor sie gestern Abend ins Bett gegangen war. Ihr Herz schlug schneller. Hier war sie nun, mutterseelenallein irgendwo draußen auf dem Land. Für Einbrecher, Vergewaltiger und Mörder war das geradezu eine Einladung, es war ja allgemein bekannt, dass in den ländlichen Regionen lauter Verrückte lebten. Die Zeitungen waren voll von solchen Geschichten, und die Leute liebten es, sich darin zu suhlen, schreckliche Dinge, die immer nur anderen zustießen, aber nie einem selbst. Bis jetzt. »Lieber Gott«, murmelte sie …

»Hallo, ist hier jemand?«

Eine Männerstimme in singendem Nordnorwegisch tönte zu ihr herauf, und sie klang eigentlich zu freundlich, als dass Linnea ernsthaft einen Mörder dahinter vermuten konnte. Sie erhob sich aus dem knarrenden Bett, und als ihre Füße erneut den kalten Fußboden berührten, hatte sie eine klare Vorstellung davon, wie es sein musste, barfuß über einen Gletscher zu laufen. An der Treppe nach unten erblickte sie einen Kopf mit einer altmodischen Baskenmütze, der über die Stufen zu ihr hinaufschaute.

»Entschuldigen Sie, ich wollte hier nicht einfach so reinschneien, aber wir hatten Sorge, dass sich irgendwelche Fremden Zugang zum Haus verschafft haben. Edith, mein Al..., ich meinte meine Frau, war schon immer etwas ängstlich, deshalb hab ich ihr versprochen, mal nachsehen zu gehen. Ja, ich heiße übrigens Karl, Karl Sletten«, erklärte der Mann und fügte noch erläuternd hinzu: »Wir wohnen gleich nebenan.«

Linnea seufzte erleichtert auf. Die Gefahr war vorbei. Zumindest vorläufig.

»Danke. Ich habe nicht daran gedacht, dass ich Aufmerksamkeit erregen könnte. Mein Name ist Linnea Brose, ich darf vorübergehend hier wohnen, vielleicht für ein paar ... ja, ich weiß eigentlich noch gar nicht, wie lange«, sagte sie mit einem erneuten Seufzer.

»Ah, da ist ja noch jemand, wie ich sehe.«

»Nein, ich bin allein.« Doch bevor sie noch etwas sagen konnte, schlich Arthur an ihr vorbei und ließ sich bereitwillig von dem Nachbarn hinter den Ohren kraulen. »Stimmt, Sie haben recht«, sagte sie lachend. »Wir sind zu zweit. Und haben wohl etwas verschlafen. Aber kann ich Ihnen vielleicht eine Tasse Kaffee anbieten?«

Noch im selben Moment bereute sie ihre Worte. Warum musste sie nur immer so höflich sein? Einen fremden Mann zum Kaffee einladen, bevor sie überhaupt angezogen war – das sah ihr mal wieder ähnlich, dachte sie selbstironisch.

»Dazu sage ich nicht Nein, aber nur, wenn es keine Umstände macht«, antwortete der Nachbar.

»Nein, nein. Gehen Sie ruhig schon mal in die Küche, ich komme gleich.«

Linnea zog sich ins Bad zurück, wo sie nach einer schnellen Katzenwäsche in die Kleidung vom Vortag schlüpfte. Der kleine Heizstrahler, der über der Tür montiert war, gab keine nennenswerte Wärme von sich, aber immerhin hatte sie daran gedacht, vor dem Zubettgehen noch den Durchlauferhitzer einzuschalten.

Wenig später saß sie mit Karl bei einer Tasse Kaffee und einer Schale Schokoladenkekse am Küchentisch. Vor dem Fenster war es inzwischen noch etwas heller geworden, und die Sonne brachte das Meer zum Glitzern, sodass der Sund mit lauter silbernen Streifen überzogen war. Das sah aus wie eine riesige Makrele, dachte Linnea.

»Kannten Sie Marie, die frühere Hausbesitzerin, gut?«, fragte sie.

»Wie man's nimmt.« Karl zögerte mit der Antwort, trank einen Schluck Kaffee und schien einen Moment nachzudenken. Linnea schätzte ihn auf ungefähr achtzig. Er hatte ein wettergegerbtes Gesicht, und die Krähenfüße um seine grauen Augen hatten sich tief in die Haut eingegraben, wie winzige Bachläufe. Das Haar war schlohweiß, was ihn jedoch eigenartigerweise nicht besonders alt aussehen ließ. Er wirkte freundlich. Sein Arbeitsanzug trug deutliche Gebrauchsspuren und war hier und da mit Farbe besprenkelt. Die Hände, mit denen er die feine Porzellantasse umschlossen hielt, verrieten, dass dies kein Mann war, der im Büro gearbeitet hatte. Die Baskenmütze hatte er vom Kopf genommen und auf dem Knie abgelegt. In jüngeren Jahren hatte er sicher Eindruck auf die Damenwelt gemacht, das war ihm unschwer anzusehen.

»Aus Marie ist man nicht immer so leicht schlau geworden«, sagte er schließlich. »Manche fanden sie wohl hochnäsig, aber ich denke, sie war vielleicht einfach nur gern für sich, wenn sie nicht auf der Arbeit war. Marie hat das Postamt geleitet, bis zu dem Tag, als es geschlossen wurde, und ich glaube, sie hat nicht ein einziges Mal krankgefeiert. Ich habe ihr mit praktischen Dingen geholfen, die sie nicht allein hingekriegt hat, und an dem Tisch hier haben wir oft bei einer Tasse Kaffee zusammengesessen und uns unterhalten«, erzählte er und nahm sich einen Keks, den er in den Kaffee tunkte. »Inger, unsere Tochter, war hier regelmäßig zu Besuch, als sie klein war. Die beiden kamen gut miteinander aus. Marie hatte ja keine eigenen Kinder«, erklärte er. »Außerdem war sie ziemlich *belesen*«, fuhr er fort, wobei er das letzte Wort fast ehrfurchtsvoll betonte. »Sie hatte ganz schön was auf dem Kasten.« Er tippte sich an die Schläfe.

Linnea merkte, dass er bewegt war. In seinen Augen schimmerte es, und er zog ein großes, kariertes Stofftaschentuch aus der Anzugtasche.

»Es war das Herz«, sagte er leise nach einem Moment des Schweigens, und Linnea brauchte eine Weile, bis sie verstand, was er meinte. »Es war einfach zu schwach«, flüsterte er beinahe. Dann steckte er das Stofftuch unbenutzt zurück in die Tasche und verrückte das Glas, das bereits bei Linneas Ankunft auf dem Tisch gestanden hatte.

»Tja, zumindest ging es schnell, wo es schon so übel ausgehen musste«, sagte er und klang fast wieder wie vorher.

»Hat Marie die ganze Zeit allein in diesem großen Haus gewohnt?«

»Ja. Das heißt nein, als ihre Eltern noch lebten, haben die auch hier gewohnt. Dann wurden sie krank, und sie musste sich um sie kümmern. Ihre Schwester Borghild lebt ja weiter im Süden, wie Sie wissen. Und als die Eltern dann starben, war es wohl zu spät für Marie, eine eigene Familie zu gründen.«

Linnea hatte Karl bereits erklärt, wie sie mit dem Besitzer des Hauses in Verbindung stand, über den Grund für ihre Anwesenheit hatte sie jedoch geschwiegen. Er war neugierig, das merkte sie, aber trotzdem so taktvoll, nicht weiter danach zu fragen.

Mit einem Mal sprang Arthur auf Karls Schoß und machte es sich dort gemütlich.

»Sie scheinen ein Katzenmensch zu sein«, sagte Linnea lachend. Normalerweise war Arthur Fremden gegenüber eher skeptisch.

»Ich war schon immer ein Tierfreund, aber Edith wollte nie was von einem Haustier wissen, wegen der Haare«, sagte er und klang mit einem Mal betrübt. Linnea wusste nicht, was sie von dieser Edith halten sollte; sie schien auf jeden Fall ziemlich bestimmend zu sein.

Sie blieben noch eine Weile sitzen und unterhielten sich, während Karl dem Kater mit langsamen Bewegungen den Rücken streichelte. Dabei erzählte er ein bisschen mehr von der Gegend und den Bewohnern der umliegenden Häuser. Linnea war schnell klar, dass sie das Durchschnittsalter der Nachbarschaft deutlich herabsenken würde.

Im Haus auf der gegenüberliegenden Straßenseite wohnte ein Rentnerehepaar, das es wie die Zugvögel hielt und sich in südlichere Gefilde begab, sobald der Herbst anbrach. Ein Stück die Straße hinunter lebte ein Schafsbauer um die vierzig, und dessen nächste Nachbarn wiederum waren eine Witwe und ein Witwer, die »sich zusammengetan« hatten, wie Karl es ausdrückte. Nicht allzu weit entfernt wohnte jedoch auch eine Frau in Linneas Alter, die im örtlichen Lebensmittelladen arbeitete. Vielleicht konnte das ja eine neue Freundin werden, das wäre nett. Eine, mit der sie bei einer gemütlichen Tasse Tee oder einem Gläschen Wein ein bisschen quatschen konnte. Allein der Gedanke daran stimmte Linnea gleich ein wenig zuversichtlicher.

Karl bot an, in den Schuppen zu gehen und Holz zu holen, damit sie Feuer im Ofen machen konnte. Ein Haus aufzuwärmen, das so lange leer gestanden hatte, würde eine Weile dauern, erklärte er vorsorglich.

Eine Viertelstunde später kam er mit einer Kiste voller Holzscheite zurück, die aussahen, als wären sie mit dem Maßband zurechtgehackt worden, und obendrauf lagen ein paar alte, vergilbte Zeitungen. Er kniete sich vor den Ofen und schichtete die Scheite so aufeinander, dass noch etwas zusammengeknülltes Zeitungspapier dazwischenpasste. Linnea sah die alten Nachrichten gerade noch in Flammen aufgehen, bevor er die Ofentür schloss und den Luftregler öffnete. Kurz darauf ertönte ein behagliches Knistern.

»Ich glaub, das tut's«, sagte er und stand auf, ohne sich irgendwo abzustützen. Für sein Alter schien er noch gut in Form zu sein.

»Hier vor dem Ofen hat Marie oft im Schaukelstuhl gesessen und Dämmerwache gehalten. Ja, das ist so ein alter Brauch, der inzwischen kaum noch in Mode ist. In alten Zeiten, bevor der Strom kam, saß man hier abends gern eine Weile im Flackerlicht vor der geöffneten Ofentür und genoss die Stille, bis es so dunkel war, dass man die Lampe anzünden musste«, erklärte er. »Aber jetzt muss ich zusehen, dass ich nach Hause komme, sonst schickt Edith noch einen Suchtrupp nach mir aus. Ich hoffe, Sie fühlen sich wohl hier, auch wenn Sie nicht gerade die schönste Jahreszeit erwischt haben. Gestern Abend, als Sie angekommen sind, war ja richtiges Mistwetter, mit Regen und Schneebatzen und allem. Und sagen Sie ruhig Bescheid, wenn Sie bei irgendwas Hilfe brauchen. Wir sind eigentlich immer zu Hause, mein Altchen und ich«, sagte er auf dem Weg zur Tür hinaus.

Als Karl gegangen war, machte Linnea sich ein schnelles Frühstück bestehend aus ein paar Scheiben Knäckebrot mit Braunkäse und einem Joghurt. Allmählich wurde es wärmer in der Küche, sodass die Fenster zu beschlagen begannen, und Linnea nahm das Handtuch, das über dem Ofen hing, um sie wieder freizuwischen. Anschließend zog sie sich die Daunenjacke über, auf der immer noch Arthurs Matschpfotenabdrücke zu sehen waren, und ging hinaus, um das restliche Gepäck aus dem Auto zu holen.

Die Herbstluft schlug ihr wie eine kühle Umarmung entgegen, als sie die Haustür öffnete. Der erste Frost war gekommen, und im Laufe der Nacht hatte sich eine dünne Schicht Raureif über die Wiese gelegt, die nun bei jedem ihrer Schritte leise knirschte. Das Laub unter den wohlgeformten Bäumen hatte sich überall verteilt und längliche Haufen gebildet, wie Wellen auf einem See. Hoch oben am Himmel sah Linnea ein Flugzeug auf dem Weg hinaus in die Welt, es war nur ein kleiner Punkt mit einem weißen Schweif, viel zu weit weg, als dass es zu hören war. Und wo bin ich gelandet? Hier, dachte sie missmutig. Eine Art Notlandung war das wohl am ehesten.

Der Garten war groß und relativ uneben. Es musste ein gutes Stück Arbeit gewesen sein, ihn in Ordnung zu halten, doch selbst an einem farblosen Tag wie diesem konnte sie sehen, wie gut in Schuss er einmal gewesen war. Im Sommer, wenn alles in Blüte stand, war es sicher wunderschön hier. Unter einer Holzbrücke plätscherte sogar ein kleiner Bach dahin. Am Rande des Gartens, unterhalb eines Felsvorsprungs, entdeckte Linnea etwas, das sich aus der Nähe betrachtet als eine Ansammlung von Steinen verschiedenster Formen und Größen entpuppte. Sie waren zu lustigen Trollen und allerlei anderen Figuren aufgeschichtet und zum Teil mit Gesichtern bemalt, die ihnen ganz eigene Persönlichkeiten verliehen. Manche waren eingestürzt, sodass Kopf und Körper voneinander getrennt waren. Es war wie ein kleines Universum, geschaffen von jemandem mit viel Fantasie und Geduld. Vorsichtig hob Linnea einen der Steinköpfe auf. »Ob du mir etwas über Marie erzählen kannst?« Doch das Gesicht starrte nur stumm zurück.

Nachdem sie das Auto ausgeladen hatte, beschloss Linnea, noch etwas draußen zu bleiben und das restliche Tageslicht für einen kleinen Spaziergang zum Wasser zu nutzen. Sie überquerte die Straße und folgte dem Pfad hinunter zum Meer. Von hier aus konnte sie das Haus des Zugvogelehepaars sehen, von dem Karl gesprochen hatte. Die verriegelten Fensterläden ließen es einsam und verlassen wirken. Ein Teil des Pfades war von Büschen und Gestrüpp überwuchert, doch als sie sich erst einmal hindurchgekämpft hatte, erreichte sie einen Strand mit verschieden großen Steinen, die wie Miniaturberge aus dem Sand hervorragten und sogleich einen kindlichen Bewegungsdrang in ihr weckten. Sie hüpfte behutsam von Stein zu Stein, ohne aus dem Gleichgewicht zu geraten, wirbelte den feinen, lockeren Sand mit der Fußspitze auf und wich rutschigem Seetang aus, der sich in kleinen Haufen zwischen Treibholz und Plastikmüll am Ufer angesammelt hatte. Je mehr ihr Körper in Bewegung war, desto mehr ließ der Druck im Kopf nach, und sie sog genüsslich die salzige Meeresluft ein, in der ein unbestimmbarer Geruch nach etwas Rauem und Wildem lag. Das war irgendwie befreiend – und ungewohnt. In einer Bucht genau gegenüber standen drei rotgestrichene Bootshäuser nebeneinander. Sie ging hinüber, setzte sich auf die Treppe des mittleren Hauses und betrachtete die sechsgipflige Bergkette, die die Landschaft um sie herum einrahmte. Der Schnee auf den Spitzen ließ es so aussehen, als trügen sie weiße Hüte.

Noch vor weniger als einem Monat hätte sie sich nicht einmal in ihren wildesten Träumen hier sitzen sehen. Dass das überhaupt möglich war, hatte sie ihrer Arbeit zu verdanken, die sie überallhin mitnehmen konnte, solange sie nur Laptop und Telefon dabeihatte.

Linnea war als freie Mitarbeiterin für das aufstrebende Möbelunternehmen Future Furniture (FuFu) tätig, das sich allmählich auch im Ausland einen Namen machte. Ihre Aufgabe war es, gute, ansprechende Werbetexte zu verfassen und sämtliche

Dokumente ins Englische zu übersetzen. Sie arbeitete immer nur von Projekt zu Projekt, doch es gab mehr als genug zu tun, und wo sie ihre Aufgaben erledigte, spielte keine Rolle. Da sie sowieso die meiste Zeit von zu Hause aus arbeitete, fragte auch niemand in der Firma, warum sie sich plötzlich »aus dem Staub machte«.

Bei ihrer Bewerbung um die Stelle hatte sich herausgestellt, dass ein alter Bekannter von ihr zu den Firmengründern gehörte. Arnt war einer der Leute, mit denen sie in der Oberstufe herumgehangen hatte, ohne danach jedoch Kontakt zu halten. Damals hatten sie viel miteinander geflirtet, aber zu mehr war sie nicht bereit gewesen, sie wollte sich nicht binden. Als ihr Arnt dann im Vorstellungsgespräch gegenübersaß, war das Feuer von früher wieder aufgelodert. Sie hatte den Job bekommen – natürlich nur wegen ihrer Qualifikationen, nicht etwa, weil sie den Chef kannte –, und der Rest war Geschichte. Eine ziemlich pathetische Geschichte, könnte man sagen, der Klassiker vom treulosen Ehemann, wie er typischerweise in etwas peinlichen Zeitschriftenartikeln unter der Rubrik »Geschichten aus dem Leben« zu lesen war.

Arnt war nämlich verheiratet – und zwar zu allem Überfluss mit der Investorin des Unternehmens. Doch Linnea und er schienen sich geradezu magnetisch anzuziehen, keiner der beiden hatte es geschafft, sich dem zu widersetzen.

Endgültig zu weit waren sie schließlich in Göteborg gegangen, wo sie gemeinsam auf Geschäftsreise gewesen waren, um einen potenziellen Großkunden zu treffen. Das Gespräch war nicht so gut verlaufen, der Kunde hatte sehr hohe Ansprüche gehabt, und Arnt war nervös geworden. Abends hatten sie den Mann in eins der besten Restaurants der Stadt eingeladen, doch wegen Krankheit hatte er kurzfristig wieder abgesagt. So war aus dem Geschäftsessen ein »Dinner for two« geworden.

An das Essen selbst erinnerte Linnea sich kaum, aber sie wusste noch genau, dass sie auf dem Rückweg zum Hotel vor einem hundert Jahre alten Knopfgeschäft stehen geblieben waren, Knöpfe Carlsson, dessen wunderschöne Jugendstileinrichtung sie mit großen Augen bestaunt hatte, darunter Glasschränke mit winzigen Schubläden voller bezaubernder Knöpfe in den verschiedensten Farben und Formen. Arnt hatte ihre leuchtenden Augen gesehen und lachend gesagt, sie sei eine alte Seele in einem jungen Körper, und diese Kombination gefalle ihm ausgesprochen gut. Und dann hatten sie plötzlich dagestanden und sich geküsst. Das war ihre erste gemeinsame Nacht gewesen.

Anfangs hatte sie noch Scham verspürt, doch die Lust war stärker gewesen. Um Lust allein ging es jedoch nicht, denn mit der Zeit war eine tiefe Freundschaft zwischen ihnen entstanden, ja, eine regelrechte Seelenverwandtschaft, sagte man das nicht so? Die Sammlung ihrer gemeinsamen Heimlichkeiten umfasste Küsse auf der Castelo de São Jorge in Lissabon, ineinander verschlungene Körper in einer Suite in Brüssel, stille behutsame Berührungen in einem Vaporetto auf Venedigs Canal Grande. Erinnerungen voller Unverstand und Übermut, die sie sich wieder und wieder vor Augen führen konnte, wie Bilder in einem Fotoalbum. Zugleich waren das nämlich die schönsten Momente ihres Lebens gewesen. Das Problem war nur, dass es sich dabei um Diebesgut handelte, gestohlen von der Frau, der er einmal ewige Treue geschworen hatte. Zu Hause in Oslo mussten sie stets auf der Hut sein, doch auf den Geschäftsreisen konnten sie sich uneingeschränkt einander hingeben, ohne über die Konsequenzen nachzudenken. Gemeinsam waren sie auf Möbelmessen in ganz Europa gewesen, denn Linneas Aufgaben in der Firma rechtfertigten es durchaus, dass sie ebenfalls daran teilnahm. Sobald sie unterwegs waren, schlüpfte sie in eine Rolle und lebte ganz und gar in der Illusion, sie seien tatsächlich ein Paar.

Die schlechten Erinnerungen hatte sie gut verdrängt, doch nun krochen sie wieder hervor, abstoßend, hässlich und unwillkommen wie Kakerlaken in einer verwahrlosten, dreckigen Ferienwohnung. Einmal hatte er ihr zum Beispiel in einem schicken Pariser Modeladen ein Designerkleid gekauft. Sie sah die peinliche Szene noch vor sich: wie er die junge Bedienung zurechtwies, weil er fand, sie hätten einen besseren Service verdient – sein schlechtes Französisch ließ es jedoch eher wie eine plumpe Beleidigung klingen.

Beim anschließenden Abendessen hatte Linnea viele bewundernde Blicke von anderen Frauen geerntet, die zuerst das Kleid gemustert und danach Arnt angeschmachtet hatten. Später im Hotelzimmer hatte sie sich den Fummel vom Leib gerissen, doch anstelle einer leidenschaftlichen Liebesnacht war darauf ihr erster Streit gefolgt.

Eins der letzten Dinge, die sie vor ihrer Abreise nach Nordnorwegen noch erledigt hatte, war der Verkauf des Kleides gewesen, für das sie ein paar Tausend Kronen kassiert hatte.

Arnt hatte immer behauptet, er wolle sich scheiden lassen, doch mit der Zeit hatte sie eingesehen, dass das niemals geschehen würde, denn seinen Traum, als Möbeldesigner groß rauszukommen, konnte er sich nur mithilfe der Finanzspritzen seiner Frau erfüllen. Auch wenn er Linnea versichert hatte, dass er nichts mehr für seine Frau empfand, hatte die Eifersucht unablässig an ihr genagt. Wie lange konnte er dem Geld denn noch den Vorrang geben? Bis in alle Ewigkeit, so sah es aus.

Die Geschichte hatte nämlich kein Happy End. Als Arnts Frau nach einem anonymen Hinweis von der Untreue ihres Mannes erfuhr, setzte sie Himmel und Hölle in Bewegung, um ihre Ehe zu retten. Und auf der anderen Seite stand Linnea, bittend und bettelnd, flehend und drohend, aber nichts hatte geholfen. Sie war die Verlassene, unwiederbringlich. Die Verschmähte. Zuerst hatte sie gedacht, es sei besser, ihren Vertrag mit der Firma zu kündigen, doch da hatte Iris ihr den Marsch geblasen und gesagt, damit bestrafe sie sich nur selbst, und dem Drecksack und dem Drachen, wie sie die beiden nur nannte, tue sie obendrein einen Gefallen. Außerdem gefiel Linnea die Arbeit, die ja noch dazu flexibel und gut bezahlt war. Und Arnt war ohnehin nicht ihr Ansprechpartner, sondern Halvor, der gewissenhafte und ordentliche Verkaufschef.

Hinterher ist man immer klüger, und in Anbetracht dessen, wie es weitergegangen war, hatte sich ihre Entscheidung von vor zwei Jahren – in die sie Arnt nicht eingeweiht hatte – als absolut richtig erwiesen. Aber dennoch. Genauso gut konnte man wohl sagen, dass sie einfach nicht der Typ für feste Beziehungen war. Sobald es mit jemandem ernst wurde, hatte sie in der Regel die Flucht ergriffen, und seit dem Abschluss ihres Englischstudiums war sie noch nie irgendwo fest angestellt gewesen, sondern hatte immer nur Vertretungsstellen und vorübergehende Beschäftigungen angenommen. Bisher war das für sie der einzig gangbare Weg gewesen, aber jetzt ... Ein Synonym für Frustration mit sechs Buchstaben: Linnea.

In dem Versuch, die düsteren Gedanken abzuschütteln, rappelte sie sich auf und ging noch einmal zurück zum Wasser, dessen Stand in der Zwischenzeit ein Stück gestiegen war. Als sie probeweise die Finger hineintauchte, erstarrten sie augenblicklich vor Kälte. Schnell zog sie die Hand zurück und ließ den Blick über das Meer gleiten. An ein paar Inselchen und Schären blieb er hängen, sie lagen da wie willkürlich von einem Riesen dahingestreut. Nichts war symmetrisch. Die Wellen schlugen unermüdlich gegen die Steine und ans Felsufer. Das Meer schien heute gut gelaunt zu sein, sein Plätschern klang

ein bisschen wie das muntere Geplauder auf einer Teegesell-
schaft, ein Kichern und Schwatzen, das mal anstieg, mal abfiel.
Linnea musste unweigerlich lächeln, denn es wirkte so lebendig. Sollte die Einsamkeit zu groß werden, konnte sie einfach
hierherkommen und einen Plausch mit dem Meer halten, das
war immerhin etwas.

KAPITEL 4

Edith sah gerade noch den Rücken einer Frau zum Wasser hinunter verschwinden, als sie die Küchentür hörte. Mit vorwurfsvollem Blick drehte sie sich zu Karl um. Er hatte sich offenbar von irgendetwas aufhalten lassen.

»Also, jetzt hätt ich dich wahrhaftig bald vermisst gemeldet! Du solltest doch nur eben schnell rübergehen und rauskriegen, wer da gekommen ist«, sagte sie und redete gleich weiter, ohne ihren Mann zu Wort kommen zu lassen.

»Sind das die Erben?«, wollte sie wissen und schaltete das Radio aus, um auch auf jeden Fall zu hören, was Karl zu sagen hatte. »Dann kommen sie jedenfalls keinen Tag zu früh, aber wieso ausgerechnet jetzt, kurz vor der Dunkelzeit? Soll das Haus etwa verkauft werden? Doch wohl hoffentlich nicht an die Gemeinde, dann ziehen da nur Ausländer oder Alkoholiker ein.« Edith hielt inne und ließ Karl erst einmal seinen Stammplatz auf dem Schaukelstuhl vorm Ofen einnehmen, an dessen Glasscheibe die Flammen emporzüngelten, als wären sie ebenso begierig auf den neusten Klatsch und Tratsch. Karl trug immer noch seinen Arbeitsanzug. Würde Edith ihm nicht verbieten, sich damit an den Esstisch zu setzen, würde er vermutlich den lieben langen Tag darin herumlaufen. Karl hatte immer irgendetwas draußen zu tun.

»'ne junge Frau aus der Hauptstadt ist das, ist den ganzen weiten Weg mit dem Auto gekommen. Macht 'nen netten Eindruck. Höchstens dreißig, würd ich meinen. Sie hat auch gesagt, wie sie heißt, aber ich hab's schon wieder vergessen. Ach doch, Lina, glaub ich. Und sie ist keine von den Erben, darf aber eine Weile in dem Haus wohnen«, erklärte Karl.

»Aber was um alles in der Welt will sie denn so ganz allein hier oben?« Ediths Stimme war prompt ein paar Lagen nach oben gerutscht.

»Keine Ahnung. Vielleicht hat sie ja keine Familie.«

»Das ist doch merkwürdig. Mit welcher Arbeit kann man denn einfach so quer durchs Land reisen?« Edith klang beinahe empört.

»Weiß ich auch nicht, hab vergessen, danach zu fragen.« Karl räusperte sich und wippte mit dem Schaukelstuhl vor und zurück.

Edith schüttelte sich. »Dann ist das womöglich so eine Sozialhilfeempfängerin. Na ja, aber wenn sie einen netten Eindruck macht, wie du sagst, werden wir sie wohl trotzdem mal zum Kaffee herbitten. Uns soll niemand nachsagen, wir wären nicht gastfreundlich. Und sie kennt ja bestimmt die Erben, oder?«, fragte Edith und begann, die nötigen Zutaten für einen Brotteig zusammenzusuchen. Sobald irgendetwas anstand, war sie voller Elan.

»Ja, wenn ich es richtig verstanden habe, ist sie mit der Tochter von Borghilds Sohn befreundet. Der hat doch Maries Haus übernommen, oder?«

Edith nickte gedankenversunken, während sie die Backschüssel aus dem Eckschrank holte. »Ich meine schon. Mit dieser Tochter war er doch zur Beerdigung hier. Wenn ich mich nicht irre, hat er nur die eine. Von Borghilds anderen Kindern hat sich ja keiner hier blicken lassen, die sollten sich was schämen«, schnaubte Edith. »Und die zwei Herzchen, die da waren, haben sich gerade mal zwei Tage Zeit für Marie genommen und sind obendrein zu spät gekommen. So ein Trauerspiel wünsche ich wirklich niemandem. Aber die Beerdigung war schön, muss ich schon sagen. Der Pastor hat sich ordentlich ins Zeug gelegt. So eine Abschiedspredigt kriegt nicht jeder.«

Nachdem die trockenen Zutaten in der Schüssel vermischt waren, prüfte Edith mit dem kleinen Finger, ob die Milch auf dem Herd die richtige Temperatur hatte, um die Hefe darin aufzulösen. Sie ärgerte sich, dass sie die Gedanken an Marie nicht einfach abschütteln konnte. Sie waren wie die Kletten, die sich an ihre Wolljacke hefteten, wenn sie Karl mal wieder vom Strand hochholen musste, weil er mit irgendetwas beschäftigt war und die Zeit vergessen hatte. Letzte Nacht hatte sie sogar geträumt, dass Karl und Marie eng umschlungen miteinander tanzten, während sie selbst nur danebenstehen und zusehen konnte, weil ihre Schuhe am Boden festklebten.

»Wie lange bleibt die junge Dame denn?«, fragte sie, um ihre eigenen Gedanken zu übertönen.

»Kam mir unpassend vor, danach zu fragen, sie ist ja gerade erst angekommen«, erklärte Karl.

Grummelnd stellte Edith den Teig zum Gehen beiseite und griff dann nach der Kaffeekanne, um sich und Karl eine Tasse einzuschenken. Der fischte sich ein Stückchen Zucker aus der Schale auf der Arbeitsplatte, tunkte es in den Kaffee und schob es sich genüsslich in den Mund.

»'ne Spürnase bist du nicht gerade, Karl. Gut, dass du nicht bei der Polizei angefangen hast.«

Eine Weile herrschte Schweigen, dann fuhr Edith fort: »Ja, ja, warten wir's mal ab. Die meisten halten es ja nicht sehr lange hier aus. Weißt du noch, diese Lehrerin, die vor ein paar Jahren herkam und gleich am nächsten Tag die Fähre zurück und den ersten Flug Richtung Süden genommen hat? Und dann so ganz allein in dem großen Haus. Hoffentlich hat sie keine Angst im Dunkeln und starke Nerven. Zu unserer Zeit hätte es das nicht gegeben, Karl. Damals wäre man nie auf die Idee gekommen, einfach mutterseelenallein durch die Gegend zu gondeln. Und es hat uns ja auch nicht geschadet, zu Hause zu bleiben. Der eine Urlaub im Süden hat mir schon gereicht, besten Dank, das machen wir nicht noch mal«, sagte Edith und stellte die Kaffeetasse scheppernd zurück auf die Untertasse.

»Hast du übrigens noch mal über Ingers Vorschlag nachgedacht, dass wir über Weihnachten nach Bergen kommen?«, fragte Karl.

»Ja, ich hab ihr schon abgesagt«, kam es prompt zurück.

Edith verstand nicht, warum ihre Tochter nicht mit dem Schwiegersohn und den beiden Enkeln bei ihnen auf Hjartøy Weihnachten feiern konnte. An Geld mangelte es jedenfalls nicht, Inger war Anwältin und Olav ein hohes Tier in der Gemeindeverwaltung. Früher, als die Kinder noch klein waren und sie den Gürtel enger schnallen mussten, waren sie jedes zweite Jahr mit dem Auto hochgekommen, aber jetzt, da sie aus dem Gröbsten raus waren und es sich leisten konnten zu fliegen, schien es nie zu passen. Ein, zwei Wochen Sommerurlaub konnten sie immerhin noch für sie und Karl abzwacken. Und Inger rief regelmäßig an, da gab es nichts, auch wenn die Gespräche nie so vertraut waren, wie Edith es sich wünschen würde.

»Das siehst du doch genauso. Wir können ja Helge über Weihnachten nicht allein lassen«, sagte Edith resigniert.

»Helge ist über fünfzig«, rief Karl ihr in Erinnerung.

»Kann schon sein, aber außer uns hat er nun mal niemanden, der Ärmste. Und so heimatverbunden, wie er ist, bringen ihn keine zehn Pferde über Weihnachten an die Westküste.«

Zu Ediths großem Bedauern war es dem Sohn bisher nicht geglückt, eine Familie zu gründen, trotz seiner guten und sicheren Stelle als Nautischer Offizier und einen eigenen Hauses drüben in der Stadt mit wunderschönem Blick direkt auf Hjartøy. Er hatte nicht eine Krone Schulden, da war sie sich sicher. Keinen Kratzer im Lack. Sie wusste wirklich nicht, was mit dem Jungen nicht stimmte. Wenn sie versuchte, mit Karl darüber zu reden, bekam sie immer nur zu hören, dass Helge ein erwachsener Mann sei und sie sich da rauszuhalten hätten. Über Gefühle hatte Karl noch nie gern geredet.

»Also ist es beschlossen«, fasste Karl zusammen. »Dann kann Weihnachten ja auch dieses Jahr wieder kommen.«

Eine Weile saßen sie noch beisammen und dachten an ihr erstes Weihnachtsfest im »neuen Haus« zurück, wie sie es damals nannten, obwohl es eigentlich alt war. Aber für sie war es neu gewesen, und es hatte ihnen gehört. Am ersten Weihnachtstag hatten sie sowohl ihre als auch seine Familie zum Kaffeetrinken eingeladen, und mit Groß und Klein waren insgesamt achtzehn Personen zusammengekommen. Die Kinder mussten auf dem Boden sitzen, aber es war ja überall blitzeblank gewesen. Bergeweise Weihnachtsgebäck war schneller verschwunden, als man gucken konnte. Sie hatten vielleicht nicht viel Geld, aber dafür einander und nun auch ein eigenes Haus. Ein Haus, das jedes Jahr aufs Neue weihnachtlich geschmückt wurde, und so sollte es auch dieses Jahr wieder sein. So wahr sie Edith Sletten hieß und alle fünf Sinne beisammenhatte.

KAPITEL 5

Am nächsten Tag beschloss Linnea, sich den Rest des Hauses einmal genauer anzusehen, und das unangenehme Gefühl, dabei in fremder Leute Sachen herumzuschnüffeln, schob sie erfolgreich beiseite. Man hatte ihr schließlich erlaubt, hier zu wohnen, sagte sie sich.

Von der Küche führte eine Tür in ein großes Wohnzimmer, und als sie den Lichtschalter an der Wand betätigte, erstrahlte ein vornehmer Kronleuchter unter der Decke. Er hing über einem massiven Eichenholzesstisch mit passenden Stühlen rundherum. Das Ganze sah aus wie einem Möbelkatalog der 1950er-Jahre entsprungen. Auf dem Tisch war eine hübsch bestickte Decke ausgebreitet, und in der Mitte stand ein dreiarmiger Kerzenleuchter aus Messing, dessen Kerzen halb heruntergebrannt waren. Unter einem der Fenster thronte eine Anrichte im selben Stil wie der Esstisch, und an einer Wand stand ein großer, runder Holzofen, der fast bis zur Decke reichte. An den Wänden ringsherum hingen Landschaftsmalereien und gestickte Bilder, und zwischen zwei Fenstern entdeckte Linnea eine altmodische Wanduhr mit Pendel und zierlichen Schnitzereien. Die Zeiger waren auf Viertel nach fünf stehen geblieben.

Durch eine andere Tür in der Küche ging es in ein kleines, gemütliches Zimmer. So etwas nannte man früher wohl ein Kämmerchen, dachte Linnea. Sie ließ die Tür offen, damit die Wärme sich hierhin ausbreiten konnte. Die eine Wand war mit vollen Bücherregalen bedeckt, und davor stand ein Lehnsessel mit Schafsfell. Linnea konnte sich gut vorstellen, dass Marie hier die dunklen Herbst- und Winterabende verbracht und sich in die Welt der Literatur geträumt hatte, belesen, wie sie Karl zufolge gewesen war. An so einem entlegenen Ort war eine Vorliebe für Bücher sicher nicht von Nachteil. Zumindest als es noch kein Internet gab. Ach ja, das Internet. Sie musste unbedingt daran denken, einen Anbieter zu finden. Nur übers Netz konnte sie ihrer Arbeit nachgehen – und verlor nicht gänzlich den Anschluss zur Außenwelt.

Vom Kämmerchen gelangte man hinaus auf die Glasveranda mit dem überwältigenden Blick aufs Meer. Auf den breiten Fensterbrettern standen lauter bunte Blumentöpfe aufgereiht. An der Wand hing ein Bild, das sich von den Reproduktionen im Wohnzimmer unterschied. Es war ein Ölgemälde von einem kleinen Mädchen in einem Ruderboot. Die Umgebung erinnerte an Hjartøy, und der Künstler hatte das magische Licht überaus naturgetreu eingefangen. Linnea versuchte, die Signatur zu entziffern. Das war nicht so leicht, doch schließlich las sie den Namen E. Waagen. Ein runder Tisch und ein kleines Sofa dominierten den Raum. Der Sofabezug war aufs Feinste bestickt: Die Sitzfläche zierte ein raffiniertes Blumenmuster in zarten Farben, und auf der Lehne war ein junges, stilvolles Paar in der Mode des 19. Jahrhunderts abgebildet. Es war eiskalt hier draußen, sodass Linnea schnell wieder zurück in die nette kleine Kammer ging.

Am Fenster des Kämmerchens stand ein Schreibtisch, oder besser gesagt ein Sekretär, und durch die dünnen Spitzengardinen waren die Umrisse der Berge zu erkennen, die in dem schummrigen Tageslicht beinahe schwarz aussahen. Linnea holte ihren Laptop aus der Küche und stellte ihn auf die Tischplatte; kein Zweifel, das hier musste ihr Arbeitsplatz werden. Nun brauchte sie nur noch einen Schreibtischstuhl und eine ordentliche Arbeitslampe. Und vielleicht ein paar Pulswärmer, denn vom Fenster her zog es.

Sie öffnete die Schublade unter der Tischplatte, und ein unbestimmbarer Geruch, muffig und ein wenig stechend, mit einem leichten Rosenduft trat hervor. Ihr Blick fiel auf ein altmodisches Briefpapierset, mit Briefbögen und Umschlägen, die ziemlich exklusiv aussahen. Alvøen. So hieß doch ein Ort in der Nähe von Bergen. Neben einer henkellosen Tasse mit der verblichenen Goldaufschrift »Tante«, die Buntstifte, Büroklammern und Knöpfe enthielt, lagen ein paar Kugelschreiber. Als sie die Schublade noch ein Stück weiter aufzog, kam ein Kästchen zum Vorschein. Es war eindeutig handgemacht, und auf dem Deckel war ein Engel eingraviert, der etwas in der Hand hielt, vielleicht eine Kerze.

Mit einem fast ehrfürchtigen Gefühl nahm Linnea den Deckel ab und fand im Inneren ein paar einfache Gratulationskarten, die dem Design nach zu urteilen vielleicht aus den 1970er- und 1980er-Jahren stammten. Darauf standen nur kurze, von Hand geschriebene Grüße: *Mit den herzlichsten Glückwünschen, Zur Feier des Tages, Wir gratulieren zum Jubiläum.* Keine war unterschrieben, aber es war dieselbe Handschrift auf allen. Sie wirkten wie etwas, das von einem Arbeitgeber oder Verein überreicht worden war, mit einem Blumenstrauß oder einer Schachtel Pralinen vielleicht. Nur die letzte Karte unterschied sich von den anderen. Auf der Vorderseite war eine Katzenmutter mit zwei Jungen in einem Korb abgebildet, und hinten drauf stand in kindlichen Buchstaben geschrieben: *Für Marie. Du bist so liep! Viele Grüße Inger.*

Unter den Karten lag eine Todesanzeige aus einer Zeitung: *Unserer lieben Borghild Stenberg.* Iris' Großmutter und Maries Schwester. Sie war vor zwanzig Jahren *fortgegangen.* Die Anzeige war schlicht und mit einem Kreuz und einem kurzen Trauerspruch versehen: So tapfer gekämpft, ruh nun in Frieden. Darunter standen die Namen der Hinterbliebenen. Iris' Vater Mathis war ganz unten neben den beiden anderen Kindern

Magne und Reidun aufgeführt und Iris zusammen mit den anderen Enkeln, insgesamt fünf an der Zahl.

Darüber hinaus enthielt das Kästchen einige unbeschriebene Postkarten, die meisten mit Kunstmotiven. Auf einer erkannte Linnea Harald Sohlbergs *Winternacht in Rondane*. Sie dachte, das sei alles, doch unter der allerletzten Karte entdeckte sie schließlich noch weitere Zeitungsausschnitte. Keine Todesanzeigen, sondern Gedichte, wie es schien. Sie waren mit nur einem Buchstaben signiert: M. Hatte Marie die geschrieben? Das konnte schon sein, andererseits gab es ja eine Unzahl von Vor- und Nachnamen, die mit diesem Buchstaben anfingen. Das erste Gedicht trug den Titel »Wellengesang«:

Ich horchte nach deinem Herzschlag in den Wellen,
die an den Strand schlugen,
suchte nach deinem Atem in den letzten Tönen
der Sturmsymphonie.
Durch die klagenden Schreie der Vögel
hörte ich dich nach mir rufen.
Doch nur der Wellengesang
antwortete meinem Sehnen.

Linnea spürte, wie ihr eine Gänsehaut über die Arme lief. Da waren noch mehr Gedichte, die sie aber nur kurz überflog. Die würde sie sich für später aufheben, beschloss sie.

Jetzt wollte sie erst einmal eine Erkundungsfahrt über die Insel machen. Außerdem musste sie tanken, und direkt am Fähranleger hatte sie eine kleine Tankstelle gesehen.

Als sie die Haustür öffnete, schlug ihr ein kühler Luftzug entgegen, und sofort sah sie ein, dass sie besser noch mal hineinging, sich einen dickeren Pulli anzog und bei der Gelegenheit auch gleich Handschuhe und Schal holte.

Das Auto röchelte kurz auf, bevor der Motor richtig ansprang, so als müsste es sich auch erst einmal an das Klima gewöhnen. Sobald sie wieder in Oslo wäre, würde sie es verkaufen. In der Stadt hatte ein Auto keinerlei Vorteile, zumindest nicht, wenn man zentral wohnte. Sie fuhr auch nicht besonders gern, den Führerschein hatte sie eigentlich nur gemacht, weil ihr Vater sie regelrecht dazu gedrängt und ihr alle Fahrstunden bezahlt hatte.

Die Landschaft auf der Insel war überraschend abwechslungsreich. An manchen Stellen führte die Straße ganz unten am Wasser entlang, wo sie bei Sturm vermutlich vollständig überschwemmt wurde, wie man sich leicht vorstellen konnte. Nach fünfzehn Minuten Fahrt befand Linnea sich plötzlich auf einem Berg, und vom Meer war weit und breit nichts mehr zu sehen. Stattdessen tauchte hinter der nächsten Kurve ein kleiner See auf, den ein paar niedliche kleine Holzhütten säumten. Über weite Strecken gab es überhaupt keine Bebauung, dann wieder offenbarten sich mit einem Mal hier und da kleine Häusergruppen. Karl hatte gesagt, dass auf Hjartøy um die tausend Menschen lebten, doch die schienen gut versteckt zu sein.

Die Fahrt um die Insel hatte fast eine Stunde gedauert, und als Linnea die Südspitze umrundete und nur noch die letzte Etappe des Rückwegs vor ihr lag, bog sie an einem Aussichtspunkt ab und stieg aus dem Wagen. Von hier aus blickte sie auf das gewaltige Meer, das sich rundherum ausbreitete und dessen Wellen sich an den Felsen weiter unten brachen. Weit draußen am Horizont konnte sie die Umrisse einiger seltsamer Berge ausmachen; sie ragten wie Stümpfe in einer lückenhaften Zahnreihe empor. Ob da wohl auch noch Menschen wohnten? Ein Windstoß erfasste ihre offene Jacke und ließ sie wie ein Segel nach hinten abstehen. Linnea breitete die Arme aus, sie hatte fast das Gefühl, vom Boden abzuheben, und ging noch etwas näher an den Rand des Plateaus heran, um ihre Lungen mit der salzigen Meeresluft zu füllen. Mit einem Lächeln auf den Lippen atmete sie tief ein und spürte, wie die Natur ihr Kraft verlieh.

Als sie sich gerade umdrehen und zurück zum Auto gehen wollte, war ihr, als versetzte ihr jemand einen Stoß in den Rücken. Sofort packte sie die Angst, und zu spät erst begriff sie, dass sie von einem kräftigen Windstoß überwältigt worden war. Sie schaffte es nicht mehr, das Gleichgewicht wiederzuerlangen, geriet ins Stolpern, und im nächsten Moment kam sie auch schon unsanft auf dem Boden auf. Jetzt sterbe ich, und alles war umsonst, dachte sie, dann wurde ihr schwarz vor Augen.

Linnea wusste nicht, wie lange sie bewusstlos gewesen war. Fröstelnd kam sie wieder zu sich und brauchte erst einmal einen Moment, um sich zu orientieren. Als sie es schließlich schaffte, den Kopf zu heben, sah sie den Autoschlüssel, den sie zuvor in der Hand gehalten hatte, er lag gefährlich nah am Abgrund. Mit Mühe gelang es ihr, sich auf den Rücken zu drehen, und im selben Moment spürte sie etwas Warmes über ihre rechte Wange laufen. Da sie nicht weinte, ging sie davon aus, dass es sich um Blut handelte. Bei einem Blick an sich hinunter sah sie, dass ihre Hose mit grünem Schleim und Matsch beschmiert war. Wäre sie abergläubisch gewesen, hätte sie leicht auf den Gedanken kommen können, dass irgendjemand etwas gegen ihre Anwesenheit auf der Insel hatte.

Schnell ging sie sämtliche Körperteile durch, die noch funktionierten. Das Gesicht war zwar verletzt, aber da ihr weder schwindlig noch übel war, schien der Kopf ansonsten nichts abbekommen zu haben. Vorsichtig streckte sie den linken Arm nach dem Autoschlüssel aus. Das ging zum Glück. Die rechte Handfläche war mit kleinen Steinchen übersät, und als sie versuchte, sie abzustreifen, brannte es höllisch.

Ihr rechter Fuß fühlte sich gut an, nur der linke machte Probleme. Sobald Linnea auf die Beine zu kommen versuchte, durchfuhr sie ein stechender Schmerz. Verdammt, sie musste irgendwie zurück zum Auto gelangen und nach Hause fahren. Bescheid sagen konnte sie von hier aus auch niemandem, denn das Handy lag natürlich auf dem Beifahrersitz. Bis sich irgendwer über das Auto wunderte, das so lange am Aussichtspunkt parkte, würde einige Zeit vergehen, und hier unten in der Schottergrube war sie von der Straße aus unmöglich zu sehen. Das Blut strömte ihr nur so übers Gesicht, und sie hatte nichts als ihren Kaschmirschal, um es abzuwischen.

Sie biss die Zähne zusammen und unternahm einen neuen Versuch aufzustehen. Solange sie den linken Fuß nicht belastete, ging es einigermaßen. Ein Glück. Nun konnte sie vorsichtig aus der Senke klettern und zum Auto humpeln. Der Schmerz jagte ihr durch den Körper, und ihre Augen füllten sich mit Tränen.

Als sie es endlich ins Auto geschafft hatte, war sie schweißgebadet. In diesem Zustand zu fahren war eigentlich kaum zu verantworten, aber sie hatte keine Wahl. Ganz langsam und mit größter Vorsicht musste es gehen. Ein Blick in den Spiegel ließ sie zusammenzucken: Ihr Gesicht war zur Hälfte mit angetrocknetem Blut bedeckt, unter dem rechten Auge klaffte eine große Schürfwunde, in der noch Reste von grobem Sand saßen, und auf der Stirn trat eine Beule hervor. Die Kraft, von der sie vor wenigen Minuten noch erfüllt gewesen war, schwand dahin und ließ sie mit einem maßlosen Gefühl von Missmut und Einsamkeit zurück.

KAPITEL 6

»Huhu!«

Eine Woche war vergangen und Linneas Fuß vollkommen wiederhergestellt, als sie beim Holzholen im Schuppen plötzlich eine fremde Stimme hörte. Sie fuhr derart zusammen, dass die Scheite auf ihrem Arm zu Boden fielen und kreuz und quer durcheinanderpurzelten.

»Ach, entschuldigen Sie bitte, ich wollte Sie auf keinen Fall so erschrecken.«

In der halb geöffneten Tür stand eine Gestalt, die sich den Südwester aus der Stirn schob und mit neugierigen, aber freundlichen braunen Augen zu Linnea hinübersah.

»Ich wollte nur sagen, wie froh wir sind, dass jetzt jemand Ordentliches in das alte Marie-Haus eingezogen ist.« Die Frau hielt inne, und Linnea spürte förmlich ihren Blick auf der Wange. Kein Wunder. Die Schürfwunde von der unsanften Begegnung mit dem Schotter war immer noch nicht ganz verheilt, und das einzige Pflaster, das sie gefunden hatte, war mit Donald-Duck-Motiven versehen.

»Wenn ich es richtig verstanden hab, sind Sie eine Bekannte von Borghilds Familie«, fuhr die Frau schließlich fort. »Seit Maries traurigem Tod war ja niemand mehr hier. Wie lange werden Sie denn bleiben? Ich hab schon zu meinem Mann gesagt, es wär ja schön, wenn jemand für länger käme.« Die Frau holte Luft, und da begriff Linnea plötzlich, wer vor ihr stand.

»Sie müssen Karls Frau sein, Edith, richtig?«, sagte sie.

»Dem ist wohl so. Also herzlich willkommen, Lina«, sagte die Nachbarin mit blinzelnden Augen hinter ihrer Brille.

»Linnea.«

»Was?«

»Mein Name. Ich heiße Linnea, nicht Lina.«

»Ach so. Dann muss Karl das falsch verstanden haben, er hört nicht mehr so gut. Ich red schon die ganze Zeit davon, dass er sich mal Hörgeräte zulegen soll, aber nichts zu machen. Eigentlich wollte ich auch nur Bescheid sagen, dass Sie jederzeit zu uns kommen können, wenn Sie bei irgendwas Hilfe brauchen. Wir sind eigentlich immer zu Hause, sowohl ich als auch mein Göttergatte, und Karl ist der geschickteste Bastler hier in der Gegend. Für den Fall, dass Ihnen mal was kaputtgehen sollte, meine ich. Wir zwei buckligen Alten haben keine großen Pläne mehr, und das Haus haben wir inzwischen für uns«, sagte sie.

»Ich finde, Sie wirken noch ziemlich agil, alle beide.« Linnea versuchte zu lächeln, hatte aber das Gefühl, nur eine halbherzige Grimasse zustande zu bringen. Ihre Laune an diesem Tag war nicht die beste. Schon beim Aufwachen hatte sie eine akute Sehnsucht nach Asphalt, Coffee to go und Berufsverkehr verspürt. Und das Wetter war gelinde gesagt miserabel. Über der Landschaft hing ein dicker, grauer Vorhang, der sich einfach nicht auftun wollte. Er wurde nur dichter und ähnelte schließlich einem bleiernen Mantel, der auch auf ihre Schultern drückte. Was für eine aberwitzige Idee hierherzukommen. Bisher hatte sie nur kostbare Zeit verschwendet, die ihr niemand zurückgeben konnte. Arthur zeigte sich solidarisch und schmollte ebenfalls. Er war kaum vor der Tür gewesen und pendelte nur zwischen Fressnapf und Bett hin und her.

Edith war ungefähr eins sechzig groß und hatte ein paar Kilo zu viel auf den Hüften, ohne dass sie jedoch übergewichtig wirkte. Das graumelierte Haar unter dem Südwester schien zu einer praktischen Frisur zurechtgestutzt zu sein.

»Ja, mag sein, es gibt sicher welche, die schlechter dran sind als wir. Wir beklagen uns nicht mehr als nötig«, erklärte sie.

»Sie waren sicher mit Marie befreundet, oder? Wo Sie so nah beieinander gewohnt haben, meine ich.« Linnea hatte das Gefühl, das Gespräch noch ein wenig in Gang halten zu müssen.

»Befreundet ... nein, so würde ich das nicht gerade nennen. Marie hat sich ziemlich eingeigelt, es gab nicht viele, die an sie rankamen«, erwiderte Edith ausweichend und wechselte das Thema. »Aber um den Garten ist es wirklich schade, der war in der ganzen Gegend bekannt, und jetzt ist er so verkommen. Im Frühling werden Sie da richtig was zu tun haben.« Edith schob sich den Südwester zurecht. »Na ja, dann werd ich wohl mal wieder.« Sie zögerte einen Moment, als wartete sie darauf, dass Linnea sie noch hereinbitten würde. Doch das musste warten.

»Danke für die nette Begrüßung, Edith, wir sehen uns dann bestimmt bald wieder«, sagte sie so aufrichtig sie konnte und hob die Hand zum Gruß.

Langsam, aber sicher kam sie sich hier wie die reinste Touristenattraktion vor. Als sie vor zwei Tagen ein wenig im Garten herumgehumpelt war, hatte ein Traktor auf der Straße angehalten, und sie hatte gesehen, wie der Fahrer zum Haus herübergestarrt hatte. Mindestens eine Minute war er dort stehen geblieben, bevor er langsam weitergetuckert war. Sie rechnete fast damit, dass demnächst ein ganzer Bus voller neugieriger Inselbewohner die Einfahrt hochgerollt kam, die mit dem Finger auf sie zeigten und anhand ihres singenden Dialekts herauszufinden versuchten, wer sich da wohl in ihr Territorium verirrt hatte. Nein, jetzt war sie gemein!

Als die Holzscheite im Haus verstaut waren, fühlte sie sich nach wie vor rastlos und beschloss, mal die Böden zu putzen, um den muffigen Geruch loszuwerden und es einfach ein bisschen schöner zu haben. An Arbeit war ohnehin nicht zu denken, solange sie keinen Internetanschluss hatte – und bis der eingerichtet war, konnte etwa eine Woche vergehen, hatte es geheißen. Das nannte man dann wohl entschleunigtes Leben.

In einer Abstellkammer im Flur fand sie einen altmodischen Wischer, außerdem Eimer, Lappen und Putzmittel. Auch hier war alles picobello. Marie musste ein sehr ordnungsliebender Mensch gewesen sein. Nachdem Linnea mit der Küche und der kleinen Kammer fertig war, fühlte sie sich warm und zufrieden. Bewegung half offenbar gegen schlechte Laune. Jetzt nur noch der Flurboden, dann konnte sie eine wohlverdiente Kaffeepause einlegen. Sie rollte den Kunststoffläufer zusammen und hängte ihn draußen über das Geländer. Praktisch war er ja, aber nicht besonders hübsch. Neben einem großen Kleiderschrank und einem alten Konsolenspiegel stand im Flur nur ein Telefontisch aus Teak mit einem rotbezogenen Sitz und einer kleinen Schublade. Darauf befand sich auch das Telefon, es war sogar noch eingestöpselt. Linnea zögerte kurz, dann zog sie den Stecker, wickelte die Leitung um den Apparat und verstaute ihn in der Schublade. Darin lagen lediglich ein Bezirkstelefonbuch und eins dieser altmodischen Telefonregister mit einem Schieber, den man zu den einzelnen Buchstaben ziehen konnte, woraufhin sich automatisch die Seite mit den entsprechenden Einträgen öffnete. Ihre Großmutter hatte ein ganz ähnliches gehabt, erinnerte sie sich, und als hätte sie ein Spielzeug in der Hand, begann sie, den Mechanismus einmal auszutesten.

Die Seite für A war leer, doch unter B war in deutlicher Druckschrift *Bäcker* zu lesen. Die Nummer dazu war durchgestrichen und durch eine neue ersetzt worden. Der nächste, etwas verblasste Eintrag war *Borghild* mit einer Osloer Nummer aus der Zeit, als es noch Ortsvorwahlen gab. Linneas Neugier war geweckt, und nun ging sie Buchstabe für Buchstabe das ganze Register durch. Viel enthielt es nicht. Da war Ediths und Karls

Nummer, und unter H fand sie zwei Leute namens Hans und Gerd. Außerdem war in Großbuchstaben der Name Inger aufgelistet. Der war ihr doch schon einmal irgendwo begegnet. Ja, genau, auf der Geburtstagskarte im Sekretär. Und dann fiel es ihr ein: Das war die Tochter, von der Karl gesprochen hatte und die so gern mit Marie zusammen gewesen war. Weiter waren der Landarzt und die Kommunalverwaltung aufgeführt, und außerdem das Krankenhaus, das war der letzte Eintrag vor dem Buchstaben Z. Linnea runzelte die Stirn. Was stand da? Rade Zorić, gefolgt von einer Handynummer. Ob das auch ein Nachbar war, vielleicht der Schafsbauer, den Karl erwähnt hatte? Aber was spielte das für eine Rolle. Schwungvoll schloss sie das Register wieder, legte es mit dem Telefon zurück in die Schublade und machte sich daran, auch den letzten Boden zu putzen.

Nach einer Tasse Kaffee und zwei der Brötchen, die sie am Tag zuvor gebacken hatte, war nicht nur ihre Laune besser, auch die Wolkendecke begann sich langsam zu lichten.

Linnea beschloss, einen Spaziergang zu dem Friedhof zu machen, auf dem Marie begraben war. Er lag ein paar Kilometer entfernt, genau richtig für einen kleinen Ausflug, wie sie fand.

Als sie in den Garten kam, tauchte Arthur auf und strich ihr um die Beine, als wollte er ihr sagen, dass dies der reinste Katzenhimmel auf Erden sei. Wenn es nicht regnete, bekam sie ihn kaum zurück ins Haus. Es schien so, als würde er sich vom Stubenhocker allmählich zu einem regelrechten Outdoor-Kater entwickeln.

Auf der Straße drehte sie sich noch einmal um und betrachtete das Haus. In einer Verkaufsanzeige wäre es sicher als *Immobilie mit viel Potenzial* beschrieben worden, und neben dem weitläufigen, kinderfreundlichen Garten hätte der Makler wohl den Meerblick hervorgehoben und sicher auch darauf verwiesen, dass die gesamte obere Etage vermietet werden könnte. Im

Raum Oslo wäre es garantiert für einen zweistelligen Millionenbetrag weggegangen.

Ein Teil der Häuser, an denen sie auf ihrem Spaziergang vorbeikam, wirkte verfallen und war sichtlich unbewohnt, aber es gab auch das genaue Gegenteil: Häuser mit angebauten Veranden, Erkern und Fenstern, die im Kontrast zur ursprünglichen Architektur standen. Ein Bauernhof verfügte über ein großes, weißgestrichenes Wohnhaus im Nordlandstil mit überdimensionalen Panoramafenstern und ein nicht minder großes Stallgebäude, das recht neu aussah. Dazwischen standen lauter landwirtschaftliche Fahrzeuge herum, und auf den Feldern lagen weiß eingepackte Heuballen wie Marshmallows verteilt. Ein Hund, der einem zu klein geratenen Eisbären ähnelte, begann zu bellen, als sie sich näherte. Hier musste der Schafsbauer wohnen. Auf die Frage, ob er nett sei, hatte Karl nur ausweichend geantwortet.

Die weiße Holzkirche, die Linnea schon von ihrer Rundfahrt kannte, war wunderschön gelegen. Auf der einen Seite breitete sich das Meer aus, auf der anderen eine waldbedeckte Hügellandschaft, durch die sich ein kleiner Fluss wand. Das schwarze schmiedeeiserne Tor glitt etwas widerwillig auf, und nachdem Linnea hindurchgetreten war, ging sie zu dem Teil des Friedhofs, wo sich Karls Angaben zufolge Maries Grab befand.

Beim Gedanken an das alte Ehepaar musste sie schmunzeln. Die beiden waren so unterschiedlich, ergänzten sich aber zugleich und waren nach einem langen gemeinsamen Leben gut aufeinander eingespielt. Ihr kam ein altes Grab auf Vår Frelsers Friedhof zu Hause in Oslo in den Sinn. Dort lag ein altes Ehepaar namens Justus und Johanna, wenn sie sich recht entsann, und obendrauf waren zwei Bäume gepflanzt, deren Stämme irgendwann zu einem einzigen zusammengewachsen waren. Die Baumkronen waren eng ineinander verschlungen. In der romantischsten Phase ihrer Jugend hatte sie hin und wieder Jungs mit dorthin genommen, in die sie verliebt gewesen war, doch die hatten den Wink mit dem Zaunpfahl nicht verstanden. Sei seufzte. So eine große Liebe würde sie wahrscheinlich nie erleben. Aber im Grunde war das auch egal, allein ging es ihr sowieso am besten.

Ohne genau zu wissen, wie es geschehen war, stand sie plötzlich vor Maries Grab. Der Grabstein war schlicht, er hatte abgerundete Kanten und eine Borte in jeder Ecke. Der Name *Marie Josefine Dalmoe* war in den Stein eingeprägt und silbern ausgemalt, genau wie die Lebensdaten und die Inschrift *Ruhe in Frieden* ganz unten. Davor stand eine verblühte Pflanze, die Edith vermutlich vor einiger Zeit vorbeigebracht hatte. Karl hatte ja erwähnt, dass sie gelegentlich nach dem Grab sah. Linnea beugte sich hinunter und pflückte die welken Blüten ab. Was wohl zwischen Marie und Edith gewesen war? Im Laufe des kurzen Gesprächs mit Edith hatte sie den Eindruck bekommen, dass da irgendetwas nicht stimmte. Edith wirkte eifersüchtig. Ob Karl und Marie eine Affäre gehabt hatten? Karl mit seinem freundlichen Blick, dem dunkelblauen Arbeitsanzug und der schräg sitzenden Baskenmütze. Fast hätte sie es ihm gegönnt, aber für die untreue Sorte Mann hielt sie ihn eigentlich nicht.

»Ich hoffe, du hattest ein gutes Leben, Marie«, sagte sie in Richtung Grabstein. »Ich fühle mich jedenfalls wohl in deinem Haus. Und ich könnte mir vorstellen, dass du vielleicht immer noch dort bist und ein bisschen aufpasst«, fuhr sie fort und schämte sich zugleich für ihre ins Nichts gerichteten Worte. Dieses Leben auf dem Land machte sie wahrscheinlich langsam schon etwas sonderbar.

Gleich neben dem Grab waren Maries Eltern *Mathias Dalmoe* und *Othelie Dalmoe* beerdigt, Iris' Großeltern. Sie waren weniger als ein Jahr nacheinander verstorben. Die Grabstätte sah ungepflegt aus, vor dem Stein war alles völlig zugewachsen.

Ein Stückchen weiter fiel Linnea ein Grab auf, das deutlich älter und wohl ebenfalls seit Langem vernachlässigt worden war. Sie ging hinüber und kniete sich davor. Der Stein war moosbewachsen, und die eingravierten Buchstaben, die sicher einmal ausgemalt gewesen waren, ließen sich kaum entziffern. Ganz oben auf dem Stein war ein Engel angebracht, der dem Zahn der Zeit etwas besser standgehalten hatte. Die hübsche Figur hielt ein Kreuz fest an sich gedrückt, und der sehnsüchtig in weite Ferne gerichtete Blick rührte Linnea beinahe zu Tränen.

Sie versuchte, den dicksten Moosbewuchs ein wenig abzureiben, und ließ den Zeigefinger Buchstabe für Buchstabe über die Gravierung gleiten. Schließlich wusste sie, was dort stand: *Roshilda Karoline Dalmoe*, geboren 1922 und gestorben 1927. Ganz unten war zu lesen: *Lieber Gott, bleib du bei mir.* Derselbe Nachname, nur vier Jahre früher geboren als Marie. Dann musste es sich wohl um eine ältere Schwester handeln. Eine, von der Iris vermutlich gar nichts wusste, denn sie war schon als Kind verstorben.

Widerstrebend riss Linnea sich von dem Grab los und schlenderte weiter über den Friedhof, den Blick auf die Grabsteine gerichtet. So viele Schicksale, so viele stumme Stimmen. Tragische Todesfälle waren ihr im Leben bisher erspart geblieben. Die letzte Beerdigung, an der sie teilgenommen hatte, war die ihrer Großmutter gewesen. Sie war nach kurzer Krankheit friedlich eingeschlafen, wie es so schön hieß, und zur Trauerfeier waren nur die engsten Familienmitglieder und der stetig schrumpfende Freundinnenkreis erschienen. Die alten Damen waren so dünn und gebrechlich gewesen, dass sie an ausgeblichene, rissige Papierpuppen erinnerten. Irgendwann in der Mittelstufe war ein Junge aus Linneas Parallelklasse an einer Hirnhautentzündung gestorben und war von einem Tag auf den anderen nicht mehr da gewesen. Das war, noch bevor es an den Schulen Pläne zur Krisenbewältigung und Trauerarbeit gab, und so musste jeder selbst mit dem Vorfall zurechtkommen. Damals war Linnea klar geworden, dass sie im Grunde jederzeit sterben konnte, und sie hatte angefangen, darüber nachzugrübeln, ob es ein Leben nach dem Tod gab. Eine eindeutige Antwort hatte sie nicht gefunden, aber die Vorstellung von einem Gott hatte sie trotzdem nicht ganz zu verwerfen gewagt.

Allmählich wurde ihr kalt, also ging sie zurück zum Friedhofstor. Da ihre Essensvorräte langsam zur Neige gingen, wollte sie noch kurz zum Laden, der nicht weit von der Kirche entfernt lag. Vorausschauenderweise hatte sie zu diesem Zweck ihren Rucksack mitgebracht. Vielleicht arbeitete ja heute ihre potenzielle neue Freundin. Sie freute sich schon auf die Begegnung und ein erstes kleines Schwätzchen.

Der Wind war inzwischen kräftiger geworden, und sie fröstelte in ihren leichten Turnschuhen. Das letzte Stück legte sie im Laufschritt zurück, um einigermaßen warm zu bleiben. Zum Glück war es im Laden nicht so kühl. Sie nahm sich einen Einkaufswagen und ging die Regale entlang. Wie es schien, war sie gerade die einzige Kundin. Selbst an der Kasse saß niemand, also verschaffte sie sich erst einmal in aller Ruhe einen Überblick über das Warensortiment, das gar nicht so schlecht war. Sie fand nicht nur Lebensmittel, sondern auch Anglerbedarf, Strickwolle und eine Auswahl an Werkzeugen. Ein Regal mit Taschenbüchern und Zeitschriften gab es ebenfalls. Vorerst nahm sie jedoch nur das Notwendigste mit: Milch, Eier, Saft, Gemüse und ein bisschen Aufschnitt. Nächstes Mal musste sie mit dem Auto kommen. Kaum war sie auf dem Weg zur Kasse, kam jemand aus dem Hinterzimmer geschlurft.

»Hallo!« Linnea setzte zu einem breiten Lächeln an, doch

der Gesichtsausdruck ihres Gegenübers wirkte ziemlich mürrisch. Ohne sich davon abschrecken zu lassen, streckte sie die Hand aus und sagte: »Ich bin Linnea und gerade auf Hjartøy angekommen …«

Die andere erwiderte den Händedruck nur zögerlich und mit schlaffen Fingern. »Christelle. Ich bin schon etwas länger hier.« Die Antwort klang wie sauer aufgestoßen.

Christelles Aufmachung entsprach dem, was Linnea als aufgedonnert bezeichnet hätte, mit Wimpern so lang wie Spinnenbeine, jeder Menge Mascara und platinblondem Haar. Die Kleidung erinnerte an Tierhäute: eine Hose aus schwarzem Leder und dazu ein Pullover mit Leopardenmuster. Und als wäre das nicht genug, wand sich um ihr rechtes Handgelenk eine tätowierte Schlange, die äußerst naturgetreu wiedergegeben war.

Das weitere Gespräch bestand im Großen und Ganzen darin, dass Linnea Fragen stellte, auf die sie nur einsilbige Antworten bekam. Das wunderte sie etwas, denn der Ladenmitarbeiterin war trotz allem anzuhören, dass sie aus Bergen kam, wo man ja eigentlich nicht auf den Mund gefallen war. Schließlich machte Linnea noch einen letzten Versuch: »Hast du Familie oder lebst du auch allein?«

»Ich bin's gewohnt, die meiste Zeit allein klarzukommen«, kam es in breitem Bergensisch zurück. »Hier auf Hjartøy laufen nicht gerade viele Singlemänner rum, und die wenigen, die es gibt, sind hart umkämpft.« Die träge hervorgebrachten Worte klangen fast wie eine Warnung, und in den katzengrünen Augen funkelte es gefährlich. Gefärbte Kontaktlinsen, keine Frage.

Ob sie Linnea etwa als mögliche Rivalin betrachtete? Ha, da konnte sie sich wirklich entspannen. Linnea hätte beinahe laut gelacht, unterdrückte jedoch den Impuls und konzentrierte sich stattdessen darauf, die letzten Waren aufs Band zu legen und ihr Portemonnaie hervorzuholen. Die Bezahlung erfolgte ohne ein weiteres Wort, und anschließend verstaute Linnea schweigend ihre Einkäufe im Rucksack. Den Strauß Rosen, an dem sie nicht vorbeigehen konnte, musste sie wohl in die Hand nehmen.

»War nett, dich kennenzulernen, Christelle. Wir sehen uns bestimmt noch.« Sie setzte ihr freundlichstes Lächeln auf und winkte mit dem Blumenstrauß, ehe sie sich zum Ausgang umdrehte, doch zur Antwort erntete sie nur eine Art Grimasse. Was für eine niederschmetternde Begegnung und was für eine merkwürdige Person! Sie ahnte schon, dass ihr Sozialleben auf Hjartøy mehr als dürftig ausfallen würde.

KAPITEL 7

Zwei Wochen' später fand Linnea sich in dem großen alten Haus so langsam zurecht und hatte – nach einigem Hin und Her – sogar endlich auch einen Internetanschluss. Sie hatte sich gerade an den Sekretär gesetzt und wollte den Laptop einschalten, als es plötzlich im ganzen Haus dunkel wurde. Mist, ein Stromausfall war wirklich das Letzte, was sie jetzt gebrauchen konnte, denn mit den englischen Texten, die an ein Annoncenblatt rausgehen sollten, war sie sowieso schon hinterher. Future Furniture hatte bald einen Auftritt auf einer wichtigen Möbelmesse in Mailand, bis dahin mussten sie fertig sein. Sie hatte getan, was sie konnte, die Vortrefflichkeit und Eleganz von Tischen und Stühlen so eindrücklich zu schildern, dass die Gegenstände beinahe lebendig wirkten. »Vermenschlichung von Produkten« hieß das im Marketingfachjargon. Jetzt spürte sie, wie sich der wohlbekannte Stress wieder einstellte. Mit ihren Abgabefristen hatte sie es immer genau genommen, und das sollte auch so bleiben.

Dass es zu dieser Jahreszeit hier oben zu Stromausfällen kam, sollte sie vermutlich nicht wundern, doch im Moment war es eigentlich so gut wie windstill. Seufzend stand sie auf, um sich den Wollpullover aus der Küche zu holen, da sah sie, dass im Nachbarhaus Licht brannte. Dann war es anscheinend doch kein normaler Stromausfall, also was jetzt? Sie musste wohl mal einen Blick in den Sicherungskasten werfen und schauen, ob sie das irgendwie selbst wieder hinbekam. Hoffentlich gab es Ersatzsicherungen im Haus. Der Kasten befand sich im dritten Stock, »unterm Dach«, wie man hier sagte. Obwohl es mitten am Tag war, wurde es bereits schummrig, und sie musste mit ihrer Handytaschenlampe leuchten, um den Sicherungsschrank überhaupt aufzubekommen. Als die Tür aufglitt, schlug ihr ein unverkennbarer Geruch entgegen, und prompt verbrannte sie sich die Hand an einer Sicherung. Verdammt, wie sollte sie das reparieren? Iris anzurufen würde hier nichts nützen, die konnte ihr von Oslo aus auch nicht helfen, egal wie praktisch sie veranlagt war. Aber Karl und Edith wussten bestimmt, ob es auf der Insel einen Elektriker gab. Wenn sie jemanden vom Festland bestellen musste, konnte es dauern.

Linnea holte das alte Telefonregister aus der Schublade im Flur und schlug unter E nach.

»Da müssen Sie Karsten anrufen«, lautete die Antwort, nachdem sie Edith die Situation geschildert hatte. »Moment, ich suche Ihnen die Nummer raus.« Sie hörte, wie Edith den Hörer auf irgendetwas Hartem ablegte. Hier auf dem Land waren Festnetztelefone offenbar noch verbreitet. Nach einer Weile war Edith wieder da und las die Nummer laut und deutlich vor, Ziffer für Ziffer, als wären es die Lottozahlen der Woche. »Ist ein netter Kerl, der Karsten, auch wenn er es im Moment nicht so leicht hat, da gibt's nix dran zu rütteln. Und ...«

»Danke schön, Edith, ich rufe ihn am besten sofort an, bevor es hier ganz dunkel wird.« Linnea ahnte, dass die gute Edith ihr am liebsten Karstens gesamte Lebensgeschichte aufgetischt hätte, aber dafür hatte sie jetzt keine Zeit. Schnell beendete sie das Gespräch und tastete die Nummer ein, die sie sich auf dem Handrücken notiert hatte. Nach nur zwei Freizeichen ertönte am anderen Ende eine Stimme.

»Karsten speaking.«

»Äh ...« Sie überlegte, ob sie nun Englisch sprechen sollte, ihre zweite Muttersprache oder besser gesagt ihre Vatersprache.

»Wie kann ich helfen?«, kam es schließlich in etwas aufgeweichtem Nordlanddialekt.

Linnea stellte sich vor, erklärte, was passiert war, und atmete erleichtert auf, als Karsten antwortete, er könne innerhalb einer Stunde da sein.

Sie wollte ihm noch beschreiben, wo das Haus lag, doch da unterbrach er sie.

»Wo das Marie-Haus liegt, weiß ich, komm ja von hier wech, wie man so schön sagt. Aber ich werd die Mädels mitbringen müssen.«

Sie wusste nicht, wovon er sprach, und war sich nicht sicher, was sie darauf antworten sollte. Es dauerte wohl noch eine Weile, bis sie sich an den neuen Dialekt gewöhnt hatte.

»Ja, also, der Kindergarten hat heute zu, und ich hab niemanden, der solange nach ihnen sehen kann«, erklärte er.

»Ach so, ja, das ist sicher kein Problem.« Sie beendeten das Gespräch, und Linnea schüttelte verwundert den Kopf. Dieser örtliche Elektriker schien ja ein eigenartiger Typ zu sein.

Eine knappe Stunde später bog ein großes blaues Auto auf die Einfahrt. Kaum hatte es geparkt, kam ein dunkelblonder, sportlicher Kerl herausgesprungen und half zwei Mädchen im Alter von etwa fünf Jahren heraus, die sich zum Verwechseln ähnlich sahen. Linnea spürte, wie sie innerlich zusammenzuckte, als eine der beiden mit Anlauf in eine Regenpfütze sprang. Schließlich holte der Mann noch einen Werkzeugkasten aus dem Kofferraum. Arthur, der alles genau vom Fensterbrett aus beobachtet hatte, sprang zu Boden und war wie ein Pfeil durch die angelehnte Küchentür und weiter die Treppe hinauf bis unters Dach verschwunden, noch ehe das Trio um die Hausecke bog.

Linnea ging in den Flur, um den Besuch in Empfang zu nehmen, als bereits von außen an der Tür gerüttelt wurde. Zwei Sekunden später ertönte die Klingel. Linnea machte auf und blickte in ein breit grinsendes Gesicht.

»Hallo! Schön zu sehen, dass das Marie-Haus wieder bewohnt ist. Kommt nicht alle Tage vor, dass sich wer Neues auf der Insel niederlässt. Die meisten zieht es eher in die andere Richtung, um es mal so zu sagen. Und Ihnen merkt man gleich an, dass Sie aus der Stadt sind.«

»Ach so?« Linnea spürte einen Anflug von Irritation diesem Unbekannten gegenüber. Gleichzeitig sah er gar nicht mal so schlecht aus, fand sie, auch wenn sie Männer mit Bart noch nie gemocht hatte. Aber seine Augen hatten etwas ... oder vielleicht war es auch dieses Grübchen auf der einen Wange.

»Na, weil Sie tagsüber die Haustür abschließen, meine ich.« Er streckte die Hand aus und stellte sich vor. »Karsten Grindvoll.« Sein Händedruck war fest und bestimmt, und er musste ungefähr in ihrem Alter sein, schätzte sie, Anfang, Mitte dreißig, so um den Dreh.

»Dann sehen wir mal zu, dass es hier wieder hell und warm wird. In dieser Jahreszeit ohne Strom dazusitzen ist nicht so lustig. Der Sicherungskasten ist bestimmt im Flur unterm Dach, so ist das meistens bei diesen alten Häusern.« Noch bevor sie antworten konnte, hatte er sich die Schuhe ausgezogen und war mit dem Werkzeugkasten auf dem Weg die Treppe hinauf. Neben ihren feinen Herbstschühchen aus Veloursleder wirkten die robusten Stiefel, die im Gang stehen geblieben waren, wie riesige Eimer.

Die »Mädels«, bei denen es sich wie schon erwartet um Zwillinge handelte, wären dem Vater um ein Haar gefolgt.

»Ihr zwei bleibt hier unten bei der Dame, während ich das Licht repariere, hört ihr?« Seine Stimme klang freundlich, aber bestimmt.

Die beiden blieben stehen und nickten vorsichtig, dann fingen sie an, sich die rosa Gummistiefel auszuziehen. Sie trugen identische Strickpullis mit Marienkäfermotiven, und ihr struppiges blondes Haar war zu zwei Pferdeschwänzen zusammengebunden, die auf und ab hüpften, wenn sie sich bewegten.

»Und wie heißt ihr?« Linnea hatte das Gefühl, auch etwas beitragen zu müssen, zumindest das kleine bisschen, das sie auf Lager hatte.

»Nelly«, kam es zaghaft, und dann etwas lauter von der anderen: »Kitty.«

»Ihr habt aber hübsche Puppen.« Die Mädchen hatten zwei alte Stoffpuppen dabei, die fast antik und ebenfalls genau gleich aussahen.

»Die haben mal Grandma Peggy gehört«, erzählte eins der Mädchen. Nelly, Kitty, Peggy – Linnea wusste schon nicht mehr, wer hier wer war. Sie unterdrückte ein Kichern. Wie wohl die Mutter hieß?

Dann ging sie mit den Mädchen in die Küche, wo es ohne die Deckenlampe inzwischen stockdunkel war. Die beiden steuerten automatisch auf den Küchentisch zu und arrangierten ihre Puppen so, dass sie die Fensterbank als Rückenlehne für ihre schlaffen Körper bekamen. Die Puppenaugen waren weit aufgerissen, als könnten sie nicht so recht glauben, was sie sahen.

»Möchtet ihr vielleicht ein bisschen Saft?«

Synchrones Nicken. Also holte Linnea den noch kalten Orangensaft aus dem dunklen Kühlschrank und füllte zwei Gläser, die die Mädchen mit beiden Händen umfassten und begierig zum Mund führten. Das war offenbar der nötige Eisbrecher gewesen, nun wurden sie etwas gesprächiger.

»Wir haben in den USA gewohnt«, verkündete Nelly oder Kitty, und die andere plapperte weiter.

»Da haben wir Englisch gesprochen, aber jetzt müssen wir Norwegisch reden, weil das Daddy gesagt hat.«

»Sonst versteht uns nämlich keiner«, übernahm die erste

wieder. Dann kicherten beide und wandten sich ihren Puppen zu. Als die eine unter dem Küchentisch mit den Beinen zu baumeln begann, machte es ihr die Schwester sofort nach.

Wenig später leuchtete die Deckenlampe auf, und mit einem Ächzen sprang der Kühlschrank an.

»Papa kriegt alles wieder hin«, erklärte eins der Mädchen und klatschte in die Hände.

Kurz darauf klopfte es an die Küchentür, und bevor Linnea etwas sagen konnte, stand Karsten auch schon im Zimmer. Der Kragen seines Fleecepullovers war auf einer Seite nach innen geklappt, und es juckte ihr in den Fingern, diesen Fehler zu beheben.

»Okay, jetzt sollte wieder alles in Ordnung sein. Aber die ganze Anlage ist ziemlich alt und müsste eigentlich von Grund auf überholt werden, um dem heutigen Standard zu entsprechen. Die Leitungen von damals sind nicht auf die ganzen technischen Hilfsmittel ausgelegt, die wir heute benutzen. Wenn nicht bald alles in Feuer und Flammen aufgehen soll, wäre es sicher besser, das Ganze mal auszutauschen«, erklärte er.

Na, besten Dank, dachte Linnea, noch eine Sorge mehr. »Vielen Dank für die Hilfe«, sagte sie. »Wie machen wir das mit der Bezahlung, schicken Sie eine Rechnung?«

»Jepp, kann ich machen. Und sagen Sie ruhig Bescheid, falls noch was ist, jetzt haben Sie ja meine Nummer. Kommt, Mädels, wir müssen los. Ah, ihr seid verpflegt worden, wie ich sehe, also was sagt man da?«

»Danke schön«, ertönte es wie aus einem Mund, und mit einem »Bye-bye« waren die drei zur Tür hinaus verschwunden. Plötzlich war es so still im Haus, als hätte jemand irgendwo einen Stecker gezogen.

Linnea musste daran denken, was Edith über Karsten gesagt hatte, dass er es im Moment nicht so leicht habe, und sie fragte sich, was wohl dahintersteckte. Er sah doch eigentlich unverschämt gut und kerngesund aus. Aber dann rief sie sich in Erinnerung, dass man den Leuten nicht unbedingt ansah, was sie bedrückte. Selbst wer frontal mit dem Leben kollidierte, konnte die Fassade anschließend wieder aufpolieren. Und im Übrigen ging sie das auch gar nichts an, sie würde dem Typen wohl kaum ein weiteres Mal begegnen. Kernfamilien hatten meistens genug mit sich selbst zu tun, ob nun in der Stadt oder auf dem Land. Außerdem war die Stromversorgung ab jetzt hoffentlich stabil, und die Erneuerung der elektrischen Anlage war ohnehin nicht ihre Sache.

Sie machte sich eine Tasse Kaffee und ging zurück an den Laptop, um mit der Arbeit fortzufahren. Nun floss alles etwas leichter, die Worte standen parat und marschierten genau dorthin, wo sie sie am besten gebrauchen konnte. In solchen Momenten liebte sie ihren Job. Nach ein paar Stunden ohne eine einzige Unterbrechung konnte sie die fertigen Texte abschicken. Als auf dem Bildschirm die Mitteilung erschien, dass das Dokument übermittelt war, atmete sie erleichtert auf.

KAPITEL 8

Es war Samstagnachmittag. Früher hätte Linnea sich zu dieser Zeit aufgebrezelt, um am Abend mit ein paar Freundinnen die Stadt unsicher zu machen, doch in ihrem neuen, behäbigeren Dasein beschloss sie nun, sich Maries Bücherregal einmal genauer anzusehen. Als Kind war sie eine wahre Leseratte gewesen, mit zunehmendem Alter jedoch hatte ihre Leidenschaft für Bücher mehr und mehr nachgelassen. Ab einem bestimmten Zeitpunkt waren Jungs, Partys und Spaß einfach spannender als so manch anderes gewesen.

Ein Blick in den kleinen Spiegel, der an der Tür zur Kammer hing, machte ihr unmissverständlich klar: Sie hatte einfach niemanden mehr, für den sie sich herausputzen konnte. Das Muttermal, das ihr besonders als Jugendliche immer peinlich gewesen war, weil es an einen Knutschfleck erinnerte, und das sie normalerweise mit einem Abdeckstift verschwinden ließ, leuchtete ihr rot entgegen.

Sie wandte sich vom Spiegel ab und widmete sich dem Bücherregal. Neben diversen Gartenbüchern schien es vor allem alte Klassiker zu enthalten. Sie zog ein Buch heraus, von dem sie noch nie gehört hatte: *In jenen Tagen* von einem Autor namens Ole Edvart Rølvaag. Dem Klappentext zufolge spielte es im 19. Jahrhundert und handelte von einem Bauernpaar, das seinen ärmlichen Hof an der nordnorwegischen Küste verlassen und in der Hoffnung auf ein besseres Leben nach Amerika ausgewandert war. Das Buch war alt und der Rücken schon etwas abgegriffen. Vorsichtig öffnete Linnea den Buchdeckel und fand auf der ersten Seite eine handgeschriebene Widmung: *Für Gudrun von Vater, Weihnachten 1927*. Noch bevor sie darüber nachgrübeln konnte, wer diese Gudrun wohl war, entdeckte sie ganz hinten im Buch ein Blatt Papier. Sie zog es heraus und sah sofort, dass darauf ein Gedicht notiert war, in hübscher Handschrift. Es war schwedisch und trug den Titel *Der küssende Wind*, von einem Dichter namens Hjalmar Gullberg:

> *Er kam wie ein Wind.*
> *Was schert sich ein Wind um Verbote?*
> *Er küsste dich lind,*
> *er küsste die Wange voll Blut dir.*
> *Dort hätte es enden müssen:*
> *du warst schon in anderen Händen,*
> *geborgt nur zur süßen Fliederzeit, im Monat der Goldregenblüte.*

Linnea spürte, wie ihr das Herz schwer wurde. Diese schönen, melancholischen Zeilen mussten Marie etwas bedeutet haben. Sie wollte sich gerade auf dem alten Lehnsessel niederlassen und anfangen, in dem Buch zu lesen, als ihr Handy auf dem Sekretär klingelte. Einen Moment überlegte sie, einfach nicht ranzugehen, doch schließlich siegte die Neugier. Sie nahm das Telefon in die Hand und sah auf dem Display den Namen *Iris* leuchten.

»Hallo, Iris, schön, dass du anrufst«, sagte sie und hörte selbst, wie gekünstelt ihre Fröhlichkeit klang. »Wie geht es dir?«

»Im Großen und Ganzen wie immer, eigentlich kein Grund zum Klagen. Nur dass im Kindergarten gerade alle Durchfall und Erbrechen haben, das Auto für zehntausend Kronen repariert werden musste und mein Schwiegervater sich über Weihnachten bei uns eingeladen hat, aber davon fange ich am besten gar nicht erst an«, ratterte sie herunter. Den Geräuschen im Hintergrund zufolge hatte sie die Kinder vor dem Fernseher geparkt.

»Ach, ich wünschte, du könntest dir ein paar Tage freinehmen und herkommen«, sagte Linnea und spürte, wie sie bei dem Gedanken an Gesellschaft gleich etwas fröhlicher wurde.

»Ich kann nicht, so gern ich auch würde. Erstens sind meine Urlaubstage für dieses Jahr so gut wie aufgebraucht, und außerdem dauert die Fahrt einfach viel zu lange.«

»Aber du könntest ja vielleicht ...«

»Fliegen? Vergiss es! Du erinnerst dich doch noch an diesen Flug nach Spanien, oder?«

Das tat Linnea nur zu gut. Zum sechzehnten Geburtstag hatte Iris von ihrer Mutter eine Reise nach Spanien geschenkt bekommen, einen Urlaub nur für sie beide. Iris hatte sich wie wild darauf gefreut und schon lange im Voraus groß und breit davon erzählt, was sie alles unternehmen wollte. Linnea war grün vor Neid gewesen, weil sie selbst jedes Jahr mit nach Schottland musste, wo die Familie ihres Vaters in einem gottverlassenen Kaff mit einem Durchschnittsalter von gut über fünfzig lebte. Doch die Spanienreise wurde zu einem wahren Horrortrip für Iris, denn kurz vor Malaga hatte plötzlich ein Triebwerk der Maschine angefangen zu schwächeln.

Allen war unmittelbar klar gewesen, dass etwas nicht in Ordnung war, und die Stimme der Stewardess, die ihnen versichern sollte, dass kein Grund zur Sorge bestehe, klang viel zu zittrig, als dass man ihr Glauben schenken konnte. Aus dem Cockpit kam die Mitteilung, es müsse eine kontrollierte Notlandung durchgeführt werden. Von der Decke über den Sitzen baumelten bereits die Sauerstoffmasken, und wer von den Passagieren nicht in panisches Schreien ausgebrochen war und diverse Gottheiten oder seine Lieben zu Hause anrief, hatte den Kopf auf die Knie gelegt und harrte der Dinge, die da kommen mochten. Iris hatte sich an der Hand ihrer Mutter festgekrallt, die Augen geschlossen und gedacht, jetzt würde ihr Vater wohl allein klarkommen müssen. Als sie die Augen wieder öffnete, waren sie gelandet, und durch das Fenster sah sie das Blinken bereitstehender Einsatzfahrzeuge. Ihr ganzer Körper hatte sich wie Wackelpudding angefühlt und ihr schlicht den Dienst versagt, sodass sie im Rollstuhl zum Terminalgebäude befördert werden musste.

Als es auf die Rückreise zuging, wollte sie um nichts in der Welt in den Flieger nach Oslo steigen, und das Ganze hatte damit geendet, dass ihre Mutter Zugtickets kaufen musste und sie quer durch Europa zurück nach Hause gegondelt waren. Als Iris endlich wieder in die Schule kam, hatte irgendwer spaßeshalber gesagt, das sei ja ein ganz schöner Aufwand für ein paar zusätzliche Ferientage gewesen. Der Spaß war nicht besonders gut angekommen, und seit damals hatte Iris nie wieder ein Flugzeug betreten.

Linnea wusste, dass es zwecklos war, die Freundin überreden zu wollen, und begnügte sich mit einem »Schon verstanden«.

»Aber eigentlich rufe ich an, weil ich wissen will, wie es *dir* geht«, sagte Iris. »Du hörst dich irgendwie down an. Hat sich der Drache etwa wieder gemeldet?«

»Nein, Gott sei Dank, die hat es jetzt hoffentlich endgültig aufgegeben.« Linnea stieß einen tiefen Seufzer aus. Iris sprach nach wie vor nur vom Drecksack und vom Drachen, wenn es um Arnt und seine Frau ging, denn vor der hatte Linnea keine Ruhe mehr gehabt, seit sie vom Seitensprung ihres Mannes erfahren hatte. Sie hatte angerufen, Briefe geschrieben und beleidigende SMS geschickt, und Linnea hatte schon befürchtet, sie könnte irgendwann plötzlich vor ihrer Tür stehen. Seltsamerweise war es nie zu der betrogenen Gattin durchgedrungen, dass Linnea für die Firma arbeitete, die sie selbst mitfinanziert hatte, was vermutlich daran lag, dass Linnea nur freie Mitarbeiterin war und ihr Name nirgendwo auf der Gehaltsliste auftauchte.

Besonders clever war der Drache also nicht, trotz aller Reichtümer.

»Gut zu hören. Und sonst? Kommst du zurecht da oben, mit dem Haus, den Nachbarn und der dunklen Jahreszeit?«

Linnea sagte, sie könne nicht klagen, erzählte von den kleinen Begebenheiten des Alltags und von Arthur, der das Stadtleben nicht zu vermissen schien. Er wurde immer dicker, obwohl er gleichzeitig angefangen hatte, sein Katzenfutter zu verschmähen. Wahrscheinlich war er zu regionaler Kost in Form von selbst gefangenen Vögeln und Mäusen übergegangen. Er sollte besser mal eine Wurmkur machen, dachte Linnea. Als sie von Christelle im Supermarkt erzählte, die kein bisschen freundlicher war, musste Iris laut lachen. Wenn Blicke töten könnten, hatte Linnea bei ihrem letzten Einkauf gedacht. Auf die Frage, ob es auch Hafermilch gebe, hatte Christelle, puterrot in ihrem sonnenbankgebräunten Gesicht, nur geantwortet, wenn normale Milch für die Großstädterin nicht gut genug sei, müsse sie woanders einkaufen.

Dann erzählte Linnea noch ein bisschen von den Nachbarn, die ihren Wortschatz unentwegt mit neuen lokalen Ausdrücken bereicherten. So hatte sie zum Beispiel gelernt, dass man zu Waffeln hier *Waffelfladen* sagte, dass Wollsocken *Strümpe* waren und *schreien* nicht einfach nur »laut rufen«, sondern auch »weinen« bedeuten konnte. Lustiges wurde als *launig* bezeichnet, und wer *fertig* war, musste nicht unbedingt bereit zu etwas sein, sondern konnte genauso gut das Ende seiner Kräfte erreicht haben. Außerdem berichtete Linnea von dem fast noch zappelnden Dorsch, den Karl ihr diesen Morgen vorbeigebracht hatte und der in Kürze in den Kochtopf wandern und zu einer leckeren Fischsuppe verarbeitet werden würde. Besser konnte man allein wohl kaum speisen, erklärte sie und versuchte, ihr Selbstmitleid herunterzuschlucken.

»Ich habe übrigens ein altes Fotoalbum gefunden«, sagte sie schließlich. Das hatte sie bei der Erkundung des zweiten Stocks entdeckt, zu dem eine knarrende, unbehandelte Holztreppe hinaufführte. Der große Raum war nur teilweise ausgebaut, doch unter anderem befand sich hier eine kleine Wohnung mit Wohnküche und Schlafzimmer. Das Fotoalbum hatte gut eingestaubt auf einer blaugestrichenen Anrichte gelegen. Vermutlich war es seit Jahren nicht mehr geöffnet worden.

»Ach toll, dann bekommst du ja vielleicht einen Eindruck davon, wie es früher dort war. Oma hatte immer mehrere Alben in der Wohnung. Ich habe es geliebt, darin herumzublättern, wenn ich als Kind zu Besuch war. Das war alles so exotisch. Ich wünschte nur, ich hätte sie noch viel mehr gefragt und von dem, was sie trotz allem erzählt hat, nicht so viel vergessen. Weiß gar nicht, was aus den Alben geworden ist, vielleicht sind sie bei Tante Reidun oder Onkel Magne gelandet. Bei Papa sind sie jedenfalls nicht«, hielt Iris fest.

»Ich dachte, ich könnte das Album vielleicht mal mit rüber zu Karl und Edith nehmen, die erzählen so gern von alten Zeiten. Wäre das okay für dich?«

»Ja, mach das ruhig. Und falls dabei irgendwelche alten Familiengeheimnisse ans Licht kommen, musst du unbedingt berichten!« Iris lachte laut am anderen Ende der Leitung, und Linnea witzelte, aus dem Stoff könne sie ja dann einen Bestseller machen, und am Ende würden sie sich die Tantiemen teilen. Waren die Bestsellerlisten nicht voller Bücher, die von solchen Sachen handelten?

Schließlich verabschiedete Iris sich mit einem herzlichen »Pass gut auf dich auf«, denselben Worten, die Linnea früher so oft zu ihr gesagt hatte, als ein heftiger Sturm durch Iris' Leben tobte. Waren die beiden nämlich in der Mittelstufe noch unzertrennlich gewesen, hatten sie sich zunehmend auseinandergelebt, als sie zu Beginn der Oberstufe in unterschiedlichen Klassen landeten. Iris hatte sich mehr und mehr zurückgezogen, und wenn Linnea mit ihr reden wollte, bekam sie nur zur Antwort, sie hätten sich sowieso nichts mehr zu sagen. »Geh zurück zu deinen Strebern«, hatte Iris ihr zugerufen und war verschwunden, ehe Linnea erwidern konnte, es gebe doch keinerlei Unterschied zwischen ihnen. Linnea wusste, dass Iris inzwischen Umgang mit einer Clique hatte, die bekannt für ihre exzessiven Partys war, und machte sich Sorgen um die Freundin. Ihr war aufgefallen, dass Iris immer dünner wurde, und das schöne lange Haar war neuerdings kurzgeschoren und geblichen.

Irgendwann war Iris mit einem Veilchen im Gesicht auf dem Schulhof aufgetaucht, und da hatte Linnea nicht mehr an sich halten können. Sie war zu ihr gegangen, hatte sie am Arm gepackt und nicht mehr losgelassen, bis sie in einer ruhigen Ecke des Schulhofs mit ihr allein war. »Was ist eigentlich los mit dir? Du warst mal meine beste Freundin, und jetzt kann ich nur noch danebenstehen und zusehen, wie du vor die Hunde gehst und kein bisschen mehr auf dich aufpasst. Mir reicht's!«, hatte sie gerufen.

Iris waren die Tränen in die Augen geschossen, und unter der Wimperntusche, die ihr übers Gesicht lief, hatte der blaugelbe Fleck an ihrem linken Wangenknochen völlig grotesk ausgesehen. »Komm, wir lassen die nächste Stunde sausen und reden mal Klartext«, hatte Linnea gesagt. Ein paar Minuten später hatten sie auf einer Bank in einem blickgeschützten Teil des Parks von St. Hanshaugen gesessen, in den sie sich schon früher oft zurückgezogen hatten, wenn sie von niemandem gesehen werden wollten (zum Beispiel, um ihre erste Zigarette zu rauchen – Linnea hatte nur gehustet, während Iris erfolgreich vorgetäuscht hatte, es würde ihr schmecken – oder um Listen von Jungs zu erstellen, mit denen sie gern mal rummachen würden).

Und dann waren die Worte nur so aus Iris herausgeströmt, als wäre endlich ein Damm gebrochen. Von dem Typen, den sie kennengelernt hatte, als sie übers Wochenende bei ihrem Vater gewesen war. Er spielte in einer Band, sei unheimlich süß gewesen und hatte sie mit auf Partys genommen, für die sie eigentlich noch zu jung war. Aber in Begleitung von Leo hatten sich ihr die Türen auf magische Weise geöffnet. »Er ist eigentlich superlieb – solange er nicht trinkt«, hatte sie schluchzend erzählt.

»Aber was sagt denn dein Vater dazu? Und deine Mutter?«, hatte Linnea gefragt und ein zusammengeknülltes Taschentuch aus der Tasche ihrer engen Hose gezogen.

»Die wissen natürlich von nichts. Du hast ja keine Ahnung, wie gut ich inzwischen lüge.« Iris hatte ein resigniertes Lachen von sich gegeben. »Weißt du, wie ich an das Veilchen gekommen bin?«, hatte sie gefragt und sich geräuschvoll in das Taschentuch geschnäuzt.

Linnea hatte nicht geantwortet, sondern nur schweigend auf die Fortsetzung gewartet.

»Ich spiele seit Neuestem Handball und habe den Ball mitten ins Gesicht gekriegt, als ich mich als Torwartin beweisen wollte«, hatte sie mit einem halbherzigen Lächeln erklärt.

Unter normalen Umständen hätte Linnea gelacht, denn Iris fürchtete nichts so sehr wie Ballspiele und machte immer große Umwege, wenn irgendwo auf einer Wiese Fußball gespielt wurde. In Wirklichkeit, gab sie dann zu, hatte Leo sie geschlagen, als sie sich betrunken in die Haare gekriegt hatten. Wie sich herausstellte, hatte Leo ein extremes Kontrollbedürfnis und konnte es nicht ertragen, wenn Iris sich von anderen »anmachen« ließ.

Später hatte Iris behauptet, dass ihr Leben eine völlig andere Wendung genommen hätte, wäre Linnea damals nicht eingeschritten. »Zu dem Zeitpunkt war mein Leben ein einziges Chaos, aber dank dir konnte ich es irgendwie entwirren«, hatte sie gesagt. Langsam, aber sicher hatten sie sich einander wieder angenähert, und Iris war aus der alten Clique ausgebrochen.

Als Linnea aufstand, um in die Küche zu gehen, merkte sie, dass der Wind inzwischen zugenommen hatte und es draußen noch dunkler geworden war als sonst. Das Feuer im Ofen war kurz vor dem Verlöschen, also legte sie schnell noch etwas Holz nach. Am Abzug gab es jedenfalls nichts auszusetzen, es war, als würde man ein Monster füttern. Sie musste lachen, als sie daran dachte, wie anders die Samstagabende in der lauten, hell erleuchteten Hauptstadt waren, wo ratternde Straßenbahnen und heulende Einsatzfahrzeuge nicht weit von ihrer Wohnung den Trondheimsvei hochjagten. Hier oben gab es nicht einmal einen Fernseher. Das moderne Gerät war Iris zufolge das Einzige, was sie und ihr Vater aus dem Haus mitgenommen hatten. Linnea hatte sich geschworen, nicht zu jammern, auch wenn sie zwischendurch gern mal jemanden treffen würde, der unter achtzig und kein Vierbeiner war. Doch das hier war ja kein Urteil auf Lebenszeit, sondern nur eine sechsmonatige Verwahrung, und einen Teil davon hatte sie auch schon abgesessen.

Sie wickelte sich den Wollschal um, den sie von ihrer Großmutter geerbt und nach langem Hin und Her schließlich noch mit eingepackt hatte, und ging hinaus auf die Glasveranda. Dort war das Unwetter am deutlichsten zu spüren, und durch die großen Fenster hatte sie einen Panoramablick aufs Meer, das innerhalb von Sekunden seinen Charakter änderte. Wellen mit weißen Schaumkronen türmten sich auf und schmetterten mit voller Wucht an Land. Es war ein Naturschauspiel sondergleichen. Die See war in Aufruhr, Geifer und Schaum standen ihr ums Maul, und das Gebrüll war bis in Maries Haus hinein zu hören. Eine Weile stand Linnea einfach da und schaute zu, dann ging sie in die Küche, um die Fischsuppe zuzubereiten.

Wenig später peitschte der Regen mit gewaltiger Kraft gegen die Fenster. Das musste dieser Klatschregen sein, von dem Karl gesprochen hatte. Ein braunes Herbstblatt wirbelte gegen die Scheibe wie ein von der Kälte überrumpelter Sommervogel, dessen Zeit nun abgelaufen war. Dann ging der Regen ohne Vorwarnung in Hagel über, der in einer Art *Danse macabre* über das Fenster herzog. Ein paar Minuten später traf eine weiße feuchte Masse auf die Glasscheibe und bildete Figuren, die sich von Sekunde zu Sekunde veränderten und dem wilden Takt der Musik zu folgen versuchten. Das Ganze glich einer temporeichen Theatervorstellung, Linnea sah erhobene Arme und taumelnde Beine, Hüte, die sich hoben, und Kleider, die in rasender Geschwindigkeit umherwirbelten.

Dazwischen erblickte sie die schaukelnden Zweige des großen Ahorns und die kleineren Bäumchen, die sich fast flach auf den Boden legten, als verbeugten sie sich ehrerbietend vor irgendeiner höheren Macht. In all dem Tohuwabohu war hin und wieder ein Lichtstreif aus Karls und Ediths Fenstern zu sehen. Die Suppe war jetzt fast fertig. Noch einmal aufkochen, dann nahm sich Linnea eine ordentliche Portion davon und beschloss, in der Kammer zu essen, wo das Unwetter nicht ganz so gut zu hören war. Schnell räumte sie den Laptop und ein paar Unterlagen beiseite, sodass sie den Sekretär als Esstisch benutzen konnte.

In dem Versuch, es sich etwas gemütlicher zu machen, schaltete sie das Radio ein und fand einen Sender, der ruhige Jazzmusik spielte. Zu den Klängen von Radka Toneffs »The Moon Is a Harsh Mistress« ließ sie es sich schmecken und gab sich eine glatte Zwei fürs Essen. Kaum war die Suppe verspeist, wurde es mit einem Mal stockfinster, und die Musik verstummte abrupt. Die Kerzen, die Linnea angezündet hatte, flackerten nervös im Zug des Fensters, und das flüssige Wachs rann in Bächen hinunter zum Kerzenhalter.

Draußen tobten die Naturgewalten ohne Gnade. Fast fühlte es sich so an, als versuchte jemand, das Haus mit einem kräftigen Ruck in die Höhe zu heben, und Linnea spürte, wie ihr Griff um die Armlehnen des Sessels automatisch verkrampfter wurde. Sie schaltete die Handytaschenlampe ein und fand damit den Weg zurück in die Küche. Nun war auch im Nachbarhaus nirgendwo mehr Licht zu sehen, an der elektrischen Anlage konnte es also dieses Mal nicht liegen. Sie suchte sämtliche Kerzenleuchter zusammen, die sie finden konnte, und nahm sich vor, bei ihrem nächsten Einkauf bei Fräulein Miesepeter, wie sie Christelle mittlerweile nannte, einen Vorrat an Kerzen zu besorgen. Plötzlich gab ihr Handy einen Piepton von sich, und sie fuhr unmittelbar zusammen. Jetzt fehlte nur noch, dass der Drache ihre neue Nummer herausbekommen hatte und sie weiter belästigte.

Auf dem Display leuchtete eine unbekannte Nummer, und Linnea setzte sich in den Schaukelstuhl, um die eingegangene Nachricht zu öffnen.

Hallo, ich hoffe, das Wetter hat Ihnen keine Angst eingejagt! Wollte Sie nur wissen lassen, dass auf der ganzen Insel der Strom ausgefallen ist, es liegt also nicht am Elektriker, der einen schlechten Job gemacht hat ☺ *Die Herbststürme hier oben können ziemlich heftig sein, aber dem Wetterbericht zufolge soll es im Laufe der Nacht ruhiger werden. Melden Sie sich einfach, wenn ich mit irgendwas behilflich sein kann. Gruß Karsten.*

Ein serviceorientierter Elektriker, das musste sie schon sagen. Ohne dass sie es selbst merkte, breitete sich ein dümmliches Grinsen in ihrem Gesicht aus, während der Sturm draußen weiter ums Haus wütete. Der Kontakt zur Außenwelt gab ihr unmittelbar ein besseres Gefühl, und so antwortete sie:

Hallo, danke für die beruhigenden Worte! Diese Naturgewalten sind schon etwas völlig anderes, als was wir in der Hauptstadt so erleben, damit werde ich später ordentlich angeben können – sofern ich nicht samt Haus aufs Meer hinausgepustet werde ...

Die Antwort ließ nicht lange auf sich warten:

Hahaha, dann werde ich den Journalisten von der Hauptstadtpresse auf jeden Fall erzählen, dass Sie ziemlich sympathisch waren. Aber Spaß beiseite, Sie sollten heute Nacht vielleicht besser im Erdgeschoss schlafen, unterm Dach werden Sie mit Sicherheit kaum ein Auge zutun. Das Marie-Haus ist hoch, da hat der Wind viel Angriffsfläche. Donnern und blitzen wird's wohl auch, nur dass Sie vorgewarnt sind!

Linnea überlegte einen Moment, was sie darauf antworten sollte, ob sie überhaupt etwas antworten sollte, und spürte ein diffuses Gefühl in sich aufkommen. Nach einigen gelöschten Entwürfen entschied sie sich schließlich für folgende Nachricht:

Nett von Ihnen, dass Sie an mich denken, vielen Dank für die Tipps! Hoffentlich bleiben Sie und Ihre Familie auch verschont, aber solche Herbststürme kennen Sie wahrscheinlich zur Genüge.

Mit verheirateten Männern wollte sie definitiv nichts mehr zu tun haben. Sie wollte überhaupt nichts mehr mit Männern zu tun haben. Basta. Zumindest fürs Erste. Ein Jahr lang. Oder auf jeden Fall das nächste halbe Jahr.

Karstens Rat aber wollte sie befolgen, also tapste sie im Schein ihres Handys hinauf ins Schlafzimmer. Eine Taschenlampe hatte sie sich immer noch nicht besorgt, daran musste sie unbedingt denken. Und Karsten hatte recht, hier oben knarrten und bebten die Wände noch mehr, außerdem war es eiskalt. Der erste Blitz zuckte über den Himmel und erhellte das Zimmer, als sie gerade nach der Bettdecke griff, und kaum hatte sie angefangen zu zählen, donnerte es auch schon los. Zwei Sekunden, höchstens, das Gewitter war also in unmittelbarer Nähe. Schaudernd schnappte sie sich auch das Kopfkissen und ging vorsichtig die Treppe hinunter. Schritt für Schritt tastete sie sich vor und versuchte, das Bild in ihrem Kopf zu verdrängen, wie sie bewusstlos mit Schenkelbruch am Fuß der Treppe lag.

Unten angekommen bereitete sie sich ein Nachtlager auf dem alten Diwan in der Küche, doch anstatt zu schlafen, lag sie da und lauschte dem Lärmen des Unwetters. Es klang, als wütete draußen ein wilder Riese, der abwechselnd fluchte und Laute der Verzweiflung von sich gab, durchsetzt von Pausen, in denen er Luft zu holen schien, die Zähne fletschte, dass es blitzte, und die ganze Küche in gleißendes Licht tauchte. Dann ging es wieder los, mit Geheul und Gebrüll, und das Haus erbebte abermals unter den dröhnenden Schlägen seiner riesigen Handflächen. Arthur hatte sich an Linneas Fußende schlafen gelegt, vollkommen unbeeindruckt von dem, was draußen vor sich ging, wie es schien. Von ihm konnte sie also keinen Trost erwarten.

Linnea rollte sich unter der Bettdecke zusammen und schlang die Arme um den Körper, trotzdem bibberte sie am ganzen Leib vor Angst und Kälte. Sie fühlte sich wie in einen Horrorfilm versetzt, der genau an der gruseligsten Stelle stehen geblieben war. Plötzlich krachte irgendetwas mit voller Wucht gegen das Fenster. Sie war sich sicher, dass die Scheibe zerschmettert war, und wartete nur darauf, dass Wind und Regen über sie herfielen. Wie sehr bereute sie es, dass sie die letzten Schlaftabletten, die sie verschrieben bekommen hatte, nicht aufgehoben hatte. Doch die hatte sie das Klo runtergespült, mitsamt ihren alten Träumen.

Erst als sie unwillkürlich nach Luft schnappte, merkte sie, dass ihr vor lauter Furcht der Atem gestockt war. Um sie herum war nach wie vor alles trocken, doch das Heulen das Windes nahm weiter zu, und sie führte die Hände zum Kopf und hielt sich in einem verzweifelten Versuch, die Geräusche zu dämpfen, die Ohren zu. Nahm das denn gar kein Ende mehr?

KAPITEL 9

Am nächsten Tag war es vollkommen still, und der Strom war wieder da. Das Unwetter schien vorerst überstanden zu sein. Als Linnea das Radio einschaltete, bekam sie gerade noch die Durchsage in den Lokalnachrichten mit, dass der Sturm beträchtliche Schäden hinterlassen habe. Schuppendächer waren hinfortgerissen worden, und umgestürzte Bäume versperrten die Straßen. Der Schnellboot- und Fährverkehr war vorübergehend eingestellt gewesen, und kein Flugzeug hatte in der Gegend landen können. Sie selbst war noch einmal mit dem Schreck und lediglich etwas steifen Gliedern nach einer Nacht auf dem alten Divan davongekommen.

In die Erleichterung darüber, dass das Unwetter vorübergezogen war, mischte sich nun Stolz. Sie hatte es gepackt, wie man hier oben im Norden sagte! Die Angst hatte sie nicht mehr im Griff.

Nach einer schnellen lauwarmen Dusche und ein paar Scheiben Brot mit Leberwurst und eingelegten Gürkchen zog sie sich warm an und ging hinaus, um nachzusehen, ob der Garten etwas abbekommen hatte. Ein erster Überblick ergab, dass alle Bäume noch fest in der Erde verwurzelt waren, doch rundherum lagen einige große abgebrochene Äste. Ein Eimer, an dessen Anblick sie sich nicht erinnern konnte, lag unter einem Busch, und im Zaun hatten sich ein paar Plastiktüten verfangen. Es war, als hätte der Sturm ein wildes Fest gefeiert und keine Lust zum Aufräumen gehabt, bevor er sich hingelegt hatte, um seinen Rausch auszuschlafen. Plötzlich fiel ihr auf, dass an der Stelle, wo vorher ein Vogelhäuschen gestanden hatte, nur noch ein einsamer Pfahl übrig war. Sie schaute sich um, und kurz darauf begriff sie, was in der Nacht gegen das Fenster geknallt war und sie zu Tode erschreckt hatte. Unter dem Küchenfenster lag das Marie-Haus im Miniaturformat für die Vögel. Nachdem sie überprüft hatte, dass es keinen größeren Schaden genommen hatte, stellte sie es auf die Treppe vorm Schuppen. Sie wollte später versuchen, es wieder aufzustellen.

Dann machte Linnea sich daran, die abgebrochenen Zweige und Äste aufzulesen und in einer Ecke des Gartens dicht am Waldrand aufzuhäufen. So sah es zumindest gleich ein wenig ordentlicher aus. Eine Schar Elstern wippte auf den Zweigen des größten Baumes leicht auf und ab. Sie hatten sich so verteilt, dass sie wie Töne auf einem Bogen Notenpapier aussahen, doch die Melodie, die sie krächzten, kannte Linnea nicht. Vielleicht war es ein Spottlied auf sie.

»Kommen Sie rüber und holen Sie sich ein Tässchen Kaffee«, hörte sie eine bekannte Stimme rufen, als sie fast fertig war. »Edith macht Waffelfladen.«

»Danke, Karl, das klingt gut.« Linnea ging ins Haus, um sich die Hände zu waschen, und dabei fiel ihr das Fotoalbum ein. Schnell holte sie es und steckte es sicherheitshalber in eine Plastiktüte, damit es unterwegs gut geschützt war.

Die Haustür der Nachbarn stand halb offen, und als Linnea ihre Jacke an der Garderobe im Flur aufhängte, fiel ihr Blick auf ein Schlüsselbrett an der Wand. Zwischen zwei kleinen Schlüsseln, die zu einem Vorhängeschloss zu gehören schienen, entdeckte sie dort auch einen größeren, der genauso aussah wie der zu Maries Haus. Vielleicht hatten die alten Häuser im Ort ja das gleiche Schlosssystem, dachte sie mit einem leichten Kopfschütteln.

Es tat gut, in die warme Küche der Nachbarn zu kommen. Im Vergleich zu Maries Küche wirkte diese fast modern, obwohl es auch hier keine Spülmaschine gab. Die Wände waren hellblau gestrichen, und auf dem Boden lagen zwei gestreifte Läufer, ganz ähnlich wie im Nachbarhaus. Überall war es sauber und aufgeräumt. Der Duft von frisch gebackenen Waffeln erfüllte den ganzen Raum.

»Wie ist es Ihnen während des Unwetters gestern Nacht im Marie-Haus ergangen?«, fragte Karl. »Edith war völlig außer sich und hätte Sie am liebsten angerufen, aber wir hatten Ihre Handynummer nicht.«

»Es war schon ganz schön unheimlich, muss ich gestehen, aber zum Glück haben weder ich noch das Haus etwas abbekommen. Und jetzt bin ich immerhin vorbereitet, wenn es das nächste Mal losstürmt.«

»Ja, im Winter kann das um einiges schlimmer werden. Dann bricht hier auch schon mal ein Orkan los, mit ordentlich Schneegestöber zum Teil. Wenn's dicke kommt, kann der richtig bissig werden, und am schlimmsten ist es bei Südwestwind und Regen. Kann sich tagelang so dranhalten, und wir setzen kaum einen Fuß vor die Tür«, sagte Karl.

Linnea musste lachen. Wie Karl so vom Wetter erzählte, klang es fast, als würde er von einer Mahlzeit reden, die man vorgesetzt bekam. Mal waren es Eier mit Speck, mal Steak mit Sauce béarnaise.

»Setzen Sie sich ruhig. Ich bin gleich fertig mit den Waffelfladen«, sagte Edith. »Süßen Streichkäse hab ich auch, der ist gerade noch fertig geworden, bevor der Strom gestern weg war. Aber ich weiß nicht, was mit dem Waffeleisen los ist. Das backt so ungleichmäßig, hoffentlich gibt's nicht bald den Geist auf. Vielleicht muss Karsten sich das mal ankucken, der kriegt ja das meiste wieder hin. Aber wir lassen ihn lieber erst mal in Ruhe renovieren«, sagte sie.

»Ach, renoviert er gerade?« Linnea konnte ihre Neugier nicht unterdrücken.

»Ja, er hat die alte Schule gekauft, als er mit den Mädchen aus Amerika zurückkam. Das war ja ein ganz schönes Drama da drüben in den Staaten.« Edith hielt kurz inne, um die letzte Waffel aus dem Eisen zu holen, die ganz richtig nicht besonders schön anzusehen war.

Linnea musste unwillkürlich nachhaken. »Was war denn da?«

Edith zog den Stecker des Waffeleisens und wischte gründlich mit einem feuchten Lappen über die Arbeitsplatte, bevor sie antwortete.

»Er hat seine Frau Molly auf tragische Weise verloren.« Edith schwieg einen Moment, und nach einem dramatischen Schnalzen fuhr sie fort: »Sie wurde von einem Auto angefahren und war auf der Stelle tot. Tja, und da stand Karsten dann, mit einem Haus und zwei kleinen Mädchen in einem fremden Land auf der anderen Seite der Welt. Mein Gott, welch ein Schicksalsschlag. Am Ende hat er beschlossen, nach Hause zu kommen. Hier gehört er schließlich hin, und hier hat er seine Familie«, sagte Edith mit Nachdruck.

»Und wann war das?«, fragte Linnea entsetzt.

»Der Umzug muss jetzt ungefähr ein Jahr her sein, wenn ich mich recht erinnere«, antwortete Edith, und Karl bestätigte das mit einem Nicken.

Linnea wusste nicht, was sie sagen sollte, und suchte immer noch nach den richtigen Worten, als ihr die Tüte mit dem Fotoalbum einfiel, eine willkommene Gelegenheit, das Thema zu wechseln.

»Ich habe übrigens ein altes Fotoalbum mitgebracht, das ich drüben im Haus gefunden habe. Sie sind doch bestimmt genau die Richtigen, um mir ein bisschen von früher zu erzählen«, sagte sie und zwang sich, einen heiteren Ton anzuschlagen.

Ediths Gesicht leuchtete auf. »Na, aber hallo. Wir sind ja bald so alt, dass wir langsam senil werden. Ich habe im Wohnzimmer für uns gedeckt, nehmen Sie Karl schon mal mit und setzen Sie sich«, ordnete sie an.

Beim Betreten des Wohnzimmers, in dem sich ein Möbelstück an das andere drängte, schlug Linnea die Wärme wie eine Wand entgegen. Die eine Seite des Raums dominierte eine dunkelbraune Schrankwand mit allerlei Regalen und Fächern, die hauptsächlich Tassen und Dekorationsgegenstände enthielten. Über dem Fernseher hing eine Sammlung von Familienfotos, zum Teil in Farbe, zum Teil in Schwarz-Weiß. Zwei Konfirmationsbilder schienen von neuestem Datum zu sein: Das eine zeigte ein blondes Mädchen in blauer Nordlandtracht und das andere einen dunkelblonden Jungen in schwarzem Anzug. Vermutlich Enkel, nahm sie an.

Gut gesättigt von Waffelfladen und süßem Streichkäse holte Linnea schließlich das Fotoalbum hervor und setzte sich in die Mitte des Sofas, sodass rechts und links von ihr noch Platz für Edith und Karl war. Gemeinsam blätterten sie Seite für Seite durch das Album, und Linnea erhielt einen guten Einblick in das Leben auf Hjartøy bis in die 1940er-Jahre hinein. Porträts gab es nur wenige, bei den meisten Fotos handelte es sich um Landschaftsaufnahmen oder Abbildungen von Begebenheiten, bei denen mehrere Personen versammelt waren. Eins davon zeigte eine Gruppe Menschen vor einem älteren Gebäude, die meisten von ihnen wedelten eifrig mit Fähnchen. An der Wand hing ein Banner, auf dem Linnea die Worte *Alles für Norwegen* entziffern konnte.

»Dieses Foto stammt vom 17. Mai 1945, und das Gebäude da ist die Schule, die Karsten gerade auf Vordermann bringt«, erklärte Edith und tippte mit dem Zeigefinger auf das Bild.

Linnea betrachtete es genauer und suchte mit dem Blick nach etwas Bekanntem, jedoch ohne Erfolg.

»Sind Sie beide auch dabei?«, fragte sie schließlich.

Ediths Nase entwich ein undefinierbares Geräusch, und zu spät erst begriff Linnea, dass ihre Frage als Beleidigung aufgefasst werden konnte. Karl nutzte die Gelegenheit, um das Wort zu ergreifen.

»Nein, damals kannten wir uns noch nicht, wir sind erst ein paar Jahre vor Kriegsausbruch geboren. Früher wohnten hier zwei ältere Brüder, das waren die Vorbesitzer, denen wir das Haus abgekauft haben«, erklärte er. »Ich bin auf einer der kleinen Inseln aufgewachsen, die man sieht, wenn man an der Kirche vorbeifährt, und Edith hat ihre Kindheit auf der anderen Seite von Hjartøy verbracht«, fuhr er fort.

»Aber Marie und ihre Familie lebten da schon hier?«

Nun hatte Edith ihre Sprache wiedergefunden, und Karl lehnte sich einen Moment auf dem Sofa zurück. »Ja, ihr Haus wurde irgendwann in den 1920ern gebaut, und als wir herkamen, wohnte Marie mit ihren Eltern dort. Die beiden starben wenige Jahre später, und seitdem musste Marie sich um alles allein kümmern. Ihre Mutter Othelie war zum Schluss ziemlich tüdelig und hat nur noch Blödsinn angestellt. Sie mussten nachts die Haustür abschließen, damit sie nicht einfach abhaute.«

Edith schüttelte gedankenvoll den Kopf, und Karl übernahm wieder. »Da war nicht mehr viel Freude da drüben, und ein paar Monate nachdem Othelie fort war, hat auch Mathias den Wanderstock abgegeben und ist seiner Frau gefolgt.«

Linnea hätte gern noch mehr gefragt, aber sie spürte, dass Edith ungeduldig wurde, deshalb wandte sie sich wieder dem Foto vom Nationalfeiertag zu.

»Hat man auf Hjartøy viel vom Krieg mitbekommen, waren die Deutschen hier?«

Edith nickte. »Oh ja! Nicht weit von dort, wo ich aufgewachsen bin, haben sie ein Fort gebaut, mit großen Kanonen und Schützengräben, für den Fall, dass die Engländer anrückten«, erklärte sie. »Wir Kinder haben nicht viel von alldem verstanden, aber wir bekamen schon mit, dass auf einmal noch weniger Essen und Kleidung da waren als sowieso schon. Ich weiß noch, wie wir runter zum Gatter gelaufen sind, wenn die deutschen Soldaten mit ihren Lastwagen vorbeifuhren. So was hatten wir noch nie gesehen, und das war jedes Mal ein Heidenspektakel, auf beiden Seiten. Wenn Vater rief, wir sollten zusehen, dass wir da wegkommen, haben wir so getan, als hörten wir ihn nicht.«

Karl hatte der Erzählung seiner Frau schweigend gelauscht, doch nun war er an der Reihe. »Auf unserer Insel haben sich die Deutschen nicht so oft blicken lassen, aber einmal kamen zwei Soldaten, die offensichtlich nach irgendwem suchten. Mutter war mit uns Kindern allein zu Haus. Sie hatte gerade Flatbrød gebacken, das in einer großen Holzkiste auf dem Tisch stand. Der eine Soldat hat mit dem Gewehr auf ihren Bauch gedeutet, sie war damals schwanger, und mit einem fiesen Grinsen irgendwas gesagt, was ich nicht verstanden habe. Aber Mutter wusste anscheinend, was er wollte, denn sie ging ins Wohnzimmer und kam mit dem Ausweis zurück, der immer in der oberen Kommodenschublade lag. Währenddessen hatten sich die Soldaten über die feinen Brotfladen hergemacht, mit denen Mutter sich solche Mühe gegeben hatte. Sie langten ordentlich zu, ließen einiges davon fallen und trampelten mit ihren großen Lederstiefeln darauf herum.« Karl schien die Szene noch einmal vor sich zu sehen und hielt einen Moment inne, bevor er weitererzählte.

»Ich werde auch nie den Tag vergessen, als der Krieg zu Ende war und Vater mit mir auf den Speicher des Bootshauses ging, wo jede Menge Gerümpel herumstand, unter anderem ein alter Ofen, der seit Jahren nicht mehr benutzt worden war. Als Vater die Ofentür öffnete und unser Radio hervorholte, traute ich meinen Augen kaum. Später hatten sich alle aus der Familie und ein paar Freunde um den Apparat versammelt, und ich weiß noch, wie komisch ich es fand, als die Nationalhymne aus den Lautsprechern strömte und Vater, Mutter und die Erwachsenen aus der Nachbarschaft plötzlich Tränen in den Augen hatten. Ich habe nicht verstanden, warum sie sich nicht freuten.« Karl verstummte wieder, und Edith schenkte Kaffee aus der Thermoskanne nach, mit zitternden Händen, wie Linnea bemerkte.

Karl fuhr fort: »Im täglichen Leben haben die meisten hier wohl nicht so viel vom Krieg mitbekommen, jeder hatte halt so seine eigenen Sorgen. Und als der Krieg vorbei war, wurde einfach zugesehen, alles so gut es ging wieder in Ordnung zu bringen«, erklärte er.

»Und dann kam die nächste Generation und wollte nichts vom Krieg hören, wenn wir damit anfingen, dass sie sich von den Leuten damals ruhig eine Scheibe abschneiden konnten«, seufzte Edith.

Linnea blätterte zur letzten Seite des Fotoalbums, auf der nur ein einziges Bild zu sehen war: ein ziemlich merkwürdiges Foto von einem kleinen Mädchen mit langem blondem, lockigem Haar. Sie trug ein Nachthemd, lag lieblich schlafend da und hielt irgendetwas in den Händen.

»Wer ist das?«, fragte sie.

Edith kam näher und setzte die Brille auf, um sich das Foto genauer anzusehen. »Das weiß ich beim besten Willen nicht, aber zu den Lebenden gehörte die wohl nicht mehr. Was meinst du, Karl, du hast bessere Augen und mehr Verstand als ich.«

Karl nahm das Album, hielt es sich dicht vors Gesicht und betrachtete das Foto lange, bevor er antwortete.

»Na, wenn das nicht der Leichnam von Othelies Töchterchen ist«, sagte er schließlich.

Linnea lief es kalt den Rücken hinunter. Vielleicht hatte man damals ein natürlicheres Verhältnis zum Tod, aber war es nicht etwas makaber, ein totes Kind abzulichten und das Bild in ein Fotoalbum zu kleben?

»Sie meinen Roshilda, die hier auf dem Friedhof liegt?« Linnea sah den Engel mit dem sorgenschweren Blick vor sich.

Karl nickte. »Ja, ich kann's mir nicht anders denken.«

»Manche sagen, Othelie hätte den Verlust ihres Kindes nie verkraftet und deshalb am Ende auch den Verstand verloren«, warf Edith ein.

Als Linnea nach Hause ging, war die Dämmerung bereits hereingebrochen. Eigentlich hatte sie vorgehabt, das Album wieder dorthin zu legen, wo sie es gefunden hatte, doch dann beschloss sie, es im Bücherregal aufzubewahren und später noch einmal hineinzuschauen. Besonders das Foto von der kleinen Roshilda hatte es ihr angetan. Als sie das Album ins Regal schob, fiel eine kleine Porzellanfigur um, die die ganze Zeit dort gestanden haben musste, ohne dass Linnea sie bemerkt hatte. Polternd kam sie auf dem Boden auf. Linnea stieß einen Fluch aus, als sie sah, dass die Figur kaputtgegangen war. Sie beugte sich hinunter und hob die beiden auseinandergebrochenen Teile auf.

Der Kopf des kleinen Mädchens, das so geduldig dagesessen und seine Katze gestreichelt hatte, war nun vom Körper abgetrennt. Die Figur sah alt aus, hier und da hatte das Porzellan schon Risse. Fräulein Miesepeter vom Laden hatte doch ganz bestimmt Sekundenkleber im Sortiment. Aber vielleicht warf sie die Figur auch einfach weg. Es gab wohl kaum jemanden, der sie vermissen würde.

KAPITEL 10

Hjartøy, 1942

Marie griff nach der Porzellanfigur auf dem Nachttisch und hielt sie für einen Moment eng an die Brust gedrückt, bevor sie sie behutsam in den braunen Koffer legte, der sonst immer in der Abstellkammer des elterlichen Schlafzimmers stand. Das kleine Mädchen, das auf den Knien lag und seine Katze streichelte, gehörte zu dem Liebsten, was Marie besaß. Verärgert wischte sie sich die Tränen fort, die von Neuem zu fließen begonnen hatten.

Unten aus der Küche drangen lebhafte Stimmen herauf, aber sie konnte die Worte nicht verstehen. Vor einer Woche waren sie in ihr Leben getrampelt: ihre Schwester Borghild mit ihrem Ehemann Ernst und der acht Monate alten Tochter Reidun, die bereits der erklärte Liebling der Großeltern war. Marie dagegen empfand den Besuch ihrer Schwester und deren Familie als Invasion, obwohl sie keine unmittelbaren Feinde waren. Sie waren aber zu einem ungelegenen Zeitpunkt und obendrein ohne Ankündigung gekommen, genau wie die Deutschen. Und nun hatte Borghild dafür gesorgt, dass Marie ihr Zuhause verlassen musste.

Am Tag vor ihrer Ankunft hatte noch eine solch gute Stimmung geherrscht, waren doch die »Kaffeeflieger« aus England über die Insel geflogen. Es war eine herrliche Bescherung, wann immer diese Flugzeuge kamen und buchstäblich Leckereien vom Himmel warfen. Aber zugleich ließen sie auch die schlechtesten Seiten an den Menschen zutage treten, dachte Marie, so wie sie sich um die Herrlichkeiten prügelten und zankten. Diesmal hatte ihr Vater eine kleine Tüte Bohnenkaffee und eine Schachtel Zigaretten erhaschen können, die er mit einem Nachbarn geteilt hatte. Und – das Beste von allem – eine ganze Tafel Schokolade!

Wenn Marie die Augen schloss, spürte sie immer noch das süße Stück auf der Zunge schmelzen. Sie hatte es solange es ging im Mund behalten, bis sie die herrliche braune Masse schließlich hinunterschluckte. Dieser Krieg beraubte sie alle so vielem, und die Süßigkeiten vermisste sie am meisten.

Die Piloten warfen auch Flugblätter ab, die über die Entwicklung des Krieges informierten. Ihr Vater war immer sorgsam darauf bedacht, sie sofort zu verbrennen, sollte es doch streng genommen der Polizei gemeldet werden, wenn der Kaffeeflieger kam. Fänden die Deutschen sie bei einer Razzia, hätte das Folgen – bestenfalls ein Bußgeld, schlimmstenfalls Verhaftung.

Auf der anderen Seite von Hjartøy bauten die Deutschen ein Fort, um die Engländer im Auge behalten zu können, und nicht selten fuhren die Besatzer in ihren Autos vorbei. Manche Soldaten hatten Motorradgespanne, und die Kinder der Nachbarschaft fanden das so lustig, dass sie zur Straße hinunterliefen, um sie zu sehen, bevor die Erwachsenen sie aufhalten konnten. Manchmal winkten die Deutschen und warfen ihnen *Bonbons* zu, wie sie die Drops nannten. Einmal hatte ein Soldat angehalten, einen Fotoapparat gezückt und eins der Kinder geknipst, einen Jungen mit einer Haarfarbe wie frisch gekernte Butter. Sie konnte nicht begreifen, was der Soldat mit Aufnahmen von anderer Leute Kinder anfangen wollte, aber ihr Vater hatte nur den Kopf geschüttelt und etwas von »Propaganda« gemurmelt.

Viel zu packen hatte Marie nicht, denn es war nicht leicht, Kleidern oder Stoffen habhaft zu werden, aus denen sich etwas Neues nähen ließ. Von ihrer Mutter hatte sie gelernt, Kleidung umzunähen und zu flicken, aber das wurde zunehmend schwieriger, nun, da ihr Körper sich doch an manchen Stellen vorwölbte, wo er sich zuvor streng zurückgehalten hatte. Es war, als habe er sie betrogen und habe sich von einer fremden Macht erobern lassen, genau wie ihr Land.

Sie ging zum Kleiderschrank und ließ ihren Blick über die wenigen Kleidungsstücke schweifen, die dort neben all den leeren Kleiderbügeln hingen. Sie klapperten wie nach Aufmerksamkeit heischende Skelette, als sie nach ihrem Konfirmationskleid aus dem letzten Jahr griff. Dabei schwand ihr Zorn gegenüber der Mutter ein wenig. Diese hatte immerhin ihr schönstes Kleid für sie geopfert, es umgenäht und mit einem moderneren Schnitt versehen. Viele der anderen Mädchen hatten Marie neidvolle Blicke zugeworfen, und so war es auch zu verschmerzen gewesen, dass sie ihre Füße in die zu engen Schuhe hatte zwängen müssen. Jetzt strich sie über den meergrünen, glatten Stoff und musste erkennen, dass ihr das Kleid nicht mehr passte. Gleichzeitig war es wohl egal, denn für wen sollte sie sich nun schon herausputzen?

Missmutig hängte Marie das Kleid zurück in den Schrank und nahm stattdessen die beiden braven blauen Kleider hervor, die sie von Tante Hjørdis geerbt hatte. Eines wickelte sie um die Porzellanfigur, damit sie nicht zerbrach. Die Figur hatte einmal ihrer Schwester Roshilda gehört, die kurz vor Weihnachten im Jahr nach Maries Geburt an Scharlach gestorben war. Borghild war damals drei Jahre alt gewesen. Sie hatten später in der Schule etwas über diese Krankheit gelernt, und da hatte Marie in ihrer Fantasie ihre Schwester vor sich gesehen, wie sie in dem kleinen Kinderbett lag, der ganze Leib bis auf die leichenblasse Mundpartie von einem hochroten Ausschlag überzogen. Sie hatten nichts tun können, um Roshilda zu retten, und vom Ausbruch der Krankheit bis hin zu ihrem Tod waren nur wenige Tage vergangen.

Doch obwohl sie nicht mehr am Leben war, war sie allgegenwärtig. Ihre Mutter nannte Marie manchmal immer noch versehentlich Roshilda, wenn auch nicht mehr so oft. Ihr Vater hatte gesagt, das liege wohl daran, dass sie ihrer verstorbenen Schwester so ähnelte. Jedes Jahr zu Roshildas Geburtstag im Juli schnitt ihre Mutter einen großen Strauß weißer Rosen im Garten und legte sie auf Roshildas Grab. Wenn sie von dort zurückkam, trank sie immer ein Glas Wasser mit Kampfertropfen und ging zu Bett. Ihr Vater sagte, sie dürfe dann nicht gestört werden. An diesen Tagen dachte Marie, dass sie nur ein schlechter Ersatz für Roshilda sei und ihre Mutter sie nicht so gern wie ihre große Schwester mit dem seltenen, schönen Namen habe. Aber dann hatte ihre Mutter ihr die kostbare Porzellanfigur geschenkt, was Marie mit der Zeit als eine Art Entschuldigung auffasste.

Marie hielt inne und sah aus dem Fenster, ließ den Blick über die ihr ach so vertrauten Berge und das Meer schweifen, das ausgerechnet heute himmelblau und still war. Auf den Gipfeln lag immer noch hier und da Schnee, aber der würde im Lauf des Sommers, während Maries Abwesenheit, schmelzen. Eine Blaumeise, die ein Nest unter dem Dachfirst hatte, flog mit Futter für die Jungen hin und her. Der Garten, der ganze Stolz ihrer Mutter, besaß nicht mehr viel von seiner einstigen Pracht. Jeder noch so kleine grüne Fleck war ausgenutzt, und das Grundstück hatte sich in einen Acker verwandelt. Die Hälfte bestand jetzt aus Kartoffelland, und zwischen den Rosensträuchern und den Päonien machten sich triumphierend Mohrrüben und Kohl breit.

Gestern hatte ihre Mutter sie in die Küche gerufen, nachdem Marie hinausgeschlichen war, um die Hühner zu füttern, statt Mutters und Borghilds Gegacker zu lauschen. Nur die Haltung eines Huhns pro Haushaltsmitglied war erlaubt, doch in dem provisorischen Hühnerhaus, das ihr Vater in einer Ecke des Gartens gezimmert hatte, trippelten vier vergnügte Hennen umher. Drei davon waren nach ihren Großtanten Tomine, Maren und Lotte benannt. Das vierte Huhn war genau genommen rechtswidrig, da die Lehrerin, die bei ihnen zur Untermiete gewohnt hatte, Hjartøy verlassen hatte, als der Krieg näher nach Norwegen rückte, und zurück ins Westland gegangen war. Aber Fräulein Zwieblein, wie die Henne hieß, erfreute sich weiter ihres Lebens, und sie war es auch, die die größten Eier legte.

»Du gehst am besten mit Borghild nach Rynes, wenn sie morgen heimkehren«, hatte ihre Mutter gesagt. Marie wurde das Herz in der Brust so schwer wie ein Stein, und sie wollte schon protestieren, aber ihre Mutter redete einfach weiter. Dabei erhob sie ihre Stimme und drehte an dem Ring, den sie stets am linken Ringfinger trug, ein sicheres Zeichen dafür, dass etwas Unbehagliches im Anzug war.

»Borghild hat sich jetzt mit sehr vielem herumzuschlagen, mit den beiden Kindern und all den Aufgaben auf dem Hof und im Haushalt, und Vater und ich kommen gut allein zurecht. Wir müssen uns jetzt gegenseitig helfen, dies ist nicht die Zeit, um nur an sich selbst zu denken.«

Ach nein?, erwiderte Marie im Stillen. Und an wen dachte Borghild? Dachte ihre Schwester etwa *jemals* an andere als an sich? Marie spürte, wie sie eine Welle des Zorns überkam. Sie hatte zwar bemerkt, dass Borghild Schmerzen beim Hinsetzen und Aufstehen zu haben schien, aber etwas Ernstes fehlte ihr wohl kaum. Borghild hatte schon immer die Fähigkeit besessen, ihren eigenen Willen durchzusetzen. Das war von klein auf so gewesen, schon damals hatte ihre große Schwester versucht, über sie zu bestimmen, und auch heute fuhr sie noch gern die Ellbogen aus. Mit nach Rynes zu gehen war das Letzte, was Marie wollte. Zumindest im Augenblick. In einer Woche sollte es doch zum Tanzen gehen! Gemeinsam mit Frida und Olaug hatte sie in der Scheune von Fridas Onkel Tanzschritte geübt. Sie hatten sich mit dem Führen abgewechselt, und jetzt saßen die Schritte so gut, dass sie mit jedem beliebigen Partner im Schlaf herumwirbeln könnte, ohne ihm auf die Zehen zu treten. Die Deutschen mussten übrigens richtige Spielverderber sein, hatten sie doch jegliche öffentlichen Tanzveranstaltungen verboten, bis auf »nationalen Kulturtanz«, wie sie es nannten. Frida hatte ihren Onkel jedoch dazu überredet, sie im Stall auf der Weide ein Fest veranstalten zu lassen. Zur Sicherheit würden sie eine alte Grammophonplatte mit Springtanz und Polnischen mitnehmen, um sie in der Hinterhand zu haben, falls ungebetene Gäste erscheinen würden.

Bei Frida zu Hause war es gerade zu einem Tumult gekommen, weil ihre große Schwester – die eine Ausbildung zur Krankenschwester machte –, sich beim Roten Kreuz verpflichten und in die Welt hinausreisen wollte. Frida zufolge war sie immer schon abenteuerlustig gewesen. Marie fand es mutig, dass sie es wagte, ihren Eltern zu trotzen.

Borghild hatte sie damit zu locken versucht, dass in Rynes die Versorgungslage besser sei als auf Hjartøy, sie Fleisch und Butter und Milch und Schmand und noch mehr hätten. Borghild hatte alles aufgezählt und dick aufgetragen, aber nichts von dem, was sie ihr anpries, hörte sich für Marie reizvoll an. Ihre Mutter hatte ergänzt, dass höchstens von ein paar Monaten die Rede sei, zu Weihnachten wäre sie wieder zu Hause. Aber bis Weihnachten war es noch eine ganze Ewigkeit hin!

Marie war erst zweimal in Rynes gewesen, das erste Mal bei Borghilds und Ernsts Hochzeit und das zweite Mal, als deren Sohn Magne getauft worden war. Sie hatte sich dort nicht wohlgefühlt. An jenem Ort am Fuß bedrohlich aufragender Berge

herrschte eine beklemmende Enge, und sie war sich wie eingesperrt vorgekommen, ganz anders als hier draußen auf Hjartøy,
wo nichts dem Blick die Sicht nahm und man seinen Gedanken
freien Lauf lassen konnte.

Jetzt rief Mutter von unten aus dem Flur nach ihr. Marie sah
sich in dem Zimmer um, das sie so liebte. Die Streublumenta-
pete hatte sie selbst ausgesucht und das Bett, den Nachttisch
und den Frisiertisch hatte ihr Vater für sie auf einer Auktion
erstanden. Anschließend hatte er es nur das »Prinzessinnenzim-
mer« genannt. Sie seufzte, es schien ihr, als wäre das hundert
Jahre her. Damals, als alle noch glücklich und zufrieden waren
und sie sich an leckeren Dingen satt essen konnten und Vater
seine Pfeife mit echtem Tabak gestopft hatte.

Marie schloss den Deckel des Koffers und packte den Hand-
griff. Ihre Hände waren vom Seifenkochen vergangene Woche
noch ganz rot und wund. Sie hatte nach wie vor den Geruch des
alten, ranzigen Talgs in der Nase, den sie mit Wasser und kaus-
tischer Soda aufgekocht hatten. Ihre Aufgabe war es gewesen,
die Mischung umzurühren, und es hatte mehrere Stunden gedauert, bis das Ganze eingedickt gewesen war. Danach hatte
ihr Vater es in die Form gegossen, sodass sie es in passende Stücke schneiden konnten, sowie die Masse fest geworden war. Sie
hätte nie gedacht, dass sie jemals den Geruch gewöhnlicher grüner Seife vermissen würde!

Als Marie mit dem Koffer die Treppe hinunterkam, wartete
die gesamte Familie schon ungeduldig auf sie. Ihr Vater ging ihr
entgegen und wollte ihn ihr abnehmen, aber sie riss ihn weg.
Jetzt brauchte er ihr auch nicht mehr seine Hilfe anzubieten!

Beide Eltern begleiteten sie hinunter zum Steg, wo Ernsts
Boot lag. Marie war die Letzte in der Reihe und verabschiedete
sich von allem, was ihr lieb und teuer war. Jeden Fels und jeden
Baum kannte sie hier und wusste, wann die verschiedenen Feld-

blumen ihre Blütezeit hatten. Um sie herum wuchsen Rotklee, Margeriten und Glockenblumen und ließen wie eine verblichene Version der norwegischen Flagge in stillem Protest die Köpfe hängen.

Marie war auch die Letzte, die an Bord des Bootes ging. Ihre Mutter machte unbeholfene Anstalten, sie an sich zu ziehen, aber Marie wich zurück und reichte ihr stattdessen die Hand. Sie wollte sich auf dieselbe Art von ihrem Vater verabschieden, denn das geschah den Eltern nur recht. Sie hatten schließlich selbst Schuld, dass sie von nun an allein waren. Aber als sie in die lieben, kummervollen Augen ihres Vaters sah, wurde ihr Blick weich und sie ließ sich von ihm in den Arm nehmen. »Verzeih mir«, schien ihr seine Umarmung zu sagen.

KAPITEL 11

Rynes

Obwohl kaum nennenswerter Seegang herrschte, schaukelte das Boot auf den Wellen und löste mitsamt dem Geruch von Öl und Benzin Übelkeit in Marie aus. Sie versuchte, den Blick in die Ferne zu richten, aber das brachte nichts. Borghild bemühte sich derweil erfolglos, die kleine Reidun zu beruhigen, die gar nicht mehr mit dem Weinen aufhören wollte. Vielleicht war sie ebenfalls seekrank. Reidun konnte ja ganz süß sein, wenn sie lieb und brav war, aber auf Hjartøy hatte sie eines Nachts mit ihrem Geschrei das ganze Haus aufgeweckt, und in dem Moment hatte Marie beschlossen, niemals Kinder zu wollen. Außerdem konnte sie sich nichts Langweiligeres vorstellen als die Gespräche, die ihre Mutter und Borghild darüber führten, wie viel Milch Reidun trank, was wohl hinter ihren Bauchschmerzen steckte und weshalb sie nicht schlafen wollte. Wenn Marie das Zimmer betreten hatte, war die Unterhaltung manchmal jäh verstummt, als wollten sie etwas vor ihr geheim halten.

Die Bootsfahrt dauerte fast fünf Stunden, danach sollte Borghilds Schwiegervater sie mit Pferd und Wagen das letzte Stück hinauf zum Hof fahren. Andere Boote waren nicht zu sehen, und falls sie in Seenot gerieten, würde ihnen vermutlich niemand zu Hilfe kommen. Marie erschauerte bei dem Gedanken daran, in dem eiskalten Wasser zu landen. Weder Borghild noch sie konnte schwimmen, und Ernst gewiss auch nicht. Sie kannte nur einen, der schwimmen konnte, und das war Schulrektor Ulriksen. Ihm war sogar mal eine Medaille verliehen worden, weil er irgendwo in Trøndelag einen Jungen gerettet hatte, der von einem Floß gefallen war. In der Zeitung war ein Bild von Ulriksen und dem Jungen gewesen, und sie sah noch immer das Gesicht des Rektors vor sich, das so rund und blass wie der Vollmond in einer Winternacht war.

Marie wusste, dass Borghild vermutlich recht mit ihrer Behauptung hatte, in Rynes gehe es den Leuten besser. Sie und Ernst hatten als Gastgeschenk Salzfleisch, Speck und Sauerrahm mitgebracht, und ihre Eltern hatten sich bedankt und verbeugt, als wären sie mit Weihrauch und Myrrhe dahergekommen. Auf dem Bauernhof von Ernsts Familie gab es Kühe, aus deren Milch Butter und Rahm und anderes gewonnen wurde, dessen man im Augenblick, wo alles rationiert war, nur schwer habhaft werden konnte. Und das war noch längst nicht alles, aber Marie vermisste jetzt schon schmerzlich ihr Zuhause, und sie begriff nicht, wie es ihrer Schwester so tief im Inneren des Fjordes gefallen konnte. Aber Ernst war nett, das musste sie ihm lassen, und sie freute sich auch darauf, ihren Neffen Magne wiederzusehen. Sie hatte ihn als lebhaften kleinen Burschen in Erinnerung, der immerzu auf ihrem Schoß sitzen und an ihren langen Zöpfen ziehen wollte. Er hatte vor Lachen gejuchzt, wenn sie »Au!« gerufen und so getan hatte, als würde es schrecklich wehtun.

Sie merkte, dass Borghild sie prüfend musterte, ohne jedoch ihren Blick genau deuten zu können. Borghild konnte manchmal richtiggehend hinterhältig sein. Als sie noch zur Schule gingen, hatte sie einmal einen Aufsatz von Marie abgeschrieben und ihn als ihren eigenen ausgegeben. Und dafür sogar eine bessere Note bekommen als sie. Marie hatte das ganz zufällig entdeckt und Borghild aus irgendeinem Grund nicht damit konfrontiert, so, als hätte sie selbst etwas Falsches getan.

Nun hatte Borghild es sich mit einem Kissen im Rücken bequem gemacht. Reidun war endlich in ihren Armen eingeschlafen, und in dem blassen, runden Gesicht sah der kleine rote Kindermund aus wie eine Rosenknospe. Glücklicherweise war der Motorenlärm so laut, dass keine Unterhaltung möglich war. Marie hatte ihrer Schwester im Augenblick nichts zu sagen.

Endlich näherten sie sich dem Ufer, und Marie erkannte die Landschaft von ihrem letzten Besuch wieder. Obwohl alles größtenteils so aussah wie zuvor – die sich bis in die Unendlichkeit erstreckenden, einander abwechselnden Berge und Ebenen –, waren die Umstände ihres Kommens diesmal ganz andere.

Sowie sie wieder festen Boden unter den Füßen hatte, war ihr nicht länger übel. Dafür hatte sie Hunger. Sie holte einen der in ein Küchentuch gewickelten Kartoffelfladen hervor, die ihre Mutter ihr mitgegeben hatte. Ohne Kartoffeln wären sie verhungert, dessen war sie sich fast sicher. Als sie einmal besonders appetitlos gewesen war und es gewagt hatte, sich zu beschweren, hatten ihre Eltern ihr einen Vortrag darüber gehalten, dass andere mit Krähen und Kormoranen Vorlieb nehmen mussten. Sie wusste nicht, ob sie das glauben sollte.

Gerade als Marie den letzten Bissen heruntergeschluckt hatte, erschien hinter der Kurve ein Pferd mit Wagen, und sie erkannte Borghilds Schwiegervater Magnar wieder. Er schwenkte zur Begrüßung seinen Hut durch die Luft, und Marie hob grüßend die Hand. Sie hatte ihn als einen recht einsilbigen Mann in Erinnerung, der so ganz anders war als sein Sohn. Dennoch wirkte Magnar jünger als ihr eigener Vater, war er doch flinker und kräftiger. Nun kletterte er vom Kutschbock und reichte ihr seine schwielige Arbeitshand.

»Na, das is' ja mal 'ne Überraschung! Trotzdem, herzlich willkommen, auch wenn es vielleicht nicht die besten Umstände sind, jetzt, wo der Krieg hier in Norwegen immer stärker wahrnehmbar wird«, sagte er, als er wieder ihre Hand losließ.

Marie musste sich anstrengen, ihn zu verstehen, weil er die Worte fast verschluckte.

Sie bemerkte, dass Borghild ihrem Schwiegervater einen warnenden Blick zuwarf. Schnell griff er nach ihrem Gepäck und stapelte alles ordentlich auf dem Wagen.

Was meinte Magnar damit, der Krieg würde vor Ort immer wahrnehmbarer? Die Deutschen auf Hjartøy hielten sich größtenteils auf der anderen Seite der Insel auf, wo sie die Schule und weitere Gebäude für ihre Zwecke beschlagnahmt hatten, und man bekam von ihnen nicht so viel mit. Doch sie hatte Gerüchte über Frauen gehört, die den deutschen Soldaten nachstellten, sich ihnen anboten und keinen Fetzen Scham am Leib hatten. So redete man jedenfalls über sie. Die Leute tuschelten, sie würden sich für ein Paar Seidenstrümpfe und einen Lippenstift verkaufen. Marie hatte selbst einige dieser jungen Mädchen vor dem Postgebäude stehen gesehen und die glatten, schimmernden Nylonstrümpfe mit der schnurgeraden Naht auf der Rückseite bewundert. Eine von ihnen war Halldis' Schwester, mit der sie zusammen konfirmiert worden war. Sie war nur wenige Jahre älter als Marie, und die Leute nannten sie mittlerweile »leichtlebige Laura«.

Maries Wangen wurden heiß, und sie verspürte ein seltsames Kribbeln im Körper, wenn sie daran dachte, was Laura und die anderen Mädchen wohl mit den Soldaten trieben. Seit ihrer ersten Monatsblutung geschah plötzlich so viel in ihrem Körper, worüber sie keine Kontrolle mehr hatte. Ein paar Jungen aus der Schule hatten versucht, sie zu küssen und ihre Brüste anzufassen, aber da hatte sie sich gewehrt. Von denen interessierte sie keiner.

Ein Einziger hatte ihr Herz ein klein wenig höher schlagen lassen. Sie wusste nur, dass er Oddvar hieß und diesen Sommer Knecht auf dem größten Hof von Hjartøy war. Sie hatte ihn mehrmals im Dorfladen gesehen, als er etwas von seinen Lebensmittelmarken kaufen wollte, und gehofft, dass er auch zu der Tanzveranstaltung kommen würde, denn in dem Fall hätte sie all ihren Mut zusammengenommen und ihn angesprochen.

Marie seufzte lautlos, kletterte auf den Wagen, setzte sich auf eine nach Stall riechende Kiste und machte Ernst und Borghild Platz. Borghild hatte Reidun in ein dünnes Tuch gewickelt, das sie um ihre Taille geschlungen hatte. Nur Reiduns kleiner Kopf lugte hervor, und ihre Lider flatterten kurz, bevor sie erneut einschlief. Pferd und Wagen schienen ihre besten Tage schon hinter sich zu haben; die Räder quietschten beim Anfahren. Der Weg war holprig und voller Schlaglöcher, und Reidun, die wieder aufgewacht war, als es rumpelte, brach in lautes, fröhliches Jauchzen aus und sah sie aus großen blauen Augen an.

Je mehr sie den Fjord hinter sich ließen, umso stärker verdichtete sich die Landschaft und Fichtenwälder und steile Berghänge kamen in Sicht, über die sich Bäche mit einer Furchtlosigkeit hinabstürzten, von der Marie gern selbst etwas besessen hätte. Hier musste die Schwermut gut gedeihen, war das Licht doch gezwungen, sich durch Myriaden von Bäumen hindurchzukämpfen. Zu Magnes Taufe im Mai hatten an mehreren Stellen noch Schneewehen gelegen.

Sie hatten den Hof fast erreicht, als Marie etwas Seltsames entdeckte, das bei ihrem letzten Besuch in Rynes noch nicht da gewesen war. Sie konnte den Blick nicht davon abwenden.

Nur unweit vom Bauernhof entfernt befand sich ein mit mehrere Meter hohem Stacheldraht umzäuntes Gelände mit einer Ansammlung länglicher Gebäude. War das womöglich ein neuer Hof und dies die dazugehörigen Ställe und Nebengebäude? Nein, das konnte nicht sein. Die dicht an dicht stehenden Behausungen sahen vielmehr aus wie große aus dünnen

Holzplatten zusammengezimmerte Bretterbuden. Sämtliche Buden hatten dieselbe Größe. Aus einigen Schornsteinen auf dem Dach stiegen kleine Rauchwölkchen auf. Sie lagen alle in Reih und Glied neben dem Wald, aus dem Magnar immer Holz holte.

Ein Windzug trug einen Geruch herüber, bei dem es Marie beinahe hochkam. Es stank wie das Plumpsklo daheim, nur zehnmal schlimmer. Das Gelände zwischen den Gebäuden, wo einmal Gras gewachsen sein musste, war so zertreten, dass es wie eine einzige Schlammwüste aussah. Vor einem Haus lagen große Stapel unterschiedlich langer Baumstämme. Ob sie zu Brennholz für den Winter zerhackt werden sollten?

In jeder Ecke der Umzäunung befand sich ein hohes Gebäude, eine Art Turm, auf den eine Leiter bis zur Spitze hinaufführte. Sie glaubte, hoch dort oben einen Mann zu sehen; er hatte irgendetwas geschultert. Erschaudernd stellte sie fest, dass es ein Gewehr war. Nichts von all dem, was sie hier sah, ergab irgendeinen Sinn für sie. Dann erhaschte sie einen Blick auf die rote Schrift über dem Tor des Geländes. Mühsam entzifferte sie die deutschen Wörter: *Mit fleißig Arbeit – Weg in Freiheit. Arbeit* und *Freiheit* verstand sie, aber nicht den Zusammenhang.

Magnar hatte das letzte Stück des Weges langsam fahren müssen, weil die Straße hier besonders schmal und uneben war. Der Wagen blieb fast stehen, und Marie konnte nicht anders, sie musste zu den seltsamen Vorgängen dort auf dem Gelände hinsehen.

Nicht weit von ihnen entfernt, im Wald hinter dem hohen Stacheldrahtzaun, arbeiteten Menschen. Sie hackten und gruben, spalteten Felsgestein, hoben die schweren Steinblöcke an und trugen sie fort, während Männer in Uniform sie offenbar mit einer Peitsche dazu antrieben, noch härter zu schuften. Die bedauernswerten Arbeiter sahen schrecklich mager und verdreckt aus. Ihre Hosen bestanden nur aus Lumpen, ihre Oberkörper waren nackt. Sie hörte laute Rufe und erkannte die Sprache wieder. Die hart klingenden deutschen Wörter schnitten durch die Luft. Ihr Herz klopfte rascher. Es klang wie *schneller, schneller*. Was ging hier vor sich?

Sie packte Borghilds Arm und wollte sie fragen, aber ihre Schwester sah sie nur streng an und schüttelte den Kopf. »Sag nichts, warte, bis wir zu Hause sind. Starr sie nicht an, sieh einfach nach vorn und gib dich unbeteiligt, wir sind gleich daran vorbei«, flüsterte sie entschieden und drückte Reidun enger an sich.

Aber nicht hinzusehen war unmöglich. Plötzlich erhaschte Marie einen Blick auf ein Gesicht, das hinter einem Felsbrocken hervorlugte. Bevor sie wegschauen konnte, blickte sie in ein Paar braune Augen. Die Zeit blieb für einen Moment stehen, als ein Lächeln das fremde Gesicht erhellte. In diesem Moment machte der Wagen einen Satz nach vorn, und das Tempo zog wieder an. Marie konnte nicht anders, sie musste sich umdrehen und sah gerade noch, dass der junge Bursche ihr zuwinkte.

Erleichtert atmete Marie auf, als das Haus in Sicht kam. Ernsts Mutter Gudrun stand mit Magne auf der Treppe. Bei ihrer ersten Begegnung hatte Marie Gudrun furchtbar streng gefunden, doch das hatte sich geändert, je besser sie einander kennengelernt hatten. Jetzt hob Gudrun die Arme über den Kopf und winkte ihnen zu. Magne riss sich von der Hand seiner Großmutter los und kam ihnen mit freudigen Rufen entgegengerannt. »Mutter! Vater! Schwesterchen!« Als er Marie sah, wurde er verlegen. Er war bei ihrer letzten Begegnung noch klein gewesen und erkannte sie offenbar nicht wieder. Als sie alle vom Wagen heruntergestiegen waren, versteckte er sich hinter seiner Mutter und starrte sie wachsam an. Marie war nach dem, was sie auf dem Weg hierher gesehen hatte, immer noch so durcheinander, dass sie es nicht fertigbrachte, ihn hervorzulocken, wie sie es normalerweise getan hätte.

»Was war das für ein Ort, an dem wir unterwegs vorbeigefahren sind?« Sie brauchte eine Erklärung für diesen aufwühlenden Anblick.

»Warte, bis wir im Haus sind.« Borghild schob sie zur Tür wie eine Kuh, die sie zum Melken in den Stall scheuchte.

»Guten Tag, Schwiegermutter. Wie du siehst, habe ich Marie von Hjartøy mit hergebracht. Ein paar Hände mehr können nie schaden, und die Kammer steht ja sowieso leer«, sagte sie wie eine auswendig gelernte Hausaufgabe.

Falls Gudrun überrascht war, verbarg sie es jedenfalls besser als Magnar. Marie gab ihr die Hand und sagte, dass sie sich freue, sie wiederzusehen. Gudrun trug Hosen. Wie ein Mann, dachte Marie.

»Komm, dann zeige ich dir dein Zimmer«, sagte Gudrun und nahm Maries Koffer. Sie führte sie einen kleinen Flur hinunter, an dessen Ende eine Treppe zum Dachboden führte, und weiter zu dem kleinen Raum.

»Es ist ein Gefangenenlager«, erklärte Gudrun, bevor Marie sie danach fragen konnte. Sie setzte sich auf das Bett und bedeutete Marie, neben ihr Platz zu nehmen.

»Ein Gefangenenlager?« Marie versuchte, den Sinn des Wortes zu begreifen. »Und wer sind die Gefangenen?«, fragte sie erstaunt. Landete man womöglich hier, wenn man sich den Befehlen der Deutschen widersetzte?

»Diese bedauernswerten Menschen wurden von den Deutschen aus Jugoslawien hierher verschleppt und werden nun sträflich ausgebeutet. Ich habe noch nie etwas so Schlimmes gesehen. Die Jüngsten unter ihnen sind noch Kinder. Ich begreife nicht, was sie Böses getan haben könnten. Ihr einziges

Verbrechen ist wohl, dass sie ihr Land gegen dieses deutsche Pack verteidigen wollten.« Gudrun spuckte die Worte geradezu aus, als würde ihr Geschmack sie anwidern. »Sie sind erst seit ein paar Wochen hier. Wir haben unseren Augen nicht getraut, als wir draußen auf den Wiesen gearbeitet haben und plötzlich ein Zug menschenähnlicher Gestalten die Straße heraufkam. Manche von ihnen waren so schwach, dass die Beine sie nicht trugen und sie von Mitgefangenen an den Armen mitgeschleift werden mussten. Wer seine Schmerzensschreie nicht unterdrücken konnte, wurde von den Wachen, die diese armselige Herde lebender Skelette hüteten, brutal verprügelt. Am schlimmsten aber ist, dass Männer unseres Dorfes von den Deutschen dort hinauskommandiert wurden, um Baracken zu errichten. Niemand von ihnen hätte sich je ausgemalt, dass sie zu *so etwas* dienen sollten.«

Gudrun holte tief Luft, bevor sie fortfuhr. »Wir versuchen, diesen armen Menschen heimlich ein paar Happen zuzustecken, wenn sie draußen auf dem Lagergelände sind, aber das ist nur ein Tropfen auf den heißen Stein, und auch wir haben das Essen ja nicht im Überfluss.«

Es dauerte, bis Marie das eben Erfahrene verdaut hatte. In der Schule hatten sie in Biblischer Geschichte etwas über die Höllenqualen durchgenommen. Hatte etwa der Teufel Besitz von diesen Deutschen ergriffen, dass sie andere wie Vieh behandelten? Und warum war das hier so anders als auf Hjartøy?

Gudrun fuhr fort, offenbar durch ihre eigenen Worte angestachelt. »Die Deutschen haben ihnen befohlen, Straßen zu bauen, damit sie rascher ihre Truppen und Waffen transportieren können. Doch die Gefangenen hungern, und die Brechstangen, die sie umherschleppen, sind dicker als sie selbst. Bei Regen stehen die Gefangenen knietief im Morast. Nach den Felssprengungen müssen sie die schweren Felsblöcke wegschleppen und einen steilen Hang hinunterwerfen. Nicht selten sind sie damit bis Mitternacht beschäftigt, während die deutschen Besatzer und ihre norwegischen Mitläufer sie herumkommandieren, mit Knüppeln auf sie einschlagen, obwohl sie kaum in der Lage sind, aufrecht zu stehen, so krank und ausgehungert, wie sie sind. Ich fasse nicht, wie dieser Abschaum mit sich selbst leben kann. Wir können nur hoffen, dass eines Tages die Gerechtigkeit siegt und die Schuldigen ihre Strafe erhalten. Dieses Elend muss schließlich früher oder später ein Ende haben«, schloss Gudrun.

Eine halbe Stunde später waren sie um den großen Küchentisch versammelt und aßen Fischklöße mit weißer Soße und Kartoffeln. Die Soße war wohlschmeckend und von seidenweicher Konsistenz, es bestand also kein Zweifel daran, dass die Menschen hier deutlich besser versorgt waren als auf Hjartøy. Dennoch vermisste sie den Geschmack von Curry, jenes Gewürz, das ihre Mutter stets beim Kochen dieses Gerichts verwendete. Sie versuchte, Blickkontakt zu ihrer Schwester aufzunehmen, aber Borghild wich ihrem Blick immerzu aus, konzentrierte sich auf ihr Essen oder half Magne mit seiner Portion. Am Tisch war es still, nur das Klirren des Bestecks auf den Tellern war zu hören. Wie konnten sie hier guten Gewissens sitzen und essen, während die Kriegsgefangenen dort draußen verhungerten?, dachte Marie und schluckte schwer.

Als Marie abends in der winzigen Kammer lag, konnte sie nicht schlafen. Das Zimmer war viel kleiner als ihres daheim. Die alten Holzwände waren ungestrichen und die Sprossenfenster milchig und ließen die Landschaft draußen verschwommen erscheinen. An einer Wand hing ein großer Wandteppich, und neben der Tür stand ein Waschtisch mit Waschbecken und Becher im selben Muster wie auf dem Nachttopf unter dem Bett. Es roch auch ganz anders als zu Hause, muffig und schwach nach Schimmel, als sei hier schon lange nicht mehr gelüftet worden.

Ihr Blick heftete sich auf die Porzellanfigur, die sie auf den Schemel neben ihrem Bett gestellt hatte. Sie stand neben einem Buch, das bereits dort gelegen hatte, einem Roman, der der Widmung zufolge einmal ein Weihnachtsgeschenk von Gudruns Vater gewesen war. Das Porzellanmädchen saß so unbeschwert mit der Katze auf dem Schoß da, so ganz anders, als Marie sich fühlte. Die Bilder, die sie nach ihren heutigen Eindrücken im Kopf hatte, waren scharf und deutlich, so, als sähe sie alles durch ein Vergrößerungsglas, was sie beunruhigte. Aber da war noch etwas anderes – ein braunes Augenpaar. Beim Gedanken daran musste sie lächeln.

KAPITEL 12

Zemun, Jugoslawien, 1940

Katicas Blick blieb an Jovan hängen. Automatisch musste sie schmunzeln. Ihr Bruder konnte sie immer aufmuntern. Er brauchte dafür nur seine dichten Brauen über den wachen braunen Augen hochzuziehen, was seinen Zügen einen komischen Ausdruck verlieh.

»Katica!«

Die Stimme ihrer Mutter riss sie aus ihrer Fantasievorstellung, war sie doch gerade damit beschäftigt, in Gedanken nacheinander die Familienmitglieder zu skizzieren. Sofija Vukanić befeuchtete diskret mit der Zunge den Zeigefinger und rieb ihrer Tochter einen schwarzen Fleck vom Kinn.

»Du musst daran denken, dich im Spiegel anzusehen, nachdem du gezeichnet hast, damit du nicht wie ein wandelnder Tintenklecks aussiehst«, wies sie sie zurecht.

»Das ist keine Tinte, Mutter, das ist Grafit vom Bleistift«, erwiderte Katica lächelnd.

Für sie gab es nichts Schöneres, als zu zeichnen. Sie konnte sich völlig in einem Motiv verlieren und alles um sich herum vergessen. Es war, als würde sich dadurch eine Tür zu einer anderen Welt für sie öffnen. Einer Welt, die einem beständigen Wandel unterworfen war und in der sie selbst entscheiden konnte, was geschehen würde, und sich alles verändern ließ, womit sie unzufrieden war. Heute aber hatte sie sich von ihrem Zeichenblock losreißen müssen, weil beim Fotografen neue Familienporträts gemacht werden sollten.

Der Spaziergang zum Fotografen hätte normalerweise zehn

Minuten gedauert, wenn nicht Großmutter Regina wegen ihres schlimmen Beins zu humpeln begonnen und die ganze Schar aufgehalten hätte. Es sei diese verfluchte Gicht, hatte sie geklagt.

In ihrem Stadtbezirk herrschte eine ausgelassene Atmosphäre. Es hatte die Menschen bei diesem schönen Wetter nach draußen gezogen, und die Leute auf dem Gehsteig grüßten freundlich die Passanten. Pferdekutschen standen in Reih und Glied vor dem Hotel »Central« und warteten auf Kundschaft, und die Geschäftsmänner mit ihren Aktentaschen unter dem Arm waren auf der Straße eifrig ins Gespräch vertieft. Ein Automobil war langsam vorbeigefahren, und einige Jungen liefen ihm nach, als hätten sie solch ein Fahrzeug noch nie gesehen. Die Cafés mit Terrassenplatz hatten draußen Tische und Stühle arrangiert, und die Kellner waren vollauf damit beschäftigt, Tabletts mit Tee, Kaffee und süßen Herrlichkeiten hinauszutragen. Katica fielen zwei lebhafte Damen auf, die sich anschickten, jeweils ein dickes Stück *Vasina Torta* zu verspeisen. Als die Nusscreme und die Schokolade zwischen ihren künstlich wirkenden roten Lippen verschwanden, fing Katicas Magen wie von selbst an zu knurren. In diesem Moment hatte sie bemerkt, dass die anderen schon weit vorausgegangen waren, und verfiel in Laufschritt, um sie wieder einzuholen.

Schließlich waren sie beim Atelier eingetroffen, und hier saßen sie nun versammelt, um sich verewigen zu lassen. Nachdem ihre Mutter sie aus ihren Gedanken gerissen hatte, sah sie jetzt erneut Jovan an. Er liebte es, Faxen zu machen und sie in den unpassendsten Situationen zum Lachen zu bringen. Als kleines Kind, vor ihrem Schulbeginn, war sie ihm überallhin gefolgt. Im Geiste zeichnete sie ihn als einen Akrobaten, der die Symmetrie des Bildes störte.

Großmutter Regina hatte das schwarze Kleid angezogen, das

sie stets zu feierlichen Anlässen trug. Es war in ihrer geliebten Geburtsstadt Wien geschneidert worden, und den Hals und die Ärmel säumten Spitzen. Die Goldbrosche, die sie als morgendliches Geschenk an ihrem Hochzeitstag erhalten hatte, saß adrett auf der rechten Seite des Kleides. Sie stellte eine erblühende Rosenknospe dar. Bis auf ihren Ehering war das der einzige Schmuck, den sie trug. Großmutter war so etwas wie das Denkmal ihrer Familie, und in ihrer Vorstellung zeichnete Katica eine Matrone mit so weiten Armen, dass sie die ganze Familie in ihre Umarmung einschließen konnte.

Neben ihr saß Katicas Vater Alexandar, der Glockengießer. Er trug denselben Namen wie ihr verstorbener König, der vor fünf Jahren während eines Staatsbesuchs in Frankreich von einem Attentäter ermordet worden war. Katicas Gedanken galten vor allem Königin Maria, die mit ihren drei Söhnen allein zurückgeblieben war. Sie wusste, dass die Königin auch gern zeichnete und fünf Sprachen fließend sprach. Darüber hinaus fuhr sie Automobil, wie sonst kaum andere Frauen. Großmutter, die gern zum Ausdruck brachte, dem Königspaar selbst bei irgendeinem Anlass persönlich begegnet zu sein, meinte zu wissen, dass die Königin nach dem Tod ihres Mannes kein einziges Mal mehr gelächelt habe.

Nein, jetzt verlor sie sich schon wieder in Überlegungen ... Ihr Vater hatte die Stärke und den Unternehmungsgeist seiner Mutter geerbt, aber seine aufrechte Gestalt hatte er wiederum von seinem Vater, der im Ersten Weltkrieg sein Leben geopfert hatte. Katicas Karikatur von ihm zeigte ihn dürr und hoch aufgeschossen mit Gliedern, die ein klein wenig zu lang für seine Kleider waren. Er war wie immer auf dem Sprung, warteten doch stets zahlreiche Arbeitsaufgaben auf ihn.

Und dann ihre Mutter, Sofija, zart wie eine Rose im ersten Frost. Ihr dickes schwarzes Haar und die blasse Haut machten sie zu einer auffallenden Schönheit. Ein fremder Vogel ohnegleichen, aus der – ihr zufolge – schönsten Stadt des Österreichisch-Ungarischen Königreiches: Budapest. Sie war wie ein Zugvogel, nur zog sie sich in sich selbst zurück, statt weit davonzufliegen, dachte Katica betrübt. In ihrer Fantasie wurde ihre Mutter zu einer schwanengleichen Gestalt, gefangen zwischen all den anderen der Familie.

Und nicht zuletzt ihr großer Bruder Milan, ein Jahr älter als Jovan, mit seinem würdevollen Blick und einem Haarschopf, der seinen Kopf wie ein Helm umschloss. Er war sorgfältig und gewissenhaft, dachte immer erst nach, bevor er den Mund aufmachte, und war jemand, auf den man sich stets verlassen konnte. Hatte sie etwas Dummes getan und erwartete die Strafe ihrer Eltern, dann war es seine Hand, die ihr Halt gab. In ihrer geistigen Skizze zeichnete sie ihn als einen festen Fels mit menschlichen Zügen.

Und schließlich blieb nur noch sie selbst übrig, Katica, das Nesthäkchen der Familie. Geboren und aufgewachsen hier in Zemun, in dem Land, das nun Königreich Jugoslawien hieß. Sie versuchte, sich selbst von außen zu betrachten: kleinwüchsig, mit einem recht runden Gesicht und neugierigen Augen. Eigentlich war es der Wille ihrer Mutter gewesen, dass sie heute ihr feines pflaumenrotes Kleid trug, das Mutter ihr in dem exklusiven Modegeschäft in der Kong-Petars-Straße gekauft hatte, aber Katica hatte darum gebettelt, stattdessen ihr schönstes Sommerkleid anziehen zu dürfen. Es war ihr inzwischen etwas zu klein geworden, was auf den Aufnahmen aber wohl kaum zu sehen wäre. Dafür hatte ihre Mutter darauf bestanden, dass sie den Schmuckkamm aus Perlmutt im Haar trüge, der einst Großmutter gehört hatte und viel zu altmodisch war.

Der Bleistift und der Zeichenblock waren Katicas engste Begleiter, denn sie liebte es, auf diese Weise mit den Händen zu dichten. Manchmal kam es ihr vor, als sei sie älter, als sie aussah, als stammte ihre Seele aus einer anderen Zeit. Katica war gerade drauf und dran, sich in ihrer geistigen Skizze als elfengleiche Märchenfigur anzulegen, da drang ein weiteres Mal die Stimme ihrer Mutter zu ihr durch.

»Katica! Weshalb kannst du nicht antworten, wenn ich mit dir rede?« Ihre Mutter klang resigniert, und ein Seufzer entfuhr ihren Lippen.

»Oh, Verzeihung, ich habe es nicht gehört.« Die Skizze vor ihren Augen löste sich auf, und sie beeilte sich, ihren Platz in dem vom Fotografen arrangierten Tableau zu finden. Im letzten Augenblick fiel ihr die Requisite ein, der Blumenkorb, den sie, wie es der Wunsch ihrer Mutter war, am Arm tragen sollte. Sie eilte zurück, holte ihn und begab sich zurück ins Motiv. Auf die Aufforderung des Fotografen hin posierte sie und sah mit einem zutraulichen Lächeln in das Auge der Kamera.

Anschließend machten sie alle Einzelbilder, und Katica musste ganz bis zum Ende warten. Anschließend war es wie eine Befreiung, an die frische Luft zu kommen, nachdem sie eine gefühlte Ewigkeit auf dem Präsentierteller gesessen und gelächelt hatte. Katica hatte gedacht, sie wäre die Erste, die auf der Straße stünde, während die anderen noch mit dem Fotografen plauschten, aber Jovan war noch schneller als sie gewesen. Jetzt legte er ihr einen Arm um die Schulter und schob sie ein klein wenig vom Eingang fort.

»Ich kann nicht mit zum ›Russischen Zar‹ und Kaffee trinken gehen, kleines Eichhörnchen. Kannst du Vater ausrichten, dass ich einen Kommilitonen treffen muss, mit dem ich ein paar Matheaufgaben durchgehen will?«

Katica sah ihren Bruder fragend an und zog die Augenbrauen zusammen. Das sah Jovan gar nicht ähnlich, sich so eifrig seinen Studien zu widmen. Außerdem wollte er immer etwas von ihr, wenn er sie kleines Eichhörnchen nannte. Diesen Kosenamen hatte sie vor vielen Jahren von ihm bekommen, als sie bei einem Spaziergang im Park ein Eichhörnchen mit nach Hause hatte nehmen wollen. Sie musterte seine Miene und bemerkte, wie er ihrem Blick auswich.

»Gibt es da etwas, das du mir verschweigst?«

»Nein, was sollte das sein?«, erwiderte er leichthin.

Errötete er etwa? »Hast du eine Freundin?«

Er zögerte. »Nein.« Dann druckste er ein wenig herum. »Doch, vielleicht. Gewissermaßen.«

Sie wollte ihn gerade fragen, wer es sei, ob es sich womöglich um Clara Kohn handelte, von der ihre Mutter so begeistert war, aber er kam ihr zuvor. »Bis später! Ich muss mich beeilen.«

Ehe Katica sich's versah, war er um die Ecke verschwunden, und wenig später sah sie ihn zügig davonradeln. Unmittelbar darauf kam der Rest der Familie aus dem Atelier. Ihr Vater blickte sich um.

»Wo ist Jovan?«, fragte er.

»Er hat mich gebeten, dir auszurichten, dass er einen Kommilitonen trifft, der ihm in Mathematik hilft, damit er in der Klasse nicht hinterherhinkt«, sagte Katica brav auf.

»Gut. Das nenne ich mal einen vernünftigen Grund«, erwiderte ihr Vater und klopfte mit seinem Spazierstock auf den Gehsteig. »Dann nehmen wir anderen die Straßenbahn in die Stadt zum ›Russischen Zar‹. Ich lade euch ein!«

Eine gute halbe Stunde später saßen sie in dem mondänen Café an einem Fenstertisch mit Ausblick auf die geschäftige Straße. Katica hegte die Vermutung, dass ihr Vater den »Russischen Zar« vor allem deshalb ausgesucht hatte, weil er von hier aus die Glocken der mächtigen Kathedrale hören konnte – Glocken, die sein Großvater zu seiner Zeit gegossen hatte. Als sie klein war, hatte sie ihrem Vater noch geglaubt, dass durch die

Adern ihres Urgroßvaters angeblich Bronze und nicht Blut geflossen sei.

Die Glockengießerei befand sich bereits seit 1854 im Besitz ihrer Familie, und die Glocken waren weit über die Landesgrenzen hinaus bekannt. Nach Reisen, auf denen ihr Vater die Aufhängung eines sogenannten Kunstwerks verfolgt hatte, platzte er immer vor Stolz und sprudelte bei der Schilderung des Ereignisses nur so über. Er erzählte stets so lebendig, dass Katica glaubte, selbst dabei gewesen zu sein, und er hatte ihr versprochen, sie später, wenn sie älter wäre, einmal mitzunehmen. Und vielleicht – falls sie sich als tüchtig und geschickt genug erwies – durfte sie eines Tages womöglich selbst einige Glocken gravieren und verzieren. Allein bei dem Gedanken daran kribbelte es ihr in den Fingern.

Ein Kellner in schwarzer Uniform balancierte hoch über seinem Kopf ein Tablett mit ihrem Kaffee, gefolgt von einer Kellnerin in schwarzem Rock und weißer Schürze, die ein Tablett mit den leckersten Kuchen, die man sich denken konnte, herantrug. Katica genoss den Anblick von Sachertorte und *Šampita*, Schaumkuchen, einem geschlagenen Baiserkuchen mit Eigelbkruste, und konnte sich beim besten Willen nicht vorstellen, dass Jovan diese Herrlichkeiten freiwillig langweiligen Zahlen und Tabellen opfern würde. Etwas – oder vielmehr jemand – anderes musste sein Interesse gefesselt haben.

KAPITEL 13

Eine Woche nach dem Besuch beim Fotografen nahm Katica Zeichenblock und Bleistifte mit hinunter zu ihrem Lieblingsort am Fluss. Dort saß sie für gewöhnlich und blickte über die Donau, während sie sich ihren Tagträumen hingab und den Stift unbeschwert über das Papier tanzen ließ. Von hier aus konnte sie den Schiffen zusehen, die auf dem Weg nach Belgrad vorbeifuhren, dort, wo die Donau ihren Namen in Save änderte. Einige Schiffe waren mit Gütern beladen, andere wiederum hatten erwartungsvolle Passagiere an Bord. Gerade heute war es besonders schön, ihrem Zuhause zu entrinnen, hatte ihre Mutter doch eben eine Auseinandersetzung mit dem Dienstmädchen gehabt, das sie beschuldigte, es mit dem Reinemachen nicht genau genug zu nehmen. Katica tat das junge Mädchen leid, das nicht viel älter war als sie und vom Lande kam, aber sie wusste, dass sie nichts damit zu schaffen hatte und sich nicht in die Domäne ihrer Mutter einmischen sollte. Es war stets ihre Mutter, die die Dienerschaft zurechtwies, ihr Vater hatte mehr als genug damit zu tun, in der Glockengießerei für Ordnung zu sorgen. Außerdem war er fast so etwas wie ein Verwandlungskünstler, denn ehe die Familie sich's versah, konnte er sich blind und taub gegenüber alldem stellen.

Sie saß noch nicht lange am Flussufer, als sie eine Gestalt bemerkte, die unweit von ihr stehen geblieben war und auf das blaue Wasser starrte. Jetzt trafen sich ihre Blicke, und Katica kam die Frau zunehmend bekannt vor, je näher sie der Stelle kam, an der Katica saß. Sie war elegant gekleidet und trug ein gestreiftes Kleid mit tiefsitzender Taille. Auf dem Kopf hatte sie einen dunklen Hut mit weißem Band. Schon von Weitem fiel Katica der stolze Nacken der Frau auf.

»Wie ich sehe, bist du geschickt mit dem Bleistift«, sagte die Frau, die nun vor ihr innehielt und mit einem Nicken auf den Zeichenblock auf Katicas Schoß deutete.

»Danke. Zeichnen ist mein Lieblingsfach.«

»Dir gefällt es also in der Schule?«

Katica nickte, und jetzt war sie sich sicher, wer die andere Frau war. »Verzeihen Sie, aber sind Sie nicht die Autorin Isidora Sekulić?«

»Ja, das bin ich!« Die Frau brach in ein tiefes Lachen aus, als hätte Katica einen Witz gemacht. Katica war verunsichert, fuhr jedoch fort.

»Ich habe Ihr Buch *Pisma iz Norveške* gelesen.« Katica hatte den Briefroman, in dem die Autorin ihre Reisen durch Norwegen – diesem seltsamen Land im Norden – schilderte, zu ihrem dreizehnten Geburtstag von ihrer Großmutter geschenkt bekommen. Ein Interview mit der Autorin in einer der Zeitschriften, die ihre Mutter abonnierte, hatte ihr Lust auf das Buch gemacht. Isidora Sekulić wirkte so mutig und hatte schon so viel von der Welt gesehen. Ihre Mutter dagegen hatte nur verächtlich geschnaubt und Isidora als einen »Mann im Rock« bezeichnet.

»Und wie findest du es? Und du musst mich auf keinen Fall so höflich anreden, als moderne Frauen sind wir doch ebenbürtig.«

Katica wusste nicht ganz, was Isidora damit meinte, und sie war dazu erzogen worden, Älteren mit Respekt zu begegnen, weshalb sie nicht nachfragte. »Ich fand es sagenhaft spannend, wie ein Märchenbuch.«

Dieses Land oben im Norden schien mit seinen großen Entfernungen und wenigen Bewohnern so ganz anders als ihres zu sein. Und mit den langen, stürmischen Wintern mit Lawinen und Tagen, an denen es nie so recht hell wurde. Darüber hinaus war der Autorin während einer ihrer Reisen etwas Tragisches zugestoßen, das Katica bitterlich hatte weinen lassen. Isidora Sekulićs Ehemann, ein polnischer Arzt, war nämlich auf der Zugreise von Norwegen nach Berlin gestorben. Man stelle sich nur vor, seine große Liebe auf diese Weise zu verlieren!

»Mir hat vor allem die Passage über den wütenden Wind gefallen, der das Meer an den Klippen zerschellen lässt, und über das mächtige Nordlicht, das wie ein übernatürliches Auge über die Menschen wacht. Sie ... ich meine, du ... malst mit Worten.«

»Das hast du gut beobachtet. Du bist zweifellos nicht auf den Kopf gefallen, junge Dame. Du darfst nur eines nicht vergessen: dich selbst nie aufzugeben, auch wenn du in deinem Leben auf Widerstand stößt, denn dein Talent kann dir niemand nehmen.« Ihre Mundwinkel zogen sich leicht nach oben, aber Katica war sich nicht sicher, ob man das wirklich ein Lächeln nennen konnte.

Isidora Sekulić war nicht nur eine der bekanntesten Autorinnen ihres Landes, sie war auch Lehrerin gewesen und hatte Griechisch und Latein unterrichtet. Sie war an einer Mädchenschule beschäftigt gewesen, hatte die Stelle jedoch verloren, weil sie eine so *kontroverse* Person war. Das zumindest hatte in der Zeitschrift gestanden.

»Ich habe Teile meiner Kindheit hier in Zemun verbracht und viele schöne Erinnerungen daran, weshalb ich gern die Straßenbahn von Belgrad hierher nehme. Mein Zimmer ging zur Donau hinaus, und ich konnte stundenlang dasitzen und den Fluss betrachten, sein Gewässer, das ständig in Bewegung war, und den Schiffen zusehen, während ich mich an weit entfernte Orte träumte. Wir haben direkt bei der St.-Nicholas-Kirche gewohnt, und der Klang ihrer Kirchenglocke hallte häufig in unserer Wohnung wider. Nicht selten zog auch der Geruch von Weihrauch zu uns herüber. Aus dem Wohnstubenfenster blickten wir direkt auf die große Holztür und konnten den Widerschein der Kerzen und Lampen hinter dem oberen Glaseinsatz sehen. Es ist eine Schande, dass wir Menschen mit Kriegen und Elend in dieser Welt so viel Unheil anrichten«, sagte sie und klang auf einmal so niedergeschlagen, dass Katica es nicht über sich brachte, von der Glockengießerei ihrer Familie zu erzählen, aus der die erwähnte Kirchenglocke stammte.

»Ich habe den Glauben an die Herrschenden verloren. Früher war Frankreich unser wichtigster Mitstreiter, und sich so eng an Deutschland zu binden, wie wir es getan haben, war ein großer Fehler. Das wird uns nun kaum helfen. Lass uns nur hoffen, dass sie uns nicht in diesen neuen Krieg hineinziehen. Das wäre eine Katastrophe für unser Land. Wir können es uns nicht leisten, unsere tapferen jungen Männer zu verlieren. Ist unsere turbulente Geschichte hindurch nicht schon genug Blut geflossen? Nun ja, genug geredet. Danke für das Gespräch, ich muss jetzt weiter. Ich habe vor, zum Friedhof auf dem Gardoš-hügel zu gehen, dort ist es zumindest friedlich. Bis dann!«, sagte sie und hob die Hand zum Abschied.

Katica blieb sitzen und dachte über das nach, was Isidora Sekulič über den Krieg gesagt hatte. Sie wusste, dass die Deutschen Frankreich besetzt und Bomben über England abgeworfen hatten. Was wäre, wenn dieser furchtbare Krieg auch hierherkäme? Ihre beste Freundin Malvina wollte von solchem Gerede nichts wissen, sie behauptete, das ginge über ihren Verstand. Und zu Hause ließ ihre Mutter nicht zu, dass über Politik gesprochen wurde. Wenn diese Art von Themen angeschnitten wurde, klagte sie sofort über Kopfschmerzen. In der Regel war es Jovan, der darüber diskutieren wollte, aber er hatte mit der Zeit gelernt, seine Gedanken für sich zu behalten. Sie hatte den Eindruck, dass ihr Vater Jovans Gedankengänge nicht gefielen, wusste aber nicht, worum es bei ihrer Meinungsverschiedenheit ging. In der letzten Zeit hatte ihr Bruder außerdem häufig ungewohnt geistesabwesend gewirkt und hielt sich nicht mehr so viel wie vorher daheim auf. War er womöglich einer jener tapferen jungen Männer, von denen Isidora gesprochen hatte?

Katica wusste nicht, was sie ohne ihren Zeichenblock und ihre Bleistifte getan hätte. Auf dem Papier konnte sie ihre schöne Stadt zumindest bewahren. In einer Geschichtsstunde hatte der Lehrer erzählt, dass die Doppelmonarchie Österreich-Ungarn Serbien 1914 den Krieg erklärt hatte und die ersten Schüsse auf Belgrad von hier aus Zemun abgefeuert worden waren. Sie begriff nicht, weshalb die Leute nicht in Frieden und Toleranz miteinander leben konnten, statt sich gegenseitig umzubringen.

Katica legte die Zeichenutensilien in ihre Tasche und stand so schnell auf, dass ihr ganz schwindelig wurde. Sie blieb einen Moment stehen, bevor sie beschloss, über den Marktplatz nach Hause zu gehen. Es war so aufregend, die Fülle an Waren zu sehen, die an den Ständen zum Verkauf dargeboten wurden. Die Marktleute kamen mit Lebensmitteln und selbst gefertigten Gegenständen vom Land bis in die Stadt. Manchmal gab es Zank, wenn die Kunden sich über die Preise beschwerten, aber größtenteils herrschte ausgelassene Stimmung. Eines Tages würde sie all ihren Mut zusammennehmen und eine der älteren Marktweiber in altmodischer Kleidung, die *Kaymak* und andere Milchprodukte verkauften, darum bitten, sie zeichnen zu dürfen.

Viele hatten ihre Einkäufe anscheinend jedoch bereits erledigt, begegnete sie doch einem Strom älterer und jüngerer Frauen mit vollen Körben. Ein paar von ihnen plapperten wild durcheinander und stießen sie mit ihrer Last beinahe zur Seite. Eine Blumenverkäuferin mit einem Arm voller Tulpen pries ihre Pflanzen zum Kauf an; lebhaft wie Buntstifte leuchteten Katica die Farben entgegen. Plötzlich legte ihr jemand die Hand vor die Augen, und gerade, als die Furcht sie packte, erkannte sie das charakteristische Lachen wieder.

»Malvina! Was tust du denn hier?«

»Na, was glaubst du wohl, was ich zu dieser Tageszeit auf dem Bauernmarkt treibe?« Sie lachte wieder. »Ich kaufe selbstverständlich ein. Bist du so nett und hilfst mir anschließend, alles nach Hause zu bringen?«

»Natürlich.« Katica war es peinlich, diese unbedachte Frage gestellt zu haben. Sie wusste doch, dass Malvina für den Großteil des Familieneinkaufs verantwortlich war. Ihr Bruder und sie hatten ihre Mutter bereits vor Schulbeginn verloren und lebten nun allein mit ihrem Vater. Sie hatten eine Tante, die ihnen beim Kochen half, aber die hatte ein krankes Bein und konnte nicht für sie einkaufen gehen. Malvinas Vater war Arzt und betreute unter anderem die Kinder des Kinderheims von Königin Maria, was bedeutete, dass er zu jeder Tages- und Nachtzeit dorthin gerufen werden konnte. Manchmal kam es Katica so vor, als wäre Malvina wegen der Last der Verantwortung, die sie trug, doppelt so alt wie sie, obwohl sie am selben Tag geboren worden waren.

Katica begleitete Malvina auf ihrer restlichen Einkaufsrunde und füllte die Einkaufsnetze mit Gemüse, Fleisch und Milchprodukten, während Malvina sich um das Bezahlen kümmerte und sorgfältig prüfte, dass sie auch die richtige Summe Wechselgeld wiederbekam. Die Haushaltsbuchführung musste genauestens stimmen, sonst würde ihre Tante ihr einen Rüffel erteilen. Katica hielt inne, um die verschiedenen Gesichter um sich herum zu betrachten, und versuchte, sich deren Züge und Besonderheiten einzuprägen: eine zerfurchte Stirn, in deren Falten sich Dreck absetzte, ein schamloses, zahnloses Lächeln, eine entstellte Hand, die begierig nach einer zusammengeknüllten Banknote griff. Während sie so von Stand zu Stand gingen, erzählte Katica Malvina von ihrer Begegnung mit Isidora Sekulič, was Malvina mit erstaunten, anerkennenden Lauten quittierte.

Die Handgriffe des Einkaufsnetzes waren so lang, dass die Waren fast über den Boden schleiften. Dieses Problem kannte Malvina nicht, war sie doch größer als Katica. Katica beneidete sie auch um ihre langen Beine und das dicke dunkle Haar. Glücklicherweise ging sie nicht allzu schnell, da ihr eines Bein etwas kürzer als das andere war. Außerdem blieben sie in regelmäßigen Abständen stehen, um die Schaufensterauslagen zu betrachten. Aus Malvina war eine gute Schneiderin geworden, und wenn in den Geschäften neue Modelle ausgestellt wurden, nahm sie diese stets genau unter die Lupe. Gefielen ihr welche besonders gut, fragte sie Katica, ob sie eine Zeichnung davon machen könne, damit sie selbst ein Schnittmuster danach anfertigen konnte. Anschließend kaufte sie Stoff bei Fräulein Medic im besten Nähgeschäft der Stadt und nähte es selbst.

Als Katica einmal draußen vor einem Schaufenster gestanden hatte, war die Ladeninhaberin herausgekommen und hatte sie gefragt, was sie da täte. Rasch hatte Katica den Zeichenblock und die Stifte hinter dem Rücken versteckt und ihr die Geschichte aufgetischt, dass ihre Mutter sie darum gebeten habe nachzusehen, ob neue Hüte hereingekommen seien. Sie wartete auf ein bestimmtes Modell, das sie in einem der Modezeitschriften aus Budapest gesehen habe. Katica war überrascht gewesen, wie leicht ihr die Lüge gefallen war, aber nach diesem Zwischenfall hatte sie Malvina stets darum gebeten, mitzukommen und Wache zu schieben, falls sich so etwas wiederholen sollte. Außerdem wäre ihre Mutter vor Scham wohl gestorben, wenn sie jemals erfahren hätte, was ihre Tochter da trieb.

Bereits bevor sie die Wohnung in der dritten Etage erreichten, konnten sie die Musik hören.

»Nikolaj ist da«, bemerkte Malvina munter.

»Bestimmt wird das Grammophon bald heiß laufen und in Flammen aufgehen. Tante Olga jedenfalls würde sich sehr darüber freuen.«

Als Malvina die Wohnungstür öffnete, strömte ihnen die Musik in voller Lautstärke entgegen, und Katica erkannte die heisere Stimme und die kraftvollen Rhythmen von Louis Armstrong wieder. Jäh wurde es still. Nikolaj hatte anscheinend die Tür ins Schloss fallen hören.

»Ah, du bist es nur, Malvina.« Ein Lockenkopf lugte aus der Stubentür hervor, bis kurz darauf der schlaksige Bursche in der Eingangshalle sichtbar wurde. »Hallo, Katica. Schön, dich zu sehen. Wie geht es dir?«, fragte er mit einer Stimme, die Katica unwillkürlich als zu tief für diese schlanke Gestalt empfand.

»Danke, gut.« Sie zögerte etwas, denn sie war sich nicht sicher, ob er nur aus Höflichkeit fragte oder es ihn ehrlich interessierte.

»Malvina hat erzählt, dass du sehr gut zeichnen kannst und eines schönen Tages eine Künstlerin sein wirst«, fuhr er fort.

Katica spürte, wie ihre Wangen heiß wurden. Malvina sollte wirklich besser ihre Zunge hüten. Sie warf einen zornigen Blick in Richtung Küche, aber ihre Freundin zeigte sich nicht, das Klirren der Küchenutensilien war die einzige Antwort, die sie erhielt. »Malvina muss immer übertreiben«, sagte sie so unbeteiligt, wie sie konnte. »Ich zeichne nur zu meinem Vergnügen.«

»Aber das eine muss das andere doch nicht ausschließen, oder?«, sagte er mit einem fragenden Blick, und sie wusste nicht, was sie darauf erwidern sollte. Zum Glück kam Malvina in ebendiesem Moment wieder und stellte sich neben sie.

»Jetzt lass Katica doch mal mit deinen dummen philosophischen Fragen in Ruhe.« Sie sah Katica an und verdrehte die Augen.

»Du ahnst ja nicht, wie weitschweifig mein Bruder sich in letzter Zeit äußert. Er versucht ständig, Vater in die seltsamsten moralischen Dilemmata zu verstricken, die ihm einfallen«, sagte sie und schüttelte resigniert den Kopf.

Nikolaj war drei Jahre älter als sie, und Malvina hatte erzählt, dass er sich schon entschieden habe, den Fußspuren ihres Vaters zu folgen und Arzt zu werden. Außerdem hatte sie die Vermutung geäußert, Nikolaj würde ihrem Vater insgeheim die Schuld dafür geben, dass er den Tuberkulosetod ihrer Mutter nicht verhindert hatte. Diese Krankheit hatte schlussendlich ihren ganzen Körper aufgezehrt. Er konnte sich besser als Malvina an sie erinnern, und seine Erzählungen von ihr ähnelten, wie Malvina behauptete, zunehmend den Heiligenlegenden, die sie in der Schule gelernt hatten.

»Möchtest du mit uns zu Abend essen?«, fragte Malvina. »Heute gibt's *Gibanica*«, fügte sie hinzu. Dieses Wort reichte schon, um Katica das Wasser im Mund zusammenlaufen zu lassen, kannte sie doch nichts Besseres als dieses spezielle serbische Blätterteiggericht.

»Nein, danke, ich muss leider heim.« Sie warf einen Blick zur Wanduhr. »Sofort.«

»Danke für die Hilfe!«, rief Malvina ihr nach, als Katica zu den erneut erklingenden Tönen von Louis Armstrong die Treppe hinunterging.

KAPITEL 14

Die Parolen *Lang lebe Tito! Lang lebe Tito!* klangen wie Musik in Jovans Ohren. Seine Füße verfielen in denselben Takt: *Tito! Tito!* Die Parteiversammlung hatte ihn so elektrisiert, dass seine Gehirnwindungen glühten wie die drahtlosen Glühbirnen von Nikola Tesla, den er als Kind so verehrt hatte.

Wie hatte er nach der Vorlesung an der Technischen Universität doch lebhaft mit seinen Genossen diskutiert! Jetzt war er einer von ihnen: Er hatte sich den Kommunisten angeschlossen und konnte mit ganzer Seele dem großen Helden huldigen: Josip Broz Tito. Jovan war auch auf einigen der verbotenen Kundgebungen gewesen, und die Worte hatten sich ihm zutiefst eingeprägt. Ihr Land musste vor dem Krieg und dem Untergang bewahrt werden, und sie würden kämpfen, wenn nötig, unter Einsatz ihres Lebens. Es schien ihm, als habe er sich bislang in einem tiefen Schlaf befunden und sei jäh aufgewacht. Er war willens zu kämpfen – für sein Land, für die Gerechtigkeit und für seine Genossen. Seine Füße waren leicht, Jovan schwebte nur so dahin.

Sein zwei Jahre älterer Freund Dragan hatte ihm die Augen dafür geöffnet, wie ungerecht es war, dass sämtliche Güter so ungleich verteilt waren. Wenn Dragan sprach, schien er in Flammen zu stehen, und es war unmöglich, sich nicht von seiner Begeisterung anstecken zu lassen.

Dragan war in einer armen Familie in einem kleinen Dorf aufgewachsen und hatte sich die Chance, studieren zu können, hart erkämpfen müssen. Dafür hatte er sich schließlich als einer der schlauesten Köpfe von allen erwiesen. Und sein Redetalent war fast göttlich – obwohl er an keinen Gott glaubte. Gelegentlich verbesserte Dragan sogar die Professoren und war deshalb sogar einmal des Unterrichts verwiesen worden.

Für Jovans Vater dagegen gab es nichts anderes als die Glockengießerei; sie war sein Ein und Alles. Darüber hinaus waren seine Eltern Verfechter des Königshauses und duldeten kein herabsetzendes Gerede über die Monarchie. Anscheinend waren sie sich nicht klar darüber, dass der Krieg, der zurzeit in Europa tobte, auch hierherkommen könnte – dass er es mit aller Wahrscheinlichkeit tun *würde*.

Weil Jovan bereits so spät dran war, musste er das letzte Stück zur Glockengießerei rennen; er hatte während ihrer Diskussionen völlig die Zeit vergessen. Im Zickzack lief er an herausgeputzten jungen Frauen vorbei, ohne die sehnsüchtigen Blicke zu bemerken, die sie ihm nachwarfen, schlüpfte zwischen alten Weibern mit Kopftüchern hindurch, die gebeugt die Straße entlangschlurften, und drängte sich durch die Grüppchen sich untereinander aufspielender junger Burschen. Er wusste, dass sein Vater ungeduldig auf ihn wartete. Obwohl er ein leutseliger Mann war, tolerierte Alexandar Vukanić es nicht, wenn man Vereinbarungen nicht einhielt.

»Vater erwartet mich«, keuchte er, als er schließlich die Glockengießerei betrat.

»Und ob er das tut«, erwiderte Frau Lazić, die Sekretärin, die sich um all die praktischen Dinge kümmerte, um die sich die Mannsleute nicht scherten. Seit Jovan sie kannte, hatte sie sich nicht verändert. sie schien wie aus Wachs gegossen: Nicht eine Haarsträhne löste sich aus ihrer strengen Frisur, und sie trug stets dieselbe Perlenkette. Bevor Frau Lazić noch etwas sagen konnte, flog die Tür auf.

»Da bist du ja endlich!«, rief sein Vater aufgeregt aus.

»Tut mir leid, Vater. Ich wurde aufgehalten, weil ich mit meinem Professor über das kommende Examen sprechen musste«, erklärte Jovan, ohne einen Gedanken daran zu verschwenden, dass er log.

»Nun ja, jetzt bist du ja da, dann lass uns anfangen. Es gibt viel zu tun. Wenn wir uns ordentlich reinhängen und hart arbeiten, können wir vielleicht einen wichtigen Auftrag ergattern.« Sein Vater schwenkte ein Telegramm und erklärte ihm in allen Einzelheiten, wie groß und prestigereich dieser sei. Es ging um den Umguss einer Glocke, die so originalgetreu wie möglich nachgestaltet werden und wie die ursprüngliche klingen sollte. Die Glocke hatte in einer prächtigen alten Kirche gehangen und war durch ein Feuer irreparabel zerstört worden.

Sein Vater ließ sich aus über Kostenberechnungen und den Materialverbrauch, als wüsste Jovan nicht, wie entscheidend das richtige Mischverhältnis zwischen Kupfer und Zinn war; es gab den Ausschlag dafür, dass die Glocke perfekt gelang. Alexandar Vukanić war erzürnt gewesen, als er eines Tages erfuhr, dass ein Teil seiner Konkurrenten der Glockenspeise das preiswertere Zink beigemengt hatten, verringerte das doch die Qualität.

»Es ist besonders wichtig, den Klang der alten Glocke wiederaufleben zu lassen. Alles muss bis ins kleinste Detail stimmen.« Sein Vater hatte sich warm geredet und tigerte mit auf dem Rücken verschränkten Händen hin und her. »Du hast einen ausgezeichneten Kopf für Zahlen und Berechnungen, deshalb sollst du meine rechte Hand sein, falls wir diesen Arbeitsauftrag bekommen. Dein Bruder Milan wird selbstverständlich auch involviert sein. Er ist der Praktiker von euch und wird den Guss begleiten. Das wird sozusagen seine Nagelprobe.«

Jovan setzte sich an dem alten Arbeitstisch zurecht, der einst seinem Großvater gehört hatte. Neben der Rechenmaschine lag das kleine Buch, das ihr Vater so liebte: Es enthielt *Die Glocke* von Friedrich Schiller, jenes Gedicht, das sorgfältig beschrieb, wie eine Glocke entstand. Seinem Vater zufolge hatte der Dichter in seiner Kindheit direkt neben einer Glockengießerei gewohnt und war mit dem Sohn des Glockengießers in eine Klasse gegangen, was offenbar bleibenden Eindruck auf ihn gemacht hatte.

Jovan suchte zusammen, was er für seine Aufgabe brauchte, darunter die Preislisten für das verwendete Gussmaterial sowie die Transportkosten, zu denen er die laufenden Ausgaben addierte. Sein Vater hatte Glück, dass die Arbeitskräfte so billig waren. Viel zu billig, dachte Jovan – Dragan hätte gesagt, dass sie die armen Arbeiter ausnutzten. Währenddessen saß der Glockengießer hinter dem wuchtigen neuen Schreibtisch und verfasste Briefe, die für Jovan nichts als Aufschneiderei waren. Sein Vater besaß eine besonders schöne Handschrift und hatte erst kürzlich neues Briefpapier drucken lassen, dessen Briefkopf eine Zeichnung der Glockengießerei und ihrer ersten Glocke zierte. Jovan konnte die Feder regelrecht über das exklusive Papier schaben hören. Die neue moderne Schreibmaschine stand unbenutzt neben seinem Vater; er besaß die etwas idealistische Auffassung, dass Gedanken am einprägsamsten durch Tinte zu Papier gebracht würden. Obwohl in diesen Schreiben mit dieser oder jener kleinen Variation stets dasselbe stand, glaubte sein Vater jedes Mal, er habe sich etwas Neues ausgedacht, und war immer wieder gleichermaßen erpicht darauf, Jovan den Brief laut vorzulesen, um seine begeisterte Zustimmung zu erhalten.

Jovan hörte diesmal aber nur mit halbem Ohr zu, als ihm sein Vater wenig später Folgendes schwadronierend vortrug: dass ihr traditionsreiches Familienunternehmen bereits seit 1854 bestehe, als Zemun noch zur Doppelmonarchie Österreich-Ungarn gehörte und kurz vor seiner Blütezeit stand; welch große und prestigeträchtige Aufträge aus dem In- und Ausland sie erfüllt hätten, dass sie für den Guss der Kirchenglocken für die imposante Hariza-Kapelle auf dem Zemuner Friedhof sowie für diverse Glocken herausragender Gebäude Belgrads verantwortlich gewesen seien und nicht zuletzt ihre Arbeiten auf der Weltausstellung in Paris gezeigt hätten. Außerdem machte er darauf aufmerksam, dass *Livnica Vukanić* trotz ihrer stolzen Traditionen mit der Zeit gegangen sei und über die modernste Ausstattung und die besten Handwerker verfüge.

»Na, was hältst du davon?« Sein Vater sah ihn erwartungsvoll an.

»Ausgezeichnet, Vater. So wie immer. Wenn wir diesen Auftrag nicht bekommen, wissen sie nicht, was ihnen entgeht.«

Der Glockengießer richtete sich stolz auf. »Und wie laufen deine Vorbereitungen für das Examen? Du darfst dich nicht mit Wenigem zufriedengeben, Ehrgeiz ist wichtig, wenn man im Leben etwas erreichen will.«

»Es läuft gut. Aber es wird einem doch sicher erlaubt sein, nebenher auch noch ein wenig Spaß zu haben, oder?«

»Spaß?« Sein Vater sah ihn so verständnislos an, als kenne er dieses Wort nicht. »Du bist kein Kind mehr, mein Sohn, und als Erwachsener zählt nur die Arbeit. Die geht immer vor.« Er sah Jovan mit einem Blick an, dem man unmöglich ausweichen konnte.

»Ja, Vater, das weiß ich. Das war nur ein Scherz, das weißt du doch.«

»Ja, ja, schon gut. Dann schicke ich den Brief also ab und hoffe, dass uns das Glück beisteht. Und danach spazieren wir heim. Bitte erinnere mich daran, dass wir unterwegs noch beim Weinhändler vorbeigehen. Wir haben ja für heute die Familie Kohn zum Abendessen eingeladen, und für sie ist das Beste gerade gut genug«, sagte er nachdrücklich.

Jovan stöhnte und warf einen ablehnenden Blick auf das Porträt des verstorbenen Königs Alexandar, das über dem Schreibtisch an der Wand hing. »Stutzer«, raunte er dem Mann zu, der nach seiner Ermordung in Frankreich nunmehr als Geist bezeichnet werden konnte. Er trug *Pincenez*, einen Kneifer, und sah schrecklich feminin aus, obwohl er mit Orden und Medaillen dekoriert war. Ihr einstiger König war feingliedrig gewesen. Auf seinem rechten Knie lag eine Uniformmütze, in der linken Hand hielt er ein Paar weiße Handschuhe, und an seinem kleinen Finger saß ein großer, glänzender Ring. Die Zeit der Monarchie ist vorbei, dachte Jovan, während er der freundlichen, aber reservierten Erscheinung des Mannes einen höhnischen Blick zuwarf. Bald würde ein anderer Wind wehen.

Sein Vater wäre sicherlich explodiert, hätte er gewusst, dass Jovan mit den Kommunisten sympathisierte und geheime Parteiversammlungen besuchte, die wegen ihres regen Zulaufs von der Regierung verboten worden waren. Und hätte er von den Plänen seines Sohnes gewusst, hätte er ihm gewiss bis an sein Lebensende Hausarrest verpasst. Besonders erstaunlich wäre das nicht, waren die Werte des Kommunismus doch das genaue Gegenteil dessen, wofür sein Vater stand. Er war konservativ und wollte, dass alles so blieb, wie es immer gewesen war, während Jovan Veränderungen herbeiführen und nicht den ihm vorgezeichneten Pfad einschlagen wollte. Er wollte zu denen gehören, die den Weg zu etwas Neuem und Besserem bahnten und bereit waren, dafür zu kämpfen. Jovan schwirrte abermals der Kopf, sodass es ihm kaum gelang, still zu sitzen.

Als sie aufbrachen, gingen sie durch die Werkstatt. Dort herrschte hektische Aktivität und ohrenbetäubender Lärm; man konnte kaum sein eigenes Wort verstehen. Hitze schlug ihnen entgegen. Zwei Männer waren gerade damit beschäftigt, die letzten Reste einer Lehmform abzuhacken; eine Wolke aus Staub umgab sie. Unter den Lehm, aus dem die Gussform der Glocke gefertigt war, waren Zusätze wie Kuhschwänze, Pferdedung, Hefe, Eigelb und Butter gemischt, die für gute Bindekraft sorgten. Auf das Ergebnis dessen zu warten war immer wieder nervenaufreibend. Die flüssige Bronze strömte beim Guss durch ein kleines Loch in den Hohlraum zwischen der äußeren Form – dem sogenannten Mantel – und der inneren Form – dem Kern. Jovan kannte jeden einzelnen Schritt der Glockenherstellung in- und auswendig, hatte sein Vater ihn doch schon von Kindesbeinen an in die Gießerei mitgenommen. In der geometrischen Form der Glocke und der variierenden Dicke der Metalllegierung lag die Kunst des Glockengießens. Präzision war alles.

Nun verfolgten sie, wie die Glocke zunehmend zum Vorschein kam und die Inschrift und das figürliche Relief – eine Heiligenfigur – sichtbar wurden. Sein Vater behauptete, den Klang ihrer Glocken unter sämtlichen Glocken der Welt heraushören zu können.

Ein Stück weiter entfernt polierte und schliff ein junger Lehrling eine bereits fertige Glocke. Sein Gesicht war vor Anstrengung gerötet, und er tat Jovan leid, wie er so mit der Feile unaufhörlich über das Metall rieb. Das Putzen der Glocke dauerte manchmal wochenlang, und der Lohn für diese Arbeit war miserabel.

Obwohl Jovan stolz auf all das war, was sie über Generationen hinweg erschaffen hatten, war er erleichtert, dass Milan und nicht er dazu bestimmt war, das Geschäft einmal zu übernehmen. So wog sein Verrat nicht so schwer. Als er zu seinem Vater hinüberschaute, konnte Jovan sehen, wie sich seine Lippen bewegten. Er musste lächeln, denn er wusste, dass der Glockengießer gerade den letzten Vers von Schillers langem, altertümlichen Gedicht »Die Glocke« rezitierte:

Jetzo mit der Kraft des Stranges
Wiegt die Glock' mir aus der Gruft
Daß sie in das Reich des Klanges
Steige, in die Himmelsluft!
Ziehet, ziehet, hebt!
Sie bewegt sich, schwebt.
Freude dieser Stadt bedeute,
Friede sei ihr erst Geläute.

KAPITEL 15

Im Speisezimmer in der Dubrovácka-Straße herrschte eine ruhige Atmosphäre; der Tisch war nach allen Regeln der Kunst mit silbernen Platztellern und Schnittblumen in antiken Vasen dekoriert. Die drapierten Vorhänge waren zugezogen, und der Perserteppich schmeichelte den Füßen. Alte Verwandte nickten gnädig von den Gemälden an der Wand herab. Katica hätte ihren gesamten Familienstammbaum im Schlaf herunterrattern können, hätte man sie darum gebeten.

Nadica, das Dienstmädchen, trug gerade das Hauptgericht auf – Kalbssteak mit Sahnesoße, Kartoffeln und glasierten Karotten. Der Himbeersaft in Katicas Glas besaß fast dieselbe Farbe wie der Wein der Erwachsenen, und beide Getränke waren in den schönen, hellrosa Kristallgläsern mit Ziselierungen serviert worden. Ihr voriges Dienstmädchen hatte unglücklicherweise einmal eines der Gläser zerschlagen, was bei dem Mädchen und der Frau des Hauses mit Tränen geendet hatte, waren die Gläser doch uralte Erbstücke.

Das Ehepaar Kohn und ihre Tochter Clara – die jüngste und nach wie vor unverheiratete der fünf Schwestern – saßen während des Servierens strahlend am Tisch, und Katica entging nicht Claras erwartungsvoller Gesichtsausdruck. Claras Mutter dachte wohl, niemand hätte ihren Plan durchschaut, doch Katica hegte schon lange bange Ahnungen, dass sie sich als Ehestifterin versuchte. Die deutsche Familie hatte bereits vor Katicas Geburt mit ihrer Umgang gepflegt. Ihnen gehörte eine Trikotagenfabrik am Stadtrand, und bei jedem ihrer Besuche brachten sie Kleidung mit, für die Katicas Mutter sich stets freundlich bedankte, obwohl sie sie nie trug. Sie behauptete, sämtliche Kleider aus der Produktion der Familie Kohn ließen sie unförmig aussehen. Noch wusste Katica nicht, was ihre Familie heute Abend bekäme; die Gastgeschenke wurden immer erst beim Abschied überreicht.

Vor dem Eintreffen der Gäste hatte sie ein Gespräch zwischen ihrer Mutter und ihrem Vater mitangehört, aus dem sie schloss, dass Familie Kohn sich Sorgen machte, was ihnen widerfahren könne, falls Hitler Jugoslawien angreifen würde. Die deutsche Bevölkerung der Stadt hatte ihr einstiges Ansehen mittlerweile weitestgehend eingebüßt.

Nun aber schien das alles vergessen, denn jetzt ging es bei ihrer Unterhaltung sehr lebhaft zu. Herr Kohn lächelte häufiger als gewöhnlich, und Frau Kohn zwitscherte, wie herrlich doch das schöne Herbstwetter sei, mit dem sie in den vergangenen Wochen gesegnet geworden seien.

Clara löste ihren Blick kaum einmal von Jovan, während der aussah, als wäre er gedanklich weit weg. Wie irritierend! In der letzten Zeit konnte Katica sich zunehmend schlechter einen Reim darauf machen, was in ihrem Bruder vor sich ging. Sie hätte ihm am liebsten einen Tritt verpasst, damit er Clara mit dem anmutigen Puppengesicht, umrahmt von sanften goldenen Locken, Beachtung schenkte. Claras Haar besaß dieselbe Farbe wie das Kornfeld auf dem Gemälde, das ihr beim Schulausflug zur Nationalgalerie aufgefallen war. Aber der Tisch war sowieso viel zu breit, als dass ihr Bein zu Jovans herangereicht hätte. Glücklicherweise verhielt sich wenigstens Milan wie immer höflich und unterhielt Clara, so gut er konnte. Eine leichte Aufgabe war das nicht, nickte sie doch meistens nur, statt sich am Gespräch zu beteiligen. Wenn doch nur Katicas Großmutter mit ihren geistreichen Kommentaren hier gewesen wäre, aber sie hatte kurzfristig absagen müssen, weil sie nicht so richtig in Form gewesen war.

Als sie beim Dessert angekommen waren – frisch gebackener *Bundvara*, den die Deutschen *Strudel* nannten –, wurde es still am Tisch. Katica konzentrierte sich darauf, fein säuberlich zu essen, damit ihre Mutter sie später nicht wegen schlechter Manieren zurechtweisen konnte. Sie wagte es nicht, Jovan anzusehen, denn wenn er wieder eine seiner Grimassen schneiden würde, würde sie nicht ernst bleiben können. Anschließend bat Frau Kohn Clara, ihnen doch etwas auf dem Klavier vorzuspielen. »Ein paar Lieder von Schumann vielleicht?«, drängte sie.

»Ja!«, fiel auch Katicas Mutter begeistert ein. »Du hast wirklich großes musikalisches Talent, Clara, und teilst noch dazu den Namen mit Schumanns Ehefrau, einer ganz eigenen Klaviervirtuosin. Ich wünschte wahrlich, meine Kinder hätten auch Klavier spielen wollen. Jovan hatte damit angefangen, aber ...«

Bei der Erwähnung seines Namens reagierte Jovan. »Aus mir wäre sowieso nie ein begnadeter Klavierspieler geworden, Mutter, das weißt du. So etwas überlässt man besser Leuten, die dafür gemacht sind.«

Endlich sah er Clara an, deren Gesicht erstrahlte. Sie erhob sich von der Tafel und rannte beinahe zum Klavier. Ihr rubinrotes Kleid bauschte sich um ihre schlanke Gestalt. Wenig später wehten sanfte Töne zu ihnen herüber und hüllten sie in einen Schleier aus Träumen und wohligen Gefühlen, und alles, was an Krieg und Unglück erinnerte, war zumindest vorübergehend vertrieben.

Katica fiel auf, dass ihre Mutter hingerissen mit geschlossenen Augen lauschte, und versuchte, es ihr nachzutun: die Augen vor all dem Furchterregenden zu verschließen. Stattdessen aber kam ihr die Begegnung mit Isidora Sekulić in den Sinn, die sich geängstigt hatte, ihr Land würde mit in den Krieg gezogen werden. Ob es wohl tatsächlich so schlimm stand, wie die Autorin befürchtete?

Nachdem Familie Kohn den Heimweg angetreten hatte, öffnete Mutter die Geschenktüten. Die erste enthielt drei Bleistiftröcke in verschiedenen Größen – einen schwarzen für Großmutter, einen marineblauen für Mutter und einen himmelblauen für Katica. Ihre Mutter sagte nichts, legte sie nur ordentlich beiseite. Jovan, Milan und Vater bekamen jeweils eine Hausjacke desselben Modells, wie sie es schon einmal bekommen hatten, nur das Braun war etwas dunkler und die Lederflicken an den Ellbogen unterschieden sich von den Vorgängermodellen. Vater betrachtete sie anerkennend, war er doch mit dem Altbewährten zufrieden, während Milan seine Jacke mit in sein Schlafzimmer nahm und ihnen gute Nacht wünschte.

»Wo steckt eigentlich Jovan?«, fragte ihre Mutter, als nur noch seine Jacke dalag.

»Er ist gewiss schon zu Bett gegangen«, gluckste ihr Vater. »Seine Studien verlangen ihm zurzeit einiges ab, und es ist schön zu sehen, dass er sie so ernst nimmt.«

Katica war enttäuscht, als sie Jovans geschlossene Zimmertür sah. Sie hatte sich darauf gefreut, noch ein wenig mit ihm zu plaudern, bevor sie sich schlafen legte, aber wenn seine Tür keinen Spalt offen stand, bedeutete das, dass er allein sein wollte.

Ein Stich durchfuhr ihre Brust, und sie beschlich eine schmerzliche Vorahnung, dass etwas nicht so war, wie es sein sollte.

KAPITEL 16

Rynes, 1942

Fast zwei Jahre waren vergangen, seit Jovan sich an jenem Abend aus seinem Zimmer in der heimischen Wohnung in Zemun geschlichen hatte. Ab und zu, wenn er kurz davor war, von der Schwerstarbeit hier im Norden zusammenzubrechen, gaukelte seine Fantasie ihm Bilder von üppigen Abendessen vor: dicke, ihm über das Kinn rinnende Soßen, mürbe Fleischstücke, die ihm die Kehle hinunterglitten, auf der Zunge schmelzender Karamellpudding. Einmal hatte er nicht verhindern können, dass ihm dabei wie einem Kind die Tränen über die Wangen gelaufen waren. Da hatte er sich geschämt, denn er war kein Kind mehr. Er vermisste seine Familie nur so entsetzlich, und ihn plagte das schlechte Gewissen, weil er sie und sein Land im Stich gelassen hatte. Denn so empfand er es; er hatte schließlich nur sein eigenes Leben retten können – und auch das nur mit knapper Not.

Wie übermütig er doch gewesen war, wie unerschütterlich sein Glaube an die Zukunft! Zusammen mit den Kameraden hatte er in seiner neuen Partisanenuniform und mit einer Waffe in der Hand auf der Ladefläche des Lastwagens gesessen. Eine Schnapsflasche machte die Runde, aber Jovan gab nur vor zu trinken, denn er wollte sich jeden Augenblick klar und deutlich einprägen. In den Gesang seiner Freunde stimmte er jedoch vergnügt ein, als einer von ihnen eine Mundharmonika aus der Tasche zog und Partisanenlieder spielte. Dragan hatte den Arm kameradschaftlich um ihn geschlungen und gesagt, er sei stolz auf ihn, er sei *mutig*. Dragan gegenüber kauerte Milja, ein breites Lächeln im Gesicht, die Partisanenmütze saß schräg auf dem Kopf mit dem langen dunklen Haar. Sein Kamerad hatte nur ausweichend geantwortet, als Jovan ihn gefragt hatte, ob er und Milja ein Paar seien, aber die Blicke, die die beiden miteinander tauschten, ließen kaum Raum für Zweifel. Milja war ohnehin das mutigste Mädchen, das Jovan jemals kennengelernt hatte.

Anfangs hatten sie geglaubt, ihre Kräfte wären schier unendlich. Voller Tatendrang hatten sie daheim in Jugoslawien an Kämpfen teilgenommen, aber im Zusammenhang mit dem geplanten Angriff auf die Deutschen war die Sache schiefgegangen. Jovan und sein Trupp hatten sich in einem Gebirgsdorf verschanzt und darauf gewartet, dass die Deutschen einrücken würden. Niemand wusste, von wie vielen Soldaten die Rede war, aber die Partisanenführer waren sich ganz sicher, dass es nicht mehr wären, als sie übermannen könnten, um so zu verhindern, dass der Feind die Kontrolle über das Gebiet übernähme. Die Partisanen hatten einen starken Stand bei den Dorfbewohnern, aber wie sich herausstellte, gab es Verräter unter ihnen, die sie bei den Deutschen verpfiffen. Und so waren ihnen die feindlichen Soldaten zuvorgekommen, hatten sie eines Morgens in aller Frühe angegriffen und die Leute niedergemetzelt. Zivilisten und Freiheitskämpfer fielen den Waffen und der Brutalität der Feinde zum Opfer.

Jovan wurde gefangen genommen, und als man ihn am Marktplatz vorbeiführte, wo er seine Kameraden von provisorisch errichteten Galgen baumeln sah, war er sich unschlüssig, ob er selbst oder die Toten ihrem Schöpfer danken konnten. Jovan hatte automatisch nach Dragan Ausschau gehalten, ihn aber nirgends gesehen, und wusste bis heute nicht, ob er überlebt hatte. Später hatten die Deutschen dafür gesorgt, dass Jovan hier in dieses fremde Land, nach Norwegen, deportiert worden war.

Auf dem engen Raum in der Baracke war es warm und roch

streng nach all den ungewaschenen Leibern ringsherum. Der Gestank von offenen, entzündeten Wunden war besonders übel und zog noch dazu massenhaft Fliegen an, die im Wettstreit um die am schlimmsten zugerichteten Stellen des Körpers standen. Dagegen war der Geruch von Kreosot fast besser gewesen, einem Mittel, mit dem sie bei ihrer Ankunft eingeschmiert worden waren, um zu vermeiden, dass sie sich untereinander mit Typhus ansteckten.

Zwar fiel durch einige wenige Fenster Tageslicht in die Baracken, aber die Fenster ließen sich nicht öffnen. Die Gefangenen lagen auf einfachen dreistöckigen Pritschen übereinander. Jovan zuoberst, unmittelbar unter dem Dach, mit nichts als einer zerschlissenen Wolldecke als Unterlage. Die Häftlinge lagen so dicht, dass sie sich kaum umdrehen konnten.

Sein Körper schmerzte furchtbar nach der harten Arbeit im Straßenbau, die von frühmorgens bis spätabends währte. Seltsamerweise konnte man sich nie sicher sein, ob es Tag oder Nacht war, war es hier so weit oben in Skandinavien doch rund um die Uhr hell. Mehrere seiner Kameraden waren vor Erschöpfung zusammengebrochen, aber die Wachleute waren sofort da gewesen und hatten ihnen befohlen, sich wieder zu erheben. Sie kannten keine Gnade. Als Jovan einem der ältesten Mitgefangenen – er war schon hier gewesen, als Jovan und seine Gruppe im Lager ankamen – mit einem großen Felsblock helfen wollte, den der alte Mann allein nicht bewegen konnte, hatte ein Wachmann ihn mit stählernem Blick angesehen und mit dem Gewehr bedroht. Anschließend hatte der Wachposten so lange auf den armen Alten eingetreten, bis dieser nicht mehr hatte aufstehen können. Zwei andere Gefangene waren dazu abkommandiert worden, den Mann in die Krankenbaracke zu tragen, aus der, wie alle wussten, niemand mehr lebend herauskam. Jovan dröhnten immer noch die Angstschreie eines Kameraden im Kopf, dem ein Arm amputiert werden musste. Gerüchten zufolge konnten sich die Ärzte nur mit einer gewöhnlichen Säge behelfen.

Jovan war gerade drauf und dran einzudösen, als der Häftling neben ihm laut im Schlaf schrie. Es waren unzusammenhängende Wörter, aber die Verzweiflung des Mannes war offensichtlich, er warf sich unruhig hin und her und prallte gegen Jovan. Jovan wollte sein Name nicht einfallen, aber sie hatten die ganze lange Reise seit dem Moment ihrer Gefangennahme durch die deutschen Soldaten im serbischen Gebirge zusammen hinter sich gebracht. Die Deutschen hatten sie zuerst sträflich misshandelt und in ein Gefängnis verfrachtet. Ihnen Worte wie *Serbenschwein* und *Unmensch* hinterhergeworfen, als sie sie in die bereits mit anderen Kriegsgefangenen überfüllten Zellen gestoßen hatten. Geschlafen hatten sie auf dem feuchten Boden, und das Schmutzwasser hatte ihre einst so stattlichen Uniformen verdorben. Schließlich waren Tage und Nächte zu einer einzigen langen Ewigkeit miteinander verschmolzen.

Endlich legten sich die Schreie seines Nebenmanns, und als Jovan wieder in den Schlaf glitt, sah er ein Gesicht vor sich, ohne sich darüber klar zu sein, wem es gehörte. War es das von Katica, seiner geliebten kleinen Schwester? Oder war es ein Engel aus dem Himmel? Vielleicht war Gott ja so barmherzig, ihn von den Qualen hier auf Erden zu erlösen.

KAPITEL 17

Marie war mittlerweile seit fast zwei Wochen in Rynes und hatte schwer damit zu kämpfen, sich an das neue Dasein zu gewöhnen. In der vergangenen Woche war es ungewöhnlich heiß gewesen, und sie hatten unermüdlich Gras gemäht und zum Trocknen aufgehängt, um das gute Wetter für die Heuernte auszunutzen. Hatten Heu in die Scheune befördert, bis ihre Muskeln brannten und ihre Arme von den stechenden Grashalmen mit roten Pünktchen übersät gewesen waren. Gudrun hatte sie in höchsten Tönen gelobt und sie als eine tüchtige Arbeitskraft bezeichnet, worin ihr Magnar mit wortlosem Nicken beigepflichtet hatte.

Borghild dagegen hatte von vornherein deutlich gemacht, dass sie alle Hände voll mit den Kindern zu tun habe und für die Mahlzeiten sorgen würde, doch als Marie kurz ins Haus gegangen war, um sich zum Schutz gegen die Sonne ein Tuch zu holen, hatte ihre Schwester in einer Zeitschrift gelesen. Dass sie sich für ihre Faulheit nicht schämte!

Nun hockte Marie auf einem flachen Stein am Fluss im Wald und spülte Wäsche. Es war eine schweißtreibende Arbeit. Wegen des trockenen, heißen Wetters hatten sie Brunnenwasser einsparen müssen, was das Waschen besonders beschwerlich machte. Das Betttuch trieb wie ein Segel auf der Wasseroberfläche, und sie musste sich beeilen, einen Zipfel davon zu packen, bevor es ihr davontrieb.

Als sie fertig war, verteilte sie die Wäsche auf zwei Zinkeimer und schickte sich an, zum Hof zurückzugehen. Sie war barfuß und musste sorgfältig darauf achten, wohin sie trat, obwohl ihre Haut inzwischen so verhornt war, dass sie nichts mehr so leicht schmerzte.

Sie hatte etwa die Hälfte des Weges zurückgelegt, als plötzlich ein Fremder vor ihr stand. Ein deutscher Soldat, durchzuckte es sie, und sie spürte eine schleichende Angst in sich aufsteigen, wie Seenebel an einem klaren Tag auf Hjartøy. Der Mann trug ein weißes Hemd und einen Schlips unter seiner Uniformjacke; an seinem rechten Revers saß ein Abzeichen. Es stellte einen großen Vogel mit ausgebreiteten Flügeln dar, unter dessen Klauen sich ein roter Kreis mit einem Kreuz befand. Es erinnerte sie an den Adler auf dem Kopf der heimischen Wanduhr, den ihr Vater abgenommen und in den Ofen geworfen hatte.

»Sie sollten hier nicht allein unterwegs sein. Es kommt immer wieder vor, dass Häftlinge versuchen zu fliehen, und die könnten Ihnen etwas antun. Ja, ehe Sie sich's versehn, haben Sie sie umgebracht, das sind doch alles nur Mörder und Barbaren.«

Er war Norweger! An seinem Dialekt erkannte sie, dass er aus dem Süden kam, weil er seine R-Laute zu verschlucken schien. Obwohl er nicht viel größer war als sie, sah er stark und kräftig aus. Seine kleinen, tiefliegenden Augen waren zusammengekniffen. Auf einmal wurde ihr klar, dass es sich um einen von der Lagerwachmannschaft handeln musste. Sie hatte die Stellenanzeigen in der Zeitung gesehen. Die Gefangenen zu bewachen war eine gut entlohnte Arbeit, und das genügte vielleicht schon als Motivation für die Art von Tätigkeiten, die dieser Kerl ausführen musste.

»Sie haben schwer zu tragen, soll ich Ihnen helfen?« sagte er. Er war näher gekommen, und beim Sprechen stob ihm der Speichel aus dem Mund, der sie wie Munition im Gesicht traf.

»Nein, das brauchen Sie nicht«, sagte sie rasch, obwohl ihre Arme längst schmerzten. »Trotzdem vielen Dank ...«, fügte sie hinzu.

Laute Rufe auf Deutsch unterbrachen sie, und der Wachmann schulterte sein Gewehr und eilte zum Lager.

Marie atmete erleichtert auf, als er fort war, und nahm das letzte Wegstück in Angriff. Ob sie den anderen auf dem Hof von dem Zwischenfall erzählen sollte? Doch dann beschloss sie, es nicht zu tun.

Am darauffolgenden Sonntag war Marie erneut unterwegs zur Waschstelle am Fluss, diesmal mit Fischfrikadellen und Kartoffeln in der Schürzentasche. Gudrun hatte ihr erzählt, dass sie an verschiedenen festen Stellen Essen für die Gefangenen deponierte, und während die anderen im Haushalt ihre Mittagsruhe machten, hatte Marie sich davongeschlichen. Auch sie wollte diesen armen Menschen gern helfen.

Als sie sich der Anlage näherte, blieb sie stehen und spähte durch das Gebüsch zum Lager. Hier heiligte niemand den Sonntag, denn zwischen den Baracken liefen Leute hin und her. Marie befahl ihren Füßen, weiterzugehen, aber sie wollten ihr nicht gehorchen, und da wurde sie Zeugin eines seltsamen Vorfalls, der sich unmittelbar vor ihren Augen abspielte. Marie schloss die Lider und öffnete sie wieder. Das Bild war immer noch dasselbe. Es sah aus wie ein eigenartiges Spiel, nur dass niemand lachte. Ein ausgemergelter junger Mann schob eine Schubkarre mit zwei anderen vor sich her, immer im Kreis. Ein Mann in Uniform rief ihm etwas auf Deutsch zu, was zu bedeuten schien, dass es schneller vorangehen sollte. Der erschöpfte Gefangene lief jedenfalls schneller. Offenbar ging es dem Wachmann aber noch nicht schnell genug, denn jetzt stach er mit einem Bajonett auf ihn ein.

Marie fuhr zusammen. Sie wollte nichts mehr davon sehen und wandte den Blick ab, nur um sich mit einem anderen üblen Anblick auseinandersetzen zu müssen. Eine Wache trat gewaltsam auf einen Mann ein, dem es trotz mehrerer unermüdlicher Versuche nicht gelang, aufzustehen. Marie drehte sich der Magen um, und sie musste kräftig schlucken, um den Brechreiz zu unterdrücken. Die Wache trat den Mann ein letztes Mal, heftig, bis sein Körper sich nicht mehr rührte. Marie fiel etwas ein, das vor dem Krieg in der Zeitung gestanden hatte, von einem Mann, der seine Kühe misshandelt hatte, ihnen kein Futter gegeben und sie zu Tode gequält hatte. Ihr Vater war sehr zornig darüber gewesen, dass niemand diese Tragödie gemeldet hatte, bevor es zu spät gewesen war. Aber wieso wurde das hier nicht gemeldet? Hier wurden Menschen gequält und misshandelt!

Schließlich gelang es ihr, sich loszureißen und zum Fluss weiterzugehen, ständig auf der Hut, falls jemand sie bemerkte. Gerade wollte sie das Essen unter einem Stein verstecken, als sie die Gegenwart eines anderen Menschen spürte. Als sie aufsah, blickte sie geradewegs in ein braunes Augenpaar in einem staubigen Gesicht mit hageren Zügen, das dennoch erstaunlich anziehend war. Das war doch der Bursche, den sie am Tag ihrer Ankunft in Rynes gesehen hatte. Ihr Herz klopfte schneller, und ihr Mund fühlte sich auf einmal staubtrocken an. Sie brachte kein Wort heraus, und als er einen Zeigefinger auf seine Lippen legte, begriff sie, dass sie schweigen sollte.

Stattdessen reichte sie ihm eine Fischfrikadelle aus ihrer Schürzentasche, und sein Gesicht erhellte sich zu einem breiten Lächeln. Er griff mit dünnen Fingern danach – sie sahen aus wie die Beine eines Weberknechts –, stopfte sich das Fleisch gierig in den Mund und verschlang es geradezu. Noch nie hatte sie jemanden so hungrig gesehen. Sein Alter zu schätzen fiel ihr schwer, aber er konnte nicht weitaus älter sein als sie.

»*Hvala!* Danke«, sagte er leise. »Du nett.« Jetzt lächelte er noch breiter, und sie hatte das Gefühl, in seinem Blick zu ertrinken und niemals mehr an die Oberfläche kommen zu wollen. Er deutete auf sich. »Jovan«, sagte er. Dann zeigte er auf sie.

»Marie«, erwiderte sie flüsternd.

KAPITEL 18

Marie. Welch ein lieblicher Name! Zuerst hatte Jovan gedacht, er halluzinierte, weil sie seiner kleinen Schwester Katica ähnelte, aber als sie näher kam, stellte er fest, dass die beiden doch ziemlich verschieden waren. Marie war größer und reservierter, aber etwas an ihrem Blick erinnerte ihn an seine geliebte Schwester. Wie gern hätte er Maries langen geflochtenen Zopf berührt und ihr Gesicht zwischen seinen Händen gehalten, ganz dicht, sodass er die Sommersprossen um ihre kleine Nase zählen konnte.

Als die beiden Wachleute neben ihm sich kurz abgewandt hatten, um ihre Zigaretten anzuzünden, hatte er die Gelegenheit genutzt, für einen Moment abzuhauen. Natürlich wusste er, wie riskant es war, sich vor der Arbeit zu drücken. Wenn das entdeckt würde, so würde man ihn auf der Stelle erschießen und zur Abschreckung für die übrigen Gefangenen an einem Galgen aufhängen.

Jetzt freute er sich, dass er es gewagt hatte. Gleichzeitig war es ihm peinlich, dass er beim Anblick des Essens, das sie dabeigehabt hatte, vor Wonne fast aufgestöhnt hatte: zwei Fischfrikadellen und eine Pellkartoffel. Aber er hatte sich nicht zurückhalten können, rebellierte sein Magen doch gegen das verschimmelte Brot und die unappetitliche Suppe, die ihnen im Lager aufgetischt wurden und nur dazu beitrugen, das letzte bisschen Kraft aufzuzehren, das er noch besaß. Er hatte es nicht einmal unterlassen können, sich nach dem Aufessen die Finger abzulecken.

Jovan spürte ihren Blick, und es machte ihn verlegen, dass sie ihn in solch lumpigem Zustand sah. Aber sie schien nicht mit Abscheu auf ihn zu reagieren, auch wenn er wusste, dass er eher einer Vogelscheuche als einem Menschen glich. Als gestern sämtliche Gefangene zum Fjord hinuntergescheucht worden waren, um sich in dem eiskalten Wasser zu waschen, und er die Reflexion seines Gesichts in der Wasseroberfläche gesehen hatte, hatte er diesen Fremden, der ihm da entgegenstarrte, zunächst gar nicht erkannt.

»Wie bist du hierhergekommen?«, fragte sie ihn nur und blickte ihn forschend an.

Er wusste nicht, ob sie damit meinte, aus welchem Grund oder auf welche Weise er hergekommen war. Er entschied sich für die zweite Möglichkeit. »Mit Zug zuerst, weit und lang, und dann wir kamen in polnische Stadt namens Stettin.« Er schloss die Augen, die Erinnerung an den Transport schmerzte.

Dann erzählte er ihr, wie plötzlich eines Nachts nach dem gescheiterten Angriff auf die Deutschen in seiner Heimat die Tür zu seiner Gefängniszelle aufgerissen worden war und die bewaffneten Wärter *Raus, raus!* gebrüllt, ihn und die anderen Kriegsgefangenen hinausgetrieben und wie Vieh auf Lastwagen verfrachtet hatten. Man hatte sie zu einem Bahnhof gebracht, wo sie in fensterlose Waggons ohne Sitzplätze gesperrt worden waren. Danach hatte er sich an nichts mehr erinnert, bis sie Stettin erreicht hatten.

Dort hatte man sie dann in einem Schiffsrumpf zusammengepfercht. Er, der bislang nur die Donau kannte und nie zuvor das Meer gesehen hatte, war vom heftigen Wellengang seekrank geworden. Er sah Marie an und schaukelte mit dem Körper vor und zurück, um es ihr begreiflich zu machen. Damals hatte sich alles so vor ihm gedreht, dass er das Wenige an Nahrung und jede Menge Galle erbrochen hatte. Hätte die Möglichkeit bestanden, wäre er ins Meer gesprungen, aber die Gefangenen waren in dem stinkenden Lastraum eingesperrt gewesen, dessen Luke nur geöffnet worden war, um ihnen ein paar Stücke Brot zuzuwerfen und die Toten rauszuziehen.

Es war nicht ganz einfach, die richtigen Worte in ihrer Sprache zu finden, obwohl er Deutsch konnte und viele norwegische Wörter dem ähnelten. Ein Mithäftling hatte ihm einen Deutsch-Norwegisch-Sprachführer geschenkt, den er jetzt aus der kleinen versteckten Tasche in seinem Jackenfutter zog und Marie zeigte. Mühsam entzifferte sie den Titel: *Eiserne Portion der Norwegischen Sprache.* Das Heft war für die deutschen, in Norwegen stationierten Soldaten gedacht. Jovan hütete den Sprachführer wie einen Schatz und versteckte ihn unter den Dachbalken über seiner Pritsche, wenn er ihn nicht bei sich trug. Aus Maries Aussprache schloss er, dass sie kein Deutsch verstand.

Jeden Tag versuchte er, Wörter und Ausdrücke der neuen Sprache zu lernen. Wenn die unaufmerksameren Wachen Dienst hatten, wagte er es, mit den norwegischen Vorarbeitern zu sprechen, die von den Deutschen dazu abkommandiert waren, die Straßenbauarbeiten zu leiten. Einer von ihnen – ein älterer Mann mit einem schielenden Auge – hatte ihm sein Butterbrotpapier überlassen, ein paar Seiten aus einer norwegischen Zeitung. Jovan hatte die Texte sorgfältig studiert und seinen Wortschatz so weiter verbessert. Damit versuchte er, Marie nun so gut es ging zu vermitteln, wie die Fahrt entlang der langen norwegischen Küste verlaufen war: dass sie ihre Stiefel hergeben mussten und dafür viel zu enge Holzschuhe und deshalb große Blasen bekommen hatten. Dass er sich nicht mehr daran erinnerte, wie viele Tage sie schon auf dem Meer gewesen waren, als eines Tages das Maschinengeräusch verstummte, die Luke des Lastraums aufging und sie von stechendem Sonnenlicht geblendet worden waren.

Jovan hielt kurz inne; er registrierte, dass Marie ihn mit großen, ungläubigen Augen ansah, sie musste also immerhin etwas von dem, was er gesagt hatte, verstanden haben. Dann strömten ihm von Neuem die Worte aus dem Mund. Sie ließen sich nicht aufhalten, als fürchteten sie zu versiegen, wenn er schwieg.

Die Landschaft, die er erblickt hatte, war ihm nie zuvor begegnet. Große, alte Häuser hatten einen Kai gesäumt, und da erst hatte er erkannt, dass sie in einer Stadt an einem Fjord ankerten. Gab es nicht in Norwegen Fjorde? Viele kleine Fischerboote waren vom Meer hereingekommen, und am Kai hatten Leute gestanden, um den Fischern den Fang abzukaufen. Ihm und den übrigen Gefangenen aber gab man nichts davon, obwohl sie so ausgehungert waren. Die Einheimischen hatten sie angesehen, als sie auf ihren Holzschuhen den Kai entlanggeschlurft kamen, und manche von ihnen hatten freundliche Gesten gemacht. Doch dann hatten die Deutschen sie weiter, auf ein anderes Schiff, gescheucht, bis er schließlich hier gelandet war.

Als er aufsah und erneut Maries Blick begegnete, überwältigte ihn der traurige Ausdruck in ihren Augen. Er war sich nicht sicher, ob seine Erzählung der Auslöser dafür gewesen war oder ob etwas anderes nicht stimmte.

»Du sehen sorgenvoll aus, liebe Freundin?«

Sie zögerte, vermutlich suchte sie nach den passenden Worten, damit er sie verstünde.

»Meine Sorgen sind gering verglichen mit deinen. Es ist mir peinlich, dass ich einfach nur Heimweh habe«, sagte sie schließlich. Das überraschte ihn, war er sich doch sicher gewesen, dass sie hier lebte.

»Erzähl mir von deiner Heimat«, ermutigte er sie.

Er hörte sie von einer Insel, einem Haus und einem Garten berichten, vom Meer und den Bergen. Sie erklärte, dass das Meer bei ihr daheim ganz anders als der Fjord hier sei und versuchte zu beschreiben, wie nasskalt die Luft dort nach einem Sturm roch. Sie brachte ihm mehrere neue Wörter bei: *Svaberg – Felsen*, das ihm leicht über die Lippen kam, und *Rullesteinstrand –*

Kiesstrand, ein Wort, mit dem er sich abmühte, weil es ihm im Mund verquer kam. Zumindest aber brachte es sie zum Lachen. Er wiederholte das Wort mehrmals, denn ihr Lachen war nach all den groben Worten im Lager wie Musik in seinen Ohren.

»Und ihr habt weiße Nächte«, fügte er hinzu. »Die ganze Zeit hell«, erläuterte er, als sie nicht verstand, was er damit sagen wollte. Eine Vision stieg in ihm auf: dass die Menschen hier so gierig waren, dass sie sämtliche Leckereien sofort aufaßen und nichts für später aufhoben und es als Strafe dafür den ganzen Winter hindurch dunkel war – etwas, woraus sie nie schlauer wurden, wiederholte sich dasselbe doch jedes Jahr.

»Ich auch meine Heimat vermissen, obwohl ganz anders als deine«, sagte er, als sie nur über seine Worte lächelte. »Vor allem sehne ich mich nach meiner kleinen Schwester.«

Mit einem Mal war die Sehnsucht nahezu überwältigend. Rasch pflückte er ein paar kleine weiße Blumen, deren Namen er nicht kannte, und bevor er recht wusste, wie ihm geschah, hatte er einen ganzen Strauß beisammen, den er Marie überreichte, als könnten sie stellvertretend an ihr wiedergutmachen, was er seiner Schwester und seiner Familie angetan hatte.

»Erzähl mir von deiner Schwester. Wie heißt sie?«, fragte Marie, als sie die Siebensterne entgegennahm.

»Katica.«

»Ka-tit-sa.« Marie wendete den Namen in ihrem Mund, und er begriff, wie fremd er für sie klingen musste.

»Wie alt ist sie?«

»Fünfzehn im Januar. Ihr Haar fast wie deins.« Sie ließ zu, dass er ihr Haar streichelte, das ihr lose über die Schultern herabhing.

»Weich.« Er lächelte.

»Und wo ist Katica jetzt?«, fragte Marie still.

Er erwiderte, dass sie hoffentlich noch in seiner Heimat Zemun sei, dass aber auch dort Krieg herrsche und er nicht wisse, was aus seiner Familie geworden sei. Dann erzählte er Marie, wie gern Katica zeichnete und er vor dem Einschlafen immer als Letztes ihr Lachen zu hören glaubte, ein so klares, reines Lachen wie der Klang der Kirchenglocken, die ihre Familie herstellte.

Als er merkte, dass sie ihm nicht ganz folgen konnte, erzählte er ihr von der stolzen Tradition des Glockengießerhandwerks, die seine Familie seit Generationen fortführte, und dass ihre Glocken in den Kirchen und Rathäusern zahlreicher Länder hingen. Lebhaft gestikulierend beschrieb er ihr das Handwerk. »Ist fast wie Fabrik, aber alles mit Händen gemacht. Also dauert sehr lange. Schwierige Arbeit, muss alles perfekt sein, wie bei Musikinstrument.«

»Stellst du selbst auch Glocken her?«, fragte sie ihn interessiert.

Er erläuterte, dass er das versucht habe, aber nicht gut genug darin sei. »Ich kann besser mit Zahlen, bin nicht so praktisch wie mein Bruder Milan. Er macht die besten Glocken.« Jovan sah gedanklich vor sich, mit welch einer Eleganz und Leichtigkeit sein Bruder mit den schweren Werkzeugen hantierte.

Auf einmal erscholl lauter Alarm. Marie erstarrte, sah ihn mit ängstlichem Gesichtsausdruck an.

»Das ist zum Antreten. Ich schnell zurückmüssen, sonst Strafe.«

Er sah, dass Marie noch etwas sagen wollte, kam ihr jedoch zuvor.

»Treffen ist gefährlich, aber will dich gern wiedersehen. Ein deutscher Wachmann, ›Großvater‹ wir nennen, ist nett und tut wie nix passiert, wenn ich hierkomme. Du willst auch?«

Er sah gerade noch ihr zaghaftes Nicken, als er davonrannte.

KAPITEL 19

Marie taumelte abermals steif und wie benommen davon. Ihr schwirrte der Kopf, und Jovan war schuld daran. Sie blickte zurück zu ihrem Treffpunkt und stellte fest, dass es nahezu unmöglich wäre, diesen Ort zu finden, wenn man nicht ganz genau wusste, wo er sich befand. Jovan hatte die Öffnung mit Ästen und Zweigen zugedeckt.

Als sie zum Hauptweg zurückging, sorgte sie sich, wieder diesem norwegischen Wachmann zu begegnen, aber dort regte sich nichts. Nur ihre eigenen Schritte waren so eben zu hören, als sie wie eine Diebin, die befürchtete, auf frischer Tat ertappt zu werden, vorwärtsschlich. Wenn sie jemanden traf, könnte sie allerdings immer noch behaupten, dass sie zum Blumenpflücken hier draußen sei. Sie hatte im Vorübergehen eilends einen Strauß gesammelt.

Marie wäre am liebsten mit ihren Gedanken allein geblieben, aber als sie das Haus betrat, kamen ihr unerwartetes Gelächter und Lärm entgegen. Gudrun, Magnar, Ernst und Borghild saßen in der Küche und schütteten sich aus vor Lachen. Magne sah erstaunt von einem Erwachsenen zum anderen und fing dann an, sie nachzuahmen. Was hatte dieses Spektakel zu bedeuten? Hatten sie getrunken? Marie wusste, dass Borghilds Schwiegervater im Keller heimlich Schnaps brannte.

Magnar und Gudrun wollten beide etwas sagen, aber da mussten sie schon wieder lachen. Schließlich gelang es immerhin Borghilds Mann, lange genug ernst zu bleiben, um den Grund für ihre gute Laune zu erklären.

»Leif, einer von den Bauern da oben im Hochland, hatte gestern Besuch von den Deutschen. Sie haben was von einem ausgebüxten Häftling erzählt und dachten, er würde sich vielleicht bei Leif verstecken. Die beiden Soldaten befahlen Leif, sie zum Stall zu begleiten. Vom Stallgang führt eine Tür ins Stallinnere, die mit einem Entlüftungsloch versehen ist.«

Ernst hielt kurz inne, und die anderen fingen erneut an zu wiehern. Maries Brust hatte sich schmerzhaft zusammengezogen, als sie die Worte »Häftling« und »ausgebüxt« hörte, aber sie versuchte, sich nichts anmerken zu lassen, als Ernst fortfuhr.

»Leif hat ein Pferd mit weißem Maul, und als das Tier hörte, dass sich jemand näherte, steckte es sein Maul so durch das Loch, dass es einem menschlichen Gesicht zum Verwechseln ähnlich sah. Da nahm einer der Deutschen sofort Schießstellung ein, während der andere die Tür aufriss. Der arme Leif wusste nicht, wohin mit sich. Innerlich musste er schrecklich grinsen, aber hätte er zu lachen begonnen, hätten die Deutschen ihn wohl verprügelt oder, im schlimmsten Fall, anderweitig bestraft.«

Ernst äffte die Deutschen und Leif so treffend nach, dass man einfach nicht anders konnte, als loszuprusten. Marie genoss es, das Lachen in sich aufsteigen zu spüren, bis es ihr als lautes Glucksen über die Lippen kam. Es war befreiend. Sie konnte sich fast nicht mehr daran erinnern, wann sie zuletzt so ausgelassen gewesen war. Doch, letztes Jahr, als sie mit ihren Eltern in der Stadt den Film *Der verschwundene Wurstmacher* im Kino gesehen hatte. Die hoch aufgeschossene, dürre Gestalt von Leif Juster hatte sie vor Lachen kreischen lassen.

Später, als Gudrun und Marie allein in der Küche waren, legte Gudrun einen Arm um sie. Borghilds Schwiegermutter war ein Mensch, der anderen gern nahe war.

»Es war schön, dich auch mal lachen zu sehen. Ich habe bemerkt, dass du dich hier nicht wohlfühlst, und du hast viel auszuhalten. Aber über kurz oder lang bist du wieder auf Hjartøy! Wir hoffen, dass das alles hier letztlich gut ausgeht. Wir müssen nur vorsichtig sein und dürfen diese verfluchten Deutschen nicht unnötig reizen. Sei auf der Hut, wenn du am Gefangenenlager vorbeimusst. Sieh immer nur geradeaus und bleib nicht stehen, sodass du keinen Verdacht erregst«, riet Gudrun ihr.

Es war so, als hätte sich durch das Lachen etwas in Marie gelöst, sie wagte, die leise Freude zuzulassen, die tief in ihrem Inneren aufgekeimt war und mit ihm – Jovan – zu tun hatte.

Das Ende der Heuernte nahte. Magnar sagte, er könne den bevorstehenden Wetterumschwung in den Gliedern spüren, und deshalb hatten sie es eilig, das restliche Gras zum Trocknen aufzuhängen. Marie hatte nach dem Zusammenrechen Blasen an den Händen.

Jetzt blickte sie sich wachsam um, bevor sie vom Weg abbog und zu ihrem Versteck an der Waschstelle schlich. Obwohl ihr Gudruns warnende Worte ständig in den Ohren klangen, konnte sie es nicht lassen, dorthin zu gehen. Außerdem hatte sie Gudrun dabei beobachtet, wie sie Lebertran in Fläschchen abfüllte und diese heimlich in einen Korb legte. Es bestand kein Zweifel daran, für wen sie gedacht waren, mit welchem Recht also glaubte Gudrun, sie warnen zu müssen?

Maries Füße verharrten, als sie ihn so leise ein Lied singen hörte, dass es kaum wahrnehmbar war. Sie zuckte zurück, als sie ihn sah, denn eines seiner Augen war rot und geschwollen und die Haut rundherum blau und gelb verfärbt.

»Was ist mit dir passiert?«, fragte sie ihn erschrocken und kniete sich neben ihn.

»Das gar nix, nicht so schlimm, ich gestolpert und gefallen. Wenn du kommst, ich bin froh und ohne Schmerz.«

Sie sah ihm an, dass das nicht der Wahrheit entsprach, hakte aber nicht nach. Im Grunde war er ein Fremder, aber trotz seiner Verletzung im Gesicht umwerfend. So ganz anders als die

Burschen daheim, die sich für männlich hielten, aber nur dumm und kindisch waren. Jäh wurde ihr bewusst, dass sie seit ihrer Ankunft in Rynes kein einziges Mal mehr an Oddvar oder die Tanzveranstaltung gedacht hatte.

Jovans Kinn zierte eine kleine Kerbe, und sein dunkles Haar war so kurz, als würde es gerade erst nach einer Kahlrasur nachwachsen. Er schien beinahe ihre Gedanken gelesen zu haben, denn er fasste sich automatisch an den Kopf.

»Sie machen die Haare weg wegen Tiere auf dem Kopf, die jucken, du weißt?« Er hob die Hand an den Schädel und gab vor, sich zu kratzen.

Sie schauderte, er meinte wohl Läuse. Die hatte sie noch nie gehabt. In dem Fall wäre ihre Mutter wohl vor Scham gestorben, auch wenn man Läusebefall natürlich auch auf Hjartøy kannte. Vor allem unter den ärmeren Kindern an der Schule waren die lästigen Tierchen immer wieder aufgetaucht und nur schwer zu vertreiben gewesen.

Da fiel Marie das Essen ein, das sie heimlich mitgenommen hatte, und sie löste das kleine Bündel unter ihrer Schürze. Es waren die Reste des Abendessens – ein paar Stücke Pökelfleisch und zwei Karotten – und die Glückseligkeit auf seinem Gesicht bei diesem Anblick war größer als die eines Kindes am Weihnachtsabend. Das letzte Fleischstück verschwand wie durch Zauberhand in seinem Mund. Ihr Gesichtsausdruck sprach Bände, so leid tat es ihr, dass sie ihm nicht mehr zu geben hatte.

»Nächstes Mal«, sagte sie. Er nickte nur und rieb sich zufrieden den nicht vorhandenen Bauch unter seiner viel zu weiten, zerlumpten Jacke; ein Ärmel war fast völlig abgerissen. Sie musste demnächst daran denken, Nadel und Faden mitzunehmen. Seine Hose, die auch in nicht viel besserem Zustand war, wurde nur von einem sich bereits auflösenden Seilstummel gehalten.

»Ein Festessen«, sagte er lächelnd.

Sie war erstaunt, wie rasch er die norwegischen Wörter aufgeschnappt hatte; fast so gierig, wie er das Essen verschlungen hatte. Nun fiel ihr auf, dass der kleine Finger seiner linken Hand seltsam steif und abgespreizt war, das hatte sie noch nie bemerkt.

Er erzählte ihr, wie es dazu gekommen war – dass er das einer Verletzung zu verdanken hatte, die er sich im Kampf mit einem deutschen Soldaten im jugoslawischen Gebirge zugezogen hatte. Dort, wo er letztlich gefangen genommen worden war.

Sie versuchte, es sich vorzustellen, war sich aber nicht sicher, ob sie das richtig verstanden hatte; es hörte sich alles so unwahrscheinlich an. Bilder stiegen vor ihrem inneren Auge auf – sie zeigten junge Männer und sogar einige wenige Frauen, die wie Ziegen die steilen Gebirgspässe erklommen und dabei Waffen und Munition mit sich schleppten. Sie spürte die Blasen an den Füßen nahezu selbst, spürte, wie die harten Schuhe die Hacken wundrieben, tiefer und tiefer, bis kein Fetzen Haut mehr übrig war. Sie blinzelte, und schon waren da neue Bilder. Jetzt lag überall Schnee. Er hatte sich zu Wechten aufgetürmt, zu einer fast undurchdringlichen weißen Masse, durch die sich die Soldaten vorwärtskämpften, nur um am Ende von Müdigkeit und Feinden überwältigt zu werden. Feindlichen Soldaten, die nach ihrem Blut lechzten, ihnen die Kräfte aus dem Leib saugen und sie quälen wollten, bis Jovan und seine Kameraden jeglicher Mut und sämtliche Hoffnungen verließen.

Er erzählte ihr auch von einem anderen Feind, dessen sich niemand erwehren konnte: Krankheit. Kameraden fielen dem Fieberwahn zum Opfer und redeten wirres Zeug. Sie beharrten darauf, dass alles in Ordnung sei, dass sie weiter Seite an Seite mit ihren Weggenossen kämpfen würden, doch am darauffolgenden Tag waren sie gestorben und mussten allein in dem wilden Terrain zurückgelassen werden.

Sie sah ihm in die Augen, aber Jovans Blick war nach innen gekehrt. Er nahm sie nicht wahr. Er war weit fort, an einem Ort, von dessen Existenz sie keine Ahnung gehabt hatte.

Dann sprach er weiter:

»Ich bin Partisane«, sagte er und legte sich die Hand aufs Herz. »So stolz ich war, als ich die Mütze mit roter Stern drauf bekam!« Er zeichnete mit den Fingern einen fünfzackigen Stern nach, und ihr entging nicht, dass seine Hände von neuen Rissen und Schwielen übersät waren. Die Arbeit am Straßenbau hörte nie auf, die Gefangenen wuselten hin und her wie die Ameisen hinter dem Stall.

Jetzt erzählte Jovan ihr begeistert von einem Anführer, den er Tito nannte. Er wirkte wie eine Figur aus einem Abenteuerroman, ein Heiland, der Gott selbst das Wasser reichen könnte.

»Ich glaubte an gute Zeiten, an eine Welt ohne große Unterschiede, kein Arm und Reich. Ich wollte für das Gute kämpfen, vielleicht ich war jung und naiv.« Auf einmal sah Jovan verlegen aus.

Offenbar war alles so ganz anders gekommen, als er es sich ausgemalt hatte, was womöglich nicht nur mit dem Krieg gegen die Deutschen zu tun hatte. Er ließ ein Wort fallen, das sie nicht verstand, *Cetniks*, doch sie begriff, dass diese Tschetniks auch am Krieg beteiligt gewesen waren und ebenfalls gegen die Deutschen gekämpft hatten. Dass sie und die Partisanen eigentlich vom selben Volk waren, am Ende aber andere Wege eingeschlagen hatten.

»Wir standen Mann gegen Mann, Freund wurde Feind. Da war kaputt mein Traum. Wenn Krieg vorbei ist, ich will für Frieden arbeiten und nie mehr Waffe benutzen«, sagte er entschieden und legte sich wieder die Hand aufs Herz.

»Wovon handelt das Lied, das du vorhin gesungen hast?«, fragte sie ihn, als er schwieg.

Da lehnte er sich vorsichtig zu ihr und sang ihr gedämpft den Text ins Ohr. Wiederholte ihn langsam, Strophe um Strophe, Zeile um Zeile. Bis sie die fremden Worte auswendig konnte: *Tamo daleko, daleko ad mora, tamo je selo moje, tamo je Srbija. Tamo daleko, gde cveta beli krin.* Er erklärte ihr auch, was die Worte bedeuteten: *Dort, weit weg, weit weg vom Meer. Dort ist mein Dorf, dort ist Serbien. Dort, weit weg, wo weiße Lilien blühen.*

Plötzlich drangen scharfe Schüsse aus dem Lager herüber. Jovan zuckte zusammen. »Ich muss gehen«, flüsterte er. »Nächstes Mal ich mehr erzählen.«

Dann war er fort, und Marie ging zum Fluss hinunter, setzte sich und ließ ihren Blick über das scheinbar ganz und gar stille Wasser schweifen. Ihr fiel auf, wie sich Sträucher und Halme darin spiegelten. Zum ersten Mal seit ihrer Ankunft in Rynes nahm sie etwas als schön wahr, obwohl sie diese Stelle schon so oft gesehen hatte. Aber da war auch noch etwas anderes. Urplötzlich sah sie das Vögelchen vor sich, das sich durch den Fensterspalt ihres Zimmers daheim auf Hjartøy verirrt hatte und verzweifelt eine Weile im Raum umhergeflattert war, bis es sich auf die Kommode gesetzt und sie aus winzigen, erschrockenen Augen angesehen hatte. Seine Brust hatte sich hektisch gehoben und gesenkt. Es war zugleich neugierig und furchtsam gewesen. Vorsichtig war sie zum Fenster geschlichen und hatte es weit geöffnet, damit das Vögelchen den Weg zurück in die Freiheit finden konnte. Marie fühlte sich in diesem Augenblick wie ebendieser Vogel.

Als sie heimkam, war alles still im Haus, und sie merkte auf einmal, wie hungrig sie war. Weil niemand es sah, nahm sie die Gelegenheit wahr und mopste sich etwas zu essen, auch wenn sie sich sonst neben den Mahlzeiten nicht extra bediente. Sie nahm das Brot aus dem Brotkasten und schnitt sich eine Scheibe davon ab. Das war gar nicht leicht, war das sogenannte »Hitler-Mehl« doch von solch schlechter Qualität, dass das Brot fast auseinanderbröckelte; und obwohl Gudrun dem Teig Kabeljaurogen beigemengt hatte, änderte das kaum etwas an seiner Konsistenz. Gut schmecken tat es auch nicht sonderlich, aber Gudruns selbst hergestellter Kaviar war ausgezeichnet, daran gab's nichts auszusetzen. Erst recht nicht, wenn man bedachte, wie es den armen Gefangenen erging. Wie es *ihm* erging.

»Es fehlt dir nicht an Appetit, wie ich sehe.« Marie fuhr zusammen, als sie die Stimme hörte, die sogleich weitersprach. »Dir gefällt es offenbar bei uns, wie schön.«

Marie war peinlich berührt und drehte sich widerstrebend zu ihrer Schwester um. Borghild lächelte, aber das Lächeln erreichte ihre Augen nicht. Wie lange sie wohl schon dort gestanden und sie, Marie, beobachtet hatte? Nachdem Marie den letzten Bissen Brot heruntergeschluckt hatte, lag er ihr wie ein Klumpen im Bauch.

»Ich …«, begann sie.

»Von Hjartøy ist ein Telegramm gekommen«, fiel Borghild ihr ins Wort. Sie reichte es Marie, die wortlos danach griff, während ihr das Herz bis zum Hals klopfte. Ihre Eltern würden ihnen nie ein Telegramm schicken, wenn nicht das Leben davon abhinge, oder? Das letzte Mal, als im vergangenen Herbst eines eingetroffen war, hatten sie die traurige Nachricht erhalten, dass Tante Kathinka und ihre Cousine Rakel umgekommen waren. Sie hatten sich an Bord des Hurtigrutenschiffs »Richard With« befunden, als es von einem Torpedo getroffen wurde und vor der Küste der nordnorwegischen Finnmark versenkt wurde.

Mit bebenden Händen entfaltete Marie das Telegramm, während sie merkte, dass ihre Schwester sie weiterhin anstarrte. Es dauerte einen Moment, bis sie begriffen hatte, was in dem Schreiben stand, aber nach und nach ergaben die Worte einen Sinn. Es war von ihrem Vater, und er teilte ihnen darin mit, dass es ihrer Mutter nicht gut gehe und sie sich im Krankenhaus aufhalte. Die Ärzte könnten noch nicht mit Sicherheit sagen, was ihr fehlte, aber es sollten weitere Untersuchungen gemacht werden. Mehr stand da nicht, und während Marie Borghild das Telegramm zurückgab, versuchte sie, sich zu konzentrieren.

»Was bedeutet das? Ist Mutter ernsthaft krank? Vielleicht sollte ich besser nach Hause fahren?«, fragte sie zögernd. Das hatte sie schließlich die ganze Zeit über gewollt.

Borghild holte tief Luft. »Wir werden erst einmal abwarten. Ich habe den Verdacht, dass die Nerven ihr einen Streich spielen; Mutter ist kein besonders starker Mensch. Vorläufig bleibst du am besten hier«, sagte sie energisch.

Marie wusste nicht, was Borghild damit meinte, wenn sie sagte, ihre Mutter sei nicht so stark. Sie hatte immerhin genug Stärke bewiesen, wenn sie andere herumkommandiert hatte, fuhr es Marie durch den Kopf, aber sie bereute diesen Gedanken sofort. Was würde aus ihr werden, wenn Mutter dauerhaft krank bliebe? Es war ihr nie in den Sinn gekommen, dass ihre Eltern einmal gebrechlich werden könnten.

Sie sah das Haus auf Hjartøy vor sich: weiß und stolz mit blank geputzten Fenstern, die in der Sonne glitzerten. Und dachte bei sich – es ist das schönste Haus auf der ganzen Welt.

KAPITEL 20

Hjartøy, 2009

Linnea stand vor dem Haus und sah daran hinauf. Es konnte wirklich etwas Fürsorge gebrauchen – und vielleicht einen Heimwerker. Oder einen Bastler, wie es hier auf der Insel hieß, zumindest in Ediths Worten. Die Planken an den Fenstern der Glasveranda moderten vor sich hin, und die Scheiben mussten definitiv mal geputzt werden. Linnea wollte gerade etwas Moos von der Mauer kratzen, als das Tor zur Einfahrt geräuschvoll ins Schloss fiel. Sie drehte sich um und sah Karsten mit langen Schritten die Allee hinaufschlendern.

Vor etwa einer Woche waren sie sich zufällig auf der Fähre begegnet und ins Gespräch gekommen. Sie war auf dem Weg in die Stadt gewesen, um einen Wasserkocher zu besorgen, denn im Haus gab es nur einen Teekessel, und Karsten musste seinen Wagen in die Werkstatt bringen. Als er wissen wollte, ob sie denn auch schon die schönen Wanderwege auf Hjartøy ausprobiert habe, musste sie etwas beschämt zugeben, dass sie da noch nicht so weit gekommen sei. Daraufhin hatte er geradezu darauf bestanden, sie mal mit raus in die Natur zu nehmen.

Linnea hatte eigentlich noch nie so recht verstanden, warum immer alle »raus in die Natur« wollten. Sie hatte gedacht, das ständige Gerede davon, wie fantastisch es da draußen sei, wäre nur den Hauptstädtern vorbehalten, doch nun begegnete es ihr auch hier. Die wenigen Male, die sie in dem unberührten Waldgebiet der Oslomarka unterwegs gewesen war, hatte Iris sie mitgeschleift, die früher doch immer so ein Großstadtkind war. Linnea hatte sich zu Tode gelangweilt, aber nur brav genickt und gelächelt, als die Freundin wie eine Bekehrte Untersuchungen zitiert hatte, denen zufolge die Natur ja ach so viel für die körperliche und mentale Gesundheit zu sagen habe. Außerdem fand Linnea es einfach lächerlich, dass man jenseits des Stadtgebiets plötzlich anfing, wildfremde Menschen zu grüßen, denen man im Zentrum nur missmutige Blicke zugeworfen hätte.

Und jetzt war Karsten also gekommen, um sie hier durch die unbekannte Wildnis zu führen. Linnea blickte auf ihre Gummistiefel, die ihr bis zur Wade reichten und fast vom Rist an geschnürt wurden. Vielleicht nicht das beste Schuhwerk für einen Ausflug in die Wildnis, aber wie weit konnte er schon mit ihr hinauswollen?

»Ist das deine Wanderkluft?« Karsten warf einen skeptischen Blick auf ihre Jeans. Dass er sie kommentarlos duzte, gefiel Linnea. »Na, wenigstens hast du Gummistiefel an. Auch wenn die wohl eher für die Stadt geeignet sind«, sagte er lachend und entblößte dabei eine annähernd makellose Zahnreihe, nur ein Vorderzahn hatte sich etwas zu dicht an seinen Nachbarn geschmiegt. Dieser kleine Schönheitsfehler stand ihm, musste sie insgeheim zugeben. Wie er so dastand, in seiner Wanderhose mit unzähligen Taschen, gefütterten Stiefeln mit hohem Schaft und einer Jacke, deren Marke ihr vage als urnorwegisches Sportlabel bekannt war, hätte er glatt einer Natursendung im Fernsehen entsprungen sein können. Zusätzlich trug er einen Rucksack mit kreuz und quer verlaufenden Riemen und Schnüren. Sie hingegen hatte alles, was sie brauchte, in der Tasche ihrer Jacke, die für den anstehenden Ausflug hoffentlich genehmigt war. Zumindest stammte sie aus einem Sportgeschäft.

»Ich seh schon, da hab ich's mir nicht so leicht gemacht. Die Stadt aus dem Mädchen rauszukriegen wird ein hartes Stück Arbeit, auch wenn das Mädchen aus der Stadt raus ist.« Karsten grinste, und Linnea spürte zu ihrer großen Verärgerung, dass sie errötete wie ein Teenager.

Als sie im Freundes- und Bekanntenkreis von ihrer überstürzten Entscheidung erzählt hatte, die Stadt zu verlassen, waren die Reaktionen sehr unterschiedlich ausgefallen. Die einen hatten nur mit dem Kopf geschüttelt und ihr maximal drei Wochen gegeben, bis sie wieder zurück in der Zivilisation wäre, während andere mit anerkennendem Blick gesagt hatten, wie bewundernswert sie es fänden, dass sie sich so weit aus der »Komfortzone« hinauswage. Einige meinten sogar, das sei bestimmt bald der neue Trend. Bei dem Gedanken daran musste sie ein Lachen unterdrücken. Wenn sie nur wüssten, wie wenig trendy sie sich gerade vorkam.

»Aber ich gebe nicht so schnell auf«, fuhr Karsten fort, und sie hatte den bestimmten Eindruck, dass er ihr zuzwinkerte. Flirtete er etwa mit ihr? Falls ja, wusste sie nicht genau, wie recht ihr das eigentlich war.

Ohne ein weiteres Wort ging es los. Das Terrain war stellenweise ziemlich unwegsam, und sie mussten über mehrere Bachläufe springen, die ihren Pfad kreuzten. Linnea spürte, dass ihre Gummistiefel nicht ganz dicht waren, sagte aber nichts. Wahrscheinlich würde sie dafür eine Erkältung kassieren, doch das erschien ihr trotzdem besser, als über etwas zu jammern, woran sie selbst schuld war. Hier und da wurde der Weg so schmal, dass kein Platz für beide nebeneinander war, dann ging Karsten vor, und sie trottete einen Schritt hinter ihm her. Mit der Zeit verfielen sie in eine Art Rhythmus, und die Stille zwischen ihnen fühlte sich auf seltsame Weise natürlich an.

Nach einer guten halben Stunde erreichten sie eine Anhöhe, den perfekten Aussichtspunkt. Die Landschaft wurde weiter, und unterhalb von ihnen offenbarte sich ein großer See mit einer Insel in der Mitte und unzähligen kleinen Vorsprüngen und

Landzungen, die vom Ufer aus ins Wasser ragten. Es roch nach Moor und feuchtem Laub, und die Luft war klar und frisch. Plötzlich ertönte ein merkwürdiger Laut. Es klang wie ein Bellen.

»Da drüben«, sagte Karsten und deutete auf den Berghang, wo ein Tier in vollem Galopp über den felsigen Untergrund sprang. »Ein Reh«, sagte er, ehe sie fragen konnte. Dann legte er ihr eine Hand auf die Schulter zum Zeichen, dass es weiterging, hinunter zum See.

Am Ufer angekommen standen sie eine Weile einfach da und ließen den Anblick auf sich wirken. Es war vollkommen still, das Wasser lag spiegelglatt da, nur hin und wieder tauchte ein Fisch auf und hinterließ kleine Ringe auf der Oberfläche.

»Komisch, dass außer uns niemand hier ist, oder? Heute ist doch so schönes Wetter, ich hätte gedacht, da würde es hier draußen nur so wimmeln von Leuten«, sagte Linnea.

»Wir sind hier nicht in der Stadt«, sagte er mit einem neckenden Ton in der Stimme. »Aber du hast recht, dieser Ort ist ein echter Geheimtipp, obwohl eigentlich alle davon wissen. Liegt vielleicht daran, dass man auf Hjartøy quasi überall mitten in der Natur ist. Außerdem geht der Herbst langsam zu Ende, die Beeren- und Pilzsaison ist vorbei, da bleiben die meisten wohl lieber zu Hause. Aber jetzt sind wir bald am Ziel. Und dann gibt's Kaffee.« Er rieb sich die Hände und lächelte.

Wie selbstverständlich folgte sie ihm, als er sich in Bewegung setzte. Nachdem sie eine Bucht mit Sandstrand umrundet hatten, erblickte sie eine kleine, braun gebeizte Holzhütte, die idyllisch an einer Landspitze direkt am Wasser stand. Der Anblick erinnerte sie an eins der Landschaftsgemälde in Maries Wohnzimmer.

»Wie bezaubernd! Ist das deine Hütte?«, fragte sie und blieb stehen.

»Gehört der Familie. Meine Schwester Sonja und ich waren

als Kinder regelmäßig mit unseren Großeltern hier. Beeren-sammeln und Angeln standen bei uns jahrelang auf dem Pflicht-programm. Als Jugendlicher war ich kein einziges Mal hier, glau-be ich. Da waren andere Sachen spannender«, sagte er, ohne weiter ins Detail zu gehen. »Seit wir wieder in Norwegen sind, komme ich gelegentlich zum Auftanken her. Allerdings nicht so oft, wie ich gern würde. Die Zeit reicht einfach nicht. Die Mäd-chen brauchen mich, und für solche langen Touren sind sie noch zu klein«, fuhr er fort. Schweigend gingen sie weiter auf die Hütte zu.

Dort angekommen zog Karsten einen losen Stein aus der Grundmauer, holte einen großen, altmodischen Schlüssel her-vor und steckte ihn in ein Schloss, das nicht besonders viel Schutz vor Einbrechern bieten konnte. Die Hütte war schlicht, aber gemütlich eingerichtet. Es gab einen Wohnraum mit Eta-genbetten in einer Schlafnische sowie eine kleine Küche. An einem der Fensterchen standen ein solider, alter Tisch und eine Schlafbank mit Sitzkissen. Über dem Tisch hing eine Petrole-umlampe, und in einer Ecke des Raumes befand sich ein Holz-ofen.

»Eigentlich müssten wir den Ofen anfeuern und mit dem al-ten Kessel Kaffee aufsetzen, aber heute habe ich ein bisschen geschummelt, wir haben nämlich nicht so viel Zeit, bis es dun-kel wird. Wollen wir uns raussetzen?«

Sie folgte ihm auf die Veranda, die zum Wasser hinausging. Eine mit Schnitzereien verzierte Bank war fest an der Wand mon-tiert. Karsten öffnete seinen Rucksack und holte zwei Sitzunter-lagen, eine Thermoskanne, zwei Holztassen und schließlich noch zwei abgepackte Schinken-Käse-Baguettes hervor.

»Frisch aus dem Laden«, sagte er etwas beschämt, und Lin-nea sah sofort Fräulein Miesepeter vor sich, oder »die Kokette«, wie Edith sie im Zusammenhang mit Christelles unzähligen Versuchen, sich einen Mann zu angeln, genannt hatte. Verärgert schob sie das Bild beiseite. »Genau das Richtige jetzt«, sagte sie begeistert.

Kurz darauf kamen zwei Schwäne über den See geschwommen, als wären sie plötzlich aus der Unterwelt aufgetaucht. Linnea wusste nicht einmal, dass es auf Hjartøy Schwäne gab. Sie glitten dahin, erst dicht beisammen, doch dann entfernten sie sich voneinander und schwammen jeder in eine andere Richtung, bevor sie schließlich wieder zueinanderfanden. Zwischendurch sah es fast so aus, als wären sie miteinander verschmolzen. Linnea glaubte sich zu erinnern, dass Schwanenpaare ein Leben lang zusammenblieben. Sie überlegte, ob sie das erwähnen sollte, entschied sich aber dagegen. Am Ende irrte sie sich noch, und es war eigentlich eine ganz andere Vogelart, die in lebenslanger Monogamie lebte. »Danke, dass du mich mit hierhergenommen hast«, sagte sie stattdessen.

»Schön, dass du mitkommen wolltest«, erwiderte er. »Ich verbringe so viel Zeit mit meinen beiden Fünfjährigen, dass es zwischendurch auch mal guttut, mit anderen Erwachsenen zusammen zu sein.« Er klang ein wenig resigniert.

»Du trägst ziemlich viel Verantwortung, so als Alleinerziehender«, sagte sie vorsichtig.

»Ja. Manchmal frage ich mich, ob ich überhaupt in der Lage bin, ihnen die Kindheit zu geben, die sie verdienen. Ob es nicht unmöglich ist, ihnen Vater und Mutter gleichzeitig zu sein.« Er trank einen großen Schluck Kaffee.

»Immerhin hast du Familie hier, die dich unterstützt«, sagte sie.

»Das stimmt, und dafür bin ich auch unglaublich dankbar, anders würde es wohl nicht gehen. Aber meine Familie kann den Kindern auch nicht die Mutter ersetzen. Die Zwillinge waren noch klein, als wir sie verloren haben, und erinnern sich eigentlich kaum an sie. Deshalb habe ich auch immer ein schlechtes Gewissen, dass ich nicht genug von ihr erzähle«, sagte er und verstummte.

Als Linnea nichts sagte, sprach er weiter.

»Meine Schwiegermutter war außer sich, als ich mit den Mädels aus den USA abgehauen bin, und jetzt ruft sie jede Woche an und will mit ihnen sprechen. Na ja, wenigstens hält das ihr Englisch frisch.« Er lachte kurz auf.

»Sprichst du beide Sprachen mit ihnen?«

»Tja, mit Englisch läuft da nicht so viel, um ehrlich zu sein. Alle um uns herum reden Norwegisch mit ihnen, und ich muss zugeben, dass ich da selbst nicht so hinterher war. Aber zum Glück sprechen sie jetzt ab und zu auch Englisch miteinander, vor allem nach dem Skypen mit den Großeltern. Manchmal habe ich fast den Eindruck, dass sie denken, ich verstehe kein Englisch, und es als eine Art Geheimsprache benutzen, für Dinge, die ich nicht hören soll.«

Er schenkte noch etwas Kaffee nach, und Linnea biss in ihr Baguette. Für ein gekauftes war es gar nicht mal so schlecht.

»Vielleicht wird es leichter, die Sprache aufrechtzuerhalten, wenn sie in der Schule mit Englisch anfangen. Da haben sie dann ja einen großen Vorteil den anderen Kindern gegenüber. Ich bin selbst zweisprachig aufgewachsen und ziemlich froh darüber, zwei Sprachen zum Preis von einer bekommen zu haben. Mein Vater ist gebürtiger Schotte und hat mit mir und meinen Brüdern immer nur Englisch gesprochen, während meine Mutter Norwegisch mit uns und Englisch mit ihm gesprochen hat. Das hat zu Hause schon manchmal für Sprachverwirrung gesorgt. Und als ich in der Schule Englischunterricht bekam, hat der Lehrer kein Wort verstanden, wenn ich den Mund aufmachte, weil ich breitesten schottischen Dialekt sprach.«

Karsten verschluckte sich fast, vor Lachen. »So in etwa muss es auch gewesen sein, als die Nordländer nach Oslo kamen und sie dort keiner verstehen konnte – oder wollte. In meiner Kindheit haben wir beim Spielen übrigens immer gesprochen wie im Fernsehen, vielleicht, um unsere Fantasiewelt ein bisschen von der Wirklichkeit abzugrenzen. Wäre mal interessant zu wissen, ob man das in anderen Ecken des Landes auch gemacht hat oder ob das ein lokales Phänomen war«, sagte er und erzählte noch ein bisschen von früher und davon, was sich während seiner Zeit in Amerika auf Hjartøy alles verändert hatte. Die Einwohnerzahl war von Jahr zu Jahr deutlich gesunken, und die Insulaner mussten ständig dafür kämpfen, dass nicht immer mehr Angebote vor Ort abgeschafft wurden. Doch er war optimistisch und fest davon überzeugt, dass dieser Trend sich irgendwann umkehren würde.

Während er sprach, fasste Linnea den Entschluss, ihm zu erzählen, dass sie von seinem Schicksal wusste.

»Übrigens, Karsten …« Sie hielt inne und spürte einen Moment dem Geschmack seines Namens im Mund nach. Er fühlte sich kantig und rund zugleich an. »Ich habe von dem Unfall erfahren …« Sie schluckte. »Mein aufrichtiges Beileid … Das war bestimmt, ich meine … das war sicher nicht leicht.« Um Himmels willen, klang das stümperhaft. Sie, die doch eigentlich mit Worten umzugehen wusste, brachte plötzlich nichts als Stottern zustande.

»Du weißt davon? Ich war mir nicht sicher, ob dir schon jemand davon erzählt hat«, sagte er langsam.

»Ja, Edith hat es erwähnt …«

»Ich hatte es mir fast gedacht. Ach, diese Edith, die ist wirklich ein wandelndes Facebook.« Nun lachte er wieder, und Linnea musste unwillkürlich mitlachen. Die Beschreibung traf es ganz gut, auch wenn die alte Nachbarin vermutlich nicht im Entferntesten wusste, was soziale Netzwerke überhaupt waren.

Außerdem war es befreiend, einen gemeinsamen Grund zum Lachen zu haben, selbst wenn der Auslöser dafür ein trauriger war.

Dann erzählte er, was an diesem schicksalhaften Tag passiert war. Dass seine Frau gerade auf dem Weg über den Zebrastreifen gewesen war, als ein Auto in rasendem Tempo angebraust kam und sie niederfuhr. Zeugen hatten von quietschenden Reifen berichtet, bevor sie den Wagen hatten davonfahren sehen, die Straße war noch voller Blut gewesen, als Karsten den Unfallort erreichte, und er hatte sich dicht an den Krankenwagen gehängt, obwohl es längst zu spät gewesen war, denn Molly war augenblicklich gestorben, als das Auto sie erfasst hatte. Zwei weitere Fußgänger waren nur knapp mit dem Leben davongekommen. Der zugedröhnte Mann am Steuer hatte auf seiner Weiterfahrt wie wild geworden mehrere Fahrzeuge gestreift, bevor er den Wagen schließlich vor einen großen Baum gesetzt hatte und ein weiteres Leben ausgelöscht wurde.

Linnea fiel auf, dass Karstens Erzählung fast wie ein auswendig gelerntes Drehbuch klang. So, als ginge es ihn gar nichts an.

»Du brauchst nichts zu sagen«, sagte er wie zur Antwort auf ihre Gedanken. Sein Blick war fest auf den See gerichtet, dessen Oberfläche sich im Wind kräuselte, so, als würde das Wasser über das Gehörte die Stirn runzeln.

Dann wandte er sich plötzlich zu ihr um und sah sie an, in seinem Blick lag etwas Wehmütiges. Sein Haar war ein kleines bisschen zu lang und ringelte sich an den Ohren.

Nach einer Weile fuhr er fort.

»Zwischen Molly und mir ging alles so schnell, eigentlich waren noch gar keine Kinder geplant. Aber dann war es plötzlich vorbei mit unserem unbeschwerten Dasein, und auf einmal mussten wir verantwortungsvolle Erwachsene sein.«

»Wie habt ihr euch kennengelernt?«, fragte Linnea, als er erneut innehielt.

»Ich war mit ein paar Kumpels in den USA unterwegs. Die Jungs und ich wollten drei Monate lang quer durch den amerikanischen Kontinent reisen. Ich war gerade mit meiner Elektrikerlehre fertig und hatte eine Weile gearbeitet, um mir ein bisschen was anzusparen. In San Francisco bin ich dann Molly in einer Bar begegnet, und wir haben uns Hals über Kopf verliebt. Die anderen Jungs sind irgendwann weitergezogen, aber ich bin geblieben. Damals habe ich nicht das geringste Wölkchen am Horizont gesehen, und wir dachten, dann könnten wir auch gleich heiraten, damit ich eine Aufenthaltsgenehmigung bekam.«

Um seine Mundwinkel spielte ein Lächeln, an diese Zeit dachte er offenbar gern zurück.

»Molly kam aus einer wohlhabenden Familie und war noch dazu Einzelkind, also ziemlich verwöhnt. Ihr großer Traum war ein eigener Laden für Vintage-Mode, und den hat sie sich in unserer gemeinsamen Zeit auch erfüllt. Ich habe es leider nicht geschafft, eine Stelle als Elektriker an Land zu ziehen, und konnte immer nur kleinere Aushilfsjobs machen, unter anderem bin ich rumgefahren und habe Häuser gestrichen. Nicht gerade der Schwiegersohn, den sich die feinen Eltern erträumt hatten.«

Nachdenklich trat er mit dem Fuß gegen einen großen gusseisernen Topf, der vielleicht als Feuerschale diente. Innerlich sah Linnea »die Mädels« mit Stockbrot vor sich, das sie über den Flammen rösteten, wie Karsten und Sonja es sicher als Kinder schon getan hatten.

»San Francisco war toll«, fuhr er fort. »Molly hat mir Orte gezeigt, die ich im Leben nicht auf eigene Faust gefunden hätte. Sie hatte eine Wohnung auf einem der Hügel in der Stadt, und wir haben das Leben und unsere Zweisamkeit in vollen Zügen genossen. So konnte es natürlich nicht weitergehen, als sie schwanger wurde. Da haben meine Schwiegereltern sich eingeschaltet und uns eine größere Wohnung gekauft, und nach der Geburt der Zwillinge, als Molly mit einer Symphysenlockerung zu kämpfen hatte, ist die Mutter mehr oder weniger bei uns eingezogen.«

Er zögerte einen Moment, bevor er weitererzählte. »Das war natürlich Gift für unsere Beziehung, und irgendwann mussten wir uns überlegen, wie es weitergehen sollte. Am Ende hat Molly ihre Eltern gebeten, sich nicht mehr einzumischen. Das lief zwar nicht ohne Protest, aber irgendwie haben wir uns wieder zusammengerauft, und als es zu dem Unfall kam, ging es uns gerade so gut wie schon lange nicht mehr.«

Linnea hatte ihn ohne Unterbrechung reden lassen, und nun wusste sie nicht so recht, was sie sagen sollte. Was war ihr selbst schon an dramatischen Erlebnissen widerfahren? Im Grunde nichts als unglückliche Liebesgeschichten, aber im Vergleich zu dem Sturm, den Karsten durchgemacht hatte, wirkte ihr Leben wie der reinste Sonntagsspaziergang. Karsten nutzte das Schweigen, um sich vorzubeugen und etwas aus dem Rucksack zu holen.

»Hier, zieh dir mal die nassen Socken aus und nimm die hier. Die dürften zwar zu groß sein, aber das ist immer noch besser, als wenn du dich auf dem Heimweg erkältest und am Ende mit Grippe im Bett liegst. Du hast hier ja niemanden, der sich um dich kümmern kann«, murmelte er.

Auf diese unerwartete Fürsorge war sie nicht gefasst gewesen, und plötzlich hatte sie einen Kloß im Hals, den sie schnell mit dem letzten Schluck Kaffee hinunterspülte. »Danke. Wie gut, dass du noch ein Ersatzpaar dabeihattest.«

Karsten lächelte nur. »Ich glaube, wir müssen uns langsam

mal auf den Rückweg machen, sonst wird es schneller dunkel, als wir gucken können«, sagte er.

Linnea ging zum Wasser, um die Kaffeetassen auszuspülen, während Karsten den Rest zusammenpackte und die Hütte abschloss. Im Wettlauf mit der Dämmerung ging es nun zurück nach Hause, und anstatt sich zu unterhalten, konzentrierten sie sich lieber auf den Weg. Sie folgte seiner Spur und kam nur knapp umhin, mit den Stiefeln in ein paar matschigen Moorlöchern stecken zu bleiben.

Als sie das Gatter hinter Maries Haus erreichten, war es beinahe stockfinster, und Linnea überlegte, wie man sich wohl angemessen von einem neuen Freund verabschiedete, der gerade von seiner aufwühlenden Lebensgeschichte erzählt hatte. Einfühlsam (*Danke für dein Vertrauen, war sicher nicht so leicht, das alles noch mal aufzurollen*), mit einem Augenzwinkern (*Danke, dass du so geduldig mit dem Stadtmädchen warst, das war ein toller Ausflug*), sachlich (*Jetzt habe ich das Inselleben mal von einer anderen Seite kennengelernt, vielen Dank*), unberührt (*Ja, dann haben wir diesen Tag also auch rumgekriegt*) oder vielleicht euphorisch (*Welch ein Wahnsinnsausflug, vielen, vielen Dank für dieses wundervolle Naturerlebnis*)?

Doch Karsten kam ihr zuvor. »Das war schön, Linnea. Danke, dass du mitgekommen bist.«

»Danke, gleichfalls …« war alles, was sie herausbrachte. Verdammt, fiel ihr nichts anderes ein? Dass sie aber auch nie die richtigen Worte fand, wenn es mal wirklich darauf ankam. Dann ging er, ohne sich noch einmal umzudrehen, während sie dastand und ihm nachsah.

Ein paar Tage später holte Linnea das Notizbuch hervor, das sie beim Einkaufen in der Stadt noch schnell im Buchladen besorgt hatte, und setzte sich damit in den Lesesessel im Kämmerchen.

Sie zog die Beine auf dem Schafsfell eng an sich und machte sich zum Schreiben bereit, den Stift wie eine geladene Waffe in der Hand. Ihr Plan war es, sich ein paar Ziele für das nächste halbe Jahr zu setzen und sie festzuhalten. Der impulsive Umzug nach Hjartøy war im Grunde eine ziemliche Schnapsidee gewesen, wie sie nun einsah, aber vielleicht ließ sich das Ganze etwas besser rechtfertigen, wenn sie versuchte, ihrem Aufenthalt auf der Insel irgendeinen Sinn zu geben, damit er nicht einfach nur eine Flucht war.

Den Stift zwischen den Lippen dachte sie einen Moment nach. Dann begann sie zögernd zu schreiben:

- *versuchen, hier Anschluss zu finden*
- *mir ein Bild von Marie machen*
- *neue Rezepte ausprobieren*
- *Gäste einladen (also Karl und Edith ... vielleicht auch Karsten)*
- *mehr über Gartenpflege und Pflanzenanbau lernen*

Weiter kam sie nicht, denn plötzlich fiel ihr etwas ein. Bisher hatte sie nur einen kurzen Blick in Maries Schlafzimmer geworfen; sich dort mal genauer umzusehen, hatte sie noch nicht gewagt. Nun zog sie sich die Strickjacke aus dem Flurschrank über und eilte in ein paar entschlossenen Sätzen die Treppe hinauf.

Maries Zimmer befand sich gegenüber von dem, das sie sich selbst zurechtgemacht hatte. Die Tür ließ sich nur durch kräftiges Dagegenlehnen öffnen. Dahinter war es hell und freundlich. Ein einladendes Zimmer, fand Linnea und setzte sich vorsichtig auf die Bettkante. Die Bettwäsche war abgezogen, doch über dem Bettzeug war eine weiße, gehäkelte Tagesdecke ausgebreitet. Der Nachttisch ähnelte dem in ihrem Schlafzimmer.

In der Luft lag ein leiser Duft nach – sie schnüffelte – Rosenwasser.

Die Stille im Zimmer war glasklar, und ihr blieb fast das Herz stehen, als sie plötzlich merkte, dass die angelehnte Tür hinter ihr langsam aufglitt.

»Mein Gott, hast du mich erschreckt«, stöhnte sie, als Arthur hereingeschlichen kam. Zielstrebig sprang er aufs Bett und rollte sich mit einem Schnurren auf der Tagesdecke zusammen.

Linnea stand auf und ging zum Fenster mit den leichten Sommervorhängen. Marie war in der hellen Jahreszeit gestorben, wie sie wusste. Das übrige Mobiliar im Zimmer bestand aus einem runden Tisch mit Säulenfuß und einem Stuhl im selben Stil wie die Esszimmergarnitur. Auf dem Tisch stand eine leere Blumenvase, und Linnea konnte sich genau vorstellen, wie einmal duftende Rosen aus dem Garten darin gestanden hatten. Über allem lag etwas wehmütig Schönes.

Ein großer Kleiderschrank dominierte die eine Wand des Raumes, an der auch ein Gemälde von einer Blumenwiese und einer dahinter verschwindenden Berglandschaft hing. Linnea trat etwas näher heran, und ganz richtig, es stammte von demselben Künstler, der auch das Bild auf der Glasveranda gemalt hatte. Die Signatur war hier deutlicher zu erkennen: E. Waagen. Das Motiv war ansprechend, rief jedoch längst nicht so starke Gefühle wie die andere Malerei hervor.

Sie öffnete die doppelte Kleiderschranktür und rechnete damit, dass ihr der Duft von Mottenkugeln entgegenschlagen würde, doch im Schrank roch es nur ein wenig muffig. Die Schubladen waren leer. Wahrscheinlich wurde hier einmal Unterwäsche aufbewahrt, die Iris und ihr Vater entsorgt hatten, als sie zur Beerdigung da waren. Iris hatte ja gesagt, dass die meisten persönlichen Dinge weggeschafft worden waren, weil das Haus zum Verkauf angeboten werden sollte.

Nur ein paar Kleider hingen noch auf der Stange. Linnea nahm eins heraus, ein wunderschönes Vintage-Kleid mit lilafarbenen Blüten auf weißem Untergrund. Es war ärmellos, hatte eine schmale Taille und einen weiten Rock. Sie konnte nicht anders, als es einmal anzuprobieren.

Fröstelnd zog sie sich bis auf die Unterwäsche aus und schlüpfte vorsichtig hinein. Dann stand sie vor dem Schrank, betrachtete sich im Spiegel auf der Innenseite der Tür und spürte plötzlich nichts mehr von der Kälte im Raum. Das Kleid saß wie angegossen, so konnte sie glatt zu einer eleganten Abendveranstaltung gehen. Wie gut, dass Iris, die eigentlich keinen besonderen Sinn für Mode hatte, ausgerechnet dieses Stück beim Ausmisten aufgehoben hatte.

Plötzlich, wie aus heiterem Himmel, sank Linnea zu Boden und brach in stille Tränen aus. Alles, was sich in ihrem Inneren angestaut hatte, trat nun an die Oberfläche und wollte hinaus. Mit einem Mal war sie wieder zurück im Krankenhaus, an diesem folgenschweren Tag vor zwei Jahren. Iris hatte sie begleitet und war anschließend noch so lange bei ihr in der Wohnung geblieben, bis Linnea ihr versichert hatte, dass sie schon allein zurechtkomme. Der Eingriff hatte ihr nicht weiter zu schaffen gemacht, das Leben ging im Grunde seinen gewohnten Gang. Tausende von Frauen machten schließlich jedes Jahr das Gleiche durch.

Danach war ihr das Thema hin und wieder in den Medien begegnet, doch sie hatte die Gedanken stets diskret in eine dunkle Ecke geschoben, wo sie auch anstandslos geblieben waren. Erst in letzter Zeit waren sie plötzlich von allein wiederaufgetaucht, einfach so, und hatten ihr die Zunge herausgestreckt. Linnea hätte ein völlig anderes Leben führen können, als alleinerziehende Mutter eines Söhnchens oder einer kleinen Tochter. Diese Rolle hatte sie zurückgewiesen. Aber welche hatte sie stattdessen angenommen? Die einer Verliererin in einem surrealistischen Schauspiel, das niemand verstand.

Sie hatte das Gefühl, als rottete sich nun alles, was in ihrem Leben schiefgelaufen war, zu einem geballten Angriff auf sie zusammen. Ein neuer Weinkrampf erfasste sie, aus Augen und Nase lief es nur so, und sie zitterte vor Kälte, Wut und Trauer.

Linnea wusste nicht, wie lange sie so dagesessen hatte, doch irgendwann spürte sie einen sanften Biss ins Ohrläppchen und kurz darauf etwas Spitzes, das ihr durchs Haar fuhr. Eine kalte Schnauze berührte ihre Wange, und als sie die Augen aufschlug, war sie unmittelbar zurück in der Wirklichkeit, wo sie bibbernd auf dem kalten Fußboden kauerte. Sie sah an sich hinunter und konnte kaum fassen, dass dieses schöne Kleid so einen Gefühlssturm in ihr ausgelöst und sie zugleich von einer schweren Bürde befreit hatte. Immer noch zittrig kam sie auf die Beine, streifte sich das Kleid ab und hängte es zurück in den Schrank, dann schlüpfte sie wieder in ihre eigene Kleidung.

Arthur hatte alles genau verfolgt und sah nun mit flehenden Augen zu ihr auf.

»Danke für die Hilfe, mein Kleiner«, sagte sie sanft, hob den Kater hoch und hielt ihn fest im Arm wie ein kleines Kind.

KAPITEL 21

Es war die vorletzte Woche vor Weihnachten, und Linnea befand sich auf dem Weg zu Karsten und den Mädchen, um ihnen beim Backen zu helfen. Er hatte eines Abends angerufen und vorsichtig gefragt, ob sie sich anstatt einer Rechnung für seine Elektrikerarbeit vielleicht auch eine Art Tauschhandel vorstellen könnte. Das Thema Plätzchenbacken war im Kindergarten offenbar allgegenwärtig, und nun wusste er sich nicht anders zu helfen. In seiner Kindheit waren Supermarktkekse in der Vorweihnachtszeit völlig ausreichend gewesen, und so war er auf dem Gebiet vollkommen unerfahren.

Selbstverständlich lautete Linneas Antwort Ja. Immerhin hatte er ihr auch aus der Patsche geholfen, und jetzt hatte sie die Gelegenheit, sich zu revanchieren. Außerdem backte sie gern, auch wenn Plätzchen nicht unbedingt zu ihrem Spezialgebiet gehörten.

Die Luft war klar und kühl, die Sonne kroch gerade zwischen den Bergen hervor und ergoss sich über die Gipfel wie der zerflossene Dotter eines Spiegeleis. Zu dieser Jahreszeit zeigte sie sich nur kurz einmal mitten am Tag, und als ihre Strahlen auf einen Halm am Wegesrand fielen, erleuchteten dessen Achsen wie kleine Schmuckstücke aus Gold. Er reckte sich gen Himmel wie ein kleiner grauer Alltagsmensch, dem ein kurzer Glanzauftritt im Rampenlicht vergönnt war, bevor die Scheinwerfer wieder verlöschten. Als Linnea am Grundstück des Schafsbauern vorbeikam, blinkten ihr vom Haus und Stall bunte Lichterketten entgegen. Hier dachte man offenbar nicht ans Stromsparen. Der Bauer war der einzige ihrer Nachbarn, dem sie noch nicht begegnet war, doch sie war sich ziemlich sicher, dass er am Steuer des Traktors gesessen hatte, der kurz nach ihrer Ankunft vor Maries Haus zu sehen gewesen war.

Sie bog in die Nebenstraße ein, die zu Karstens Haus führte, und zuckte leicht zusammen, als sie im nächsten Moment eine Gestalt erblickte, die gerade um die Hausecke bog. Die Frau kannte sie doch ... Ja, richtig, das war Fräulein Miesepeter, die deutlich beschwingteren Schrittes daherkam als sonst im Laden. Was in aller Welt hatte die hier zu suchen, und warum war sie nicht auf der Arbeit?

Gerüchten zufolge stammte Christelle aus einer der vornehmsten Familien von Bergen, aber da Ediths Tochter, die dort wohnte, nie von ihrem Namen gehört hatte, glaubte nicht einmal die klatschsüchtige Nachbarin, dass an den Geschichten etwas dran war.

Ohne einen Gruß gingen die beiden Frauen unter der Straßenlaterne aneinander vorbei, doch Linnea kam nicht umhin, Christelle einen flüchtigen Blick zuzuwerfen. Ihr Gesichtsausdruck ähnelte Arthurs selbstzufriedener Miene, wenn er auf den Tisch gesprungen war und sich dort über die Dessertreste hergemacht hatte.

Linnea spürte einen Stich in der Magengrube, und plötzlich war sie wieder da: diese Sehnsucht. Nach jemandem, den sie berühren konnte, den sie küssen konnte, jemandem, mit dem sie kleine Spaßrangeleien austragen und neben dem sie einschlafen konnte. Jemandem, der nicht von Kopf bis Fuß mit rotem Fell bedeckt war. Missmutig schob sie die Gedanken beiseite und legte die Hand auf die Türklinke.

Im Flur strömten ihr die Klänge fröhlicher Weihnachtslieder entgegen. Zwischen all den Winteranzügen und knallbunten Stiefeln in Kindergröße sowie diversen Spielsachen entdeckte sie unter einem Stuhl auch Karstens Wanderstiefel von ihrem gemeinsamen Ausflug. Es roch nach frischem Holz und einem

Hauch von Farbe. Noch bevor sie sich bemerkbar machen konnte, ging die Flurtür auf, und die Zwillinge kamen ihr entgegen, sie trugen Weihnachtswichtelschürzen und hatten Kochmützen auf dem Kopf. Für Linnea waren sie nach wie vor nicht zu unterscheiden, und mit dem gleichen erwartungsvollen Blick schauten beide zu ihr empor.

»Hallo, ihr zwei! Sieht so aus, als wäre hier alles bereit für die Weihnachtsbäckerei«, sagte sie mit so viel Elan in der Stimme, wie sie aufbringen konnte. Sie hatte versucht, sich mental auf all das Gequengel, Gezanke und Chaos einzustellen, das in den nächsten Stunden auf sie zukommen würde – wohl wissend, dass sie es hinnehmen musste, ohne selbst aus der Haut zu fahren.

»Ja, Daddy hat in der Küche schon alles fertig. Es steht alles auf dem Tisch.« Wie zwei Flummis hüpften die beiden auf und ab, bis einer die Kochmütze über die Augen rutschte.

Linnea hatte Karsten vorab eine Liste von Zutaten für verschiedene Plätzchensorten geschickt: Butterplätzchen, Pfeffernüsse und Schachbrettkekse. Auch Weihnachtskringel hatte sie in Erwägung gezogen, aber die waren ihr dann doch zu kompliziert gewesen.

»Ah, da bist du ja, herzlich willkommen!« Hinter den Mädchen erschien nun Karsten, in einem rot karierten Hemd mit hochgekrempelten Ärmeln, ausgewaschenen Jeans und mit einem Nudelholz in der Hand. »Wie du siehst, wirst du schon sehnlichst erwartet. Jetzt kann dich eigentlich nur noch der Weihnachtsmann an Beliebtheit übertreffen. Ich weiß nicht, wie oft ich heute schon gefragt wurde: Wann kommt sie denn endlich? Obendrein habe ich natürlich ein paar Zutaten von deiner Liste vergessen. Musste im Laden anrufen und fragen, ob die vorrätig waren, und Christelle war so nett, sie mir schnell vorbeizubringen. Das nenn ich mal Service. In Oslo gäb's so was nicht«, verkündete er fröhlich.

Linnea verkniff sich einen Kommentar, zog Jacke und Schuhe aus und genoss das Gefühl des beheizten Fußbodens unter den Füßen. In Maries Haus waren sämtliche Böden eiskalt, sodass sie dort kaum einen Schritt ohne ihre neuen Wollpantoffeln machte, mit denen sie sich wie eine alte gebrechliche Tante vorkam.

»Sollen wir erst mal eine kleine Hausführung machen, bevor es losgeht?«, fragte Karsten.

»Gern.« Linnea sah sich um. »Scheint so, als wärst du so gut wie fertig mit dem Renovieren. Das muss ein ganz schönes Stück Arbeit gewesen sein.«

»Ja, so langsam nähern wir uns. Aber hier und da sind immer noch Kleinigkeiten zu tun – genug, dass die Einweihungsfeier erst einmal warten muss«, antwortete er munter. »Das meiste habe ich selbst gemacht, deshalb hat es etwas gedauert.«

Sie folgte ihm in das geräumige Wohnzimmer. »Das war ursprünglich das Klassenzimmer, oder die Schulstube, wie es mal hieß. Hier hat man früher wohl versucht, mehr oder weniger hellen Köpfen was beizubringen. Ich hab zu Kitty und Nelly gesagt, eine der Ecken müsste eigentlich unsere Schäm-dich-Ecke werden, in die ich sie dann schicken kann, wenn sie was angestellt haben, aber da haben sie mich nur verständnislos angeguckt. Muss sich einiges verändert haben in der Pädagogik«, sagte er, während die Mädchen um ihn herumtänzelten.

Die vielen Fenster machten den Raum hell, und die Wände hatten, bis auf eine, ihre ursprüngliche Holzverkleidung behalten. Die Möbel waren modern und bildeten einen interessanten Kontrast zu dem altehrwürdigen Raum. An einer Wand hing ein großes Schwarz-Weiß-Bild.

»So sah die Schule früher mal aus, bevor die Schülerzahl immer mehr schrumpfte«, erklärte er.

Linnea trat näher an das Bild heran und betrachtete es. Die

Schüler standen aufgereiht vor dem Gebäude, die großen hinten und die kleineren davor. Rechts die Mädchen, links die Jungen, und in der Mitte thronte ein stattlicher Lehrer mit kugelrundem Kopf und einer Brille auf der Nase. Manche schauten eher ernst drein, andere schelmisch. An einem der Jungengesichter blieb ihr Blick hängen, und sie schaute zu Karsten. »Ein Verwandter von dir?«, fragte sie.

Karsten nickte. »Der Vater meines Vaters. Er hieß auch Karsten, und ich soll ihm wie aus dem Gesicht geschnitten sein, wurde mir immer gesagt.«

Dann wandte Linnea sich den Mädchen auf dem Bild zu und zuckte leise zusammen, als sie einem Augenpaar begegnete, das unmittelbar auf sie gerichtet zu sein schien. Ihr war, als habe sie diesen Blick schon einmal irgendwo gesehen. Das Mädchen war vielleicht zwölf Jahre alt. Sie trug das Haar in zwei langen Flechtzöpfen und war von schlaksiger Gestalt. In der Sekunde, als Linnea kurz zwinkerte, schien sich ein vorsichtiges Lächeln um den Mund des Mädchens ausgebreitet zu haben, so als wollte sie etwas sagen.

»Das ist übrigens Marie«, sagte Karsten und deutete auf das Gesicht des Mädchens.

Linnea riss sich von dem Bild los und suchte nach Familienfotos an den Wänden, doch die waren angenehm frei davon. Vielleicht war er noch nicht dazu gekommen, welche aufzuhängen.

»Sollen wir nicht endlich mal anfangen?« Sie spürte ein Zupfen am Ärmel.

»Den Rest machen wir später. Ich glaube, die beiden Bäckerlehrlinge werden langsam ungeduldig«, sagte Karsten mit gespielter Resignation in der Stimme.

Die moderne Küche war stilecht eingerichtet, mit Einbaugeräten und glatten Oberflächen. Aus Maries Haus hierherzukommen war, als würde man von einer Fünfzigerjahrebroschüre mitten in ein Hochglanzmagazin versetzt.

Drei Stunden später waren die Zwillinge von Kopf bis Fuß mit Mehl bestäubt und ihre Gesichter mit Butter- und Kakaoflecken übersät. Auf dem großen, soliden Küchentisch stand das Ergebnis der gemeinsamen Arbeit, und ein herrlicher Duft hatte sich im ganzen Haus ausgebreitet.

»Dürfen wir mal probieren?«, fragten sie, eine lauter als die andere.

Ihr Vater hatte ihnen zwar eingebläut, zwischendurch nicht zu naschen, aber Linnea war trotzdem ziemlich beeindruckt, dass sie den Plätzchenteller bisher nicht angerührt hatten.

»Erst, wenn ihr im Bad wart und euch Hände und Gesicht gewaschen habt«, sagte er streng.

Brav folgten sie seiner Anweisung, und Linnea stellte schon einmal Milchgläser, Kaffeetassen und Teller für die bevorstehende Verköstigung bereit. Wenig später saßen alle gemeinsam am Tisch, und eine fast feierliche Stimmung senkte sich über sie, bis eifrige frisch gewaschene Hände nach den Plätzchen griffen. Sowie sich der süße Geschmack in den Mündern ausbreitete, war es dahin mit der Stille, stattdessen hörte man genüssliches Kauen und Laute der Verzückung.

Karsten biss von einem Butterplätzchen ab und nickte anerkennend. »Doch, ich muss schon sagen, die können es glatt mit Omas Supermarktkeksen aufnehmen. Oder was meint ihr, Mädels?«

»Die sind viel, viel besser!«

»Vieltausendmal besser!«

Dann begannen sie, Englisch miteinander zu sprechen, und die Erwachsenen schienen plötzlich Luft für sie zu sein.

»Und was sagt die Bäckermeisterin selbst zu dem Ergebnis? Ist sie zufrieden oder gibt es was auszusetzen?«

»Sowohl als auch, würde ich sagen. Die Butterplätzchen sind richtig gut geworden, an den Schachbrettkeksen gibt es auch nicht viel zu meckern, aber die Pfeffernüsse waren etwas zu lange im Ofen, deshalb sind sie nur so mittel geworden«, befand Linnea.

»Also, ich finde, die haben alle drei einen Platz auf dem Siegertreppchen verdient«, sagte Karsten und nahm sich noch eine Pfeffernuss. »Bist du übrigens ambidexter?«

Linnea sah ihn fragend an. »Keine Ahnung. Oder besser gesagt: Das Wort kenne ich nicht.«

»Mir ist aufgefallen, dass du mit der rechten und der linken Hand ungefähr gleich geschickt bist, das ist ziemlich außergewöhnlich. Gerade mal ein Prozent der Bevölkerung ist ambidexter.«

Linnea musste lachen. »Ich dachte erst, das wäre wieder eins von Ediths Wörtern. Aber ich glaube eigentlich nicht, dass das auf mich zutrifft. Ich bin wohl einfach nur von meiner Großmutter geprägt, die ihren Mann früh verloren und viel Wert auf Selbstständigkeit gelegt hat. Sie hat ganz bewusst auch ihre linke Hand trainiert, für den Fall, dass sie sich die rechte mal bricht. Den Teufel an die Wand malen, würden manche das wohl nennen. Jedenfalls habe ich irgendwann angefangen, ihr das nachzumachen«, erklärte sie. Die Mutter ihrer Mutter war wirklich ein spezieller Mensch gewesen, denn so traditionsbewusst und religiös sie einerseits war, wirkte sie in manchen Belangen fast moderner und selbstständiger als die Frauen zwei Generationen nach ihr.

Nachdem die Kinder widerstrebend ins Bett gegangen waren – und zehn Minuten später tief und fest schliefen –, kehrte Ruhe im Haus ein.

»Dann kann ich dir ja jetzt den Rest der Bude zeigen. Das Bad ist wohl das Einzige, was du hier unten noch nicht gesehen hast.« Damit öffnete er die Tür zu einem Raum, der sie augenblicklich neidisch werden ließ. Hier gab es sowohl eine Dusche als auch eine Badewanne, portugiesische Fliesen auf dem Boden und eine Ausstattung höchster Qualität. Das war mal etwas anderes als der Kühlraum, in dem sie sich morgens fertig machte – und der, wie sie wusste, mal das vornehmste Bad im ganzen Ort gewesen war. Edith hatte sie nämlich darüber informiert, dass Maries Haus das erste auf der ganzen Insel mit einem richtigen Bad gewesen war, und noch dazu mit einer *separaten Toilette.*

»Ursprünglich gab es hier gar kein Badezimmer, ich musste also alles von Grund auf selbst hochziehen. Das ging ganz schön ins Geld, aber es hat sich gelohnt«, erklärte er.

Die Zimmer im ersten Stock waren in sanften Grün-, Blau- und Gelbtönen gestrichen. Neben einem Fernsehzimmer gab es insgesamt drei Schlafzimmer und einen langen Flur, an dessen Wänden einige halb zusammengebaute Regale lagen. Ein paar Plastikboxen mit Büchern standen aufeinandergestapelt herum, und im Vorbeigehen sah Linnea darin mehrere Jahrgänge des *Guinness Buch der Rekorde.*

»Also, ich bin wirklich beeindruckt, was du hier auf die Beine gestellt hast. Dir fehlt es ja an nichts«, sagte sie, als sie wieder unten im Flur standen.

Er räusperte sich. »Na ja, das eine oder andere fehlt mir schon noch, aber das kommt sicher mit der Zeit.« Die Art und Weise, wie er das sagte, machte Linnea verlegen, und sie ging nicht weiter darauf ein. Als sie Anstalten zum Aufbruch machte, legte Karsten ihr eine Hand auf den Arm.

»Wie wäre es mit einem Glas Wein? Es ist schließlich Samstagabend, und ich bin mir ziemlich sicher, dass ich noch Tiefkühlpizza und Chips dahabe, falls du möchtest.« Er deutete mit dem Kopf in Richtung Wohnzimmer.

Bevor Linnea etwas antworten konnte, war er auch schon in der Küche verschwunden, und sie brachte es nicht über sich, seine Einladung abzulehnen. Vielleicht wollte sie es auch gar nicht, wenn sie ganz ehrlich war. Ein paar Minuten später kam er mit einer Flasche Rotwein und zwei Gläsern auf einem Tablett sowie einer Tüte Chips unterm Arm zurück.

Sie musste lachen. »Wer kann da schon Nein sagen!«

»Na, dann kannst du dich ja freuen, die Pizza ist schon im Ofen«, sagte er vergnügt.

Er setzte sich aufs Sofa und klopfte mit der Hand auf den Platz neben sich. Sie ließ sich in die weichen Polster sinken und sah zu, wie die Gläser mit der dunkelroten Flüssigkeit gefüllt wurden. Sie hatte schon lange nicht mehr Wein mit irgendwem getrunken und kam nicht umhin, einen Vergleich zu Arnt und dessen versnobten Vorlieben zu ziehen. Auf ihren gemeinsamen Auslandsreisen hatte er immer die schicksten Restaurants ausgesucht und nur die exklusivsten Gerichte bestellt – auf Kosten der Firma.

In Kopenhagen hatte er einmal darauf bestanden, eine Flasche Côtes du Rhône aus einem angeblich exzeptionell guten Jahrgang zu ordern. Der Sommelier hatte sich demütigst verneigt und war mit einer Flasche zurückgekommen, die Arnt anerkennend abgenickt hatte. Als er den Wein dann aber probierte, verzog er sein hübsches Gesicht und ließ den guten Tropfen mit der Begründung, er habe Kork, wieder fortbringen. Ihr selbst war das Ganze so peinlich gewesen, dass sie nicht ein einziges Mal von der Speisekarte aufgeschaut hatte. Schon seltsam, wie sehr sich ihr Bild von Arnt inzwischen gewandelt hatte. Ein bisschen wie die Lieblingspuppe aus der Kindheit, die nur blass und billig aussah, wenn man sie Jahre später auf dem Dachboden wiederfand.

»Jetzt musst du aber mal erzählen, wie du dich ausgerechnet

nach Hjartøy verirrt hast«, unterbrach Karsten ihre Gedankenkette. Er hatte die Pizza aus dem Ofen geholt und teilte sie nun in gleich große Stücke.

»Ich fürchte, dazu ist es aus einer reinen Weinlaune gekommen«, sagte sie und packte ihre ganze trostlose, pathetische Liebesgeschichte aus wie ein zu früh überreichtes Weihnachtsgeschenk, das keinen Platz unter dem Christbaum verdiente.

»Na, da bin ich aber froh, dass an den Gerüchten, die über dich kursieren, nichts dran ist«, sagte er und schenkte ihnen Wein nach.

Entsetzt sah sie ihn an. »Was meinst du, welche Gerüchte?«, fragte sie und stellte das Glas zurück auf den Tisch, bevor sie davon trinken konnte.

Er nahm einen großen Schluck Wein und schien erst einmal gründlich nachdenken zu müssen. »Manche behaupten, du wärst eine illegale Einwanderin – wegen deiner schwarzen Haare –, und deine acht Kinder und der gewalttätige Ehemann würden bald nachkommen. Deshalb bräuchtest du auch so ein großes Haus. Andere halten es für wahrscheinlicher, dass du wegen Mordes im Gefängnis warst und mit falscher Identität in eine andere Ecke des Landes ziehen musstest, damit die Familie des Opfers dich nicht findet und sich rächt. Und dann gibt es noch welche, die glauben, du wärst aus der Psychiatrie ausgebrochen, weil wohl abends vor dem Marie-Haus schon mal laute Rufe zu hören sind, irgendein Männername angeblich.«

Einen Moment saß sie da und schaute ihn ungläubig an, doch dann konnte sie nicht mehr an sich halten.

»Das ist Arthur«, brachte sie unter glucksendem Lachen hervor.

Karsten runzelte die Stirn. »Arthur?«

»Mein bester Freund. Er hat scharfe Krallen, spitze Zähne und einen etwas begrenzten Wortschatz.«

Nun stimmte Karsten ebenfalls mit ein, und kurz darauf lagen sie wie Teenager auf dem Sofa und kugelten sich vor Lachen. Linnea war sich nicht sicher, wie viel von dem, was Karsten erzählt hatte, eigentlich stimmte, doch das spielte plötzlich keine Rolle mehr.

Als sie nach Hause ging, graute bereits der Morgen, doch der Mond hatte noch eindeutig die Vorherrschaft am Himmel. Wie ein runder, leuchtender Ball lag er da, auf einer Decke aus Wolken, und tat so, als sähe er nicht, was da unten auf der Erde vor sich ging.

KAPITEL 22

Linnea erwachte davon, dass ihr Wecker auf vier Beinen seine kalte Nase an ihren Hals drückte. Das kitzelte. Dann erinnerte sie sich daran, welcher Tag heute war. Heiligabend. »Mein erstes Weihnachten allein.« Sie sprach die Worte laut aus, und sogleich fuhr ihr ein buschiger Schwanz durchs Gesicht. »Entschuldige, Arthur, das war unüberlegt dahergesagt.« Sie strich dem Kater mit der Hand über das weiche Fell und erhielt zum Zeichen, dass ihr vergeben war, ein leises Schnurren. Früher hatte sie doch selbst immer nur den Kopf über Pärchen geschüttelt, die behaupteten, sie würden Weihnachten oder Ostern oder irgendein anderes Fest *allein* feiern. War man mehr als eine Person, war man definitiv nicht allein.

Sie schaltete die Nachttischlampe ein und hing noch eine Weile ihren Gedanken nach, zählte innerlich alle ihre Lieben auf, wie im Abendgebet ihrer Kindheit, wenn sie bei ihrer Großmutter in Frogner übernachtete. Mit ihren Eltern hatte sie am Vorabend telefoniert. Sie feierten mit Tante Laila und Onkel Tord zu Hause in St. Hanshaugen. Linnea kannte niemanden, der sich derart für Weihnachten begeistern konnte wie das kinderlose Ehepaar. Am ersten Advent war ihre ganze Wohnung bereits vollständig dekoriert, und zwar auf höchstem Niveau: mit Weihnachtswichteln in den verschiedensten Größen und Formen und Weihnachtskrippen aus aller Herren Länder. Ihr Enthusiasmus hatte unter anderem zu Konflikten mit den Nachbarn geführt, denn die beiden beschränkten sich nicht auf ihre eigenen vier Wände, sondern betrachteten es auch als ihre Pflicht, das gesamte Treppenhaus zu schmücken. Dass jemand daran Anstoß nehmen könnte, war für sie völlig unverständlich.

Mit ihrem mittleren Bruder Stig hatte Linnea E-Mail-Kontakt gehabt. Er war gerade mit ein paar Kumpels auf Weltreise, um seinen abgeschlossenen Master in Sozialanthropologie zu feiern, und würde Weihnachten in Kerala an der südwestindischen Küste verbringen. Auch mit Amund, ihrem jüngsten Bruder, der frisch verliebt war und über die Feiertage mit seiner neuen Freundin zu Hause in Oslo bleiben würde, hatte sie gesprochen. Amund war der am praktischsten Veranlagte unter den Geschwistern und hatte dem Hörsaal eine Schreinerlehre vorgezogen. Im Moment war er dabei, sich auf alte Blockbautechniken zu spezialisieren, und plante eine eigene Hütte, die er irgendwo im Gebirge bauen wollte.

Ein ausführliches Telefonat mit Iris hatte sie auf den neusten Stand der Dinge im Leben der Kernfamilie gebracht. Der Geruch von frisch geputzten Böden und Weihnachtspunsch war beinahe durch das Telefon zu ihr herübergeweht, und im Hintergrund hatte sie die freudig erregten Stimmen der Kinder gehört. Wo die Grenze zwischen Neid und Dankbarkeit verlief, war für Linnea manchmal nicht genau zu sagen. So ein spießiges Leben war nichts für sie, aber gleichzeitig sehnte sie sich zuweilen nach etwas mehr Vorhersehbarkeit und Sicherheit. Und dann war da dieses Gefühl von Einsamkeit, das sich ihr zwischendurch aufdrängte und sie rastlos machte. Sie musste an den ersten Punkt auf ihrer Liste denken: versuchen, hier Anschluss zu finden. In der Hinsicht gab es noch einiges zu tun.

Doch dann rief sie sich in Erinnerung, dass sie ja gar nicht den ganzen Tag allein verbringen würde. Karl und Edith hatten sie zum Weihnachtsessen eingeladen, und sie hatte sogar zugesagt, die Nachbarn und deren Sohn Helge zum Weihnachtsgottesdienst zu begleiten. Wann sie das letzte Mal den Fuß in eine Kirche gesetzt hatte, wusste sie schon fast nicht mehr.

Der Gottesdienst fing erst um vierzehn Uhr an, somit konnte

sie sich den ganzen Vormittag Zeit für einen ausgedehnten Brunch nehmen. Dafür war sie extra noch einmal in der Stadt gewesen und hatte sich an verschiedenen Marktständen ein paar leckere Delikatessen besorgt: geräucherten Schinken, diverse Käsesorten, Chutneys und Konfitüren. Danach wollte sie sich in aller Ruhe fertig machen, schließlich war heute nicht irgendein Tag.

Als sie in das moosgrüne Wollkleid geschlüpft war, das sie auch in den vergangenen beiden Jahren zu Weihnachten getragen hatte, und auf die Nachbarn wartete, die sie zur Kirche abholten, begann es draußen zu schneien. Die zarten Flocken rieselten sanft zur Erde, als ginge der liebe Gott mit einem Korb voll Schnee umher, der sich nach und nach entleerte. Sie zog sich gerade den Mantel über, da sah sie Helge die Einfahrt herauffahren, die beiden Alten auf dem Rücksitz. Er hupte, und sie musste unwillkürlich schmunzeln, denn das laute Geräusch wollte so gar nicht zu dem ruhigen Mann passen, dem sie ein paarmal kurz bei Edith und Karl begegnet war. Sie stieg in die schwarzen Lederstiefeletten, ließ Arthur hinaus und ging mit einem Lächeln auf den Lippen zum Auto.

Während der kurzen Fahrt zur Kirche herrschte Schweigen. Nicht einmal Edith sagte etwas, bis sie angekommen waren. Linnea hatte eine Kerze und einen Kranz besorgt, die sie vor dem Gottesdienst noch schnell an Maries Grab vorbeibringen wollte. An diesem Tag war es zur Abwechslung mal vollkommen windstill, und die vielen kleinen Lichter, die wie winzige Leuchttürme aus der weißen Landschaft hervorragten, sorgten für eine fast märchenhafte Stimmung. Plötzlich kam ein Hase vorbeigesprungen und ließ sie zusammenfahren. Einen Moment hielt er inne und sah sie an, dann hoppelte er ruhig weiter.

Als sie zurück zum Kircheneingang kam, sah sie, dass sich noch eine weitere Familie zu den Slettens gesellt hatte, nämlich Karsten und »sein ganzer Trupp«, wie er es ausgedrückt hatte:

die beiden Töchter, seine Eltern und seine Schwester Sonja in Begleitung ihres Mannes, wie es schien, sowie eines Sohnes und einer Tochter im Alter von etwa zehn bis zwölf Jahren. Karstens Eltern waren ihr ein paarmal im Laden begegnet, und auch seine Schwester, die ein Stück weiter weg wohnte, hatte sie flüchtig kennengelernt. In einem Ort dieser Größe lief man den meisten Bewohnern früher oder später automatisch im Laden oder auf der Fähre über den Weg. Linnea begrüßte die Runde und wünschte allen frohe Weihnachten, bevor es gemeinsam in die Kirche ging.

Auf dem Weg hinein hob Karsten den Zeigefinger und fuhr ihr damit rasch über die Lippe. »Da war ein kleiner Rotweinbart«, flüsterte er ihr ins Ohr. Verschreckt führte sie die Hand zum Mund. Das war die Strafe dafür, dass sie sich ein Gläschen Wein zum Brunch gegönnt hatte, am helllichten Tag. Und dann hatte sie noch nicht einmal so viel Verstand, einen Blick in den Spiegel zu werfen, bevor sie das Haus verließ!

Karsten grinste. »Komm doch zwischen den Jahren mal auf einen Kaffee vorbei. Ich hab mich richtig ins Zeug gelegt und erst mal alles blitzeblank geputzt, bevor wir den Weihnachtskram rausgeholt haben, und wem wir den schönen Plätzchenvorrat zu verdanken haben, weißt du ja selbst. Das können wir gar nicht alles allein verdrücken«, sagte er.

Er trug einen weiß-braun gemusterten Strickpulli und einen locker um den Hals gewickelten Schal. Sein kurzer Vollbart war perfekt zurechtgestutzt und das Haar frisch geschnitten. Mit einem Mal war ihr, als wäre ihr Herz von einem Puppenspieler entführt worden, der es an unsichtbaren Fäden die merkwürdigsten Hüpfer vollbringen ließ.

»Klingt gut, ich komme gern«, hörte sie sich sagen, während sie ihm und den Mädchen zulächelte.

Die Zwillinge trugen beide das gleiche rote Kleid aus Samt

und dazu eine lange Bommelmütze. Was der liebe Gott wohl von so einer heidnischen Kopfbedeckung in seinem Haus hielt? Im besten Fall war er ebenso gut gelaunt wie sie selbst in diesem Moment und sah einfach darüber hinweg.

Der helle Kirchenraum war in Pastelltönen gehalten und nur sparsam ausstaffiert. Zu den dominantesten Elementen gehörten der große schmiedeeiserne Kronleuchter unter der Decke und das Altarbild, das Jesus im Gespräch mit der Samariterin zeigte, wie Linnea sich angelesen hatte. Worum es dabei gegangen war, wusste sie ehrlicherweise nicht zu sagen. Es war angenehm warm in der Kirche, und der Weihnachtsbaum war hübsch geschmückt. Die alten Holzbänke knarrten, sobald sich jemand darauf niederließ, und Linnea setzte sich auf den freien Platz neben Helge.

Auf der anderen Seite des Mittelgangs entdeckte sie Christelle. Sie saß am äußersten Rand der Bank, den Blick starr nach vorn gerichtet, und war so aufgetakelt, dass sie jedem noch so reich verzierten Weihnachtsbaum Konkurrenz machen konnte. Eins der vielen Gerüchte über sie besagte, sie sei einmal mit einem Mann von Hjartøy verlobt gewesen, der sie angeblich sitzengelassen hatte und seither von niemandem mehr gesehen worden war. Christelle aber war geblieben, hatte einen Job nach dem anderen ausprobiert und, was Männer betraf, stets dieselbe Taktik verfolgt. Ein Fehltritt war schlimmer als der andere gewesen, doch sie hatte sich immer wieder aufgerappelt und war unbeirrt weitergegangen. Das konnte Linnea tatsächlich nur bewundern. Und gleichzeitig fragte sie sich, mit wem Christelle dieses Jahr wohl Weihnachten verbrachte.

Die Pastorin erschien und riss Linnea aus ihren Gedanken. Sie schien ein mildes Wesen zu haben, mit ihrem langen, fast weißen Haar glich sie einer älteren Elfe. Nachdem sie einen Moment schweigend über die Gemeinde geblickt hatte, begann sie, aus der Weihnachtsgeschichte vorzulesen, und in der anschließenden Predigt ging es um das Thema Frieden, den inneren Frieden, den man mit und in sich finden konnte. Zu diesem Zweck beschrieb sie drei Bilder, die in einem Fotowettbewerb zu den besten gekürt worden waren. Ein Foto von einem schönen See, auf dem Schwäne dahinglitten und in dessen Oberfläche sich ein paar Zweige spiegelten, war auf dem dritten Platz gelandet. Der zweite Gewinner war ein klassisches Weihnachtsmotiv: ein kleines, rotes Haus mit hell erleuchteten Fenstern und rauchendem Schornstein inmitten einer schneebedeckten Waldlandschaft. Und schließlich war da das Siegerfoto, über das sich alle nur wunderten, weil es nicht durch unmittelbare Schönheit bestach. Es zeigte eine schroffe Felswand und einen Wasserfall, der daran in die Tiefe stürzte. Aus dem rauschenden Wasser ragte ein Busch hervor, in dem ein kleiner Vogel auf einem Zweig kauerte und vollkommen unberührt von dem Getöse um sich herum den Kopf unter dem Flügel verbarg. Das Foto trug den Titel »Frieden« und diente der Pastorin als Illustration dafür, dass man überall Frieden finden konnte, selbst inmitten des größten Lärms, man hatte es selbst in der Hand.

Linnea fragte sich, ob sie gerade dabei war, hier auf der Insel Frieden zu finden. Für eine Antwort war es noch etwas zu früh. Außerdem wusste sie nicht so genau, ob es in ihrem Alter überhaupt erstrebenswert war, nach innerem Frieden zu trachten, das hatte vielleicht noch Zeit.

Ein Kinderchor aus kleinen Sängerinnen und Sängern von Hjartøy und ein paar Nachbarinseln rundete das Ganze wunderschön mit Trygve Hoffs »Weihnachtslied aus Nordnorwegen« ab. Ihre glockenklaren Stimmen sangen: *Wir lebten so arm wie die Bettler, doch der Glaube in uns, der war stark. Und eins wissen wir ohne Zweifel: Wir sind zäh und robust, so wie du. Inmitten der heftigsten Stürme plagen wir uns mit Arbeit und Müh'.*

Mit den Kirchenliedern, die Linnea sonst zu singen pflegte, hatten diese Worte nichts gemein, doch irgendwie passten sie zu der Landschaft und zum Menschenschlag auf Hjartøy.

Nach einer knappen Stunde war der Gottesdienst zu Ende, und durch die frostige Landschaft ging es zurück nach Hause. Selbst jetzt im Dämmerlicht schien die Welt mit einem Mal etwas heller zu sein, dachte Linnea verwundert.

»Also dann bis nachher, so um sechs«, sagte Edith, als Helge vor dem Haus hielt.

»Ja, bis nachher. Und noch mal danke für die Einladung, das ist wirklich nett von euch«, sagte Linnea und stieg aus dem Wagen.

»Wo kämen wir denn da hin? Dich am Weihnachtsabend mutterseelenallein in dem alten Schuppen hocken zu lassen, das würden wir uns nie verzeihen.« Allein der Gedanke daran schien Edith zu empören.

Im Ofen war immer noch etwas Glut, und Linnea legte schnell ein paar Holzscheite nach. Es knisterte, als die trockene Birkenrinde Feuer fing, und bald züngelten muntere Flammen an der Ofentür empor. Sie hatte beschlossen, zu Weihnachten auch das Wohnzimmer zu schmücken und in Gebrauch zu nehmen. Sogar einen Weihnachtsbaum hatte sie besorgt, von Karl wusste sie, wo Marie ihn immer aufgestellt hatte. Unterm Dach hatte sie einen Schuhkarton mit herrlichem altem Christbaumschmuck gefunden, der nun das Bäumchen zierte. Darunter waren Engel, Girlanden und so filigrane Kugeln, dass Linnea sie fast nicht anzurühren gewagt hatte, aus Angst, sie könnten zerbrechen. Auch eine Weihnachtskrippe hatte sie noch aufgespürt, und eine Räucherschale, die sie mit Weihrauch befüllt hatte. Nur etwas Wesentliches fehlte hier: Gäste. Linnea war froh, dass sie das nächste Weihnachtsfest wieder zusammen mit ihrer Familie in Oslo verbringen würde.

Es war schön, ein paar Stunden für sich zu haben, bevor sie zu den Nachbarn hinüberging. Sie suchte einen Radiokanal heraus, der durchgehend Weihnachtsmusik sendete, und schenkte sich ein Gläschen Wein aus der bereits geöffneten Flasche ein. Eine festlich gedeckte Tafel mit geladenen Gästen mangelte ihr vielleicht, aber das Leben hätte trotz allem schlimmer sein können.

Als sie sich später Karls und Ediths Haustür näherte, hatte sie den Eindruck, vor dem Holzschuppen einen schwarzen Schatten wahrzunehmen. Im Schuppen brannte ein schummriges Licht, und so beschloss sie, der Sache auf den Grund zu gehen. Wenig später entdeckte sie die Spuren kleiner Tatzen im Schnee, und als sie die Schuppentür aufschob, saß ein ihr wohlbekanntes Geschöpf vor einer Schale Milch und einem leeren Fressnapf und schleckte sich schuldbewusst das Maul.

»Na, so was, hier hockst du also wie der Wichtel vor dem Weihnachtsbrei. Das ist dann wohl die Erklärung dafür, dass du immer dicker wirst.«

Arthur antwortete nicht.

»Ja, ja, jetzt bist du jedenfalls entlarvt.«

Verschämt sprang die Katze in den Garten und verschwand unter einer Hecke, während Linnea zum Haus ging.

Als sie den Flur betrat, schlug ihr der Duft von Schweinebraten und Sauerkraut entgegen, und ehe sie es sich versah, war Arthur ebenfalls durch den Türspalt gehuscht.

»Jetzt reicht's aber, komm her! Was sollen denn die Nachbarn von uns denken?« Linnea wollte den Kater wieder einfangen, doch plötzlich stand Edith mit einer weihnachtlichen Mistelzweigschürze um den rundlichen Bauch in der Tür und hielt sie zurück.

»Nein, nein, lass ihn ruhig reinkommen. Heute ist schließlich Weihnachten, da können wir mal fünfe gerade sein lassen und auch für die Kleinsten unter uns Platz in der Herberge machen. Karl und ich wollen uns nicht nachsagen lassen, wie wären nicht gastfreundlich«, sagte sie selbstzufrieden.

Edith hatte im Wohnzimmer gedeckt und wies die Männer nun an, das Essen hinüberzutragen. In jedem Winkel des Hauses herrschte eine kaum zu übertreffende Weihnachtsstimmung. Irgendjemand, vermutlich Edith, hatte sich außergewöhnlich viel Mühe mit der Dekoration gegeben, und Tischdecke, Geschirr und Gläser waren allesamt mit Wichtelmotiven verziert. Die Nachbarin würde sich wahrscheinlich gut mit Tante Laila in St. Hanshaugen verstehen.

»Bitte sehr, setzt euch. Schön, dass du uns Gesellschaft leistest, Linnea. Marie war dazu nie zu bewegen.« Linnea bemerkte einen säuerlichen Unterton in Ediths Stimme.

»Mit wem hat Marie denn normalerweise Weihnachten verbracht?«, fragte sie neugierig.

Edith schnaubte. »Mit sich selbst. Wir haben sie jedes Jahr aufs Neue eingeladen, auch wenn wir wussten, dass sie sowieso nicht kommen würde. Aber an uns sollte es nicht liegen.«

Linnea runzelte die Stirn. »Wie traurig, an so einem Abend allein zu sein, wenn es doch auch anders ginge. Und euch kannte sie ja eigentlich ganz gut«, hakte sie vorsichtig nach. Das Verhältnis zwischen den beiden Frauen interessierte sie. Als sie Iris einmal am Telefon davon erzählt hatte, war deren Verdacht gewesen, dass Edith wahrscheinlich krankhaft eifersüchtig gewesen sei. Etwas Ähnliches habe zur Scheidung ihrer Schwiegereltern geführt, meinte sie. Ihre Schwiegermutter habe irgendwann die unbegründeten Verdächtigungen ihres Mannes und das Gefühl, ständig überwacht zu werden, nicht mehr ertragen.

»Vermutlich hatte sie ihre Gründe«, schaltete Karl sich nun ein. »Und am ersten Weihnachtstag ist sie doch immer zum Essen gekommen. Niemand macht so einen leckeren Heilbutt wie du, hat sie immer gesagt, weißt du das nicht mehr, Edith?«

»Ach, das ist doch nicht dasselbe«, entgegnete Edith, »und einen Heilbutt hinzubekommen ist ja nun keine Zauberei. Aber jetzt musst du zulangen, sonst wird das Essen kalt«, sagt sie an Linnea gewandt. »Und bitte keine Bescheidenheit, ich glaube, es ist mehr als genug da.«

»Vielen Dank, das riecht wirklich herrlich. Richtig nach Weihnachten.« Linnea nahm sich vom Schweinebraten, vom Sauerkraut und von den Kartoffeln, goss Soße darüber und gab zum Schluss noch einen Klecks Preiselbeermarmelade auf ihren Tellerrand, sodass der dort abgebildete Wichtel eine besonders große Zipfelmütze bekam. Helge schenkte allen am Tisch Weihnachtsbier ein, und Edith verkündete schon einmal vorsorglich, dass es zum Nachtisch Moltebeeren mit Sahne geben würde.

»Die hat Karl selbst gepflückt. Ich habe zwar gesagt, er soll nicht auf die Berge kraxeln und am Ende noch stürzen oder sich überanstrengen, aber er hört ja nicht auf mich«, sagte Edith mit gespielter Strenge.

»Aber dann hätte es ja auch kein ordentliches Weihnachtsdessert gegeben. Du sagst doch immer, die gekauften Beeren taugen nichts, die würden nicht schmecken«, schmunzelte Karl.

»Ja, da sind ja auch lauter solche Konversierungsstoffe drin«, echauffierte Edith sich.

Linnea führte die Serviette zum Mund und verbarg ein Lächeln. Sie schaute zu Helge hinüber, doch der ließ sich nichts anmerken. Wahrscheinlich war er das liebevolle Gerangel der beiden und die falschen Fremdwörter seiner Mutter gewohnt. Helge war ein gutmütiger, ruhiger Kerl, sie hatte ihm entlocken können, dass er Steuermann auf einem der Schnellboote war, die an der Küste hin- und herpendelten, und ein Haus in der

Stadt besaß. Und dass er Single war. Er sprach stets in kleinen Intervallen, wie ein hustender Motor, der erst nach mehreren Anläufen ansprang. Sein Alter war ihm nicht so recht anzusehen, aber sie schätzte ihn auf um die fünfzig. Das meiste an ihm war durchschnittlich: Er war von mittlerer Größe, nicht dick und nicht dünn, sondern irgendwas dazwischen und befand sich etwa in der Mitte seines Lebens. Das Einzige, was übers reine Mittelmaß hinausging, war sein voller, dunkelblonder Haarschopf ohne die geringsten Anzeichen von Haarausfall, weder an den Schläfen noch am Hinterkopf. Im Grunde musste sie Edith fast recht geben, wenn sie ihren Sohn als gute Partie bezeichnete.

Während des Essens wurde über dies und das gesprochen, und nachdem auch die himmlischen Moltebeeren mit Sahne verzehrt waren, platzte Linnea fast, so satt war sie.

Auf Ediths Anweisung hin bewegten sie sich anschließend in den Salon, wo ein Dreisitzer und zwei große Lehnsessel in Beige neben dem prächtig geschmückten Weihnachtsbaum standen. Helge servierte einen Absacker: Cognac für die Herren und Likör für die Damen. Dann war es Zeit für die Bescherung. Linnea kaufte kaum noch Weihnachtsgeschenke, nur ihre Eltern und Iris bekamen jedes Jahr etwas. Ihre eigenen Geschenke wollte sie erst auspacken, wenn sie wieder in Maries Haus war, hatte sie beschlossen. Aber sie hatte ein paar Kleinigkeiten für Karl und Edith dabei und eine Flasche Whisky für Helge.

Edith öffnete zuerst das Geschenk ihrer Tochter Inger. »Ein feiner Duft«, sagte sie erfreut. »Den hat sie bestimmt aus so 'nem Beautyfree, sie ist ja ständig auf Reisen.« Auch Karl freute sich über seine neue Krawatte und ein Taschenmesser, das, der Verpackung nach zu urteilen, recht kostbar zu sein schien.

Von den Enkeln waren Oma Edith und Opa Karl mit Schokoherzen und neuen Handtüchern bedacht worden. Helge schenkte seinem Vater ein Hemd und seiner Mutter eine Bluse und bekam im Gegenzug einen neuen Rasierer. Linnea hatte für Edith einen Seidenschal ausgesucht, der ihr in einem Webshop ins Auge gefallen war, und für Karl hatte sie ein Paar Lederhandschuhe. Sie selbst bekam von den Nachbarn eine wunderschöne handgearbeitete Tischdecke mit Hardangerstickerei.

»Aber ihr Lieben, das ist doch Wahnsinn.« Es war unschwer zu sehen, wie viel Arbeit in der Decke steckte, die so groß war, dass sie auf den Esstisch in Maries Haus passte.

»Die hat meine Schwester Anna genäht. So was macht sie auf Bestellung«, erklärte Edith und war sichtlich stolz.

»Wir freuen uns einfach riesig, dass wir wieder Nachbarn bekommen haben. Es ist so nett, die leuchtenden Fenster da drüben zu sehen«, ergänzte Karl. »Hoffentlich bleibst du uns richtig lange erhalten.«

Linnea brachte es nicht übers Herz, ihnen zu sagen, dass das Marie-Haus ab dem Frühjahr wieder leer stehen und dann eventuell einen neuen Besitzer bekommen würde, also wechselte sie schnell das Thema.

»Wie habt ihr euch eigentlich kennengelernt?«

»Wir beide? Ach, das ist schon so lange her, da kann ich mich kaum dran erinnern.« Karl räusperte sich und wirkte etwas verloren. Er war es offensichtlich nicht gewohnt, derlei Dinge über sich preiszugeben.

»Ach, jetzt stell dich nicht so an.« Edith schob die Brust vor, sodass sich ihr runder Rücken im Sessel aufrichtete. »Karl hatte ein Auge auf mich geworfen«, erzählte sie offenherzig. »Am Anfang habe ich mich noch geziert, aber damals war er ein ziemlich schneidiger Bursche, musst du wissen, und ich bin schnell drauf gekommen, dass ich so eine Chance nicht vorüberziehen lassen kann.« Ihr war die Röte in die Wangen gestiegen, während Karl sich nach der Kaffeetasse streckte. Er ließ seine Frau ohne Unterbrechung fortfahren.

»Kennengelernt haben wir uns, als Karl in der Heringsfabrik auf einer Nachbarinsel von Hjartøy gearbeitet hat. Ich hatte ein Mordsglück und eine Stelle beim telegrafischen Dienst bekommen, und im Sommer traf sich die Jugend immer unten am Kai. Manchmal hatte irgendwer ein Akkordeon oder eine Gitarre dabei, und ehe wir's uns versahen, wurde zum Tanz aufgespielt. Karl konnte das Tanzbein schwingen wie kein anderer, und er wurde immer so schnell braun in der Sonne, dass er aussah, als wäre er von oben bis unten mit Teer eingeschmiert. Ich hab manchmal den Eindruck, früher war das alles einfacher. Die Jugend heutzutage müht sich so ab, nichts scheint den jungen Leuten mehr gut genug zu sein. Und dann der ganze neumodische Kram, das steht ihnen doch nur im Weg. Helge hantiert unentwegt an seinem Handy rum, als würde er dadrin eine Frau finden«, sagte sie kopfschüttelnd.

Erst da bemerkte Linnea, dass Helge nicht mehr in seinem Sessel saß. Er war verschwunden, ohne dass es irgendwer mitbekommen hatte.

»Er ist über fünfzig und hat immer noch keine Familie.« Edith wollte noch mehr sagen, doch da ging plötzlich die Tür auf, und der Kater kam hereingesprungen, dicht gefolgt von Helge.

»Da bist du ja, du kleiner Racker. Gut, dass du kommst, wir gehen jetzt nämlich nach Hause.« Linnea stand auf.

»Er hat ganz friedlich in meinem Bett geschlafen, als ich hochkam.« Helge lächelte fast entschuldigend, als täte es ihm leid, irgendwen Wichtiges um den Schlaf gebracht zu haben.

Linnea bedankte sich höflich und trat dann den kurzen Heimweg an. Arthur stolzierte voraus wie ein kleiner, vierbeiniger Hirte. Zurück im Marie-Haus schlüpfte sie in die Pantoffeln, zog sich einen dicken Wollpullover über und ging hinaus auf die

Glasveranda. Die Tür ließ sie offen, damit etwas Wärme aus dem Kämmerchen mit hinüberkommen konnte. Dann zündete sie eine Reihe Kerzen auf dem Fensterbrett an und machte es sich auf dem bestickten Sofa bequem. Drinnen wie draußen war es vollkommen still, und sie spürte, wie ihr ganzer Körper allmählich zur Ruhe kam.

Die beiden Weihnachtsgeschenke, die noch auf sie warteten, hatte sie mitgenommen, und nun öffnete sie zuerst das Päckchen ihrer Eltern. Es enthielt eine Prachtausgabe von Edith Holdens *The Country Diary of an Edwardian Lady* von 1906, ein Buch mit wunderschönen Aquarellen von Pflanzen und Vögeln und den Betrachtungen der Autorin zum Garten im Wechsel der Jahreszeiten, die in kalligrafisch gestalteter Schrift wiedergegeben waren. Das hätte Marie bestimmt auch gefallen. Von Iris hatte sie allerlei Leckerbissen aus den Delikatessengeschäften der Hauptstadt bekommen. Auch eine Schachtel Leckerli für Arthur war dabei. SURVIVAL KIT hatte Iris auf die Weihnachtskarte geschrieben, auf der ein Wichtel vor einem Wegweiser Richtung Nordpol zu sehen war.

Als Linnea den Blick hob, bot sich ihr ein spektakuläres Schauspiel am Himmel: gelbe, grüne und blaue Schleier im wechselnden Farbentanz. Sie öffnete die Tür und trat hinaus auf die Treppe. Der ganze Himmel war eine einzige große Bühne, und sie hatte einen Platz in der ersten Reihe. Das wilde Spiel des Nordlichts war so überwältigend, dass sie vollkommen das Gefühl für Zeit und Ort verlor und nichts mehr um sich herum wahrnahm. Es war wie riesige Schriftzeichen aus einem geheimen Alphabet, deren Botschaft sich von einer Sekunde zur nächsten änderte, sodass sie nicht zu erfassen war. Das war betörend und beängstigend zugleich. Mit einem Mal kam sie sich wie ein unbedeutendes irdisches Geschöpf vor, das einen kurzen Einblick in das magische Universum der Götter erhielt. Seit November hatte der Winter vergeblich um ein kleines bisschen Licht gebettelt, nun wurde er endlich erhört. Und dann, urplötzlich, war die Vorstellung vorbei. Der Himmel war wieder nachtschwarz, doch dafür mit Tausenden winzig kleiner Sterne übersät, die wie Stecknadelköpfe auf schwarzem Samt leuchteten.

Plötzlich fiel ihr wieder das Kästchen mit den Gedichten ein. Sie ging in die Kammer, holte es aus dem Sekretär und zog eins hervor. Es hieß »Frost«:

Heute ziehe ich den weißen Wintermantel über.
Der so angenehm kühlt.
Der kein Licht einlässt
und die Wärme fernhält.
Der sich nur öffnet für
noch nicht geträumte Träume.

Einen Moment fühlte es sich so an, als wäre Marie vom Himmel herniedergekommen, um Linnea zu danken, dass ausgerechnet sie auf das alte Haus aufpasste.

KAPITEL 23

Rynes, 1942

Jovan hatte seinen Hosenbund aufgeschlitzt und versteckte Maries Gedichte darin; er hütete sie wie einen Schatz. Er sah vor sich, wie die Zettel nun durchweicht würden, wie sich Maries schöne Schrift langsam auflöste, bis ihre Worte verschwunden wären. Aber er kannte jedes Wort in- und auswendig, weshalb er sie gewissermaßen immer bei sich tragen würde. Sie hatte ihm einen Bleistift geschenkt, damit er ihr ebenfalls schreiben konnte, doch der war von der Lagerpolizei entdeckt und ihm sofort weggenommen worden, begleitet von Drohungen und brennenden Ohrfeigen. Der Lagerpolizist stammte aus Kroatien und hatte der faschistischen Bewegung Ustascha angehört, die im Krieg aufseiten der Deutschen stand. Wer zur Lagerpolizei gehörte, war leicht zu erkennen, hatte dieser Abschaum doch noch reichlich Fleisch auf den Rippen. Die sogenannten Kapos waren Handlanger der Deutschen, wodurch ihnen Privilegien wie besseres Essen und leichtere Arbeit zuteil wurden. Noch dazu bestahlen sie häufig die anderen Mitgefangenen.

Der Gedanke an Marie war das Einzige, was Jovan jetzt noch aufrecht hielt. Hätte er die Kraft dazu besessen, hätte er gelächelt. Er lag mit dem Gesicht zuunterst auf dem matschigen Appellplatz. Seine Hände waren ihm mit Metalldraht stramm auf dem Rücken zusammengebunden, und er konnte spüren, wie das Metall in seine Haut schnitt, während sich seine Kleidung, die er von einem verstorbenen Kameraden übernommen hatte, mehr und mehr mit schlammigem Wasser vollsog.

Ohne jegliche Vorwarnung waren sämtliche Häftlinge aus

den Baracken herauskommandiert worden und hatten sich in Reih und Glied auf den Boden legen müssen. Wie lange sie wohl gezwungen wären, in dieser Position zu verharren? Die Zeit verging so unerträglich langsam, und seine Glieder schmerzten immer mehr. Er musste dringend austreten, wusste aber, dass man ihm nicht erlauben würde, zu dem groben Brett zu gehen, auf dem sie beim Verrichten ihrer Notdurft sitzen mussten. Als er einmal aufgesehen hatte, war sofort eine Wache zu ihm gekommen und hatte gebrüllt, er solle sich nicht bewegen, noch nicht mal blinzeln, sonst werde er augenblicklich erschossen. Der Stimme nach war es ein norwegischer Wachposten, ein Mann, der jünger sein musste als er selbst, der jedoch so verroht wie ein Raubtier war.

Es war dieselbe Wache, die einen Kameraden aus Jovans Baracke gezwungen hatte, eine Maus zu essen. Das Tier war über den Boden geflitzt, hatte aber nicht schnell genug den eisernen Sohlen dieses Schweins entkommen können, wie sie den Wachmann heimlich nannten, weil er seine Worte immer nur grunzte. Er hatte das tote Tier am Schwanz hochgehoben und Branko befohlen: »Hier hast du Fleisch. Iss!« Branko hatte sich geweigert, aber das Schwein hatte mit dem Gewehr auf ihn gezielt, und nachdem Branko schließlich die Maus heruntergewürgt hatte – samt Schwanz und allem anderen –, hatte der sadistische Wachmann grausam gelacht und sich auf die Schenkel geklopft.

Mittlerweile waren die eisenbesetzten Soldatenstiefel unzählige Male an Jovan vorbeigegangen, waren stehen geblieben, nur um sich wieder in Bewegung zu setzen. Sekunden später ertönte ein Schuss, gefolgt von einer ohrenbetäubenden Stille und einem bitterlichen Heulen. Dann wiederholte sich das Ganze. Einmal, zweimal, dreimal. Bis jetzt hatte er elf Schüsse gezählt. Elf Kameraden waren hingerichtet worden. Er fragte sich, ob einer darunter war, den er gut kannte. Von denen, die gemeinsam daheim in Jugoslawien gekämpft hatten, war nur noch eine Handvoll übrig. Er hatte unter den Mitgefangenen seiner Baracke neue Freunde gefunden, aber es dauerte, herauszufinden, wem man trauen konnte. Unter ihnen gab es Überläufer, die sie ohne zu zögern beim geringsten Anlass bei den Wachen verpfeifen würden. Dafür wurden sie vom Lagerkommandanten mit zusätzlichen Essensrationen und besserer Kleidung belohnt.

Jetzt kamen die Stiefel erneut auf ihn zugestapft, und diesmal verharrten sie unmittelbar neben seinem Kopf. Er spürte Tropfen des kalten, schmutzigen Wassers seinen Hals herabrinnen. Es kitzelte. Das Herz begann wie irrsinnig in seiner Brust zu hämmern, er hatte ein Rauschen in den Ohren. Gerade wollte er zu einem Gebet ansetzen, als die Stiefel sich wieder entfernten. Wenig später ertönte noch ein Schuss und ein weiterer Kamerad war ihnen genommen worden. Nach welchen Kriterien suchten sie ihre Opfer aus? Offenbar geschah es vollkommen willkürlich, denn für die Deutschen unterschieden sie sich nicht – für die waren sie allesamt nichts als *Banditen*, eine namenlose Menge, die es nicht verdient hatte zu leben. Wenn sie sich an einen von ihnen wandten, deuteten sie nur auf die betreffende Person und kläfften: »*Du!*«

Die Soldaten hatten ihnen auch schon vorher befohlen, sich auf diese Weise auf den Hügel zu legen, aber es war bislang nie vorgekommen, dass sie alle gleichzeitig hinausgescheucht worden waren. Jovan hatte keine Ahnung, wie viele Häftlinge sich überhaupt noch im Lager befanden, vielleicht ein paar Hundert, er hatte den Überblick verloren. Mehrmals hatte er mitansehen müssen, wie Kameraden erschossen oder zu Tode geprügelt worden waren, weil die Wachleute behaupteten, sie seien *Faulpelze*. Tatsächlich aber waren sie nur so entkräftet, dass sie die

Arbeit, die sie zu verrichten hatten, nicht länger ausführen konnten. Er würde nie den Anblick des Mannes vergessen, der verzweifelt die Beine eines Wachmanns umschlungen und ihn angefleht hatte, ihn am Leben zu lassen, damit er eines Tages seinen kleinen Sohn wiedersehen könne. Der Mann hatte es auf Deutsch gesagt, die Wache musste ihn also verstanden haben, hatte den Mann aber nur abgeschüttelt und ihm anschließend so lange den Knüppel über den Kopf gezogen, bis er nicht mehr atmete. Dann hatte die Wache mit einer Zange die Zähne mit Goldfüllung aus seinem Kiefer gebrochen und sie sich in die Tasche gesteckt.

Jovan biss die Zähne zusammen. Wenn er seinen Mut verlor, verlor er alles. Gestern waren zwei Kameraden geflohen, fest entschlossen, es nach Schweden, in die Freiheit zu schaffen. Mehrere Häftlinge hatten dasselbe versucht, waren aber wieder eingefangen worden. Mit ihnen wurde kurzer Prozess gemacht – als Warnung für die restlichen Lagerinsassen. Diese Hinrichtung konnte Jovan sich nur damit erklären, dass den beiden Kameraden die Flucht über die Grenze geglückt war und sie, die Übrigen, es an ihrer Stelle büßen sollten. Es ging das Gerücht um, dass die Männer auf ihrer Flucht einen deutschen Soldaten getötet hätten. Jetzt erscholl ein weiterer Schuss. Würden sie alle zusammen sterben? Nein, das wäre eher unwahrscheinlich. Dann hätten die Nazis ja keine Sklaven mehr, und die Straße über das Gebirge würde niemals fertig werden.

»Hoch mit euch! Steht auf! Sofort!«, wurden die Worte wie Projektile auf sie abgefeuert, und obwohl er nur auf diesen Befehl gewartet hatte, gelang es ihm kaum, auf die Beine zu kommen. Dann verlor er das Gleichgewicht und brach zusammen, konnte sich aber mit letzter Kraft wieder aufrappeln. Jovan blickte sich um und sah in den anderen sein eigenes Abbild – eine Schar unterschiedlich großer Gerippe mit leerem Blick. Zwischen denen, die noch hatten aufstehen können, lagen Kameraden, die sich nie wieder erheben würden. Jovan versuchte, sie zu zählen; bei zwanzig hörte er auf. Der Himmel über ihnen begann sich aufzuhellen und tauchte die Gräueltaten in grelles Licht. Weiter reichten seine Gedanken nicht, als auch schon neue Befehle auf sie einprasselten.

Mit dem Spaten, den ihm eine handschuhbekleidete Hand reichte, hörte er auf, Mensch zu sein. Sie alle wussten, womit die Grube, die sie ausheben sollten, gefüllt werden würde, aber es hatte keinen Zweck, sich zu verweigern. Dann würden die anderen Häftlinge nur noch mehr schuften müssen.

»Du da! Komm her!« Die durchdringende Stimme des Schweins katapultierte Jovan zurück in die Wirklichkeit. Er spürte den Gewehrkolben in seinem Rücken, als er nach vorn gestoßen wurde. Vor einem toten Mitgefangenen blieben sie stehen. Jovan wusste, dass er Kristjan hieß, und glaubte, dass er aus Novi Sad stammte. Er hatte ihn bewundert, weil er trotz des rauen Alltags fast immer guter Laune gewesen war. Außerdem hatte er ihn an seinen Freund Dragan erinnert, über dessen Verbleib er nichts wusste. Ob Dragan wohl noch am Leben war? Er hatte einige Häftlinge im Lager nach ihm befragt, doch sie hatten nur den Kopf geschüttelt.

Die Augen des norwegischen Wachmanns funkelten böse, als er Jovan befahl, den Leichnam zu entkleiden, nur um ihn danach nackt zum Massengrab zu schleifen. Gerade als Jovan den Körper über den Rand der Grube schieben wollte, spürte er einen schwachen Händedruck. Oder bildete er sich das nur ein? Er versuchte, dem am dichtesten stehenden Wachmann ein Zeichen zu geben, aber der reagierte nur erbost und beförderte Kristjan mit einem Tritt ins Grab, das fast schon voll war. Ein anderer Wachmann schüttete etwas über den Toten aus. Es war Ätzkalk, wie Jovan wusste, in der Schule hatte er gelernt, dass

er den Verwesungsprozess beschleunigte. Er versuchte krampfhaft, an etwas anderes zu denken, und beschwor Maries schönes, unschuldiges Gesicht herauf. Für sie würde er sich weiter
durchbeißen, hin zur Freiheit, *Sloboda*. Als er den nächsten Spa-
tenstich tat, begann in seinem Kopf ein Plan zu reifen.

KAPITEL 24

Sowie Marie den Abwasch erledigt hatte, schlüpfte sie hinaus und rannte zum Fluss. Morgens hatten sie Schüsse von den Arbeitslagern herüberhallen hören, aber sie unterdrückte die Stimme in ihrem Kopf, die ihr sagte, dass es gefährlicher sei als je zuvor, jetzt zum Versteck zu gehen, dass die Wachen verschärft worden waren und sie sich selbst und alle anderen ihres Hausstands – und Jovan – falls er noch lebte – in noch größere Gefahr brächte. Trotzdem lief und lief sie, bis sie Blutgeschmack im Mund hatte. Sie bemerkte kaum, dass ihre Strickjacke sich an einem trockenen Zweig verfangen hatte, riss sie einfach los.

Der Sommer war vorbei, die Luft kälter geworden, und die Dunkelheit lauerte hinter jeder Hausecke. Der erste Herbststurm hatte ihnen schon einen Besuch abgestattet. Der Wind hatte hinter ihrem Zimmerfenster gepfiffen und geheult, als habe jemand ohne jegliches musikalisches Gehör ein Konzert gegeben. Und auf eine seltsame Weise spiegelte das die eigenartige Atmosphäre der Aufgewühltheit und des Irrsinns ringsherum wider, die fast zur Normalität geworden war.

Marie blieb stehen, als sie sich ihrem Unterschlupf näherte, schlich langsam weiter und sah sich aufmerksam um. Doch überall war es still. Sie hielt die Luft an. Ihr Herz hämmerte, und sekundenlang schloss sie die Augen. Als sie sie wieder aufmachte, sah sie seinen Kopf aus der Mulde ragen, die er für sie gegraben hatte und die fast völlig mit Zweigen bedeckt war. Langsam atmete sie wieder aus, und ein Strom der Erleichterung erfasste sie.

Jovan weckte Gefühle in ihr, derer sie nicht länger Herr war; ihr Körper schien einen eigenen Willen zu haben. Sie dachte nahezu jede Minute des Tages an ihn, versank bei der Arbeit manchmal so tief in Gedanken, dass man sie anstupsen musste, um sie aus ihrem entrückten Zustand zu reißen. Glücklicherweise nahmen alle an, dass ihr Heimweh der Grund dafür war, und Gudrun hatte mehrmals versucht, ihr mit aufmunternden Worten frischen Mut einzuflößen.

Marie musste nur die Augen schließen, und schon sah sie sein Gesicht vor sich, seine ihr allmählich so vertrauten Züge, seine sie fest umschlingenden Arme, seinen Körper, der ihr Kraft gab und sie mit Freude erfüllte. *Volim te*, hatte er ihr zugeflüstert. *Ich liebe dich auch*, hatte sie erwidert, und dann hatte er sie zu einer anderen gemacht.

Jetzt fiel sie wieder in seine Arme, und er hielt sie lange wortlos umschlungen. Seine Kleidung war übersät von getrocknetem Schlamm, Erde und geronnenem Blut, aber sein Gesicht war strahlend sauber und roch nach der Seife, die sie ihm eines Tages auf seine Bitte hin mitgebracht hatte. Er musste sich gerade erst im Fluss gewaschen haben. Gudrun hatte das Gemisch beim Seifenkochen mit ein paar Tropfen Zitronenessenz versetzt, und jetzt sog Marie den frischen Duft ein und half ihm beim Abstreifen der dreckigen Kleidung. Dann waren sie einander so nahe, wie sie sich nur kommen konnten, und alles Leid in der Welt trat für diesen kostbaren Moment in den Hintergrund.

Anschließend sah sie ihm an, dass er etwas sagen wollte, aber zögerte. Sein Blick wich ihrem aus, doch schließlich sprach er:

»Ich will versuchen Flucht nach Schweden.«

Marie erstarrte und sah ihn erschrocken an. War er noch ganz bei Trost? War er sich denn nicht im Klaren darüber, was gerade geschehen war, hatte er denn nicht am eigenen Leib die Strafe erfahren und weilte nur aus purem Zufall noch unter den Überlebenden? Das hatte er ihr doch gerade erst selbst erzählt!

»Nein, tu das nicht! Verstehst du denn gar nichts? Die Deutschen werden doch jetzt besonders auf der Hut sein!«, brachte sie tränenerstickt hervor.

Aber er schüttelte bloß den Kopf und legte seine Lippen auf ihre. Küsste sie anschließend zart auf die Stirn und erklärte ihr, dass er das Gegenteil annähme – dass niemand nach dieser brutalen Hinrichtung noch zu fliehen wagte. »Und ich sein vorsichtig. Keine Deutschen töten, auch wenn ich will am liebsten.« Jovan lächelte, doch Marie spürte ihre Verzweiflung nur wachsen.

Jovan erzählte, dass er schon länger im Besitz einer Karte sei, die ihm zu einem früheren Zeitpunkt ein Norweger, der Aufseher seiner Arbeitsgruppe bei der Straßenarbeit, zugesteckt habe. Dieser Aufseher habe auch schon anderen Häftlingen bei der Flucht geholfen. Der freundlich gesinnte Mann sei Sprengmeister und tue immer sein Bestes, um es den Zwangsarbeitern leichter zu machen, sprengte und bohrte das Gestein zum Beispiel in so kleine Teile wie möglich. Die Karte zeigte den Weg über das Gebirge nach Schweden in die Freiheit, *Sloboda*. Als er dieses Wort sagte, trat ein ganz eigener Schimmer in seine Augen. Dann griff er nach ihren Händen, verschränkte die Finger mit ihren und sah sie eindringlich mit seinen braunen Augen an.

»Hilfst du mir?«, fragte er.

Sie nickte unsicher, und er fuhr fort.

»Ich brauche bisschen … wie sagt ihr … Proviant? Und vielleicht Decke, für wenn kalt in der Nacht.«

Marie erschauerte bei dem Gedanken daran, dass er allein in völliger Finsternis in den Bergen sein würde.

»Hoffe, du willst mitkommen kleine Stückchen. Du weißt hier, wo zu gehen, wegen der Schafe, oder?«

Was er sagte, stimmte. Sie hatte Ernst und Magnar auf die

Bergweide begleitet, um die Tiere zum Hof hinunterzutreiben, und bei dieser Gelegenheit hatten sie ihr genau erklärt, wo man am leichtesten vorwärtskam.

»Du weißt, ich liebe dich, Marie?«

Sie lächelte. »Ich liebe dich auch«, flüsterte sie schüchtern. Ihr kamen die Tränen, und er beugte sich vor und küsste sie behutsam fort.

Jovan sagte ihr, dass er bis zum Ende des Krieges in Schweden bleiben und so rasch wie möglich zu ihr nach Norwegen zurückkehren wolle.

»Wirst du auf mich warten und ...«, er zögerte kurz, »... mich heiraten?«

Die Worte blieben ihr im Hals stecken; sie konnte nur nicken. Er lächelte und zog sie an sich, sodass sie seinen beruhigenden, Geborgenheit spendenden Herzschlag hören konnte.

»Mach die Augen zu, dann nehme ich dich mit nach Hause.«

Sie schmiegte sich an ihn und lauschte seiner Erzählung. Schließlich wusste sie nicht mehr, wo seine Worte endeten und ihre Träume begannen.

»*Kannst du den runden, märchenhaften Turm sehen, der dort oben auf dem Hügel in die Höhe ragt? Das ist der Gardošturm, das bekannteste Wahrzeichen Zemuns. Wenn ich ihn sehe, weiß ich, dass ich zu Hause bin.*

Nimm wahr, wie warm und mild der Wind heute weht, er heißt dich in meinem Land willkommen. Ich hatte ganz vergessen, wie gut der Flieder duftet. Mir kribbelt schon die Nase bei der Erinnerung an diesen himmlischen Duft. Lass uns ein paar Zweige pflücken und sie meiner Mutter mitbringen. Und falls es dir noch nicht aufgefallen sein sollte, die Farbe passt perfekt zu deinem neuen Kleid! Aber ich weiß nicht, wie gut es mir gefällt, dass dir alle jungen Männer nachsehen; deshalb halte ich deine Hand besonders fest!

Jetzt erreichen wir die Hauptstraße mit all ihren feinen Geschäften und Vergnügungsstätten. Wenn das nächste Mal Tanz im Hotel Central ist, nehme ich dich mit dorthin. Ich verspreche auch, dir nicht auf die Zehen zu treten!

Kannst du das schöne, alte, gelbe Gebäude da drüben an der Ecke sehen, das mit der Sonnenuhr an der Wand? Dort werden wir links abbiegen, denn da liegt meine Straße, dort, wo du die großen Baumkronen sehen kannst. Im Hochsommer bilden die hohen Wipfel ein Dach über der Straße, sodass sie angenehm im Schatten liegt. Hier kann es fürchterlich heiß werden, weißt du, viel heißer als in deiner Heimat.

Wie schön es ist, endlich wieder hier zu sein! Ja, ich wusste, dass es dir hier auch gefallen würde. Ich werde Katica fragen, ob sie uns auf unserem Hinterhof unter dem Kirschbaum zeichnet, dort schlingt sich eine Bank einmal um den ganzen Stamm, und dort ist auch der beste Ort, um eine Tasse aromatischen, starken Kaffee zu genießen. Oder heiße Schokolade mit Sahne, falls dir das lieber ist. Ich bin mir sicher, dass aus Katica und dir gute Freundinnen werden.

Da ist unsere alte Haustür, es ist dieselbe wie eh und je. Warte, ich halte sie dir auf, sie ist so schwer. So, nun sind wir gleich da. Mutter, Vater, Katica, Milan, Großmutter! Ich bin wieder da! Kommt und begrüßt Marie, wir sind verlobt und werden heiraten.«

Sie öffnete die Augen, als er ihr Haar streichelte und sie behutsam, aber entschieden auf den Mund küsste.

»Ich muss gleich los«, flüsterte er.

»Wann brichst du auf?«

»Am Sonntag. Wir können uns hier treffen. Früh, bevor es wird Tag. Dann sind viele Wachen müde und passen nicht so gut auf.«

Marie verstand. Samstagsabends konnten sie nicht selten vom Rand des Lagers, wo die Wachleute ihre Behausungen hatten –

die übrigens in weitaus besserem Zustand als die der Gefangenen waren –, bis spät in die Nacht Musik und lautes Gelächter herüberdringen hören.

Nachdem Jovan sich davongeschlichen hatte, blieb Marie noch lange reglos mit geschlossenen Augen in ihrem Versteck liegen. Er schien so überzeugt davon, entkommen zu können, und sein Mut war ansteckend. Sie würde ihm helfen.

Als sie ins Haus zurückkehrte, bemerkte sie einen eigenartigen Geruch. Es dauerte einen Moment, bis sie ihn einordnen konnte. Medizin. Angst überfiel sie. Wenn nur nichts Schlimmes passiert war! Es reichte schon, dass ihre Mutter krank war. Glücklicherweise ging es ihr mittlerweile schon etwas besser. Vater hatte sie in einem Brief darüber informiert, dass sie wieder nach Hause entlassen worden und auf dem Wege der Besserung sei. Solange sie sich genügend schonte und sich nicht aufregte, sei alles gut, hatte er ihnen versichert.

»Da bist du ja endlich! Wo warst du?« Borghild klang unwirsch, aber ihre Miene verriet, dass sie auch Angst um sie gehabt hatte.

»Ist jemand krank? Es riecht so ...«

»Beinahe hätten die Deutschen hier in der Küche gestanden, aber Schwiegermutter war zum Glück so geistesgegenwärtig, ein paar Tropfen *Sloanes Liniment* im Flur zu verspritzen. Als sie den Arzneigeruch bemerkten, haben sie auf dem Absatz kehrtgemacht, als wäre ihnen der Teufel höchstpersönlich auf den Fersen.«

Es war bekannt, dass die Deutschen furchtbare Angst davor hatten, sich mit irgendwelchen Krankheiten anzustecken. Bei einer geplanten Razzia auf einer Nachbarinsel von Hjartøy hatten sie es nicht gewagt, an Land zu gehen, als sie erfuhren, dass dort Polio ausgebrochen war.

»Sie müssen Wind davon bekommen haben, dass wir den

Gefangenen Essen zustecken. Zweifellos beobachtet uns das Deutschenpack ganz genau«, fuhr Borghild aufgebracht fort.

Um Himmels willen, dachte Marie, hatten sie sie etwa gesehen, als sie zu ihrer Verabredung mit Jovan losgelaufen war? Bei diesem Gedanken lief ihr ein kalter Schauer über den Rücken. Und weshalb hatte Borghild *uns* gesagt? Sie selbst hatte schließlich keinen Finger gehoben, um jemandem zu helfen.

»Ich werde das nie wieder tun«, murmelte Marie und ließ sich auf einen Küchenstuhl fallen. Als sie nach ihrem Strickzeug greifen wollte, fiel ihr Blick auf die Zeitung auf dem Tisch. Sie fuhr zusammen, als ihr die Schlagzeile auf der Mitte der Seite ins Auge stach. Der Text war von einem dicken schwarzen Kasten eingerahmt: »Ernste Warnung betreffend des Umgangs mit Kriegsgefangenen«.

Als sie den kurzen, aber grauenerregenden Artikel las, verspürte sie einen jähen Druck auf der Brust. Es schien, als richtete sich der Text an sie persönlich:

Norwegische Staatsbürger haben zuletzt mehrfach Umgang mit Kriegsgefangenen gepflegt, ihnen zum Teil Genussmittel zugesteckt und ihnen in einigen Fällen zur Flucht verholfen. Es wird darauf aufmerksam gemacht, dass bereits der Umgang mit Kriegsgefangenen verboten ist und mit Zuchthaus bestraft wird. Wer Kriegsgefangenen darüber hinaus bei der Flucht behilflich ist, indem er ihnen Unterkunft, Kleider, Essen oder Ähnliches gewährt, muss wegen Feindesbegünstigung mit der Todesstrafe rechnen.

Maries Hand zitterte, als sie mit einem Streichholz die Kerze anzündete. Im Haus war es mucksmäuschenstill, alle anderen schliefen oben auf dem Dachboden. Sie zog den alten, verschlissenen Rucksack unter dem Bett hervor, den sie in einem Kellerwinkel gefunden hatte. Er roch stark nach Schimmel, aber das

Essen, das sie aufgespart hatte, war in ein Tuch eingewickelt, sodass es nicht verdarb. Sie hatte schon eine Wolldecke aus dem Schrank genommen, in dem Gudrun die Bettwäsche aufbewahrte, und zusammen mit einem Paar von Ernsts langen Unterhosen im Rucksack verstaut. Sie ließ es einfach darauf ankommen, dass ihm ihr Fehlen nicht auffallen würde. Als Letztes hatte sie die Wollstrümpfe eingepackt, die sie gestern fertig gestrickt hatte. Eigentlich sollten sie ein Weihnachtsgeschenk für ihren Vater werden, aber Jovan brauchte sie dringender. Jetzt steckte sie den Brief, den sie ihm geschrieben hatte, in den Rucksack und schnürte ihn fest zu. Sie würde ihm sagen, dass er ihn erst lesen solle, wenn er sicher in Schweden angekommen sei.

Vorsichtig schlich sie mit dem Kerzenstummel, den sie wie eine kleine Fackel vor sich hertrug, durchs Haus. Dort, wo Verdunklungsvorhänge fehlten, hatte Gudrun Wolldecken vor die Fenster gehängt, weshalb es überall stockfinster war.

Draußen war es kalt und klar. Der Mond stand fast voll am Himmel und spendete genügend Licht, dass sie den Weg fand. Gleichzeitig konnte man so jedoch schneller entdeckt werden. Sie konzentrierte sich darauf, so wenig Geräusche wie möglich von sich zu geben, und blieb in regelmäßigen Abständen stehen, um zu horchen. Nichts war zu hören, und so wurde sie mit jedem Schritt mutiger.

Als sie ihn sah, machte ihr Herz einen Sprung. Es war, als wollte es vorauseilen, um ihn zu umarmen. Wortlos lächelte er ihr zu. Jeder noch so kleine Laut konnte sie verraten. Als sie seine bloßen Füße in den Holzpantinen sah, gab sie ihm die Strümpfe aus dem Rucksack. Er zog sie mit einem Gesichtsausdruck an, als habe er in einer Lotterie gewonnen. Dann umarmte er sie stumm, bevor er den Rucksack über die Schulter warf und ihr bedeutete, loszugehen.

Sie wanderten nebeneinander her. Marie bemerkte, dass Jovan sich immerzu umblickte, als hielte er in der Dunkelheit nach etwas Ausschau. Sie kamen zu einer großen, alten Kiefernwurzel, und da beugte er sich hinab und wühlte im Heidekraut. Wenig später sah sie, dass er einen Kompass in der Hand hielt. Stillschweigend begriff sie, dass sie ihn von dem Mann bekommen haben musste, der ihm auch die Karte gezeichnet hatte. Auf der Karte waren Hütten vermerkt, in denen Jovan übernachten konnte, und die Entfernungen zwischen ihnen. Falls alles nach Plan lief, wäre er in fünf bis sechs Tagen in Schweden.

Bald wurde das Gelände unwegsamer, und Marie ging voran. Sie trug kräftige Schuhe und wollte sich vergewissern, dass es auf dem Weg keine Hindernisse gab und Jovan in seinen Holzschuhen nicht stolperte. Sie fanden einen Rhythmus und setzten schweigend ihren Marsch fort. Maries Anspannung ließ gerade etwas nach, als ihr Fuß plötzlich den Halt verlor, sich der Gesteinsbrocken, auf den sie getreten war, löste und einen Erdrutsch in Gang setzte. Panisch fasste sie nach einem Strauch, während sie sich verzweifelt nach Jovan umdrehte, um zu sehen, wie es ihm ergangen war.

»Nix passiert«, flüsterte er hinter ihr. »Ist gut.«

Erleichtert atmete sie auf, und nach und nach beruhigte sich ihr Puls wieder. Noch immer durchbrach kein Laut die Stille, und Marie redete sich erfolgreich ein, dass andere – falls überhaupt jemand etwas gehört hatte – den Lärm nur auf einen gewöhnlichen Steinschlag zurückführen würden, wie sie im Gebirge nun einmal vorkamen. Bald hatten sie das schwierigste Wegstück hinter sich gelassen, und Bergrücken und Hochebenen erstreckten sich vor ihnen. Marie wusste, dass die Zeit gekommen war. Sie musste umdrehen und Jovan allein weitergehen.

»Warte auf mich, meine Liebste, ich komme zu dir, wenn ich frei bin«, sagte er und hielt sie lange fest umschlungen.

»*Do viđenja*, auf Wiedersehen.«

Es begann Tag zu werden, und Marie ließ seine Gestalt nicht aus den Augen, bis sie mit dem Horizont verschmolzen war. Sie meinte zu sehen, dass er sich nach ihr umdrehte und winkte, und ihre Lippen formten die letzten Sätze, die in dem Brief an ihn standen: *Wenn ich dich vermisse und um dich weine, werde ich mir vorstellen, dass sich meine Tränen am Himmel in Sterne verwandeln. Sterne, die dir leuchten und dich nach Hause führen.*

KAPITEL 25

Drei Wochen waren vergangen. Marie atmete in tiefen Zügen die frische Luft ein und fühlte sich erstaunlich … lebendig, ja, glücklich. Zu Borghild hatte sie gesagt, dass sie mit dem Boot auf den Fjord hinausrudern und vielleicht ein paar Fische fangen wolle. Die Angelausrüstung hatte sie nur als Vorwand mitgenommen, denn eigentlich wollte sie nichts als mit ihren Gedanken allein sein, sie hegen und pflegen.

Es war ein klarer, kühler Herbsttag und das Wetter beißend kalt. Die Farben über den Berghängen waren ungleichmäßig verteilt, als hätte ein Künstler den letzten Rest Farbmittel aus seinen Tuben gequetscht und sie wie zufällig über die Leinwand geschmiert.

Auf dem Fjord war es so friedlich. Zwischen den Ruderschlägen ließ sie das Boot langsam durch das Wasser gleiten. Die Berge spiegelten sich in der Wasseroberfläche, und hoch oben am Himmel segelte ein Adler durch die Luft. Marie lächelte in sich hinein und dachte daran, wie Jovan und sie sich wiedersehen würden, dass sie heiraten und eine Familie gründen würden. Sie war sich sicher, dass ihre Eltern ihn gut würden leiden können, etwas anderes wäre undenkbar. Und sie wollte unbedingt seine Schwester Katica, die er so gernhatte, kennenlernen.

Sie fragte sich, wie es wohl Olaug und Frida daheim auf Hjartøy erging. Zu Beginn ihres Aufenthaltes in Rynes hatte sie ihre Freundinnen jeden Tag vermisst, aber inzwischen dachte sie immer seltener an sie. Trotzdem freute sie sich darauf, sie wiederzusehen und ihnen von Jovan zu erzählen – und sie zu ihrer Hochzeit einzuladen. Sie würden neidisch sein. Vor allem die männerverrückte Frida.

Marie sah bereits die Hochzeitsfeier vor sich, die drei Tage lang andauern sollte. Mindestens! Zuerst sollte daheim auf Hjartøy gefeiert werden, danach in seinem Land. Und vielleicht könnte sie seine seltsame Sprache erlernen, diese Laute, die sich verkehrt angefühlt und ihr kaum über die Lippen gekommen waren, als er versucht hatte, ihr ein paar Wörter und Sätze beizubringen. Sie hatte sie im Mund gewendet und wieder ausgespuckt. Manche Ausdrücke aber hatte sie sich merken können. Wenn sie Jovans Familie kennenlernte, würde sie sich so vorstellen: *Ja se zovem Marie.* Dann würde sie sich danach erkundigen, wie es ihnen ging: *Kako ste*, und lächeln und sagen, dass es schön sei, sie kennenzulernen: *Drago mi je da smo se upoznali.* Sie bekam einen Knoten in die Zunge und musste laut lachen. Ach, wenn dieser elende Krieg doch nur endlich vorbei wäre und die Deutschen dahin zurückkehrten, woher sie kamen, und sich hier nie wieder blicken ließen!

Sie sah zum Himmel hoch und stellte fest, dass der Adler näher gekommen war. Er flog einen Bogen, sodass sie einen Blick auf seine großen, starken Klauen erhaschen konnte. Hätte sie Fische gehabt, hätte sie ihm einen zugeworfen. Sie fröstelte und ruderte wenig später mit raschen Schlägen wieder an Land, vertäute das Boot nach allen Regeln der Kunst und brachte die unbenutzte Schleppangel zurück ins Bootshaus.

Als sie sich dem Gefangenenlager näherte, beschleunigte sie ihren Schritt, um so schnell daran vorbei zu sein wie möglich. Die armen Menschen, die weiterhin dort inhaftiert waren, taten ihr nun umso mehr leid, da Jovan nach Schweden geflohen war, in die Freiheit, die er so gepriesen hatte und die er so sehr liebte: *Sloboda.* Sie wünschte, er könnte ihr einen Brief schicken, wusste aber, dass das natürlich unmöglich war. Wenn die Deutschen von so etwas Wind bekämen, müssten sie und der Rest der Familie damit rechnen, ordentlich bestraft zu werden.

Marie hatte fast den hohen Stacheldrahtzaun erreicht, als sie etwas abrupt innehalten ließ. Etwas Außerordentliches musste geschehen sein, im ganzen Lager herrschte große Unruhe.

Der Lärm wurde immer schlimmer; laute deutsche Stimmen erklangen. Die Worte sausten wie Axthiebe auf steinharte Baumstämme nieder, wurden wie ein Echo zurückgeworfen. Dann folgte lautes Klopfen; Glas zerbrach klirrend. Die Vernunft sagte ihr, dass sie sich umgehend ins Haus retten sollte, stattdessen schlich sie näher und spähte durch die Reihen von Stacheldraht. Gereizt bürstete sie eine Ameise von ihrem Bein.

Sie hielt den Atem an, wagte es nicht, sich zu rühren, denn mit einem Mal teilte sich die Menschenmenge und deutsche Soldaten schleppten einen Menschen – einen jungen Mann – die Gasse hinunter. Marie duckte sich, um nicht gesehen zu werden, konnte aber durch den Zaun verfolgen, was sich dort anbahnte. Sie war zu weit entfernt, um die Gesichtszüge des jungen Mannes zu erkennen, doch sie konnte seine Angst spüren.

Plötzlich wurde es totenstill, als hielte die ganze Welt den Atem an. Und da hörte sie das Lied: *Tamo daleko, daleko ad mora, tamo je selo moje, tamo je Srbija. Tamo daleko, gde cveta beli krin* … Der Wind trieb die Worte zu ihr hinüber, und die glockenreine Stimme bohrte sich in ihre Brust und fand den Weg in ihr Herz. Sie schloss die Augen, und ihre Lippen formten nach und nach die ihr inzwischen ach so vertrauten Worte: *Dort, weit weg, weit weg vom Meer, dort ist mein Dorf, dort ist Serbien. Dort, weit weg, wo weiße Lilien blühen* …

Dann fiel der Schuss, der ihre Welt für immer veränderte. Dass sie zum Grabenrand kroch, wo sie sich zusammenkrümmte und erbrach, war das Letzte, an das sie sich erinnerte.

KAPITEL 26

Hjartøy, 2010

Linnea war gerade dabei, das Haus zu putzen und den Weihnachtsschmuck wegzuräumen, als sie etwas mit einem feinen, sachten Klang zu Boden fallen hörte. Sie drehte sich um und sah, dass es das Glöckchen war, das in der Türöffnung zur Kammer gehangen hatte. Es hatte sich von seiner Befestigung gelöst und lag nun auf dem Läufer vor der Tür. Sie hatte es zwar bemerkt, als sie hier eingezogen war, aber vorerst nicht weiter beachtet. Nun hob sie es auf und schaute es sich genauer an. Es hatte die Größe einer Birne und lag schwer in der Hand, vermutlich war es aus Bronze. Ein wunderschönes Stück Handwerkskunst, dessen Rand mit mehreren zierlichen Borten versehen war.

Auf der Innenseite fand Linnea eine Inschrift, die sie jedoch nicht entziffern konnte, da die Glocke offenbar seit geraumer Zeit nicht mehr gereinigt worden war. Ob es im Haus wohl irgendwo Messingputzmittel gab? Linnea konnte sich nicht erinnern, dass ihr hier so etwas schon einmal begegnet war, aber sie hatte auch noch nicht gezielt danach gesucht. Nachdem sie die kleine Glocke auf dem Küchentisch abgelegt hatte, begann sie, sich umzusehen, und kurz darauf wurde sie fündig. Die unterste Küchenschublade offenbarte eine weiß-rote Dose mit der Aufschrift »Gloria Reinigungspulver«.

Das Pulver war wie versteinert, doch nachdem sie ein paarmal fest mit der Dose gegen die Arbeitsplatte geklopft hatte, lockerte es sich ein wenig. Da sie gerade nichts Besseres zur Hand hatte, nahm sie den Spüllappen, befeuchtete ihn und konnte der Gloria-Dose damit etwas Pulver entnehmen. Nach einer Weile energischen Scheuerns kam die Inschrift zwar zum Vorschein, doch die Bedeutung erschloss sich Linnea immer noch nicht.

Sie war auf einer ihr unbekannten Sprache verfasst, das Einzige, was sie verstand, waren die Wörter Marie, Maj und die Jahreszahl 2006. Seltsam. Iris zufolge war Marie nie gereist, bis auf das eine Mal, als sie zur Beerdigung ihrer Schwester Borghild in Oslo gewesen war. Edith hatte dasselbe gesagt, auch wenn sie noch murmelnd hinterhergeschoben hatte, dass Marie eine Zeit lang öfter in der Stadt gewesen sei, »mit angemaltem Gesicht«, wie sie es ausgedrückt hatte. Auf die Jahreszahl folgte das Wort »Zemun«. Ob das ein Name war? Oder vielleicht ein Ort, aber wo mochte der sein? Sobald sie mit dem Hausputz fertig war, würde sie mal danach googeln.

Es war schon bemerkenswert, wie viel Staub und Unordnung eine alleinstehende Frau und eine kleine Katze produzieren konnten, aber schließlich war alles sauber und aufgeräumt und die Weihnachtsdekoration wieder ordnungsgemäß auf dem Dachboden verstaut. Während Linnea auf den Kaffee wartete, der gerade durch die Maschine tröpfelte, schaltete sie ihren Computer im Kämmerchen ein. Dann machte sie es sich in dem ergonomischen Bürosessel bequem, der sie ein kleines Vermögen gekostet hatte, und schrieb »Zemun« ins Browsersuchfeld. Die Antwort ließ nicht lange auf sich warten: »Zemun ist einer der 17 Stadtbezirke von Belgrad. Er liegt unmittelbar an der Mündung der Save in die Donau und gehört zu den größten Bezirken von Belgrad.«

Außerdem fand sie heraus, dass Zemun bis 1934 eine selbstständige Stadt gewesen war, zur Doppelmonarchie Österreich-Ungarn gehört hatte und nach dem Ersten Weltkrieg ein Teil von Jugoslawien wurde. Dann kam der Zweite Weltkrieg, und danach übernahm Tito die Macht. Eine turbulente Geschichte in einer Region, die als Europas Unruheherd bekannt geworden war.

Die Bildersuche brachte eine idyllische Kleinstadt mit vielen alten Gebäuden und Blick auf die Donau zum Vorschein.

Wenn Zemun also im heutigen Serbien lag, war es relativ wahrscheinlich, dass die Inschrift im Inneren der Glocke auf Serbisch verfasst war. Nachdem Linnea die ungewohnte Buchstabenfolge bei Google Translate eingegeben hatte, kam die Lösung: »Liebe Marie, ohne Hilfe und Unterstützung von dir wäre das nicht möglich gewesen. Vielen Dank, du wirst weiter in unseren Herzen wohnen.«

Das wurde ja immer mysteriöser. Ob hier wirklich *die* Marie gemeint war? Oder handelte es sich vielleicht um einen Flohmarkt- oder Secondhandladenfund, den Marie wegen der kuriosen Namensverwandtschaft mitgenommen hatte? Das war natürlich möglich, aber aus irgendeinem Grund erschien Linnea das nicht sehr wahrscheinlich.

Sie würde sich mal bei Iris erkundigen, vielleicht wusste ihr Vater ja etwas mehr über die Tante. Immerhin hatte er das Haus von ihr geerbt, da würde er wohl noch am ehesten Auskunft über die Sache geben können. Linnea warf einen Blick auf ihr Handy. Mittlerweile war es so spät am Nachmittag, dass Iris wahrscheinlich zu Hause war und Zeit zum Telefonieren hatte.

Iris wusste nichts von einer Verbindung ihrer Großtante nach Serbien. Sie versprach, auch ihren Vater danach zu fragen, war sich aber ziemlich sicher, dass der ebenfalls keine Ahnung hatte, da er Marie auch nicht besonders gut gekannt hatte.

»Du wirst sehen, am Ende ist da tatsächlich was dran an unseren Familiengeheimnissen«, sagte sie lachend, bevor sie sich verabschiedeten.

Einen Moment saß Linnea da und grübelte nach. Das war wirklich seltsam. Serbien, Ex-Jugoslawien, Balkan. Diese Region war für sie vor allem mit Krieg und Konflikten verbunden. Ein Pulverfass – hieß es nicht immer so in den Geschichtsbüchern? Sie sah Bilder vom Balkankrieg der 1990er-Jahre vor sich, mit Massenmorden und Reportagen über Dörfer, dessen Menschen stets friedlich nebeneinander gelebt hatten, nur um sich nun plötzlich an die Gurgel zu gehen. Srebrenica, der Völkermord. Nein, das war kein Ort, den man gern mal besuchen würde.

Eine knappe Stunde später kam eine Nachricht von Iris:

Papa sagt, da kann er leider nicht weiterhelfen, er weiß auch nichts. Lässt schön grüßen und hofft, du fühlst dich wohl im Haus.

Na ja, dann blieb dieses Rätsel wohl ungelöst. Linnea durchsuchte die Küchenschubladen und fand schließlich ein Stück Bindfaden, mit dem sie das Glöckchen wieder aufhängen konnte. Als sie es losließ, gab es ein paar traurige Töne von sich, fast als wollte es Linnea auf irgendetwas hinweisen. In dem Moment fiel ihr plötzlich der fremde Name in Maries Telefonregister ein.

Sie nahm die Glocke noch einmal ab und ging damit in den Flur, wo sie die Schublade des Telefontisches öffnete und das Register herausholte. Da war der Name: Rade Zorić. Die Zusammensetzung der Buchstaben hatte durchaus Ähnlichkeit mit der Inschrift auf der Innenseite der Glocke. Ob sie es wagen und die Nummer einfach mal wählen sollte? Einen Versuch war es wert, beschloss sie und nahm das Telefonregister mit in die Küche.

Nach einigen Freizeichen meldete sich schließlich ein Anrufbeantworter. »Hallo, hier ist Rade Zorić«, ertönte eine tiefe Männerstimme. »Ich kann im Moment leider nicht ans Telefon gehen, aber Sie können gern nach dem Piepton eine Nachricht hinterlassen.«

Linnea legte auf, ohne etwas aufzusprechen, registrierte aber, dass die Stimme einen Akzent hatte, der durchaus als osteuropäisch durchgehen konnte.

Sie ging in die Kammer, klappte den Laptop auf und versuchte, sich auf den Text zu konzentrieren, an dem sie gerade arbeitete. Für den aktuellen Auftrag sollten die positiven Rückmeldungen zufriedener Kunden zu verschiedenen Future-Furniture-Möbeln ins Englische übersetzt werden, und die Herausforderung bestand vor allem darin, Synonyme für immer wiederkehrende Adjektive wie *bequem, fantastisch, stilvoll, innovativ* zu finden. Eine Weile lief es ganz gut, doch irgendwann schweifte sie gedanklich ab und musste von vorn anfangen. Schließlich gab sie es auf und wandte sich erst einmal den E-Mails zu, die seit der Weihnachtspause auf Antwort warteten.

Das Telefon lag neben ihr und gab keinen Ton von sich. Als sie es leid war, immer wieder einen Blick darauf werfen zu müssen, beschloss sie, es einfach noch einmal zu versuchen. Doch es geschah das Gleiche wie vorher: ein Freizeichen nach dem anderen und am Ende der Anrufbeantworter. Dieses Mal hinterließ sie eine Nachricht, in der sie sich vorstellte, sagte, wo sie wohnte, und den Grund für ihren Anruf so klar wie möglich zu beschreiben versuchte. Etwas beschämt stellte sie fest, dass sie langsam sprach, wie zu einem, der schwer von Begriff war. Aber jetzt hatte sie wenigstens getan, was sie konnte. Sollte trotzdem nichts dabei herauskommen, konnte sie die Sache getrost ad acta legen und würde keinen Gedanken mehr an die dumme Glocke verschwenden.

Eine gute Stunde später klingelte das Telefon, und Linnea erkannte sofort die Nummer. Sie nahm den Anruf entgegen und präsentierte sich.

»Ich habe Ihre Nachricht gehört«, begann Rade Zorić und hielt einen Moment inne. »Das ist ja mal eine Überraschung. Ich hatte keine Ahnung, dass Maries Haus inzwischen verkauft ist«, fuhr er fort.

»Ist es auch nicht«, entgegnete Linnea und erklärte, wie alles zusammenhing.

»Und Sie sind also ein Bekannter von Marie?«, fragte sie, bevor er etwas sagen konnte.

»Ja, genau. Ich habe sie kennengelernt, als sie mit einem Armbruch ins Krankenhaus kam. Das muss im Winter vor drei oder vier Jahren gewesen sein. Marie hatte Pech und ist in der Stadt auf dem Eis ausgerutscht. Ich bin Krankenpfleger und habe damals die Aufnahme mit ihr gemacht und sie zum Röntgen begleitet. Es war ein ziemlich komplizierter Bruch, deshalb musste sie ein paar Tage im Krankenhaus bleiben. Und in der Zeit hat sie mir ihre Geschichte erzählt.«

Eine Frauenstimme im Hintergrund unterbrach ihn, und ehe Linnea weiter nachhaken konnte, sagte er: »Entschuldigen Sie, ich muss jetzt leider aufhören. Aber vielleicht können wir uns ja übermorgen drüben auf dem Festland treffen. Da habe ich Spätdienst.«

Sie fluchte innerlich, antwortete aber, das passe gut, und so verabredeten sie sich für zehn Uhr in einem Café namens »Fräulein Josefine«.

»*In der Zeit hat sie mir ihre Geschichte erzählt.*« Das klang so ernst. Linnea nahm das Glöckchen in die Hand, das während des Telefonats auf dem Küchentisch gelegen hatte. Das Metall fühlte sich warm und beinahe lebendig an.

Die Fähre legte mit einem kräftigen Ruck am Kai an, sodass Linnea fast das Gleichgewicht verlor. Vorsichtig ging sie an Land, während Autos, Lastwagen und Traktoren an ihr vorbeifuhren. Der Abgasgeruch rief in ihr einen akuten Anfall von Heimweh hervor, den sie nur unter Aufwendung ihrer geballten Gedankenkraft abwehren konnte. Januar war der schlimmste Monat im Jahr, doch sobald der vorbei wäre, ginge es in großen Schritten auf den Frühling zu, tröstete sie sich.

Auf der Hauptstraße war kaum etwas los. In dem kleinen Einkaufszentrum, wo sie sich vor Weihnachten noch Outdoorbekleidung und ein Paar ordentliche Gummistiefel besorgt hatte, gingen nur eine Handvoll Menschen ein und aus. Vor einigen Tagen war das Wetter umgeschlagen, und alles, was noch von Weihnachten übrig gewesen war, hatte der Regen inzwischen hinweggespült.

»Fräulein Josefine« war in einem charmanten Holzhaus mit kleinen Fenstern mitten auf dem Marktplatz untergebracht, und als Linnea hereinkam, war das Lokal so gut wie voll. Spähend schaute sie sich um und entdeckte kurz darauf einen Mann in Islandpullover und schwarzen Jeans, der allein an einem Fenstertisch saß und fragend zu ihr herübersah. Er musste etwa Anfang vierzig sein und hatte einen freundlichen, offenen Blick. Sein dunkelblonder Haarschopf hatte Geheimratsecken, die das Gesicht fast herzförmig wirken ließen.

Etwas zögernd erhob er sich und kam ihr entgegen, wobei ihr seine überdurchschnittliche Körpergröße auffiel.

»Linnea?«, fragte er vorsichtig. Sie bejahte, und er streckte ihr die Hand entgegen. »Ich hatte ehrlich gesagt nicht damit gerechnet, dass Sie so jung sind, am Telefon klangen Sie etwas älter.« Er lächelte. »Freut mich jedenfalls, Sie kennenzulernen. Setzen Sie sich, ich bestelle uns was. Darf ich Sie auf einen roten Teufel zum Kaffee einladen?«

Sie muss wie ein Fragezeichen ausgesehen haben, denn Rade fing an zu lachen.

»Warten Sie nur!«, sagte er geheimnisvoll und ging zum Tresen.

Im Café herrschte eine gemütliche Atmosphäre – es hatte Balken an der Decke und war mit breiten, rustikalen Tischen ausgestattet. Altes Mobiliar war auf unaufdringliche Weise mit neueren Einrichtungsgegenständen kombiniert, sodass die modernen Elemente nicht zu viel Raum einnahmen, und auf den Fensterbänken standen Blumentöpfe mit roten und weißen Geranien. Gegenüber von ihrem Tisch hing ein Bild im Stil naiver Kunst. Es trug den Titel *Kaffeeklatsch im Himmel* und zeigte eine muntere Runde, die sich an einem üppigen Kuchenbüfett mit allerlei Leckerbissen bediente. Dazu gab es Kaffee und außerdem reichlich Likör, wie es schien.

Rade kam mit einem Tablett zurück. Die roten Teufel waren offensichtlich spitz zugeschnittene Kuchenstücke mit roter Glasur und Kokosstreuseln obendrauf. Sie hatten eine rote Füllung, möglicherweise Himbeermarmelade.

Nach ein paar Höflichkeitsfloskeln erzählte Rade, dass er genau wie Linnea von der Hauptstadt in den Norden gezogen sei, und zwar seiner Frau zuliebe. Er hatte eine Zeit lang im Krankenhaus Lovisenberg gearbeitet, und als er eines Morgens nach dem Nachtdienst mit dem Taxi nach Hause gefahren war, hatte sie am Steuer gesessen. So hatten sie sich kennengelernt.

»Aber Sie brennen sicher darauf zu hören, was ich von Marie weiß. Ich will Sie nicht länger auf die Folter spannen«, sagte Rade, nachdem er Kaffee und Kuchen vom Tablett genommen hatte. Er schien ein ordnungsliebender Mensch zu sein, denn die Teller und Tassen waren symmetrisch vor ihnen auf dem Tisch platziert. Ein bisschen wie Karsten, dachte Linnea und konnte nur mit Mühe ein Lächeln unterdrücken. Rade räusperte sich und wandte sich diskret zum Husten ab. Dabei hielt er sich eine Faust vor den Mund, was ein bisschen so aussah, als hätte er ein Mikrofon in der Hand.

»Kennengelernt habe ich Marie wie gesagt im Zusammenhang mit ihrem Armbruch und dem Krankenhausaufenthalt hier in der Stadt. Als ich erwähnte, dass ich aus Serbien komme, genauer gesagt aus Belgrad, bekam ihr Gesicht so einen wehmütigen Ausdruck. Ich fragte, ob sie schon mal in meinem Heimatland gewesen sei, aber sie schüttelte nur den Kopf und sagte einen Moment lang gar nichts. Dann erzählte sie mir, dass sie früher, als sie jung war, mal einen guten Freund aus Belgrad hatte. Anhand der Art und Weise, wie sie *Freund* sagte, war mir gleich klar, dass da mehr als nur Freundschaft im Spiel gewesen war.«

Linnea sah ihn überrascht an. Damit hatte sie nun wirklich nicht gerechnet.

»Aber wie konnte sie zu dieser Zeit mit jemandem aus Serbien befreundet sein? Das muss doch in den Dreißiger- oder Vierzigerjahren gewesen sein.« Wie das zusammenpassen sollte, konnte sie sich beim besten Willen nicht erklären.

»Haben Sie schon mal von der Blutstraße gehört?«, fragte Rade.

Ihr leerer Blick musste Antwort genug gewesen sein, denn die Erklärung folgte sogleich.

»Im Zweiten Weltkrieg gab es viele jugoslawische Kriegsgefangene hier oben im Norden. Die Deutschen richteten im ganzen Landesteil Lager ein, in denen die Gefangenen unter furchtbaren Bedingungen lebten. Sie sollten Straßen und Eisenbahnlinien für die Besatzungsmacht bauen, sodass Truppen und Proviant leichter hin- und hertransportiert werden konnten. Das war die reinste Knochenarbeit, für die diese Menschen bis aufs Äußerste unter Druck gesetzt und gequält wurden. Viele kamen natürlich auch um, und die jüngsten von ihnen waren fast noch Kinder«, erklärte Rade und vergewisserte sich, dass er Linneas volle Aufmerksamkeit hatte, bevor er weitererzählte.

»Dass ein Teil der Strecke als Blutstraße bekannt wurde, geht auf ein bestimmtes Ereignis zurück. Unter den Gefangenen gab es zwei Brüder, und als einer der beiden getötet wurde, malte der andere mit dem Blut seines Bruders ein Kreuz an eine Felswand. Nach dem Krieg wurde dieses Kreuz immer wieder nachgemalt, damit die Grausamkeiten, die hier in der Gegend begangen worden waren, nicht in Vergessenheit gerieten.« Er hielt kurz inne, und Linnea nutzte die Gelegenheit, um eine Frage einzuschieben.

»Wer waren denn diese Gefangenen?«

»Die meisten sympathisierten mit den Partisanen, die in Jugoslawien gegen die Deutschen kämpften, oder waren selbst welche. Nach dem Krieg kamen sie an die Macht, angeführt von General Tito«, erklärte er.

Linnea war es peinlich, dass sie so wenig von alldem wusste und von einem Einwanderer über die Geschichte ihres eigenen Landes aufgeklärt werden musste. Gerade wollte sie fragen, was all das mit Marie zu tun hatte, doch da lieferte Rade ihr auch schon die Antwort. »Als junge Frau lernte Marie einen dieser Gefangenen kennen. Er kam aus Belgrad und hieß Jovan.«

»Dann gab es also auch auf Hjartøy ein Gefangenenlager?«, fragte Linnea ungläubig. Es wunderte sie, dass Edith und Karl nichts davon erzählt hatten, als sie auf den Krieg zu sprechen gekommen waren.

Rade schüttelte den Kopf. »Nein, aber Marie hatte eine Schwester, die im Inneren eines Fjordes etwas weiter im Norden lebte, und während des Krieges wurde Marie dorthin geschickt, um der Familie im Haushalt zu helfen. Der Hof lag direkt neben einem Lager, und es war nicht ungewöhnlich, dass die Leute aus der Nachbarschaft die Gefangenen mit Essen und verschiedenen anderen Dingen versorgten, sofern sie es irgendwie entbehren konnten. Sie lebten ja auch nicht gerade im Überfluss, hatten aber ein großes Herz, wenn man das so sagen kann.«

Linnea musste die Worte erst einmal sacken lassen, bevor sie darauf etwas sagen konnte. »Maries Schwester Borghild ist die Großmutter von Iris, die mir das Haus auf Hjartøy überlassen hat. Aber ich hatte keine Ahnung, dass Marie während des Krieges bei ihr gewohnt hat. Das heißt also, Marie hat den serbischen Gefangenen Essen gebracht und dabei einen von ihnen kennengelernt?«

»Genau. Marie hat mir von den kurzen Treffen mit ihm erzählt, und an dem Leuchten in ihren Augen war unschwer zu erkennen, wie viel ihr die Begegnungen mit Jovan bedeuteten. Die Lager waren natürlich streng bewacht, deshalb war es nicht so leicht, sich heimlich zu treffen, aber die Gefangenen arbeiteten ja draußen auf dem Gelände, durch das die neue Straße führen sollte, und da konnten sie sich zwischendurch mal kurz davonstehlen. Marie hat mir auch erzählt, dass es unter den Aufpassern einen freundlich gesinnten gab, der nicht so genau hinsah, wenn die Gefangenen sich wegschlichen.«

Linnea versuchte, sich das Ganze bildlich vorzustellen. »Aber wie haben sie miteinander kommuniziert? Sie konnten sich doch gar nicht verstehen, oder?«

Rade lächelte. »Wenn man jung und verliebt ist, kriegt man das schon irgendwie hin, nicht wahr?«

Er trank einen großen Schluck Kaffee und ließ das letzte Stück Kuchen im Mund verschwinden. »Was halten Sie übrigens von dieser lokalen Teufelei?«

»Schmeckt richtig lecker.« Linnea aß noch ein Stück und hoffte, ihn damit zum Weitererzählen zu animieren.

»Jovan hat viel Norwegisch aufgeschnappt, er hatte offensichtlich ein Talent für Sprachen. Außerdem konnte er Deutsch, was ja nicht so weit entfernt ist, stimmt's?«, sagte Rade.

Linnea nickte mechanisch, während ihre Gedanken in die verschiedensten Richtungen wanderten und mal hierhin, mal dorthin sprangen. Hatte Marie ein Liebesverhältnis gehabt, von dem niemand etwas ahnte? Iris glaubte zu wissen, dass Marie ihr Leben lang allein gewesen war, und dasselbe hatten Edith und Karl behauptet.

»Aber wie ging es dann nach dem Krieg weiter, als sie sich aus den Augen verloren?«, fragte Linnea eifrig, ihre Stimme wurde heller.

Rade sah sie traurig an. »Jovan hat das Ende des Krieges leider nicht erlebt.«

Natürlich! Rade hatte ja gerade erst lang und breit davon erzählt, dass Tausende von Menschen in der Gefangenschaft umgekommen waren. »Wie tragisch«, war alles, was sie hervorbrachte.

»Ja, die Gefangenen hatten wirklich ein schreckliches Schicksal.« Sein Blick schweifte in die Ferne. »Wer starb, egal ob durch Exekution, Krankheit oder Erschöpfung, wurde einfach in einem Massengrab verscharrt. Jovan wurde nach einem missglückten Fluchtversuch erschossen, er hatte versucht, über die schwedische Grenze davonzukommen. All das Elend hatte aber auch einen positiven Nebeneffekt, denn zwischen den Menschen in Jugoslawien und Norwegen entstanden damals enge Freundschaften, die zum Teil bis heute andauern«, erklärte er.

Linnea hatte noch immer Schwierigkeiten, diese Geschichte in ihrer Gesamtheit zu erfassen, und fragte sich, wie es wohl kam, dass Marie kurz vor ihrem Tod noch eine Glocke aus Serbien bekommen hatte, nachdem Jovan doch im Krieg gestorben und sie selbst zurück nach Hjartøy gezogen war.

Als sie Rade dazu befragte, fuhr er sich mit der Hand durchs Haar und blickte sie an. »Damit kommen wir zu dem erfreulicheren Teil der Geschichte. Dass Sie das Glöckchen gefunden haben, ist ja fast wie ein Zeichen! Also, es war so: Als Marie hörte, dass ich aus Serbien komme, hat sie mir wie gesagt von Jovan erzählt, und da wurde ich neugierig, denn die Geschichte der

Kriegsgefangenen kannte ich nur zu gut. Nicht weit von Belgrad gibt es bei uns eine Einrichtung, die ›Das norwegische Haus‹ genannt wird. Sie ist ein Symbol für die Freundschaft zwischen Norwegern und den Menschen im ehemaligen Jugoslawien und ein Ort des Gedenkens«, erklärte er.

»Wie sich herausstellte, kannte Marie nur Jovans Vornamen. Das mag vielleicht seltsam klingen, aber aus Sicherheitsgründen war es damals das Beste, wenn man so wenig wie möglich voneinander wusste. So geriet man nicht in die Lage, bei einem Verhör irgendetwas auszuplaudern. Und da die Gefangenen nach ihrem Tod in anonymen Massengräbern landeten, verlor sich dort auch jede Spur. Ich musste mit anderen Worten echte Detektivarbeit leisten, um der Sache auf den Grund zu gehen. Viele Anhaltspunkte gab es nicht, aber Marie hatte erwähnt, dass Jovans Familie Glocken herstellte, also waren sie höchstwahrscheinlich im Besitz einer Glockengießerei gewesen. Dieses Handwerk hat in Serbien eine lange Tradition, und zu Jovans Zeit gab es viele Glockengießer im Land. Marie wusste auch, dass er einen Bruder und eine Schwester hatte, und erinnerte sich an den Namen der Schwester, Katica.«

Linnea sah ihn gespannt an. »Und damit konnten Sie das Rätsel dann lösen?«

Rade nickte. »Ja. Es hat zwar eine Weile gedauert und ging nicht ohne Umwege, aber irgendwann hatte ich's.« Er lachte. »Fast wie in dieser Fernsehsendung, wie heißt sie noch gleich?«

»*Vermisst*?«

»Genau! Die habe ich immer mit meiner Frau gesehen.«

Linnea kannte die Sendung nur aus Vorschauen, in denen stets tränenreiche Familienwiedervereinigungen über den Bildschirm flimmerten.

»Hat Marie etwa Verwandte von Jovan in Serbien getroffen?« Darüber konnten Iris und ihr Vater jedenfalls nicht im Bilde sein.

Rades Gesicht legte sich in ernste Falten. »Nein, daraus wurde leider nichts mehr. Wir haben versucht, sie zu überreden, aber sie fühlte sich zu schwach. Marie hatte Herzprobleme und zusätzlich diesen Arm, der sich nie so recht von dem Bruch erholte. Außerdem war sie wohl auch einfach ein bisschen ängstlich. Und irgendwann war es dann zu spät ...«

Linnea spürte, wie ihr die Tränen in die Augen traten.

»Ach, ist das traurig«, brachte sie mit Mühe hervor.

»Ja, sehr. Aber wir haben mit ihnen geskypt. Oder besser gesagt mit *ihr*, denn der Kontakt zur Familie kam letztlich über Jovans Großnichte Ljubica zustande, die Enkelin von Jovans großem Bruder Milan, der inzwischen auch nicht mehr lebt. Ljubica hatte als Kind viel von ihrem Großonkel gehört, der im Krieg sein Leben lassen musste und in fremder Erde begraben worden war, und sie hätte sich nie träumen lassen, mal mit einer Zeitgenossin sprechen zu können, die ihm begegnet war und ihn kannte. Sie war völlig überwältigt, und es war wirklich rührend, Zeuge dieses besonderen Kontakts zu werden, der zwischen ihr und Marie entstand, auch wenn sie nur am Bildschirm und über einen Dolmetscher miteinander kommunizieren konnten.«

Rade sah, dass Linnea Mühe hatte, all die Informationen zu verdauen, und ließ ihr einen Moment, um die Geschichte sacken zu lassen. Dann fuhr er fort.

»Nach Kriegsende verlor die Familie die Glockengießerei, und ein paar Jahre später wurde der Betrieb eingestellt. Die Gebäude standen lange Zeit leer und verfielen zunehmend. Ljubica kannte natürlich die Geschichten über die berühmten Glocken und Glockenspiele, die dort angefertigt worden waren, und träumte davon, das Unternehmen irgendwann einmal wiederzubeleben. Aber in Serbien herrscht leider immer noch viel Korruption, was die Unternehmensgründung nicht so leicht macht.

Man muss unter Umständen große Verluste in Kauf nehmen, und an Kredite zu kommen ist auch schwierig«, erklärte er.

Bevor er weitererzählte, ging Rade noch einmal zum Tresen, um neuen Kaffee zu holen. Linnea warf einen Blick aus dem Fenster und sah, dass sich die Leute draußen mit gekrümmten Oberkörpern gegen den Wind stemmten. Es hatte wieder angefangen zu regnen, und die meisten hatten die Kapuzen tief ins Gesicht gezogen. Sie selbst musste sich erst einmal zwei Regenschirme vom Sturm ruinieren lassen, bevor sie das Projekt aufgegeben und sich stattdessen einen Südwester zugelegt hatte.

»Wo waren wir stehen geblieben? Ach ja, die finanziellen Hürden. Für Marie haben die letztlich den Ausschlag gegeben.« Rade war mit zwei randvollen Tassen Kaffee zum Tisch zurückgekehrt.

»Den Ausschlag wofür?«, fragte Linnea neugierig.

»Sie beschloss, Ljubica ihre gesamten Ersparnisse zu überlassen, sodass die Glockengießerei wiedereröffnet werden konnte. Da war über die Jahre ein ordentliches Sümmchen zusammengekommen, und wie Sie sich bestimmt denken können, kriegt man in Serbien deutlich mehr fürs Geld als in Norwegen. Marie hatte ja keine eigenen Kinder und konnte mit ihrem Vermögen machen, was sie wollte.«

Ehe Linnea etwas sagen konnte, fuhr Rade fort.

»Die Wiedereröffnung der Glockengießerei konnte Marie anhand von Fotos und kleinen Videoaufnahmen mitverfolgen, die Ljubica per E-Mail mit ihr teilte, und wenn Marie mal in der Stadt war und es gerade passte, haben wir auch mit Ljubica geskypt. Die Glocke, die Sie da gefunden haben, hat Marie als Dankeschön zugeschickt bekommen. Es war die erste Glocke, die in der wiedereröffneten Gießerei angefertigt wurde«, sagte Rade und betonte jedes Wort, als hielte er eine Predigt.

Ohne dass es Marie aufgefallen war, hatte sich das Café bis auf ein paar wenige Gäste geleert. Ein Blick auf die alte Standuhr verriet ihr, dass mittlerweile fast zwei Stunden vergangen waren.

»Ich fürchte, ich muss langsam mal los«, sagte Rade entschuldigend, »aber vielleicht können wir uns ja noch mal treffen, das fände ich nett. Und ansonsten bleiben wir auf jeden Fall per E-Mail und Telefon in Kontakt, oder?« Er stand auf, zog die Regenjacke an, die über seiner Stuhllehne gehangen hatte, und Linnea folgte seinem Beispiel.

Nachdem sie sich vor dem Café verabschiedet hatten, blieb Linnea bis zur nächsten Fähre noch Zeit für einen schnellen Einkauf im Fischladen. Auf dem Weg dorthin schrieb sie Iris per SMS, dass sie Neuigkeiten habe und gegen Abend mal anrufen würde.

Im Fischladen schlug ihr der Duft frisch gebratener Fischfrikadellen entgegen, und damit stand fest, was es zum Abendessen geben würde: Fischburger mit Bratkartoffeln. Seit ihrem Umzug nach Hjartøy hatte sie so gut wie kein Fleisch mehr gegessen.

Als sie nach vollendeter Mahlzeit mit Iris telefoniert hatte, war die Freundin über Maries Geschichte in bittere Tränen ausgebrochen. Diese heftige Reaktion überraschte Linnea, sie hatte Iris regelrecht trösten müssen. So sentimental war sie normalerweise nicht, und Linnea hoffte, dass mit ihr alles in Ordnung war.

Nun saß sie am Computer und befragte noch einmal Google. Was sie unter dem Stichwort »Blutstraße« fand, war erschütternd. Die ersten jugoslawischen Gefangenen waren im Sommer 1942 in den Norden gekommen. Ursprünglich hatten die Deutschen sowjetische Kriegsgefangene als Zwangsarbeiter angefordert, doch die waren ihnen verwehrt worden. Stattdessen gingen sie einen Deal mit der SS in Serbien ein und bekamen

Gefangene aus Jugoslawien zugesandt. Das waren zum Teil Partisanen, die gegen die Deutschen gekämpft hatten, aber auch Zivilisten, die mit den Partisanen sympathisiert und sie unterstützt hatten, wie sie bereits von Rade wusste. In ihrer Heimat erwartete diese Menschen die Todesstrafe, doch die wurde nun zum Tod auf Raten durch körperliche Schwerstarbeit in einem fremden Land umgewandelt.

Zu den Wächtern der Gefangenenlager zählten sogenannte Hird-Männer aus dem Elitetrupp der norwegischen faschistischen Partei NS, aber auch andere Norweger, die sich an der Misshandlung und Ermordung der Gefangenen beteiligten. Die Zahl der Häftlinge belief sich auf mehr als viertausend Menschen, von denen über die Hälfte umgebracht wurden oder an Krankheiten oder Unterernährung starben. Besonders brutal ging es in der Zeit zu, als die Lager der SS-Leitung unterstanden, damals kamen mehr als siebzig Prozent der Gefangenen ums Leben. Als die Wehrmacht die Leitung übernahm und die Jugoslawen offiziell zu Kriegsgefangenen erklärt wurden, besserten sich die Bedingungen ein wenig, wie Linnea las.

Sie fand auch Bilder, die nur zu deutlich zeigten, unter welchen Verhältnissen die Gefangenen lebten. Da waren Fotos von spindeldürren Männern, die mit bloßen Händen körperliche Schwerstarbeit verrichteten. Besonders ein Bild hinterließ einen tiefen Eindruck bei ihr, und zwar das Porträt eines Gefangenen, der geradewegs in die Kamera sah. Seine Gesichtshaut spannte über den hervortretenden Wangenknochen, die Augen lagen in tiefen Höhlen, während sein Blick zugleich Stärke und Trauer ausstrahlte.

Nach Kriegsende wurde extra ein Friedhof für die Leichen der Gefangenen angelegt. Und dort lagen sie fortan, so unendlich weit weg von ihren Lieben und allen, die ihnen nahestanden.

KAPITEL 27

Zemun, Serbien, 2008

Ljubica war zuletzt vor einem Jahr auf dem Friedhof gewesen. Normalerweise vermied sie es, zu solchen Gedenkstätten zu gehen, weil sie ihr die Vergänglichkeit des Lebens bewusst machten und sie traurig stimmten. Jetzt war sie trotzdem dorthin unterwegs, um anlässlich des Todestages ihres Großvaters Blumen auf das Grab ihrer Großeltern zu legen.

Milan Vukanić war der letzte Glockengießer ihrer Familie gewesen, und als kleines Mädchen hatte Ljubica immer auf seinem Schoß gesessen, wenn er ihr von früher erzählte, von der Zeit vor dem bösen Krieg. Er beschrieb die Glockengießerei immer als einen magischen Ort, und sein größter Kummer war es gewesen, dass er den Betrieb nicht hatte aufrechterhalten können. Nicht zuletzt dadurch wurde es zu Ljubicas heiß ersehntem Traum, die Gießerei irgendwann wiederzueröffnen.

Und dieser Traum war wie durch ein Wunder wahr geworden, dank eines überaus großzügigen Geschenks von einer ihr zu jenem Zeitpunkt noch unbekannten Norwegerin. Ljubica konnte Maries Gesicht deutlich vor sich sehen. Sie hatten eine enge Beziehung zueinander entwickelt, obwohl sie einander nur am Bildschirm gesehen hatten und nicht die Sprache der anderen sprachen. Bis zuletzt hatte Ljubica gehofft, sie könne Marie dazu überreden, sie in Belgrad zu besuchen, aber nun war es dafür zu spät, hatte Rade sie doch vor ein paar Wochen über Maries Tod informiert.

Der große, alte Friedhof lag nur unweit von dem Haus entfernt, das Zoran und sie als Frischvermählte preiswert erworben und über mehrere Jahre renoviert hatten. Das zitronengelbe Gebäude mit den runden Giebelfenstern, das mitten auf dem Hügel lag, sprang einem sofort ins Auge. Ljubica, die in einer engen Mietwohnung in der Trabantenstadt Novi in Belgrad aufgewachsen war, hatte anfangs das Gefühl gehabt, als wohnte sie in einem alten, verwunschenen Schloss.

Ljubica erklomm die alten Steintreppen und kleinen Gässchen mit Kopfsteinpflaster, die zur Gardošhöhe hinaufführten, und schlüpfte durch eine der Friedhofspforten. Dicht an dicht standen die Grabsteine auf dem Kirchhof, teils kreuz und quer und in verschiedenen Größen. Manche waren klein und bescheiden, andere wiederum hoch und breit. Dazwischen befanden sich hohe Statuen, wie die eines Boxers in leibhaftiger Größe, dessen Fäuste in Boxhandschuhen steckten, bereit zum Schlag. Einige Gräber zierte ein prächtiger Blütenflor aus echten oder auch künstlichen Pflanzen. Hier zwischen so vielen Gedenksteinen umherzugehen war etwas Besonderes; es beschwor alte Erinnerungen und Träume herauf.

Eine Prozession kam einen Gehweg herauf und auf sie zu; respektvoll blieb Ljubica stehen. Ein Priester, der ein großes Kreuz trug, ging voran, ihm folgten vier Sargträger und dahinter schwarz gekleidete Trauernde mit Kränzen und Blumen. Ljubica wusste, dass den Toten Speis und Trank für die Reise ins Jenseits gereicht wurden und mehrere Erinnerungsmessen stattfanden. Die Trauer kannte so feste Rituale, dass sie manchmal wie eine Zwangsjacke war.

Die Grabstelle ihrer Großeltern war schön gelegen, an einem kleinen Hang, und die langen Äste einer alten Eiche spendeten angenehmen Schatten. Ljubica arrangierte die Fresien und Margeriten in der Vase, kniete sich für einen Augenblick hin und gedachte ihres Großvaters. An ihre Großmutter erinnerte sie sich nicht, sie war schon vor Ljubicas Geburt gestorben. Nur

Bruchstücke einer Erzählung über eine zarte Frau mit einer großen musikalischen Begabung hatten sich im hintersten Winkel ihres Bewusstseins festgesetzt.

Hinter sich bemerkte sie eine ältere Dame, die ein Stück entfernt an einem Grab stand. Wenn sie sich nicht irrte, war es die Grabstätte von Großvaters Schwester, Katica. Marie hatte sich bei ihrem ersten Austausch über Skype besonders nach ihr erkundigt. Die Frau stützte sich auf einen Gehstock. Ljubica sah, dass sie etwas auf das Grab gestellt hatte. Ljubica erhob sich und ging langsam auf die alte Dame zu, um sie nicht zu erschrecken.

»*Dobar dan*, guten Tag«, grüßte sie freundlich.

Die Frau erwiderte den Gruß.

»Sind Sie eine Verwandte?«, fragte Ljubica und deutete mit einem Nicken auf die Grabstätte.

Die Frau schüttelte den Kopf und sah Ljubica neugierig und mit intensivem Blick an. Ein paar Haarsträhnen ragten unter einem karierten Kopftuch hervor, ihre Haut war überraschend glatt. Ljubica fiel auf, dass die hellrote Strickjacke der Frau verschlissen und ihre Straßenschuhe abgelaufen waren.

»Nein«, erwiderte sie zögernd, »ich habe nicht zur Familie gehört, trotzdem war Katica wie eine Schwester für mich.« Die Frau warf einen traurigen Blick auf den Grabstein, vor dem ein Strauß mit rosa Dahlien stand. Katicas Bild zierte den Stein, es war ein Ausschnitt des einzigen Familienfotos, das nicht verloren gegangen war. Sie hatte ein leicht neckisches, aber zugleich schüchternes Lächeln, und der Schmuckkamm in ihrem welligen Haar unterstrich das Kindliche ihrer Züge. Der eingravierte Name und der Geburts- und Todestag waren dagegen fast nicht zu entziffern, und ein Teil der Ornamente auf dem Grabstein war verwittert.

»Wir hielten zusammen wie Pech und Schwefel. Die Trauer

über ihren Verlust war beinahe nicht zu ertragen. Inzwischen empfinde ich nur noch Wehmut, je näher der Zeitpunkt unseres Wiedersehens rückt. Ich komme regelmäßig hierher, um ein bisschen mit ihr zu plaudern«, sagte sie ein klein wenig beschämt. »Ich heiße übrigens Malvina«, fuhr sie fort. »Und Sie sind ...?«

»Mein Name ist Ljubica«, erwiderte Ljubica und reichte ihr die Hand. »Ich bin Katicas Großnichte und Milans Enkelin«, erklärte sie.

Das Gesicht der Frau erhellte sich, und bevor Ljubica mehr sagen konnte, wurde sie von Malvina unterbrochen. »Wie schön, Sie kennenzulernen! Ich habe mich häufig gefragt, was wohl aus Milans Nachfahren geworden ist. Ich bin gerade erst mit dem Bus an der instand gesetzten Glockengießerei vorbeigefahren, sie scheint wieder ihren Betrieb aufgenommen zu haben. Sogar das legendäre Glockenspiel auf dem Dach, das Ihr Großvater seinerzeit angefertigt hat, ist wieder an Ort und Stelle. Wissen Sie, wer nach all diesen Jahren dahintersteckt?«, fragte Malvina gespannt.

»Ja, das weiß ich sehr wohl«, lächelte Ljubica und wurde ganz stolz, als Malvina sie erwartungsvoll ansah. »Ich!«

»Gott im Himmel, ist das wahr?« Malvinas Augen strahlten, und Ljubica konnte sich vorstellen, wie sie als junge Frau ausgesehen haben musste. »Das müssen wir sofort Katica erzählen!«, sagte Malvina und schien sich für eine Unterhaltung mit ihr zum Grab hinunterbeugen zu wollen. Dann hielt sie verlegen inne. »Sie müssen entschuldigen, aber für mich alte Frau ist es so, als würde Katica noch immer lebend vor mir stehen«, sagte Malvina. »Das hätte sie außerordentlich gefreut, genau wie Ihren Großvater und Ihre Urgroßeltern, so tragisch, wie alles endete ...« Malvina pausierte und zögerte ein wenig, bevor sie fortfuhr. »Ich besitze etwas, das Sie vielleicht interessieren könnte.«

»Ach ja?« Fragend sah Ljubica die ältere Dame an.

»Es ist ein Buch; es enthält Briefe, Katicas Briefe an ihren Bruder Jovan. Sie standen sich ja sehr nahe, die beiden, und ... Ich weiß nicht, ob Ihnen sein Schicksal bekannt ist?«

Ljubica nickte ernst. »Ich weiß, dass er in einem norwegischen Gefangenenlager starb, aber Großvater hat sich geweigert, über das, was im Krieg geschehen ist, zu sprechen. Er verdrängte alle schmerzlichen Erinnerungen und hat sie nie wieder hervorgeholt«, sagte sie.

»Es war eine schwierige Zeit«, bestätigte Malvina. »Ich erfuhr von Jovans traurigem Ende durch seinen Freund Dragan. Wie sich herausstellte, waren sie gleichzeitig in Norwegen gewesen, aber in verschiedenen Lagern, sodass sie nichts voneinander wussten. Dragan muss jetzt weit über neunzig sein. Er hat mir eine Weihnachtskarte geschickt, nachdem er zu einer seiner Töchter nach Vojvodina gezogen ist.«

»Ich würde dieses Buch nur zu gern sehen«, sagte Ljubica, die schon befürchtete, Malvina könnte ihr Angebot bereits wieder vergessen haben. »Und Sie wird es sicherlich interessieren, weshalb es mir möglich wurde, wieder Glocken in der alten Gießerei herzustellen.«

»Dann sollten Sie mich einmal besuchen kommen, und dann unterhalten wir uns ganz in Ruhe. Ich bin fast immer daheim«, sagte Malvina und nannte Ljubica ihre Adresse.

Nachdenklich blieb Ljubica stehen und sah der alten Dame nach, bis sie inmitten des Meeres aus Grabsteinen verschwand.

Ljubica drehte sich um und bewunderte das niedrige, längliche Gebäude, das sich entlang der Seitenstraße erstreckte. Sie konnte sich fast nicht sattsehen an dem Schild, das sie nach dem Vorbild des alten hatte schmieden lassen – es trug die Inschrift *Livnica Vukanić*.

Durch das offen stehende Fenster konnte sie hören, wie gerade eine Glocke gestimmt wurde. Die verschiedenen Teiltöne – Unterton, Prime, Terz, Quinte, Oktave – waren wie ein Gedicht für sie, und Ljubica sah den Ausschlag des Messinstruments vor sich, als der Glockenstimmer es an die Innenseite der umgekehrt in der großen Drehbank stehenden Glocke hielt.

Die alte Uhr am Giebel war auch wieder an ihrem angestammten Platz; darüber stand die Jahreszahl 1854, das Gründungsjahr der Glockengießerwerkstatt durch ihren Urururgroßvater. Vor der Restauration des Gebäudes klaffte an der Stelle, wo die Uhr gewesen war, nur ein Loch im Mauerwerk, wo sich die herrenlosen Katzen der Stadt sonnten. In ihrer Tasche hatte Ljubica eine kleine Glocke, die sie Malvina schenken wollte. Sie war von derselben Art wie das Glöckchen, das sie nach Norwegen geschickt hatte. Was nun, nach Maries Tod, wohl damit geschehen würde?

Malvina wohnte in einem alten Mietshaus an einer Ecke gegenüber dem Stadtpark, wo an diesem heißen Tag heute viele Menschen auf der Wiese saßen. Das Gebäude musste einst stattlich gewesen sein, nun aber blätterte an mehreren Stellen die Farbe ab, und einige Mauerteile bröckelten. Ljubica klingelte und musste sich mit ihrem ganzen Gewicht gegen die Eingangstür stemmen, um sie zu öffnen. Malvina stand bereits in der Tür, als Ljubica die richtige Etage erreicht hatte, und begrüßte sie mit einem herzlichen Lächeln.

»*Dobro došla*, willkommen.«

Als Ljubica den Wohnungsflur betrat, fiel ihr als Erstes ein großes Bild von Tito in Generaluniform auf. Sein Blick war schräg nach oben gerichtet. Er musste auf diesem Bild noch relativ jung sein und wirkte durchaus vertrauenerweckend, das musste Ljubica einräumen. Der alte Autokrat war für viele Menschen der älteren Generation nach wie vor ein Held.

»Wir hatten unter Tito gute Tage«, sagte Malvina nachdrücklich und lag damit nicht ganz falsch. »Erst nach seinem Tod geriet allmählich alles aus den Fugen«, ergänzte sie und fuhr fort, bevor Ljubica etwas erwidern konnte: »Ach, wie wir an seinem Todestag doch geweint haben! So, als wäre ein naher Angehöriger gestorben. Wir haben die ganze Zeit ferngesehen und nur über Tito und seine Errungenschaften in Jugoslawien geredet.« Stolz schwang in ihrer Stimme mit.

Ljubica wusste, dass sie sich besser mit Kritik zurückhielt, war es doch noch gar nicht so lange her, dass Titos Leben und Lehren unterrichtet wurden. Einer der alten Professoren ihrer Universität hatte einmal hoch erhobenen Hauptes erzählt, dass das erste Wort seines kleinen Sohnes »Tito« gewesen sei. Das war eine Heldenverkehrung, die im Nachhinein doch unangebracht war, ging ihr durch den Kopf.

Vieles war während seiner Regierungszeit auch unter den Teppich gekehrt worden, und als er starb, schien es, als hätte man den Deckel eines Dampfkochtopfs geöffnet – alle alten Konflikte kamen erneut an die Oberfläche und lösten neue Kriege aus. Wie ein ewiger Kreistanz von Tragödien und Ungerechtigkeiten.

Malvina unterbrach sie in ihren Gedanken.

»Gehen Sie nur in die Stube und nehmen Sie Platz, ich hole währenddessen das Buch.«

Ljubica setzte sich auf das grüne Veloursofa, das zwischen den beiden Fenstern des Zimmers stand, die Ausblick auf den Park boten. Auf dem Couchtisch stand eine Blumenvase mit frischen Lilien, und die Wände zierten viele Porträts von Kindern unterschiedlichen Alters. Wenig später kam Malvina mit einem Tablett wieder, auf dem zwei hellblaue Porzellantassen mit Goldrand und zwei Kuchenteller standen. Daneben lag das Buch. Den Einband zierte ein Stoff mit kleinen rosa und blauen Blümchen.

»Schlagen Sie es ruhig auf und studieren Sie es, während ich den Kaffee zubereite«, forderte sie Ljubica freundlich auf.

Als Ljubica das Buch in die Hand nahm, merkte sie, dass es alt und staubig roch und die Seiten ganz porös waren. Die Ränder waren abgestoßen. Andächtig schlug sie es auf und begegnete einem so lebendigen Blick, dass sie zusammenfuhr. Es war ein Bleistiftporträt eines gutaussehenden jungen Mannes – Jovan, Katicas geliebtem großen Bruder. Sie blätterte um und vertiefte sich in den Text, der in eleganter Jungmädchenschrift verfasst war:

Lieber Bruder,

wo steckst du nur? Vater behauptet, du seist mit den Partisanen fortgegangen und dass du den Mann, der sich Tito nennt, zu deinem Gott – oder Götzen, wie Vater ihn bezeichnet – erkoren hättest. Und dass dieser neue Krieg alles und alle zerstört habe und uns um viele Jahre zurückwerfe. Er sagt, dass du höchstwahrscheinlich von den Deutschen getötet oder gefangen worden seist. Mutter liegt fast nur noch den ganzen Tag im Bett und weint. Dein Zimmer ist noch genau so wie an dem Tag, an dem du verschwunden bist, und ab und zu schleiche ich mich hinein und lege mich auf dein Bett, um dir nahe zu sein.

Ich weigere mich zu glauben, dass du nicht mehr am Leben bist, deshalb schreibe ich dir Briefe in dieses Notizbuch und zeichne etwas für dich. So ähnelt es ein wenig dem Briefroman von Isidora Sekulić, den mir Großmutter damals zum Geburtstag geschenkt hatte, nur dass es sich nicht um Briefe aus Norwegen handelt, sondern aus deiner Heimat. Das Buch habe ich bei Papierhändler Puljo gekauft. Ich mag dieses Geschäft sehr und freue mich immer noch darüber, allein dorthin zu gehen, auch wenn dort zurzeit nicht viel

Neues ins Sortiment hereinkommt. Wenn wir uns wiedersehen, werde ich dir diese Briefsammlung schenken, und wir können gemeinsam darin blättern. Ich hoffe, dass das nicht mehr lange dauert! Während ich warte, bist du immer in meinen Gedanken. Es ist, als würde meinem Herzen etwas fehlen, wenn du nicht da bist.

Die erste Zeichnung zeigt übrigens die grimmigen Löwen, die als Türklopfer an der großen Eingangstür am Haus der Familie Karamata dienen. In meiner Fantasie ist es ein altes, abenteuerliches Haus voller Schätze und Geschichten, wenn ich an all die berühmten Gäste denke, die dort im Lauf der Zeit zu Gast gewesen sind. Sogar König Alexandar war dort einmal, als er noch ein Prinz war! Jetzt wirken die Löwen so traurig. Weißt du noch, wie oft du mich dazu verleitet hast, dort stehen zu bleiben und sie anzubrüllen, damit die Tür sich, wie du sagtest, öffnen würde? Wie klein und naiv ich damals doch gewesen bin! Jetzt kommt es mir so vor, als habe unsere Stadt den Mantel enger um sich gezogen und fröre, obwohl die Sonne bereits wärmt.

Viele Grüße von deinem kleinen Eichhörnchen und deiner kleinen Schwester Katica

Lieber Bruder Jovan,
heute Nacht habe ich von dir geträumt. Du hast dich auf meine Bettkante gesetzt, mein Haar gestreichelt und gesagt, dass ich keine Angst haben solle. Es war alles so echt, und als ich aufgewacht bin, hatte ich Herzklopfen.

Das muss ein Zeichen von dir gewesen sein, etwas, das du mir sagen wolltest, aber die restlichen Worte aus deinem Mund verloren sich, ohne dass ich sie verstehen konnte. Sie lösten sich auf und wurden zu Wolken, die zum Himmel stiegen. Das Ganze war so seltsam! Ich hoffe, der Traum bedeutet, dass es dir gut geht, Jovan. Wir wissen ja nichts über deinen Verbleib, auch wenn Vater glaubt, dass du ins Gebirge gezogen bist, um dort gegen die Deutschen zu kämpfen. Hier in Zemun ist gerade alles in großem Aufruhr, alle haben Angst. Nur Großmutter versucht, so zu tun, als sei alles noch wie vorher, während sie von ihrer Kindheit in Wien schwärmt, von den Opernvorstellungen und den großen Kunstmuseen, von den Kaffeehäusern und der Sachertorte, die in dieser Stadt niemand herzustellen in der Lage sei. Mutter sagt, sie verliere sich vollkommen in der Vergangenheit, aber daran ist doch nichts verkehrt, oder?

Ich weiß nicht länger, wie ich über die Zukunft denken soll, deshalb zeichne ich dir heute die Donau. Sie zieht sich immer noch unbekümmert wie eh und je durch die Stadt, verrät nichts, ist so geheimnisvoll. Wie viel Freude sie uns doch gemacht hat! Erinnerst du dich noch an die prächtigen Schiffe, auf denen Bälle arrangiert wurden, und wie unterhaltsam es war, am Flussufer zu stehen und all den ausgelassenen Menschen zuzuwinken, die dort tanzten, und an die Jazzorchester, die so mitreißend spielten, dass man unmöglich stillstehen konnte?

Oder an deinen Geburtstag im Februar, als es bei uns mit achtundzwanzig Grad minus einen Kälterekord gab und der Eisnebel den Fluss wie ein Hermelinpelz einhüllte? Und wie, als die Kälte ihn plötzlich losließ, doch das Eis klirrte und knackte, als es brach, und große Eisschollen in wahnwitzigem Tempo davontrieben. Ach, wie ich doch die Sorglosigkeit und unsere Spiele vermisse!

Lieber Jovan-Bruder,
heute habe ich dich gezeichnet. Du erkennst das Bild sicher wieder. Es zeigt dich als kleinen Jungen, in den Mutter

völlig vernarrt ist, und ich habe es nach dem Foto angefertigt, auf dem du auf einem kleinen Stuhl sitzt und dein Hemd, deine kurzen Hosen und eine Socke etwas runtergerutscht sind. Weißt du noch, wie Mutter sich darüber geärgert hat? Du bist umgeben von weißen Rosen und hältst eine in der Hand. Damals hattest du noch Locken. Ich erinnere mich daran, dass du selbst dachtest, du sähst auf dem Foto aus wie ein Mädchen, weshalb ich ein paar Stellen nachgebessert und dich in meiner Zeichnung etwas jungenhafter dargestellt habe. Ich weiß, das würde dir gefallen! Mutter nimmt dieses Foto von dir jeden Tag zur Hand, berührt es mit den Lippen und murmelt leise Worte, die unmöglich zu verstehen sind.

Jetzt sind sie gerade alle aus dem Haus, sodass es hier drinnen völlig still ist, bis auf das Ticken der Uhren. Ich hatte eigentlich auch rausgehen wollen, weil heute schulfrei ist, aber es geht mir nicht so gut. Wenn ich schnell laufe, werde ich manchmal etwas kurzatmig. Das ist mir jetzt schon mehrmals aufgefallen, aber ich will Mutter und Vater nichts davon sagen, sie haben schon genug Sorgen. Das wird sicherlich bald vorbeigehen.

Aber lass uns nicht traurig sein! Ich habe beschlossen, dir jedes Mal, wenn ich dir schreibe, etwas Schönes zu erzählen, und heute will ich dir von unserem Bruder Milan berichten, der mit der Arbeit an einem neuen Glockenspiel begonnen hat. Er komponiert eine eigene Melodie, und das Glockenspiel soll später auf dem Dach der Glockengießerei stehen, damit die Töne in der ganzen Stadt erklingen! Vater meint, das sei verschwendete Zeit, weil der Krieg alle Glocken zum Verklingen gebracht habe, aber Mutter und ich ermuntern ihn nach besten Kräften. Es tut so gut zu sehen, dass Mutter wieder für etwas Interesse bekundet.

Lieber Bruder Jovan,

es ist etwas passiert, das ich nur dir erzähle und niemandem sonst. Stell dir vor, ein Geheimnis von mir für dich! Du kennst doch meine Freundin Malvina, die, wie du immer sagst, so ernst aussieht? (So ernst ist sie gar nicht, nur sehr nachdenklich.) Nun, sie hat mir heute gesteckt, dass ihr Bruder Nikolaj, der drei Jahre älter ist als wir, in mich verliebt ist! Ist das zu glauben?!

Ich spüre mein Herz schneller klopfen, während ich dir das schreibe, und es ist ein anderes Herzklopfen als sonst, wenn das Herz mir gleichsam davongaloppiert. Das macht mich müde und zwingt mich zum Ausruhen, aber dies hier ist anders, denn jetzt werde ich stattdessen ganz froh in mir drinnen und kann fast nicht mehr stillsitzen.

Nikolaj sieht noch besser aus als du, Jovan, auch wenn er vielleicht nicht genauso lustig ist. Ach, ich wünschte, ich wäre nicht so verlegen! Malvina hat gesagt, dass Nikolaj mich unter vier Augen treffen möchte, aber ich weiß nicht, ob ich es wage – auch wenn ich mir sicher bin, dass du mich dazu überreden würdest, falls du hier wärst. Du hättest mir Mut gemacht! Nun gelobe ich mir selbst, couragiert zu sein, das ist ein Versprechen von mir an dich.

Weil dieser Brief so viel von mir handelt, bekommst du ein Selbstporträt, das ich vor dem großen Spiegel in der Eingangshalle gezeichnet habe. Ich habe viele verschiedene Entwürfe skizziert, bis ich zufrieden mit meinem Ausdruck war. Kannst du sehen, dass ich mich verändert habe, dass ich – seitdem du mich zuletzt gesehen hast – erwachsener geworden bin? Ich hoffe es!

Lieber Bruder,

*alles hier vermisst dich, selbst die Blätter der Lindenbäu-
me auf der Straße wispern von dir und lassen sich in den
Staub hinabhängen. Vater ist schon lange unsanfter Laune,
ich glaube, er hält es für seine Schuld, dass du abgehauen bist.
Er teilt seine Gedanken mit niemandem, aber sein Äußeres
verrät ihn.*

*Außerdem läuft die Glockengießerei schlecht. Waffen, nicht
Glocken, werden jetzt nachgefragt, aber Vater wird niemals
Kugeln gießen, das hat er geschworen.*

*Es gibt so wenig, worüber man sich freuen kann, Jovan,
aber heute hat mich etwas zum Lächeln gebracht. Malvina
hat mir einen Brief von ihrem Bruder gegeben. Nikolaj lädt
mich zum Sonntagsausflug auf die Kriegsinsel ein (welch
ein schrecklicher Name!), und wir werden gemeinsam mit
dem Schiff dorthin fahren. Erinnerst du dich noch daran, wie
wir dort waren, die ganze Familie? Wie wir dort gebadet,
Ball gespielt und gepicknickt haben? Die Insel war voller aus-
gelassener Menschen, und das Orchester spielte muntere
Melodien im Musikpavillon. Die Zeichnung, die ich heute
für dich gemacht habe, spiegelt diese Erinnerung wider. Ich
habe nicht vor, unseren Eltern etwas von dem Ausflug zu
erzählen – vermutlich werden sie meine Abwesenheit nicht
einmal bemerken. Sie haben so viele Sorgen und leben so
oft in ihrer eigenen Welt, Vater in seiner und Mutter in ihrer.
Und die arme Großmutter hat ja schon lange Zuflucht in
der alten Welt gesucht. Milan und ich haben allerdings ein
Spiel erfunden, in dem wir vorgeben, die Zeit wäre stehen
geblieben und alles wäre so wie immer, als du noch bei
uns warst. Ich kann dein Lächeln vor mir sehen, wenn du
liest, dass Milan spielt, aber der Krieg hat neue Seiten an unserem ernsten Bruder hervorgebracht! Und er vermisst dich*

genauso sehr wie ich, auch wenn er es nicht aussprechen würde.

Lieber Bruder Jovan,
heute sind Malvina und ich zum Turm auf der Gardoš-höhe gestiegen. Wir haben unterwegs mehrere kleine Pausen eingelegt, es gab so viel entlang der steilen Steintreppen, die zur Spitze hinaufführen, zu entdecken. Ein Katzenjunges hatte seine Mutter verloren, aber sie hat es wiedergefunden und es im Maul zurück zu ihrem Unterschlupf getragen, während sie uns böse angesehen hat, als hätten wir vorgehabt, es mitzunehmen. Ha, das hätte Mutter gefreut, wenn ich daheim eine Katze angeschleppt hätte! Sie macht sich übrigens gerade große Sorgen um Familie Kohn – ja, wir alle tun das. Vor ein paar Tagen hat jemand mit einem Stein ihr Fenster eingeschmissen, Jovan, was sagst du dazu! Es ist so schrecklich, sich vorzustellen, dass wildfremde Menschen, die nicht wissen, welch feine Leute das sind, solche Wut auf sie haben, bloß weil ihre Vorfahren aus Deutschland kamen. Sie sind doch ebenso sehr wie wir gegen den Krieg! Du müsstest hier sein und die schöne Clara trösten, Jovan ... Sie fragt immer noch nach dir, weißt du. Nein, jetzt laufen mir die Worte davon!

Wie du siehst, habe ich dir den Gardošturm gezeichnet. Heute dort gewesen zu sein hat gutgetan, es hat mir so ein schönes Gefühl der Geborgenheit gegeben, in dem herrlichen Park zu sitzen und über unsere Stadt zu blicken. Erinnerst du dich noch daran, wie oft wir die Trompeter der Brandschutz-wache auf dem Turm gehört haben, die vor einem Feuer warnten? Wie ängstlich wir doch waren, dass es in unserer Straße gebrannt haben könnte! Mit der Zeit haben wir dann die verschiedenen Melodien unterscheiden können und rasch erkannt, welche Gegend Zemuns betroffen war. Wie lange her mir das heute vorkommt!

Ich habe dir ja versprochen, dir jedes Mal etwas Positives oder Amüsantes zu erzählen. Diesmal geht es um unseren ernsten und flinken Bruder. Denk nur, gestern hat Milan doch glatt Frau Markovic höchstpersönlich im Treppenhaus umgerannt! Oh, ich wünschte, du wärst hier, damit wir zusammen darüber lachen könnten. Denn die kräftige Frau Markovic fiel um und ist plumps, plumps, plumps die Treppen hinuntergepurzelt. Mutter und ich sind gleich raus aus der Wohnung, um es zu sehen. Und sogar Großmutter, schwerhörig, wie sie ist, hat das Getöse gehört. Als Frau Markovic wieder bei Sinnen war und sich gesammelt hatte, hat sie Milan vielleicht den Marsch geblasen, kann ich dir sagen!

Milan ist rot geworden wie eine Tomate, hat sich immer wieder vor ihr verbeugt und verneigt, nachdem er ihr wieder auf die Beine geholfen hatte, und ist dann wie ein Blitz verschwunden. Ich verstehe gar nicht, weshalb Milan es so eilig hatte, zur Werkstatt zu kommen, denn zurzeit fragt ja sowieso niemand mehr Glocken an, und das Glockenspiel, an dem er arbeitet, müsste bald fertig sein. Vielleicht liegt es nur daran, dass er von uns fortwollte, genau wie du.

Jovan, Großmutter ist von uns gegangen!

Sie sollte wie üblich mit uns zu Abend essen, und zuerst dachten wir, sie wäre einfach nur eingenickt, weil sie nicht mehr so auf die Zeit achtet. Aber als Vater die Tür zu ihrer Wohnung aufgesperrt hat, fand er sie in ihrem Lehnstuhl sitzend vor dem großen Fenster, das zur Straße hinauszeigt. Er hat das Fenster geöffnet und ihre Seele freigelassen. Ich habe es nicht über mich gebracht, mir Großmutter noch einmal selbst anzusehen, aber Vater meinte, der Friede sei mit ihr gewesen und dass sie nun wieder mit Großvater und den übrigen Verwandten im Himmel vereint sei.

Auf ihrem Schoß lag die Bibel, und ich frage mich, was sie zuletzt gelesen hat, ob es Worte des Trostes für ihre letzte Reise waren. Ich bin mir jedenfalls völlig sicher, dass du bis zuletzt in ihren Gedanken warst, denn jedes Mal, wenn sie einen hellen Moment hatte, hat sie nach dir gefragt.

Es kommt uns so vor, als wären wir jetzt ankerlos und trieben fort in unbekanntes Fahrwasser. Ich habe dir Großmutter gezeichnet, jedoch so, wie ich sie mir als junges Mädchen in Wien vorstelle, als sie all die eleganten Kaffeehäuser dort besucht hat. Sie hebt die Kaffeetasse an den Mund und trägt einen Blumenkranz im Haar, weil sie in all den Jahren, seit wir sie kennen, unserem Dasein Farbe und Schönheit verliehen hat.

Aber wie kann ich dir nach alldem etwas Positives oder Amüsantes schreiben? Das ist einfach unmöglich. Deshalb begnüge ich mich damit zu erwähnen, dass der Ausflug mit Nikolaj zur Kriegsinsel sehr schön war. Und dass wir uns vielleicht wiedersehen werden.

Bruder!

Ich schreibe dir weiterhin und fertige Zeichnungen für dich an, obwohl Vater sagt, dass er davon überzeugt ist, dass du tot bist. Du kannst dir vorstellen, wie wütend ich deswegen auf ihn war! Wie kann er so etwas sagen, wenn ich mir doch fast sicher bin, dass du noch lebst?

Vater ist in schlechter Verfassung, seine Augenringe werden dunkler und dunkler, wie Trauerränder. Er nimmt jeden Tag Frack und Hut und geht wie eh und je zur Glockengießerei. Deshalb habe ich dir heute eine Glocke mit Verzierungen und Mustern gezeichnet, die meiner eigenen Fantasie *entsprungen sind. Vielleicht wird diese Glocke eines Tages das Licht der Welt erblicken, wer weiß das schon. Oh, wie sehr ich doch das Ende dieses schrecklichen Krieges herbeisehne! Ist es nicht seltsam, dass die Sonne weiterhin scheint, die Donau glitzern lässt und die kleinen Vögel immer noch munter singen? Hat denn niemand von ihnen den Ernst der Lage begriffen?*

Ich muss dir übrigens auch noch etwas anderes berichten. Gestern bin ich im Wohnzimmer umgekippt. Plötzlich wurde mir schwindelig, und mein Herz schien ein paar Schläge auszusetzen. Du weißt ja, dass ich ab und zu etwas kurzatmig bin, aber diesmal war es irgendwie anders. Zum Glück ist das schnell wieder vorbeigegangen, aber unglücklicherweise hat Mutter es mitangesehen, und nun sagt sie, dass sie den Doktor darum bitten wird, mich zu untersuchen. Er kommt morgen.

Ich hoffe, dass ich in meinem nächsten Brief bessere Neuigkeiten für dich habe. Oh, wie sehr wünschte ich mir, dass du hier wärst, dann hättest du die Träne fortgewischt, die mir gerade über die Wange rinnt. Wenn ich die Augen schließe, kann ich deine warmen Hände spüren, die mein Gesicht umfassen und mich trösten.

Pass gut auf dich auf, bis wir uns wiedersehen! Dein kleines Eichhörnchen wartet hier treu auf dich.

Ljubica hatte gar nicht gemerkt, dass Malvina aus der Küche gekommen war und sich neben sie auf das Sofa gesetzt hatte.

»Es ist so traurig, das zu lesen. Und die Zeichnungen sind wunderschön. Ich weiß nicht, was ich sagen soll …«, schniefte sie.

Malvina legte einen Arm um sie. »Jetzt trinken wir erst einmal eine Tasse Kaffee, bevor er kalt wird, und dann kann ich Ihnen etwas mehr über Katica erzählen. Schenken Sie uns ein? Meine Hände sind inzwischen etwas zittrig geworden.«

Ljubica goss Kaffee in die Tassen und legte ihnen beiden ein Stück Baklava auf den Teller, während Malvina sich zu erzählen anschickte.

»Katica und ich haben viel Zeit miteinander verbracht. Ich hatte zu Hause viele Pflichten – mein Vater war Witwer, und als Arzt konnte er rund um die Uhr zu Patienten gerufen werden. Aber ich habe mich so oft wie möglich zu Katica davongemacht. Sie hatte einmal ein Porträt von mir gezeichnet, über das ich mich sehr gefreut hatte. Ich wollte nämlich, dass sie mich auf dem Bild älter aussehen ließ, als ich es war.« Bei diesem Gedanken lächelte Malvina. »Später, als ich Krankenschwester war, hätte ich merken müssen, dass mit ihr etwas nicht stimmte. Katica war gelegentlich kurzatmig, ohne dass sie sich sonderlich angestrengt hätte, machte aber nie viel Aufhebens darum. Wie meistens war sie guter Laune, und so haben wir das wohl alle miteinander übersehen.«

Malvina nahm ein Taschentuch aus der Tasche ihres Kleides und trocknete sich die Augen. »Nachdem sie zu Hause zusammengebrochen war, wurde sie ins Krankenhaus eingewiesen, wo man herausfand, dass sie einen Herzfehler hatte, der operiert werden musste. Ich durfte sie noch einen Tag vor dem Eingriff besuchen. Und da hat sie mir dieses Buch gegeben. Sie hatte es von daheim mitgenommen und in der Nachttischschublade versteckt, weil sie nicht wollte, dass ihre Eltern es sähen. Katica bat mich, für sie darauf achtzugeben, bis sie wieder aus dem Krankenhaus entlassen würde. Aber sie kehrte nie wieder heim. Sie konnten sie nicht retten, sie starb noch auf dem Operationstisch«, sagte Malvina tief Luft holend.

»Wie tragisch«, war alles, was Ljubica hervorbrachte.

»Ja, es kam mir so sinnlos und ungerecht vor, aber immerhin ist ihr auf diese Weise vieles erspart geblieben.«

Ljubica nickte. Auch wenn ihr Großvater nicht darüber hatte sprechen wollen, wusste sie, dass seine Eltern – ihre Urgroßeltern – beim Bombenangriff der Deutschen auf Belgrad im April 1944 umgekommen waren. Das ganze schöne Haus, in dem sie lebten, war zerstört worden, und Großvater Milan hatte sein Leben nur retten können, weil er sich währenddessen in der Glockengießerei aufgehalten hatte.

»Aber jetzt müssen Sie mir *Ihre* Geschichte erzählen«, forderte Malvina Ljubica begierig auf.

Und so erzählte Ljubica zunächst einmal von sich: dass sie Wirtschaftswissenschaftlerin sei und immer davon geträumt habe, die Glockengießerei wiederaufzubauen, dass die Korruption und Schwierigkeiten bei der Kreditvergabe es ihr jedoch unmöglich gemacht hätten. Sie erzählte von ihrem Mann Zoran, einem Juristen, und von ihren Töchtern Sanja und Milena, die zwölf und vierzehn seien, sowie von ihren Eltern, die als Rentner nach Montenegro gezogen seien.

Danach nahm sie die kleine Glocke aus der Tasche und gab sie Malvina, bevor sie ihr erzählte, wie Marie ihr als rettender Engel erschienen war und Ljubicas großen Wunschtraum in Erfüllung hatte gehen lassen.

Während sie erzählte, hatte Malvina sie nur aus großen Augen angesehen.

»Jovan hatte also eine Liebste, als er in Norwegen war?«, hakte sie erstaunt nach.

Ljubica nickte. »Ihnen blieb nicht viel Zeit miteinander, und all ihre Verabredungen waren natürlich heimlich, aber sie wollten heiraten, sobald Jovan wieder ein freier Mann gewesen wäre«, erklärte sie.

Malvina nahm einen Schluck Kaffee und schien gründlich

über etwas nachzudenken, bevor sie beschloss, etwas zu sagen.

»Sie wissen, dass Jovan Clara hätte ehelichen sollen?«

Ljubica runzelte die Stirn. »Clara? Sie meinen meine Großmutter?«

»Richtig. Um ehrlich zu sein, waren es wohl eher seine und Claras Eltern, die sich darüber fast einig waren, aber Clara zumindest war schwer verliebt in Ihren Großonkel. Deshalb war ich ziemlich überrascht, als ich erfuhr, dass sie Milan zum Mann genommen hatte. Allerdings glaube ich, dass sie zusammen ein gutes Leben hatten. Die Liebe hat so viele Facetten, und manchmal braucht sie Zeit, um zu wachsen«, sann Malvina vor sich hin.

Ljubica fiel auf, dass Malvina allmählich etwas erschöpft wirkte, und machte sich daran aufzubrechen.

»Vielen Dank für den Kaffee und dafür, dass ich diese wunderbaren Briefe lesen durfte«, sagte sie und machte Anstalten aufzustehen.

Malvina legte ihr eine Hand auf den Arm.

»Das Buch gehört von nun an Ihnen. Ich habe keine Nachkommen und weiß nicht, was nach meinem Tod aus meinen Sachen wird«, sagte sie und fügte hinzu: »Die Fotos an den Wänden zeigen nicht meine eigenen Kinder, auch wenn mein Mann und ich sie so behandelt haben. Miroslav war ein ganzes Stück älter als ich, und als sich herausstellte, dass wir keine Kinder bekommen konnten, haben wir Pflegekinder aufgenommen – arme Würmchen, die vor Gewalt und Armut bewahrt werden mussten. Mein einziger Bruder, Nikolaj, ist als junger Mann nach Australien ausgewandert, um sich zum Herzspezialisten ausbilden zu lassen. Er hat dort eine Familie gegründet und blieb dort, bis er vor ein paar Jahren starb«, sagte sie und legte Ljubica das Buch in den Schoß.

»Es fühlt sich richtig an, dass dieses Buch jetzt in Katicas Familie zurückkehrt. Und ich habe dafür ja auch dieses schöne Glöckchen von Ihnen bekommen. Es soll mich daran erinnern, dass letztlich immer die Gerechtigkeit siegt«, sagte Malvina nachdrücklich und lächelte Ljubica ermunternd zu.

KAPITEL 28

Rynes, 1942

»Begreifst du, was du angerichtet hast, Marie? Was das für dich, aber auch für uns heißt?« Borghild und sie waren allein in der Küche, und Borghild hatte sie so fest am Arm gepackt, dass Marie sich beherrschen musste, um nicht laut aufzuschreien. Der Blick ihrer Schwester war eiskalt, so, als würde ein Schneesturm über ihr Gesicht ziehen. Der Geruch von Heringsfrikadellen, die Marie vorher zu braten geholfen hatte, hing immer noch durchdringend im Raum. Sie hätte sich beinahe von dem Gestank übergeben müssen, als Gudrun ihr gezeigt hatte, wie sie vor dem Braten den Tran abbrennen musste – indem man den Tran stark erhitzte, verlöre sich der Trangeschmack, wie sie behauptete. Aber dieser Gestank war umso schlimmer und hatte sich in Haar und Kleidung festgesetzt.

Es hatte einige Zeit gedauert, bis Marie klar geworden war, dass ihre Begegnungen mit Jovan nicht ohne Folgen geblieben waren, obwohl sie nur zu gut wusste, wie Kinder entstanden. Kinder aber waren etwas, das sie irgendwann in Zukunft einmal haben würden, hatte sie gedacht – wenn Jovan aus Schweden zurückkehrte, wenn der Krieg vorbei wäre, wenn sie mit der Schule fertig und vielleicht sogar Lehrerin wäre, wie es ihr Wunsch war.

Zunächst hatte sie sich keinen Rat gewusst. Lange hatte sie sich an den Gedanken geklammert, dass das, was in ihr heranwuchs, eines Tages einfach abgehen und von selbst verschwinden würde; dass so etwas vorkommen konnte, hatte sie gelesen. Hätte sie nur in einer Stadt gelebt, hätte es auch andere Möglichkeiten gegeben … Marie war zu Jovans und ihrem Treffpunkt gegangen, hatte das Gesicht im Heidekraut vergraben und lautlos geweint. Manchmal glaubte sie, Jovans Stimme zu hören, die ihr sagte, sie müsse jetzt stark sein.

An dem Tag, als sie Zeugin seines Todes geworden war, war sie schließlich zum Haus zurückgekrochen. Zitternd und leichenblass hatte sie sich ins Bett gelegt. An die Tage und Wochen danach konnte sie sich kaum noch erinnern, wusste nur noch, dass sie Fieber und Schüttelfrost bekam, ihr jemand den Schweiß von der Stirn getupft und ihr Essen gebracht hatte, das sie nicht herunterbekam. Später hatte man ihr erzählt, dass sie fürchteten, sie hätte Tuberkulose gehabt und würde sterben.

Marie nickte bestätigend auf Borghilds Frage hin und hielt den Blick gesenkt. Sie fragte sich, woher Borghild das überhaupt wissen konnte, verbargen die unkleidsamen weiten Kleider von Tante Hjørdis doch gut ihren schwellenden Bauch. Als hätte Borghild ihre Gedanken gelesen, sagte sie: »Ich habe Verdacht geschöpft, nachdem du nach deiner anstehenden Monatsblutung keine Binden mehr gewaschen hast, und mir fiel auf, dass dein Körper sich verändert hatte. Um Himmels willen, Mädel, was soll nur aus dir werden, wenn du ein Bankert im Schlepptau hast? Und noch dazu, wenn es … Marie, sieh mich an. Hat sich einer dieser deutschen Mistkerle an dir vergangen? Diese verfluchten Schweine …« Marie war aufgefallen, dass Borghild immer Gudruns Ausdrücke gebrauchte und sie sich aneignete, als könne sie nicht selbst denken.

»Nein«, erwiderte sie störrisch.

Der Griff um ihren Arm lockerte sich ein wenig, aber Borghild hielt sie immer noch fest.

»Dann war es einer ihrer norwegischen Lehrburschen, einer vom Hirdvaktbataillon? Wie heißt dieser Schuft, er hat doch sicher einen Namen?« Erneut bohrten sich ihre meergrünen Augen in Maries. Als Marie jünger war, hatte sie ihre Schwester um diese Augenfarbe beneidet; sie waren so strahlend hell verglichen mit ihren langweiligen hellblauen Augen.

Marie schüttelte den Kopf und spürte, wie der harte Griff um ihren Arm sich weiter löste.

»Wessen Kind ist es dann?«, fragte Borghild ungeduldig.

Marie erwiderte immer noch nichts. Sie versuchte es, aber es war, als wären selbst ihre Worte in ihr eingeschlossen, so, wie sie sich wie in einem Gefängnis fühlte. Da öffnete sich die Haustür, und an den Schritten erkannte sie, dass Gudrun kam.

»Antworte mir, Marie, damit kannst du ohnehin nicht allein fertig werden.« Borghilds Stimme klang mit einem Mal sanfter, nachdem nun ihre Schwiegermutter anwesend war. Ob Gudrun wohl auch ahnte, wie es um sie stand?

Marie schluckte, und schließlich gelang es ihr, die Worte hervorzupressen.

»Er hieß Jovan und war ein Kriegsgefangener. Ich habe ihn mit Essen versorgt, und wir haben uns angefreundet, haben uns ein paarmal getroffen, bevor er versuchen wollte, nach Schweden zu fliehen«, flüsterte sie. Jetzt schossen ihr Tränen in die Augen. Diese Worte hörten sich so simpel und unbekümmert an, als sie sie aussprach, so ganz anders, als sie sich in ihrem Inneren anfühlten. »Das Schlimmste ist, dass ich nicht versucht habe, ihn daran zu hindern«, fuhr sie fort. »Im Gegenteil. Ich habe ihm geholfen«, schluchzte sie. »Habe ihn das erste Stück des Weges begleitet, damit er sich nicht verirrt. Ich dachte, dass er es geschafft hätte, aber dann haben sie ihn doch geschnappt und erschossen.« Das letzte Wort hauchte sie nur.

»War es dieser junge Mann, der singend zu seiner Hinrichtungsstätte ging?« Gudrun war zu ihnen herübergekommen. Jetzt legte sie behutsam einen Arm um Maries Schulter.

Marie nickte und wischte sich die Tränen ab. Die Geschichte davon hatte sich überall im Dorf herumgesprochen.

»Ach, liebes Kind, wie konntest du das nur alles so lange mit dir herumtragen? Und du bist wirklich mutig, mutiger als die meisten von uns. Du hast das getan, was du tun musstest.« Gudrun zog Marie an sich und streichelte ihren Rücken, bis Maries Tränen verebbt waren. »Schhh, nun müssen wir nur überlegen, was das Beste wäre. Es wird sich alles regeln, du wirst schon sehen«, sagte Gudrun beruhigend.

Borghild stand schweigend neben ihnen, eine Hand in die Seite gestützt, als suchte sie Halt. Mit einem Mal wirkte sie unbeholfen und ratlos. Dann fand sie ihre Sprache wieder. »Mutter und Vater dürfen das niemals erfahren, das ist das Wichtigste«, sagte sie. »Sie sollen nicht mit der Schande leben müssen«, schob sie entschieden hinterher.

Marie verließ jeglicher Mut. Das war sie nun also – ein Schandfleck.

Am Weihnachtsabend des Jahres 1942 betrachtete Marie den geschmückten Weihnachtsbaum in der schon recht verblassten guten Stube in Rynes. Wenn man es nicht besser wüsste, konnte man für einen Augenblick glauben, alles wäre wie vor dem Krieg.

Obwohl sie schon am frühen Morgen im Raum Feuer gemacht hatten und die Tür zum Wohnzimmer offen stand, damit die Wärme hier hineinziehen konnte, war es immer noch kalt hier drinnen. Auf der Fensterscheibe hatten sich Eisblumen gebildet, winzig kleine Kunstwerke, die sie von dem Abscheulichen, was da draußen vor sich ging, abschirmten.

Marie hauchte gegen die Scheibe und rieb mit ihrem Tuch den Frost fort, um hinaussehen zu können. Jäh wurde sie wieder in die Wirklichkeit zurückkatapultiert. Im letzten Licht des Tages konnte sie Gefangene sehen, die große Stangen zwischen sich trugen. Sie waren nur noch Striche in der Landschaft, taumelten in ihren Holzpantinen wie Betrunkene vorwärts und hätten im Schneematsch beinahe ihr Gleichgewicht verloren.

Gudrun hatte den Häftlingen weiterhin entgegen allen Warnungen Essen ausgelegt und kehrte mit grausigen Geschichten zurück. In Rynes war es weitaus kälter als sonst auf Hjartøy. Heute zeigte das Thermometer fast zwanzig Grad minus, und vielen Gefangenen waren Finger und Zehen erfroren. Gudrun erzählte manchmal, dass die Kleidung der Gefangenen nach dem Ende des Arbeitstags, wenn sie ins Lager zurückkehrten, regelrecht steif gefroren war. Sie hatte selbst mitangesehen, dass eine Wache einen ganzen Eimer kaltes Wasser über einen Gefangenen ausgeschüttet hatte, um seine Qual noch zu verschlimmern, als dieser vor Erschöpfung umgekippt war. Gudrun hatte bei dieser Schilderung kaum ihre Wut im Zaum halten können. Marie fürchtete, dass Borghilds Schwiegermutter sich eines Tages dazu hinreißen lassen könne, den *Obersturmbannführer* höchstpersönlich zu reizen, und dass es dann aus mit ihnen allen wäre.

Eigentlich hätte Marie zu Weihnachten nach Hjartøy zurückkehren sollen, aber Borghild hatte ihren Eltern in einem Telegramm mitgeteilt, dass sie inzwischen ihr drittes Kind erwartete und Marie ihr deshalb weiterhin zur Hand gehen sollte. Darüber hinaus seien Magne und Reidun krank gewesen und hätten sich noch nicht wieder richtig erholt, und ihren Schwiegereltern sei es ebenfalls nicht gut gegangen. Letzteres war eine pure Erfindung, schienen Gudrun und Magnar beide doch von eiserner Gesundheit zu sein, aber von Hjartøy war die Antwort eingetroffen, dass ihre Eltern Verständnis für diese Entscheidung hätten. Zögen sie die Umstände in Betracht, sei es für Marie sicher am besten, in Rynes zu bleiben; und auf ihr neues Enkelkind freuten sie sich.

Marie wusste nur zu gut, dass Borghild recht mit ihren Worten gehabt hatte – dass die Eltern die Schande, die Marie über sie gebracht hatte, nicht hätten schultern können. Anstand war daheim auf Hjartøy immer ein hohes Gut gewesen, und obendrein saß ihr Vater noch im Kirchenvorstand und war in seiner Eigenschaft als Kassierer bei der Bank äußerst respektiert. Außerdem war es ihrer Mutter ja nicht gut gegangen, und sie durfte mit nichts konfrontiert werden, das sie aufregen könne. Deshalb hatte Marie sich schweren Herzens darauf eingelassen, dass Borghild Maries Kind nach der Geburt als ihres ausgeben und nur die engste Familie hier in Rynes wissen würde, wie alles tatsächlich zusammenhing.

Zum Glück lagen die Höfe in dieser Gegend weit voneinander entfernt, und Borghild pflegte wenig Umgang mit anderen Menschen, weil der Krieg auch den Verkehr beeinträchtigte. Man hatte genug mit sich selbst zu tun. Trotzdem hatte man Marie dazu aufgefordert, ein großes Tuch um sich zu schlingen, wenn sie das Haus verließ. Es sei es jedenfalls nicht wert zu riskieren, dass andere ihre Schwangerschaft bemerkten. Für Borghild galt dasselbe, falls jemand auffallen sollte, dass sie gar nicht schwanger war.

Marie war sich bewusst, dass sie dankbar sein sollte, hätte sie das Kind sonst doch an Fremde weggeben müssen. Oder noch schlimmer: in ein Kinderheim. Sie schauderte. Auf diese Weise bekäme das kleine Geschöpf wenigstens ein gutes Zuhause, denn Borghild und Ernst waren lieb zu ihren Kindern und behandelten sie gut, das musste sie ihnen lassen. Borghild hütete Magne und Reidun wie einen Schatz, und die beiden wären sicherlich stolz, eine kleine Schwester oder einen Bruder zu bekommen. Aber was würde danach aus ihr, Marie, werden? Was aus all ihren Träumen? Mit einer großen Kraftanstrengung verdrängte sie die beschwerlichen Fragen.

Sie hatten zusammen kaum genug Platz am Tisch, obwohl er schon verlängert worden war, und hier waren sie nun alle miteinander versammelt: Magnar und Gudrun, Borghild und Ernst mit Magne zwischen sich und Reidun auf ihrem Kinderstuhl neben Marie. Ein Strahlen wie von blank poliertem Kupfer lag auf den Gesichtern der Kinder. Neue Kleider konnten sie sich nicht leisten, aber die Kleidung, die sie trugen, war von Kopf bis Fuß sauber, und sämtliche Löcher und Risse waren nach allen Regeln der Kunst geflickt und ausgebessert worden. Und am Vorweihnachtsabend hatten sie alle gebadet. Gudrun hatte Marie warten lassen, bis die anderen fertig gewesen waren, und ihr dann dabei geholfen, den Zuber Eimer für Eimer mit neuem Wasser zu befüllen. Sie hatte sogar ein Stück echte Seife aufgetrieben, die sie aus der Zeit vor dem Krieg aufbewahrt hatte, und der herrliche Duft nach Maiglöckchen hatte ihren schwellenden Leib wie eine Wolke eingehüllt.

Auf dem Tisch stand eine große Schüssel Grütze, die noch so heiß war, dass sie dampfte. In der Grütze lag ein saftiger Klecks Butter und sah aus wie eine Insel inmitten eines Sees. Magnar, der Hausherr, bediente sich zuerst.

»Nicht genug damit, dass die Welt kopfsteht, jetzt sind auch noch die Jahreszeiten völlig verdreht«, brummte er gutmütig.

Milchreis war nirgends zu bekommen, stattdessen gab es also Rahmbrei, ein typisches Sommergericht, das sonst nach der Heuernte serviert wurde. Zimt war ebenfalls nicht aufzutreiben, aber Gudrun hatte Zucker erhaschen können, etwas ganz anderes als die ewigen Saccharinkugeln, die eher bitter als süß schmeckten.

Marie nahm sich zuletzt und genoss fast gegen ihren Willen den delikaten Geschmack der Grütze und des Zuckers, der so herrlich zwischen ihren Zähnen knirschte.

Nach dem Essen stand Marie auf und bot an, den Tisch abzuräumen. Sie wollte einen Moment mit ihren Gedanken allein sein, und das konnte sie am besten in der Küche. Sie dachte an Hjartøy. Ob Vater wohl Weihnachtsheilbutt hatte ergattern können, oder ob sie sich mit Dorsch begnügen mussten? Ob der Weihnachtsbaum dort so schön geschmückt war wie eh und je? Vermutlich zierten ihn diesmal keine kleinen norwegischen Flaggen. Wenn die Turmuhr fünf schlug, waren sie immer auf die Treppe vor der Glasveranda gegangen, um die Kirchenglocken Weihnachten einläuten zu hören. Borghild und sie hatten ihren Eltern Weihnachtskarten geschrieben, aber noch keine Antwort erhalten. Ernst sagte, dass sie sicherlich von der Zensur gestoppt worden seien, weil Nissedarstellungen verboten seien.

Als Marie wieder in die feine Stube zurückkam, lag ein Päckchen in Graupapier auf ihrem Stuhl, und sie sah, dass Borghild und Gudrun ähnliche Pakete auf dem Schoß hielten.

»Jetzt dürft ihr sie öffnen«, drängte Magnar sie eifrig, »damit ich weiß, ob sie zu gebrauchen sind.«

Marie löste die Schnur um das Papier, und ein Paar feine Schuhe kamen zum Vorschein, offenbar aus irgendeiner Fischhaut – dem Muster nach zu schließen, vielleicht Steinbeißer. Es war nur schwer vorstellbar, dass Magnars grobe Arbeitshände etwas so Zierliches hatten nähen können. Die Schuhe besaßen eine feine Borte aus Lochmuster und waren mit einer Spange versehen. Sie saßen am Fuß wie angegossen, dasselbe galt für das Paar Schuhe, das Borghild und Gudrun geschenkt bekommen hatten. Alle drei mussten aufstehen und eine Runde um den Tisch gehen, um sich zu zeigen. Reidun lachte und fuchtelte mit den Armen, und Magne klatschte in die Hände. Auch die Kinder hatte Magnar nicht vergessen. Für Magne hatte er ein Spielzeugboot geschnitzt und für Reidun einen Puppenwagen getischlert, auch wenn sie noch viel zu klein war, um mit Puppen zu spielen.

Gleich darauf ging Gudrun hinaus, und als sie wiederkam, hielt sie etwas hinter dem Rücken versteckt. Ein ernster Ausdruck lag auf ihrem Gesicht. Sie stellte sich ans Tischende zu Marie und wartete ab, bis alle still waren.

»Ich war gestern eine Runde draußen, um für die Gefangenen Essen und andere Kleinigkeiten zu hinterlegen, und da habe ich entdeckt, dass jemand an einer der Stellen dieses Geschenk für uns versteckt hat. Es war im Schnee vergraben und in Lumpen eingewickelt. Rings um die Stelle waren Blutstropfen zu sehen. Sie wirkten im Schnee wie rote Blumen, als wollte sich das Böse zu Weihnachten auch ein wenig herrichten.«

Gudrun holte die Hände hinter dem Rücken hervor; in ihrer rechten Hand lag ein kleines Holzkästchen, und in den Deckel war ein kleiner Engel eingraviert, der ein Licht in den Händen hielt.

»In Ermangelung von Gottes Wort durch einen Pfarrer müsst ihr euch dieses Weihnachten mit meiner kurzen Predigt begnügen«, sagte sie und räusperte sich. Sie ließ ihren Blick auf der Tischgesellschaft ruhen. »Dieser Engel, aus Liebe gemacht, umgeben von Hass, soll uns für immer daran erinnern, dass das Gute im Menschen eines Tages den Irrsinn besiegen wird, dessen wir nun Zeuge sind. Dann werden auch diejenigen, die Frevel an den armen unschuldigen Gefangenen begangen haben, ihre wohlverdiente Strafe bekommen, denn ich kann nicht glauben, dass unser Herrgott dies noch länger tolerieren wird. In der Zwischenzeit müssen wir weiterhin, so gut es uns gelingt, Mensch bleiben, wir, die genug Mumm dazu in den Knochen haben.«

Marie hatte Gudrun während ihres Vortrags nicht ansehen können, sie hatte Angst gehabt, weinen zu müssen. Aber jetzt, als Gudrun das Kästchen vor sie auf den Tisch stellte, musste sie aufsehen. Vorsichtig hob Marie das Holzkästchen an und zeichnete mit dem Zeigefinger den Engel nach. Auf einmal schien das schöne Geschöpf in ihren Händen lebendig zu werden und ihr etwas zuzuflüstern.

KAPITEL 29

Hjartøy, 1945

»Sei stark«, flüsterte Marie ihrem eigenen Spiegelbild zu. Ihre Miene war ernst. Sie versuchte zu lächeln, doch es kam nur ein Zucken der Mundwinkel dabei heraus. Ihr langes Haar hatte sie behalten, auch wenn jetzt Kurzhaarfrisuren modern waren. Nun waren die dichten Flechten zu einem Kranz auf ihrem Kopf festgesteckt. Ihre bloßen Arme waren sonnengebräunt, und ihre Ellbogen und Knie ragten nicht mehr ganz so spitz hervor. Sie hatte wieder ein klein wenig zugelegt.

Ihre Mutter hatte im Garten einen großen Strauß rosa Pfingstrosen gepflückt und sie auf den Tisch vor den Spiegel gestellt. Jetzt verirrte sich eine Hummel durch das offene Flurfenster und tänzelte wild und ausgelassen von Blüte zu Blüte.

Nach Maries Rückkehr aus Rynes waren mittlerweile zwei Jahre vergangen. Der Inhalt ihres Koffers bei ihrer Ankunft war dabei fast derselbe gewesen wie bei ihrem Weggang von Hjartøy, aber in ihrem Inneren war eine Leere gewesen, die sie zunächst nicht zu füllen wusste. Später hatte sie all ihre düsteren Gedanken in sich verschlossen, die sie sonst manchmal schier umzubringen drohten. In Rynes hatte sie sich die ganze Zeit nach ihrer Heimat gesehnt, aber als sie nach Hjartøy zurückkam, war eine andere aus ihr geworden und das Heimische ihr fremd. Trotzdem fiel sie schließlich wieder zurück in ihre alte Rolle.

Seitdem Marie Rynes den Rücken gekehrt hatte, hatte sie weder Borghild noch die Kinder gesehen, aber heute würden sie kommen – die ganze Familie. Vater hatte sein Fernglas zur Anhöhe hinter dem Haus mitgenommen, um nicht die Ankunft von Ernsts Boot zu verpassen, und als es in Sicht kam, waren ihre Mutter und ihr Vater zum Steg heruntergegangen, um sie in Empfang zu nehmen. Jetzt konnten sie nicht mehr weit entfernt sein, und Marie eilte in die Küche, um das Essen vorzubereiten.

Als sie wenig später Borghild durch das Fenster sah, bemerkte sie, dass die Züge ihrer Schwester in den letzten beiden Jahren markanter geworden waren. Ihr Haar war zu einer hässlichen Frisur geschnitten, die sie älter machte, als sie es war. Aber ihr Rock und die Bluse sahen neu aus. Offenbar hatte sie die Kleidungsstücke selbst genäht, war Borghild doch flink mit den Händen, wenn sie denn erst einmal die Trägheit überwand.

»Guten Tag, Marie.«

Marie hatte vollauf damit zu tun, nach dem Topf auf dem Herd zu schauen, und deshalb gar nicht gemerkt, dass jemand zur Tür hereingekommen war. Jetzt drehte sie sich um und begegnete dem Blick ihrer Schwester. Borghilds Augenausdruck war unmissverständlich: *Ich bin seine Mutter, damit da kein Zweifel drüber aufkommt.*

Marie nickte, als hätte Borghild die Worte laut ausgesprochen. Sie räusperte sich. »Wo ist ... Mathis?«

»Er ...«

Ihre Antwort blieb aus, weil ihre Mutter aus dem Garten mit dem Jungen auf dem Arm hereinkam. Marie erstarrte, als sie seine Augen sah. Sie hatten ihre Farbe geändert, und es stand einwandfrei fest, von wem er sie geerbt hatte. Überdies war sein Haar braun. Ein Strom widersprüchlicher Gefühle erfasste sie, rangen in ihr um die Vorherrschaft, als sie ihre Mutter sagen hörte: »Er ähnelt sicher vor allem seiner Familie väterlicherseits.«

»Ja, er kommt nach meinem Schwiegervater. Als er klein war, war Magnar so dunkelhaarig, dass die anderen Kinder ihn gehänselt und ihn Drecksjunge genannt haben.« Borghild lachte ein wenig zu laut.

»Stell dir vor, Marie, als du ihn beim letzten Mal gesehen hast, war er noch ein Baby. Aus ihm ist ein stattlicher kleiner Kerl geworden. Kinder sind wirklich ein Segen, und, dem Himmel sei Dank, können sie nun in Friedenszeiten aufwachsen. Und in nicht allzu weit entfernter Zukunft wirst auch du an der Reihe sein«, sagte ihre Mutter und reichte ihr das Kind.

Der Junge streckte die Hände nach ihr aus, und Marie nahm ihn instinktiv auf den Arm. Im Nu wurde sie gedanklich in ihre Kammer in Rynes zurückversetzt, wo das kleine Geschöpf zur Welt gekommen war.

Die Schmerzen waren stärker und stärker geworden und die Wehen in immer kürzeren Abständen gekommen. Marie hatte die Wolldecke angehoben, die vor dem Fenster hing, und gesehen, dass es draußen bereits hell war. Es musste noch sehr früh morgens sein, denn im Haus war alles still. Als die Schmerzen unerträglich wurden, hatte sie mit dem Stock gegen die Zimmerdecke geklopft, worum Gudrun sie gebeten hatte. Sie und Magnar schliefen im Zimmer über ihr, und gleich darauf hörte sie Schritte auf der Treppe, die vom Dachgeschoss herunterführte.

Dann hatte Gudrun schon neben ihrem Bett gestanden, ihr über die schweißnassen Haare gestrichelt und ihr in dem alten, eigentlich viel zu kleinen Bett zu einer besseren Sitzposition verholfen. »Versuche, ruhig zu atmen und dich zu entspannen, mein Kind. Alles wird gut gehen, wir helfen dir«, hatte sie immer wieder gesagt und ihre Hand gedrückt.

Marie hatte gar nicht mitbekommen, dass Borghild auch ins Zimmer gekommen war, aber Gudrun hatte sie zuvor gebeten, den Ofen für reichlich Heißwasser einzuheizen. Obwohl Gudrun mit Marie darüber gesprochen hatte, was während der Geburt geschehen würde, war sie fast außer sich vor Angst, und ihr Körper zitterte und verkrampfte sich zwischen den Wehen. Borghild war mit einem Kübel heißem Wasser, Tüchern, alten Laken und Wolldecken wieder hereingekommen, die Marie selbst gewaschen und vorbereitet hatte. Neben dem Kübel mit heißem Wasser hatte auf einem weißen Tuch eine Schere gelegen. Marie wusste, dass sie zum Abschneiden der Nabelschnur gebraucht wurde.

Schließlich waren die Schmerzen so heftig und intensiv geworden, dass sie ihre Schreie nicht mehr zurückhalten konnte, die nach einer Weile in lautes Brüllen übergingen. Die Schmerzen kamen und gingen schier eine Ewigkeit lang, und Marie hatte abwechselnd gewimmert und geschrien. Ihr war, als würde ihr Körper entzweigerissen, und sie war sich sicher gewesen zu sterben.

»Pressen, Marie, jetzt, es dauert nicht mehr lang, und das Kind ist draußen. Tüchtiges Mädchen, jetzt kann ich den Kopf sehen«, hatte Gudrun sie ermutigt.

Ihr waren schon halb die Sinne geschwunden, als Marie schließlich etwas aus sich herausgleiten spürte. Gleich darauf hatte sie ein wütendes Brüllen gehört, das nicht sie selbst ausgestoßen hatte, sondern der kleine Bursche, der in ihrem Bauch gewesen war.

»Ein kräftiger, gesunder kleiner Junge«, hatte Gudrun mit einem Lächeln gesagt und ihn hochgehalten, damit Marie ihn sehen konnte, aber sie war so erschöpft von den Strapazen der Geburt gewesen, dass sie nur vor Erleichterung, dass es endlich vorbei war, geweint hatte. Nachdem die Nabelschnur durchtrennt worden war, hatte Borghild das Kind übernommen, es von Blut und Käseschmiere gesäubert und in eine Decke gewickelt.

»Wir werden ihn Mathis nennen, nach seinen beiden Großvätern – Mathias und Magnar«, hatte sie mit einer Stimme gesagt, die keinerlei Widerspruch duldete.

Als Borghild mit dem Kind in den Armen das Zimmer verließ, hatte Marie die Augen geschlossen und hoffte, nie wieder aufzuwachen.

»Komm her, kleiner Schatz, komm zu Mama.« Borghild nahm Marie den Jungen fort und hielt ihn eng an sich gedrückt, als wäre er immer noch ein Säugling. »Er ist nicht an andere gewöhnt«, sagte sie. Dann konnte sie nichts mehr hinzufügen, weil draußen Stimmen zu hören waren.

Ernst kam mit ihrem Vater und den beiden größten Kindern vom Steg herauf. Sie trugen eine Tonne zwischen sich, und Marie tippte darauf, dass sie Fleisch und Milchwaren aus Rynes enthielt. Magne und Reidun kamen zusammen mit Ernst in die Küche, der Maries Hand ergriff und ihr für ihren letzten Besuch bei ihnen dankte. Magne wollte offensichtlich nicht hinter seinem Vater zurückstehen und reichte ihr vorwitzig seine Kinderhand. Reidun dagegen war vor allem damit beschäftigt, Marie ihr neues Kleid vorzuführen, die den Stoff von Gudruns Umhängetuch darin wiedererkannte, und machte vor ihr ein paar Tanzschritte.

Maries Mutter hatte den Esszimmertisch mit dem guten Geschirr gedeckt, nun stellte sie eine große Terrine Bouillon in die Tischmitte. Neben dem selbst angebauten Gemüse hatte sie frisches Fleisch ergattern können. Die Fettaugen dieser kostbaren Kraft schwammen wie schimmernde Kontinente in der Brühe.

Niemand konnte Othelie Dalmoe, was die Kochkunst betraf, etwas vormachen. Selbst aus den einfachsten Zutaten kreierte sie eine Festmahlzeit, was vermutlich an den diversen Kräutern lag, die sie mühselig hochzog und im Herbst auf dem Dachboden trocknete. In der Speisekammer befanden sich eine ganze Reihe Gläschen mit verschiedenen Kräutermischungen. Die Nachbarn, die nur Salz und Pfeffer kannten, schüttelten ungläubig den Kopf über sie und fragten sie scherzhaft, ob Frau Dalmoe womöglich Hexenkunst praktiziere.

Nachdem sich alle eine zweite Portion genommen hatten, stand ihre Mutter auf, um den Tisch abzuräumen und Platz für die Dessertschalen und die Rhabarbergrütze zu schaffen.

Borghild räusperte sich. »Setz dich wieder, Mutter. Wir haben euch etwas zu sagen.« Ihre Stimme klang entschieden, und ihre Mutter setzte sich zögernd auf die äußerste Stuhlkante. Am Tisch wurde es bedrückend still, noch nicht einmal die Kinder gaben einen Laut von sich. Marie erstarrte, ihr Herzschlag beschleunigte sich. Was war es, das Borghild sagen würde? Hatte sie vielleicht doch beschlossen, ihr Geheimnis preiszugeben, ohne Marie im Voraus zu warnen? Die alte Wanduhr schlug dreimal. Der Adler, der einst oben auf der Uhr gestanden hatte, war inzwischen durch einen Hirschschädel ersetzt worden, den ein Arbeitskollege ihres Vaters geschnitzt hatte.

»Ernst hat Arbeit in Tandbergs Radiofabrik bekommen. In Oslo. Sein Bekannter Iver hat ihm die Stelle besorgt«, sagte Borghild mit einer Mischung aus Stolz und Nervosität.

Marie merkte, wie jäh alles Blut aus ihrem Kopf wich. Sie wollte nach dem Wasserglas greifen, wagte es aber nicht, weil sie fürchtete, ihre Hand könne zittern. Nach Oslo war es weit, dann würde sie Mathis vielleicht nie wiedersehen, ihn nie richtig kennenlernen.

»Aber ...« Marie sah, dass ihre Mutter damit rang, ihre Gefühle im Zaum zu halten. Sie hatte wahrscheinlich so viele Fragen, dass sie nicht wusste, womit sie anfangen sollte. »Wo werdet ihr wohnen?«, kam schließlich unbeholfen aus ihrem Mund.

Jetzt ergriff Ernst das Wort. »Die Firma ist mir dabei behilflich, eine Wohnung zu finden, das wird sich also regeln. Iver glaubt, dass jetzt, nachdem der Krieg vorbei ist, viele neue Häuser gebaut werden, und dort in der Hauptstadt sei alles natürlich weitaus moderner«, sagte er und wand sich auf seinem Stuhl.

Borghild sprach weiter. »Ja, hier oben haben wir ja noch nicht einmal Strom.« Sie sprach das Wort besonders deutlich aus, als wäre sie die Einzige am Tisch, die wusste, was das war.

Ihr Vater hatte schweigend dagesessen, nun aber stand er auf und ging mit auf dem Rücken verschränkten Armen eine Runde durch die Stube. Dann verharrte er für einen Moment und sah aus dem Fenster, bevor er sich wieder zum Tisch wandte.

»Nun ja, Borghild, das ist nicht gerade das, was wir uns vorgestellt hätten, aber wir haben ja auch nicht länger etwas dazu zu sagen. Du bist jetzt verheiratet und hast deine eigene Familie. Für uns ist es ärgerlich, dass ihr so weit weg sein werdet, aber ihr sollt auf uns keine Rücksicht nehmen müssen. Außerdem haben wir ja noch Marie – die übrigens auch Arbeit bekommen hat. Sie hatte das Glück, eine Stelle bei der Post zu ergattern, wo sie die Assistentin der Filialleitung sein wird«, sagte er nachdrücklich.

Indem er das jetzt so ausgesprochen hatte, wurde Marie sich dieser Tatsache auf einmal erst richtig bewusst. Ihr Vater war ihretwegen stolz wie ein Hahn gewesen, als er nach Hause gekommen war und erzählt hatte, dass er ihr diese Stellung beschafft habe – ohne vorher auch nur ein Wort mit ihr darüber gesprochen zu haben. Als sie erwähnt hatte, dass sie gern weiter die Schule besuchen und vielleicht Lehrerin werden wollte, hatte er nur erwidert, dass sie das später ja immer noch könne.

»Vorläufig gehen wir erst einmal für ein paar Jahre«, fuhr Borghild unverdrossen fort. »Vielleicht ziehen wir auch wieder zurück in den Norden nach Rynes, wenn Magnar und Gudrun so alt sind, dass sie den Hof nicht länger allein bewirtschaften können.«

»Und wenn der S-t-r-o-m kommt.« Marie konnte sich nicht länger beherrschen. Magne und Reidun, die bis jetzt ganz still gewesen waren, fingen plötzlich an zu lachen, und Borghild sah ihre Schwester wieder mit ihrem scharfen Blick an. Marie wollte noch etwas hinzufügen, aber dann wurde ihr bewusst, dass sie sich besser hüten sollte, einen weiteren Krieg anzuzetteln, der einen Keil zwischen die Familie trieb. Sie hatte die Plakate der Heimatfront gelesen; eines hing am Postgebäude, wo sie im Herbst zu arbeiten anfangen würde. Sie erinnerte sich noch ausschnittsweise an den Text – dass man inmitten aller Freude über das Kriegsende Ruhe, Würde und Disziplin wahren solle. Und dass der errungene Frieden sie ebenso stark verpflichtete, wie der Krieg und die Not sie zusammengeschweißt hätten. An die letzten Zeilen des Plakats erinnerte sie sich wortwörtlich: *Gemeinsam werden wir unser Land als eine bessere, reichere und glücklichere Heimat für alle wiederaufbauen.* Da musste sie selbst, so gut es ging, den Hausfrieden bewahren.

»Kannst du mir bitte beim Abräumen des Tisches helfen, Roshilda?«

Wieder war die Stille am Tisch buchstäblich greifbar, und Marie sah, wie sich aller Augen auf ihre Mutter richteten, die verwirrt aussah und offenbar nicht verstand, was mit ihrer Frage nicht stimmte.

»Ja, das weißt du doch«, erwiderte Marie rasch, um ihr aus der Patsche zu helfen. Es war schon häufiger vorgekommen, dass ihre Mutter sie mit dem Namen ihrer verstorbenen Schwester ansprach, aber das letzte Mal lag inzwischen lange zurück.

Das Gespräch kam allmählich wieder in Gang, nachdem die Rhabarbergrütze auf dem Tisch stand, und Marie entging nicht, dass Borghild und Ernst über die dünne Milch zum Dessert die Nase rümpften, waren sie doch an Sahne gewöhnt.

Als alle fertig gegessen hatten, stand Marie rasch auf und

räumte ab, damit ihre Mutter sich gar nicht erst noch einmal in die Nesseln setzen konnte. Danach schlich sie auf ihr Zimmer, um allein zu sein.

Wenig später klopfte es an ihrer Tür, und bevor Marie etwas erwidern konnte, kam Borghild ins Zimmer.

»Ich soll dich von Gudrun grüßen und dir das hier geben«, sagte sie kurz angebunden und vermied es, Marie anzusehen, als sie ein Päckchen auf die Kommode legte. Dann verließ sie ohne ein weiteres Wort wieder den Raum und ohne das seltsame Benehmen ihrer Mutter beim Abendessen zu erwähnen.

Marie erhob sich vom Bett, nahm das Päckchen in die Hand und hielt einen Moment inne, bevor sie das Schrankpapier auseinanderfaltete, in das Gudrun es eingeschlagen hatte. Als sich ihr der Inhalt des Päckchens offenbarte, stiegen Marie Tränen in die Augen. Durch ihren verschleierten Blick sah die Gravur des Engels auf dem Kästchen aus wie ein Vogel, der sich flatternd in die Lüfte erhoben hatte. Jäh fühlte sie sich nach Rynes zurückversetzt und sah vor ihrem inneren Auge, wie der Adler über den Bergen davongeflogen war, der Freiheit, *Sloboda*, entgegen. Sie trocknete ihre Augen und öffnete vorsichtig das Kästchen aus Holz. Ein Brief lag darin, und Marie erkannte Gudruns Handschrift auf dem Umschlag wieder.

Das ganze Haus schien zu schlafen und strömte Ruhe aus, aber Marie drehte und wand sich im Bett und fand keinen Schlaf. Sie sah die molligen Kinderärmchen vor sich, die sich ihr entgegengestreckt hatten, und versuchte, die Gefühle zu verdrängen, die sie wie vergiftete Pfeile in die Brust stachen. Borghild hatte ihr nicht einmal erlaubt, Mathis gute Nacht zu wünschen.

Marie schlüpfte aus dem Bett, schlich nur mit ihrem Nachthemd bekleidet die Treppe herunter und ging in den Garten. Das Gras kitzelte ihre nackten Fußsohlen, und es duftete nach den erst vor Kurzem aufgeblühten Rosen. Rasch ging sie zur Bank unter dem Goldregen und setzte sich. Die langen, gelben Blütendolden bildeten eine Laube über ihr. Die Tautropfen im Gras glitzerten wie ein auf den Kopf gestellter Sternenhimmel.

Marie dachte an das, was Gudrun in ihrem Brief geschrieben hatte – dass sie nach Jovans Tod anderen Gefangenen bei der Flucht über die Grenze nach Schweden geholfen hatte. Unter Einsatz ihres Lebens hätten sie und einer der Vorarbeiter des Straßenbaus fünf Leben gerettet, sie durch das unwegsame Gelände gelotst und dafür gesorgt, dass sie an gute Menschen gerieten, die ihnen auf ihrer gefährlichen Reise weiterhalfen. Sie hatte auch behauptet, Marie sei es gewesen, die sie zu der Einsicht gebracht habe, dass sie mehr tun müsse, als die Gefangenen mit geschmuggeltem Essen zu versorgen. Einmal wäre sie fast im Gebirge erwischt worden, habe die deutschen Soldaten aber letztlich davon überzeugen können, dass sie nach verirrten Schafen suchte, die nicht von der Bergweide zurückgekehrt seien. Gudrun hatte auch geschrieben, dass die Lager mittlerweile geräumt und die Baracken niedergebrannt worden seien.

Kühl und hell war die Sommernacht, und der rosafarbene Schein, der hinter der Bergkette auf der gegenüberliegenden Seite des Sunds aufzog, verwandelte diese in Märchengestalten, die Marie dazu verlocken schienen, zu ihnen zu kommen und ihnen beim Tanz Gesellschaft zu leisten. Das weckte eine stille Sehnsucht in ihr. Nur zu gern würde sie entdecken, was sich hinter den Bergen auf der anderen Seite, weit jenseits der Insel, in der großen, weiten Welt befand. Der Welt, aus der *er* gekommen war.

»Eines schönen Tages, Marie«, sagte sie zu sich selbst, »eines schönen Tages wirst vielleicht auch du an der Reihe sein.«

KAPITEL 30

Hjartøy, 2010

Es war ein schöner Tag, und die Wettergötter hatten mit Windstille und zarten Wölkchen am Himmel aufgewartet. Der Frühling war in Wellen gekommen, weißen Wellen. Im März hatte ein Teppich aus Schneeglöckchen den Garten vor Maries Haus bedeckt und Licht in die ansonsten farblose Welt gebracht, doch mit dem April war der Schnee noch einmal zurückgekehrt und hatte erneut für eine rundum weiße Landschaft gesorgt. Zum Glück war er nicht allzu lange geblieben, und als es Mai wurde, hatten die Buschwindröschen wieder den Farbpinsel übernommen.

Inzwischen war ihr Weiß den Primeln und Narzissen gewichen, die die Wiese gelb färbten. Doch die wichtigsten Vorboten des Frühlings kamen nicht aus der Flora, sondern hatten Flügel. Karls begeisterten Ausruf »Da isser ja!« konnte Linnea zuerst gar nicht richtig einordnen. Ihr lag schon auf der Zunge, sie habe nicht gewusst, dass Edith und er Gäste erwarteten, doch da war Karl ihr zum Glück zuvorgekommen und hatte erklärt, dass es um den Austernfischer gehe. Auch der brachte Farbe ins Leben, wie er mit seinem roten Schnabel und den roten Füßen umherstakste und auf Hjartøy-Dialekt *e bit, e bit, e bit* rief, bis seine Stimme sich fast überschlug.

Linnea beschloss, mit dem Ruderboot zu einer der vielen kleinen Inseln im Schärengarten hinauszufahren. Das alte Boot, das als Vierriemer bezeichnet wurde, wie sie von Karl wusste, hatte die letzten Jahre über im Bootshaus gestanden, weil Marie nach ihrem Armbruch nichts mehr damit anfangen konnte. Doch

Karl hatte Linnea geholfen, es wieder instand zu setzen. Er hatte den dickflüssigen Teer verdünnt und ihr gezeigt, wie sie die Masse auf den Bootsplanken verteilen sollte, um ein bestmögliches Ergebnis zu erzielen. Gemeinsam hatten sie das Dollbord leuchtend weiß gestrichen, und selbst der alte Schöpfeimer aus Holz hatte einen neuen Anstrich bekommen.

Nun war das Boot an dem kleinen Anleger vor dem Bootshaus festgemacht, wippte freudig auf und ab, und der Geruch von Teer kitzelte Linnea in der Nase.

An diesem Tag, es war der 17. Mai, hatte sie das Gefühl, den kleinen Ort ganz für sich allein zu haben. Karl und Edith hatten nach einigem Hin und Her beschlossen, zu Helge in die Stadt zu fahren, um den Nationalfeiertag dort mit ihm zu begehen, und Karstens Angebot, dass sie ihn und die Mädchen zum offiziellen Festtagsprogramm der Insel begleiten könnte, hatte sie höflich abgelehnt. Wehende Flaggen und Kinder im Lolli- und Limorausch stellten für sie keine besonders verlockende Aussicht dar. Die Skepsis patriotischen Feierlichkeiten gegenüber hatte sie wahrscheinlich von ihrem Vater geerbt. Der gab die Geschichte seiner ersten Begegnung mit dem norwegischen Nationalfeiertag immer mit größtem Vergnügen zum Besten. Er und Linneas Mutter waren gerade erst ein Paar geworden, als die Mutter ihn zum traditionellen Brunch ihrer Eltern in Frogner einlud, bei dem stets Familie und Freunde zusammenkamen. Die beiden wohnten noch nicht zusammen und hatten abgemacht, dass er direkt dorthin kommen sollte. Die anderen Gäste waren alle in ihrer besten Kleidung erschienen, was in den meisten Fällen Nationaltracht mit dazugehörigem Silberschmuck und Tuch bedeutete. Allan Kerr hatte sich nur verwundert umgesehen und gefragt: »Aber Gina, warum hast du denn nichts davon gesagt, dass wir verkleidet kommen sollen?«

In der Speisekammer hatte Linnea einen alten Flechtkorb

gefunden und ihn mit diversen herzhaften und süßen Leckereien gefüllt, darunter auch eine Flasche Prosecco. Außerdem hatte sie zwei dicke Decken und *In jenen Zeiten*, den Roman aus Maries Bücherregal, eingepackt. Inzwischen hatte sie die Hälfte davon gelesen und sich zunehmend vom Schicksal der Beret, die aus Nordnorwegen nach Amerika ausgewandert war, fesseln lassen. Die Protagonistin fand sich in der Prärie einfach nicht zurecht, und am meisten setzte ihr zu, dass es dort nichts gab, wohinter man sich *verstecken* konnte. Das Heimweh zerriss sie geradezu, während ihr Mann eher von sorgloser Natur war und Möglichkeiten sah, wo seine Frau nur Hindernisse wahrnahm. Das Buch war 1924 erschienen, wirkte aber verblüffend aktuell.

Linnea stieß sich vom Anleger ab, und das Boot pflügte sich elegant durchs Wasser. Einen Moment ließ sie die frisch lackierten Ruder ruhen und lauschte den Wellen, die seicht gegen den Kiel klatschten und das Boot in ein sanftes Schaukeln versetzten. Mit etwas Wohlwollen konnte man fast von einem warmen Tag sprechen, zumindest wenn man die südostnorwegischen Normwerte mal außer Acht ließ. Als hätte die Sonne Linneas Gedanken gehört, brach sie genau in dem Moment hinter einer großen Wolke hervor und ließ die Wasseroberfläche glitzern wie frisch poliertes Silber.

Arthur war an Land sitzen geblieben. Den Plan, ihn zum Schiffskater zu machen, hatte sie schnell aufgegeben. Ihre Arme trugen noch immer Kratzer von ihrem ersten – und letzten – Versuch, ihn in den Vierriemer zu befördern.

Sie hatte sich eine längliche Insel in etwa einem Kilometer Entfernung ausgeguckt, und als sie sich dem Ufer näherte, tat sie ein paar letzte kräftige Ruderzüge und ließ sich schwungvoll an den kreideweißen Sandstrand gleiten, der im Inneren einer kleinen Bucht gelegen war. Dann sprang sie an Land, zog das Boot so weit aus dem Wasser, wie sie konnte, und vertäute es fest an einem Pfahl. Nicht auszudenken, wenn es abtreiben würde und sie jemanden anrufen und um Hilfe bitten müsste. Damit würde sie sich garantiert zum Gespött von ganz Hjartøy machen.

Nach einer kleinen Runde über die Insel fand sie schließlich ein schönes Wiesenplätzchen unter einem alten Baum, wo es auch einen Fels zum Anlehnen gab. Eine der Decken diente als Unterlage, und sie spürte, wie mit jedem hervorgeholten Leckerbissen Freude in ihr aufkam. Allein zu sein war kein Grund, Trübsal zu blasen, sagte sie sich. Sogar ein Kristallglas für den Prosecco hatte sie dabei. Billige Plastik- oder Pappalternativen kamen hier nicht infrage.

Sie schenkte sich ein großzügiges Glas ein und schoss ein Selfie mit dem Meer und den Bergen im Hintergrund. »Prösterchen, Linnea!«, sagte sie. Anschließend betrachtete sie das etwas unscharfe Bild und versuchte herauszufinden, was sie von der Person, die ihr da entgegenlächelte, eigentlich hielt. So vertraut sie ihr war, hatte sie doch auch etwas Fremdes. Das Haar war länger geworden, das Make-up etwas diskreter und der Blick … glücklicher? Ohne weitere Bearbeitung schickte sie das Foto an Iris und wünschte ihr einen schönen, hoffentlich nicht allzu klebrigen Tag. Nach kurzem Zögern leitete sie es auch an Karsten weiter und schrieb nur *Prost!* dazu. Wahrscheinlich steckte er gerade mitten im Sackhüpfen oder war bis über beide Ohren mit Zuckerwatte besudelt.

Fünf Minuten später kam ein Foto von zwei glücklichen, aufgeweckten Kindergesichtern zurück, die mit irgendetwas beschmiert waren, vermutlich Ketchup.

KÖNNEN WIR BITTE TAUSCHEN???, schrieb Iris. Linnea antwortete mit einem nachdrücklichen *NEIN!*, dann legte sie das Handy weg und wandte sich ihrem Picknick zu.

Nachdem sie sich drei knoblauchmarinierte Oliven gleichzeitig in den Mund geschoben und einen großen Schluck Prosecco getrunken hatte, gab ihr Telefon erneut einen Signalton von sich. Sie nahm es in die Hand und bereitete sich schon darauf vor, Karsten mit irgendeinem albernen Kommentar zu antworten, als sie sah, dass Arnt gerade anrief. Auch wenn er nicht mehr zu ihren gespeicherten Kontakten gehörte, konnte sie seine Nummer immer noch auswendig. Was um alles in der Welt wollte der denn? Wenn es um die Arbeit ging, sollte er ihr gefälligst eine E-Mail schicken.

Sie warf das Handy beiseite und schaute einer Möwe nach, die übers Wasser schwebte und hinter einem Hügel verschwand. Iris, der in letzter Zeit ein bemerkenswerter Sinn für Literatur anzumerken war, hatte Marie als »Einsamfliegerin« bezeichnet, nach einem Gedicht von Halldis Moren Vesaas. Linnea, die das Gedicht vorher nicht kannte, hatte es nachgelesen und erinnerte sich nun bruchstückhaft an die Zeilen, die sich ihr eingebrannt hatten: *Vom Winde gewählt und aus der unsichtbaren Bahn geweht ... ist er nun der, der allein dasteht.*

Ob Marie einsam gewesen war? Viele zogen ja schnell den Schluss, dass alleinstehend genauso viel wie einsam bedeutete, aber noch schlimmer musste wohl das Gefühl von Einsamkeit inmitten einer Gemeinschaft sein, dachte Linnea, während sie sich über die Lakritzkugeln hermachte. Und wie stand es um sie selbst, was für ein Vogel war sie eigentlich? Ein Zugvogel ohne Orientierungssinn? Inzwischen war sie seit über einem halben Jahr auf Hjartøy, die lose mit Iris verabredete Mindestdauer ihres Aufenthalts war also erreicht. Mit anderen Worten: Sie konnte jederzeit wieder nach Hause fahren. Einfach den Wagen packen, alles sauber machen, die Tür hinter sich abschließen und los. Der Gedanke war erleichternd und beunruhigend zugleich.

Edith und Karl würden ihr sehr fehlen, wenn sie von hier

fortging, da bestand kein Zweifel. Vor allem Edith stellte ihre Geduld zwar gelegentlich auf die Probe, doch das alte Ehepaar hatte mit der Zeit einen festen Platz in ihrem Herzen erobert, und den würde es auch nicht so ohne Weiteres wieder hergeben.

Christelle vom Laden war nach wie vor unfreundlich, aber Linnea hatte beschlossen, etwas nachsichtiger mit ihr zu sein und sie nicht mehr Fräulein Miesepeter zu nennen.

Darüber hinaus hatte Linnea eine etwas unangenehme Begegnung mit dem Schafsbauern gehabt, der Ragnar Nymoen hieß, wie sie inzwischen wusste. Zwei seiner Lämmer waren in den Garten eingedrungen und hatten sich über ein paar sprießende Stauden hergemacht. Die beiden Schäfchen waren zwar selbst zum Anbeißen gewesen, aber Maries Garten war nun mal heilig, also hatte Linnea all ihren Mut zusammengenommen und den Bauern damit konfrontiert. Der jedoch hatte sich nur breitbeinig vor ihr aufgebaut, die Arme verschränkt und ihr im ausgeprägtesten Hjartøy-Dialekt, der ihr bis dahin begegnet war, einen Vortrag darüber gehalten, dass sie selbst für die Instandhaltung der Zäune und das ordnungsgemäße Schließen des Gatters zuständig sei. Dabei hatte er sie gemustert wie ein potenzielles Zuchtvieh. Zum Glück war sie ihm seitdem nicht mehr über den Weg gelaufen. Aber rein äußerlich hatte er schon etwas hergemacht, da gab es nichts, mit seinem dichten, roten Haar und dem wohlfrisierten Schnurrbart, der in Trøndelag, der norwegischen Schnurrbartprovinz schlechthin, wohl weit und breit für neidische Blicke gesorgt hätte.

Und dann war da noch Karsten. Im Laufe des Frühlings hatten sie sich ein paarmal getroffen, und er war ihr zunehmend ans Herz gewachsen.

Anfangs hatte sie seinen ungetrübten Optimismus noch als nervig empfunden. Er schien so ein Typ zu sein, dem so gut wie nichts etwas anhaben konnte, egal, wie viel Schlimmes ihm im Leben schon widerfahren war. Doch ihre Meinung von ihm hatte sich langsam, aber sicher gewandelt, je mehr er sich auch von seiner verletzlichen Seite gezeigt hatte, und schließlich war sie zu dem Schluss gekommen, dass sie einfach nicht so recht klug aus ihm wurde, und das machte sie neugierig. Seine Persönlichkeit war vielseitig und verschachtelt, ein bisschen wie diese Matrjoschka-Püppchen, die ihr Vater einmal von einer Geschäftsreise aus Murmansk mitgebracht hatte. Nur eine Woche später war Tante Lailas und Onkel Tords dämlicher Köter leider dem kleinsten Püppchen an den Kragen gegangen. Tante Laila hatte zwar angeboten, es zurückzugeben, sobald es am anderen Ende wieder zum Vorschein gekommen wäre, doch das hatte Linnea entschieden abgelehnt.

Um nicht weiter über Karsten nachzugrübeln – sie würde ja sowieso bald zurück nach Oslo gehen –, nahm sie ihr Buch hervor, um mehr über das Leben der Auswanderer in der Prärie zu lesen. Darüber, wie sie den Boden pflügten und bestellten und sich und dem Vieh provisorische Unterkünfte zimmerten, bis sie in der Lage waren, ordentliche Häuser zu errichten. Ein beachtliches Projekt, das mit ihrem bescheidenen Plan, Maries Garten wiederherzurichten, um ihm etwas von seiner einstigen Pracht zurückzugeben, nicht zu vergleichen war.

KAPITEL 31

Aus Mai war Juni geworden, und Linnea hatte alle Hände voll damit zu tun, die Hecken und Bäume zu beschneiden und alte, überwucherte Beete auszumisten, in denen sich Stauden und Büsche verbargen. Ob es sich dabei um Zierpflanzen oder Unkraut handelte, war schwer zu sagen. Zwar hatte sie während der Arbeit das Gartenbuch zurate gezogen, doch es gab einige Zweifelsfälle. Zu den Gewächsen, die sie mit Sicherheit gefunden hatte, zählten Lilie, Pfingstrose, Tränendes Herz, Rittersporn, Eisenhut-Hahnenfuß, Fingerhut und Salomonssiegel. Auffällig viele davon blühten weiß, wie eine Art Wolkenmeer auf Erden. In einer Ecke des Gartens stand ein alter Apfelbaum, der bereits Knospen angesetzt hatte, und die Kirschbäume waren von unzähligen Ausläufern umgeben, die wie kleine grüne Finger in die Höhe schossen und ihr eine lange Nase zeigten.

Jetzt würde sie erst einmal Ordnung in das Chaos bringen und zusätzlich noch ein paar weitere Sorten anpflanzen. Im Gartencenter hatte sie Erde und Dünger besorgt, und auf den Rat ihrer Mutter hin war sie bei Nachbarn mit Garten gewesen und hatte um Stecklinge und Triebe alter Gewächse gebeten, sodass sie nun über eine breite Auswahl an Pflanzen verfügte, die in die Erde sollten. Vielleicht konnte das ja den Wert des Hauses steigern, für den Tag, an dem es einmal verkauft würde. Das wäre dann ihr Beitrag, mit dem sie sich für den Aufenthalt hier erkenntlich zeigen konnte.

»Was du wohl sagen würdest, wenn du jetzt zu mir hinunterschauen könntest, Marie. Ich hoffe, du wärst einigermaßen zufrieden. Du sollst jedenfalls wissen, dass ich mein Bestes gebe, um deinen Garten wieder zu verschönern.«

»Störe ich?«

Linnea zuckte zusammen und fuhr herum. Edith hatte ein besonderes Talent dafür, sich lautlos zu nähern. »Nein, nein, ich habe nur ... mit der Katze gesprochen.« Sie hoffte inständig, dass Arthur gerade nicht allzu weit weg war. Mitten im Selbstgespräch überrascht zu werden fühlte sich nicht besonders gut an, so alt war sie schließlich noch nicht.

»Aber du bist ja blass wie eine Leiche, Edith. Was ist denn los?«

Die Nachbarin atmete schwer. »Einen Moment dachte ich fast ...« Edith deutete auf den Regenmantel, den Linnea trug.

»... du hättest ein Gespenst gesehen«, vollendete Linnea ihren Satz. »Keine Sorge, ich bin es nur. Ich habe den Mantel in einem Schrank entdeckt und fand ihn praktisch für die Gartenarbeit.« Ihre Füße steckten in den Schuhen, über die sie bei ihrer Ankunft im Haus gestolpert war. Sie hatten genau die richtige Größe, dass sie einfach hineinschlüpfen konnte, ohne die Schnürsenkel aufzubinden.

Edith raffte sich zusammen. »Ich wollte nur fragen, ob du vielleicht so eine Axtperin für mich hast.«

Linnea sah sie fragend an und bemerkte gleichzeitig, dass Ediths Strickjacke falsch geknöpft war. »Jetzt weiß ich gerade nicht, was du meinst, Edith.«

»Ich hab solche Kopfschmerzen, und wir haben keine Tabletten mehr im Haus«, erklärte die Nachbarin.

»Ah, ich verstehe. Ja, ich bin mir ziemlich sicher, dass ich noch welche habe. Warte kurz, ich hole sie dir.« Linnea zog sich die Gartenhandschuhe aus und ging hinein. Im Bad zog sie eine Packung Aspirin aus der kleinen Notfallapotheke, die sie sich aus Oslo mitgebracht hatte, und stellte überrascht fest, dass die Packung noch gar nicht angebrochen war. Schnell ging sie damit zurück in den Garten und reichte sie Edith, die inzwischen ein wenig lebendiger wirkte. Mit neugieriger Miene stand sie da und musterte Linneas Pflanzensammlung.

»Du magst wohl genauso gern Blumen wie Marie«, sagte sie, nahm die Kopfschmerztabletten und steckte sie in ihre Jackentasche. »Zu ihrer besten Zeit war das hier die reinste Gärtnerei. Karl glaubt, ich wüsste es nicht, aber mir ist sehr wohl klar, dass er seit Maries Tod oft hier im Garten gewesen ist und nach Unwettern immer für Ordnung gesorgt hat, wie eine Art Helferlein für den lieben Gott. Jetzt liegt hier alles wie Kraut und Rüben, wird bestimmt nicht so leicht, das wieder in Ordnung zu bringen«, sagte sie und sah sich nachdenklich um.

»Mein Daumen ist wahrscheinlich nicht ganz so grün wie Maries, aber ich dachte, es wäre ganz schön, ein bisschen in der Erde zu wühlen, solange ich hier bin. Und jetzt war ich auch mal in der Nachbarschaft unterwegs und habe ein paar neue Pflanzenarten bekommen, auf die ich sehr gespannt bin. Mal sehen, ob sie gedeihen. Ist ja auch eine nette Art und Weise, noch mehr Nachbarn kennenzulernen.«

Linnea hatte sich den schönsten Garten im Ort ausgeguckt. Er war dicht am Waldrand gelegen und von der Straße aus nicht zu sehen. Inmitten des großen, von einem weißen Lattenzaun umgebenen Grundstücks standen mehrere zusammengehörende Gebäude, die, wie sich herausstellte, zwei dänischen Freundinnen gehörten. Sie hatten erzählt, dass sie ursprünglich als Lehrerinnen nach Hjartøy gekommen und dann auf der Insel geblieben waren. Inzwischen hatten sie das Rentenalter erreicht und lebten anscheinend für ihre große Leidenschaft, das Gärtnern. Ein kleines Treibhaus war ihre neuste Anschaffung; darin wollten sie mit Arten experimentieren, die nicht so wetterfest waren und besondere Fürsorge benötigten. Linnea glaubte, dort auch Pflanzen gesehen zu haben, die verdächtig nach Hanf aussahen, aber sicher war sie sich nicht. Außerdem betrieben die beiden eine kleine Weinproduktion und hatten ihr jeweils eine Flasche ihres selbst gemachten Johannisbeer- und Rhabarberweins mitgegeben.

»Ach, dann warst du bestimmt bei diesen zwei Vogelscheuchen mit den hochtrabenden Namen. Weiß der Himmel, was die da treiben, die hatten schon immer so seltsame Ideen.« Linnea hörte eine gewisse Skepsis in Ediths Stimme. »Zwei Frauen, die so zusammenleben, das ist ja auch ein bisschen komisch«, kam schließlich noch hinterher.

Linnea schien es nicht unwahrscheinlich, dass Erle und Lerke vielleicht mehr als nur Freundinnen waren, und sie fragte sich, wie es einem lesbischen Pärchen in einer kleinen Inselgemeinschaft wie dieser hier wohl ergehen musste – mit einer Nachbarin wie Edith. Und sie hatte den Verdacht, dass Ediths Ansichten ziemlich repräsentativ für das Wertesystem der älteren Inselbewohner waren.

»Ach, Edith, die Leute sind nun mal verschieden. Das macht sie weder besser noch schlechter«, sagte sie und kam sich fast ein wenig oberlehrerinnenhaft vor.

»Na ja, ich werd dann mal zusehen, dass ich nach Hause komme und mich ein bisschen hinlege.«

»Gute Besserung. Und sag ruhig Bescheid, wenn ich noch was für dich tun kann.«

»Das geht bestimmt vorbei, wenn ich eine Axtperin nehme, normalerweise bin ich damit schnell wieder auf dem Damm«, sagte sie und ging zur Straße hinunter. Etwas beunruhigt sah Linnea ihr hinterher. Edith wirkte in letzter Zeit ein wenig angeschlagen.

Die Pflanzen in die Erde zu bekommen war mehr Arbeit, als Linnea gedacht hatte, und nach einer Weile spürte sie es im Rücken. Solche körperlichen Tätigkeiten war sie nicht gewohnt, also beschloss sie, sich erst einmal eine Tasse Kaffee zu machen und die Zimtschnecken aufzubacken, die sie aus dem Gefrierfach geholt hatte.

Sie nahm alles mit nach draußen und setzte sich unter den alten Goldregen, der inzwischen grüne Blätter bekommen hatte. Sobald die gelben Blüten sprossen, wäre der Baum die reinste Augenweide. Aus dem Schuppen hatte sie eine alte Bank geholt und eine Decke und Kissen darauf ausgebreitet, um es sich so gemütlich wie möglich zu machen. Die Bank war einmal weiß gewesen, aber inzwischen war die Farbe an einigen Stellen abgeblättert. Vielleicht besorgte sie mal neue und verpasste der Bank einen neuen Anstrich.

Linnea genoss die Wärme der Sonne im Gesicht und freute sich darauf, ihre Winterblässe bald loszuwerden. Sie war froh, in der Hinsicht etwas von ihrer Mutter geerbt zu haben, die genau wie sie schnell braun wurde, sobald sich die ersten Sonnenstrahlen zeigten. Ihr armer schottischer Vater war den ganzen Sommer über rotgesprenkelt, denn seine Sommersprossen breiteten sich wie Unkraut aus, während der Rest seiner Haut käseweiß blieb. Linnea hat schon öfter zu hören bekommen, dass sie mit ihrem dunklen Haar und der sonnengebräunten Haut im Sommer fast südländisch aussah.

Arthur hatte sich unter die Bank gelegt und schien nicht einmal die Vögelchen zu beachten, die um die Wette zwitscherten, während sie Futter für ihren Nachwuchs im Nest heranschafften. Linnea war an diesem Tag früh aufgestanden und hatte eine Ladung Wäsche gewaschen, die nun auf der Leine hing und ausgelassen im Wind tanzte. Der Fleecepulli hatte sich in einen Dirigenten verwandelt und wedelte mit den Armen einen immer schnelleren Takt.

Sie biss in eine warme Zimtschnecke und ließ sich das süße Gebäck auf der Zunge zergehen. Butter, Vollmilch und Zucker waren als Zutaten für ein gutes Leben keineswegs zu verachten.

Linnea wusste nicht, wie lange sie auf der Bank gesessen und vor sich hin gedöst hatte, als sie ein »Buh«, gefolgt von johlendem Gelächter, jäh hochschrecken ließ. Da sprangen auf einmal zwei übermütige Mädchen in lila Hosenanzügen und mit Marmeladenspuren im Gesicht um sie herum. Ein Stück weiter kam ihr Vater in grüner Arbeitshose und Turnschuhen hinterher, und Linnea spürte ein erwartungsvolles Kribbeln im Bauch.

»Aber Kinder, ich hab euch doch gesagt, ihr sollt euch benehmen und die Leute nicht so überfallen.« Mit gespielter Strenge schüttelte Karsten den Kopf.

Einen Augenblick hielten die Mädchen inne und sahen ihn fragend an, doch dann stürzten sie sich ins nächste Spiel und machten ein Wettrennen durch den Garten. Arthur hatte sich längst verzogen und Zuflucht im Wald hinterm Haus gesucht.

»Also hier sitzt du und machst es dir im Sonnenschein gemütlich«, sagte Karsten munter.

»Na ja, wie man's nimmt, eine wohlverdiente Pause vom Schuften, würde ich das eher nennen.«

Karsten schaute sich um und stieß ein anerkennendes Pfeifen aus. »Ich sehe schon, du machst dich ernsthaft an Maries Garten zu schaffen. Das ist nicht mal eben so erledigt, sie hat über die Jahre ziemlich viel Arbeit da reingesteckt. Aber die Riesenbalsamie da würde ich an deiner Stelle entfernen, die steht auf der schwarzen Liste«, sagte er und deutete auf eine Pflanze mit rosa Blüten.

»Das Tränende Herz, meinst du?«

Er schüttelte den Kopf. »Wenn das Tränendes Herz sein soll, bin ich ein Ritter. Deine Mutter ist doch angeblich Botanikerin, oder? Wenn das stimmt, ist der Apfel bei euch ziemlich weit vom Stamm gefallen, um mal in der Pflanzensprache zu bleiben.«

Linnea wurde verlegen, konnte aber ein Lachen nicht unterdrücken.

»Ob der Trollpfad wohl noch da ist?«, fragte Karsten, als sie zu Ende gelacht hatten.

Sie wusste sofort, dass er die Steinfiguren meinte, die ihr bereits am zweiten Tag auf Hjartøy aufgefallen waren. »Ja. Eine lustige Idee, ich frage mich, wer die vielen Figuren wohl zusammengestellt hat.«

»Marie selbst war das. Ich weiß noch, dass ich als Kind ein paarmal mit meiner Mutter hier war und mir die Figuren angeschaut habe, denn Maries Garten war in der ganzen Gegend bekannt. Wenn ich mich recht erinnere, gab es in der Lokalzeitung sogar mal einen Bericht darüber. Sie hat hier wirklich ihr Herzblut reingesteckt und auch mit Blumenarten aus anderen Klimazonen experimentiert.«

Er ließ den Blick über das Grundstück schweifen. »Da hast du noch ganz schön was vor, der Teich ist ja auch bald überwuchert. Und die kleine Brücke da braucht ein paar neue Planken, neben einem neuen Anstrich natürlich.«

»Du scheinst dich ja auszukennen, hast anscheinend viele Talente«, sagte sie mit einem neckischen Lachen.

»Ich wollte tatsächlich mal Gärtner werden, aber dann habe ich es mir anders überlegt. Wenn man sich nicht gerade selbstständig machen will, sind die beruflichen Aussichten in der Branche relativ begrenzt. Da werde ich lieber auf meine alten Tage Hobbygärtner und pflanze Kräuter und Gemüse an. Aber sag gern Bescheid, wenn du Hilfe brauchst. Mit einer Zimtschnecke bin ich leicht rumzukriegen.«

Sie musste lachen und merkte zugleich, wie sehr sie das Gefühl genoss, zu flirten.

»Verlockendes Angebot, aber das ist ja nicht mein eigener Garten, ich weiß gar nicht, wie viel ich hier eigentlich machen soll. Eine Zimtschnecke kannst du aber trotzdem haben«, sagte sie und reichte ihm den Teller.

»Wie lange bleibst du denn auf Hjartøy?«, fragte er und bediente sich.

»In ein paar Wochen fahre ich wieder nach Oslo«, sagte sie und versuchte, seinen Gesichtsausdruck zu deuten.

»Aha …«, kam es zögernd. Er setzte sich neben sie auf die Bank, aber mit einigem Abstand.

»Meine Mutter wird 65 und feiert mit der Familie«, erklärte sie. Lag da Erleichterung in seinem Blick? Beim Buchen der Flüge vor ein paar Monaten hatte sie überlegt, ob der Geburtstag nicht eine gute Gelegenheit wäre, das Auto zu packen und sich von Hjartøy zu verabschieden. Inzwischen aber fand sie, nachdem der lange Winter erst einmal überstanden war, konnte sie auch gut noch den Sommer in Nordnorwegen mitnehmen, dafür kamen immerhin Touristen aus aller Welt angereist.

»Ich habe da übrigens etwas über Marie erfahren«, sagte sie, um die Aufmerksamkeit von sich wegzulenken. Bisher hatte sie die Geschichte von Marie und Jovan nur mit Iris geteilt. Es kam ihr fast ein bisschen wie Tratscherei vor, weil Marie dieses Geheimnis so gut behütet hatte, doch sie ließ es darauf ankommen.

Karsten hatte ihr schweigend zugehört und schien nun seinen Gedanken nachzuhängen. »Serbien. Das erinnert mich an Vesna Vulović. Ob die wohl noch lebt?«

Linnea sah ihn erstaunt an. »Wer ist das? Eine Sportlerin?«

»Ja, könnte man so sagen. Extremsport auf höchstem Niveau wäre das in dem Fall.«

»Ich habe jedenfalls noch nie von ihr gehört. Aber in dem Bereich bin ich auch nicht so auf dem Laufenden.«

»Es hätte mich mehr überrascht, wenn du von ihr gewusst hättest. Das ist was für Nerds, die das *Guinness Buch der Rekor-*

de schon als kleine Jungs von vorn bis hinten durchgelesen haben.«

Und außerdem ein fotografisches Gedächtnis haben, dachte Linnea.

»Vesna Vulović war eine serbische Stewardess und die einzige Überlebende aus einem Flugzeug, das 1972 auf dem Weg von Kopenhagen nach Zagreb abgestürzt ist. Sie kam ins Buch der Rekorde, weil sie den weltlängsten Fall ohne Fallschirm überlebt hat, aus einer Höhe von 10 160 Metern.« Er lächelte und wollte noch etwas sagen, als er von den Zwillingen unterbrochen wurde, die gerade im Wettlauf auf sie zugestürmt und beide gleichzeitig ins Ziel kamen, eine auf jedem Schoß. Linnea sah, dass im Haar des einen Mädchens Kaugummireste klebten. Im selben Moment spürte sie, wie Nelly oder Kitty ihr mit der Hand über den Kopf strich.

»Du siehst aus wie Pocahontas«, erklärte das Mädchen, und Linnea gelang es nicht, die Tränen zu verbergen, die ihr plötzlich in die Augen traten.

»Heuschnupfen«, schob sie schnell vor.

Karsten wirkte etwas verlegen. »Bei uns läuft in letzter Zeit ziemlich viel Disney, und dieser Film steht im Moment ganz weit oben«, sagte er mit einem unsicheren Lächeln.

»Papa sagt, du bist eine Lachmöwe«, kicherte das Mädchen, wandte sich dann zu ihrer Schwester um und begann, mit ihr eine Art Abzählvers aufzusagen: »Ist Oma eine Lachmöwe? Nein! Ist Grandma Peggy eine Lachmöwe? Nein! Ist Linnea eine Lachmöwe? Jaaa!«

»Also …«, setzte Karsten an.

»Na, jetzt bin ich aber gespannt«, sagte Linnea in gespielt strengem Tonfall und verschränkte die Arme vor der Brust.

»Das ist kein Schimpfwort, auch wenn es vielleicht so klingt. Bei uns ist Lachmöwe einfach ein Wort für eine Frau mit Humor. So was wie Spaßvogel«, sagte Karsten und zuckte betont gleichgültig mit den Schultern.

Linnea musste unwillkürlich lachen. Allmählich gewöhnte sie sich mehr und mehr daran, dass Beleidigungen hier oben auf wundersame Weise zu Komplimenten werden konnten.

»Aber, Mädels, vielleicht sollte Linnea langsam mal erfahren, warum wir hier anmarschiert kommen und sie bei ihrem friedlichen Nachmittagsschläfchen stören. Wolltet ihr sie nicht was fragen?«

»Yes! Kommst du zu unserem Geburtstag am Samstag?«, riefen die beiden im Chor.

Shit, war das Erste, was ihr durch den Kopf ging. Sie hatte mehrere Kindergeburtstage bei Iris über sich ergehen lassen, weil die Freundin der Meinung war, ihre Kinder bräuchten dringend eine Tante. Selbst hatte sie nämlich keine Geschwister und Guttorm nur Brüder, und dass es in der ganzen Familie nur Onkel gab, fand sie diskriminierend.

»Aber bin ich nicht ein bisschen zu alt, um zu eurem Geburtstag zu kommen?«

»Neiiiin … Papa ist doch genauso alt. Und Oma und Opa kommen auch, und die sind noch viel älter!« Jetzt hüpften und sprangen die Mädchen lachend um die Bank herum und versuchten, sich gegenseitig zu fangen.

»Du brauchst natürlich nicht zu kommen, wenn du nicht magst, aber ich habe versprochen, dass wir wenigstens fragen.«

»Wie nett, ich …«

Karsten sah sie amüsiert an. »Bluffen ist jedenfalls nicht deine Stärke. Ich sehe schon, dass Kindergeburtstage nicht besonders weit oben auf deiner persönlichen Hitliste stehen, dicht gefolgt von … ja, was noch … Fußball? Und vielleicht amerikanische Actionfilme, in denen viel Auto gefahren wird?«

»Vielen Dank für die Einladung, Mädels. Ich komme!«

Am Abend ging Linnea mit einer zusätzlichen Decke noch einmal zurück zur Gartenbank. Bevor Karsten mit den Mädchen gefahren war, hatte er ihr geholfen, die Rosenbäumchen einzupflanzen, die sie besorgt hatte. Nun standen sie da und warteten auf die Wärme: Rose de Resht, Reine des Violettes, Louise Odier und Schneewittchen. Arthur kam durch den Garten stolziert, hüpfte auf die Bank und legte sich neben sie.

Sie hatte sich ein großzügiges Glas von Erles und Lerkes Wein eingeschenkt. Die Bekanntschaft mit den älteren Damen empfand sie als lustige Bereicherung, auch wenn sie nur ungefähr die Hälfte von dem mitbekam, was die beiden sagten. Ihr Dänisch war nicht so leicht zu verstehen, aber wenn sie richtig gehört hatte, war eine der beiden durch weit zurückreichende Familienbande mit Hjartøy verbunden.

Linnea trank einen Schluck Wein und blickte eine Weile über den Garten. Die Tage machten inzwischen die Nächte durch, und wenn draußen das Licht einfach nicht ausgeschaltet wurde, war es nicht so leicht, den Weg ins Bett zu finden.

»Jetzt sollten sie uns mal sehen, die Herzchen da unten in Oslo.« Sie versuchte, im Nordlanddialekt mit Arthur zu sprechen, doch der Kater hatte nur einen herablassenden Blick für sie übrig. »Okay, okay, ich hör ja schon auf. Dialektimitationen waren noch nie meine Stärke. Aber dieser Wein von Erle und Lerke ist jedenfalls ein juter.«

KAPITEL 32

»Dass sie wirklich diese alte Bank aus dem Schuppen gekramt hat. Wer setzt sich denn freiwillig auf ein Totenlager?«, sagte Edith und schauderte.

»Vielleicht weiß Linnea ja gar nicht, dass Marie auf dieser Bank gestorben ist, und das brauchen wir ihr auch nicht zu erzählen«, entgegnete Karl entschieden.

»Ob die sich hier wohlfühlt?«, fuhr Edith fort. Ihr hektisches Stricknadelgeklimper verstummte, als sie Karl einen Blick über den Küchentisch zuwarf. Der befeuchtete seinen Zeigefinger mit der Zunge, blätterte in der Zeitung und sah seine Frau etwas geistesabwesend an.

»Warum denn nicht? Hier ist es immerhin ruhig und friedlich, und wo sie herkommt, herrscht nichts als Gewalt und Chaos. Wir haben doch selbst in den Nachrichten gesehen, was da unten in der Hauptstadt los ist, Mord und Totschlag in einer Tour. Ich würde keinen Fuß mehr vor die Tür setzen, wenn ich da wohnen würde«, sagte er und schüttelte den Kopf.

»Ich hoffe nur, sie ist nicht so 'ne Suzidale«, grummelte Edith weiter vor sich hin.

»Was für eine?« Karl schlürfte geräuschvoll seinen Kaffee.

»Davon hab ich mal in einer Zeitschrift gelesen, das sind Leute, die nicht mehr leben wollen. Die haben vielleicht keine Familie mehr oder ihre Arbeit verloren und ziehen sich zurück und werden immer einsamer. Manchmal liest man das auch in den Todesanzeigen, da steht dann was von Freitod oder so«, erklärte Edith.

Karl wusste, dass die Todesanzeigen immer das Erste waren, was Edith in der Zeitung aufschlug. Sie schien sich nie so lebendig zu fühlen, wie wenn sie von Leuten las, die verstorben waren. Mit einem lauten Klirren stellte er die Kaffeetasse zurück auf die Untertasse.

»Unsinn, Edith. So eine ist Linnea nicht, das musst du doch sehen. Mit ihrer munteren, aufgeschlossenen Art. Außerdem arbeitet sie immer so fleißig. An ihrem Computer«, betonte Karl.

»Aber das kann doch keine ordentliche Arbeit sein, wenn sie den ganzen Tag nur da drinnen im Haus hockt.« Ediths Stimme war eine Nuance nach oben gerutscht.

»Ach, wir Alten haben doch keine Ahnung von diesem neumodischen Zeug. Heutzutage kann alles Mögliche als Arbeit bezeichnet werden. Und es war doch wirklich nett von ihr, uns einzuladen, du hast ja wohl selbst gesehen, welch Mühe sie sich gegeben hat, uns zu bewirten, und nichts war ihr gut genug.« Karl versuchte, seine Frau zur Vernunft zu bringen.

»Na ja, zum Teil wissen wir immer noch nicht, was sie uns da eigentlich aufgetischt hat. Aber dir hat es geschmeckt, das hat man gesehen. Und dann dieses vermaledeite Katzenvieh. Ich könnte schwören, es hat uns mal wieder unter den Balkon gemacht.«

Edith seufzte und hielt den Rumpfteil ihres Strickstücks hoch. Verflixt noch mal, in der letzten Reihe hatte sie eine Masche verloren. Dieses Muster machte sie noch wahnsinnig. Sie hoffte wirklich, der Pullover war all die Mühe wert und Helge würde ihn auch tragen.

»So oder so kann es einfach nicht gut für sie sein, ganz allein in dem großen Haus zu wohnen. Vielleicht findet sie ja einen Mann hier auf Hjartøy. Vor ein paar Tagen habe ich erst wieder Karstens Auto in der Einfahrt gesehen. Er scheint ständig und zu jeder Tages- und Nachtzeit da drüben zu sein. Aber der könnte ja tatsächlich auch mal 'ne Frau gebrauchen, die sich um ihn kümmert, so ganz allein mit den zwei armen mutterlosen Gören, die wie die Wilden hier rumlaufen. Wenn Helge nur mal ein bisschen mehr aus sich rauskommen würde ...«

Karl räusperte sich. »Da werden wir uns nicht einmischen, Edith. Und auf keinen Fall wird darüber gesprochen, wenn sie nachher kommt. Wenn wir sie vor den Kopf schlagen, will sie uns vielleicht gar nicht mehr besuchen.« Karl faltete die Zeitung zusammen und signalisierte damit, dass das Thema für ihn beendet war.

»Ja, ja, dann werd ich mal mit dem Essen anfangen. Hoffentlich rümpft sie nicht die Nase über so was Ordinäres wie Seelachs mit weißer Soße. Fürs Dessert standen Zwetschgenkompott und Trondheimer Suppe zur Auswahl, aber ich weiß ja, was du lieber magst, also gibt's das«, erklärte Edith und legte mit einem Seufzer der Erleichterung das Strickzeug beiseite. »Die alten Fotoalben, nach denen sie gefragt hat, habe ich auch schon rausgesucht.«

»Das wird sicher jut«, sagte Karl.

Linnea machte es längst wie die Einheimischen und klingelte gar nicht erst, sondern ging direkt in den Flur, zog sich die Schuhe aus und klopfte an die Küchentür. Ediths Stimme gab ihr das Zeichen zum Eintreten.

»Herein!«, ertönte es wie aus einem Jagdhorn.

Als Linnea die Tür öffnete, schlug ihr der herrliche Duft von guter alter Hausmannskost entgegen, und der Küchentisch war mit einem blaukarierten Wachstuch und feinem Geschirr gedeckt. Ihr war fast, als würde sie ein traditionelles Gasthaus betreten.

»Setz dich ruhig schon mal an den Tisch, das Essen ist gleich fertig«, ordnete Edith an.

Kurz darauf standen eine Auflaufform mit Fisch, Zwiebeln und Soße, eine Schüssel Kartoffeln und eine weitere mit Möhren sowie ein Krug Wasser mit hausgemachtem rotem Sirup auf dem Tisch. Nur zu gern folgte Linnea der Aufforderung, sich als Erste zu bedienen.

»Das schmeckt ganz wunderbar, was für ein Fisch ist das?«, fragte sie nach dem ersten Bissen.

»Frischer Seelachs«, antwortete Edith überdeutlich, als spräche sie mit jemandem, der etwas schwer von Begriff ist.

»Selbst gefangen, Karl?«

»Ja, der Alte war schon um acht draußen auf See, kannst du dir ja denken«, antwortete Edith für ihren Mann.

»Na ja, ganz so früh war es wohl nicht, aber allzu spät sollte man nicht los, sonst beißt der Fisch nicht«, erklärte Karl.

»Jetzt musst du aber ordentlich zulangen, hau rein ohne Sinn und Verstand, wie man bei uns sagt. Und hinterher gibt es Trondheimer Suppe«, fuhr Edith fort und vergewisserte sich, dass auf dem Tisch auch nichts fehlte.

Eine Weile aßen sie schweigend, und Linnea genoss den Geschmack dieser schlichten, traditionellen Mahlzeit aus frischen Zutaten.

»Das war ein richtiger Festschmaus, und so eine Suppe habe ich noch nie gegessen, wie wird die gemacht?«, fragte Linnea.

»Ach, das ist nicht weiter kompliziert. Einfach Milchreis eine halbe Stunde in Wasser weichkochen und gegen Ende Rosinen dazugeben. Dann rühre ich eine Schwitze aus Mehl und Wasser ein, lasse das Ganze eine Weile köcheln, und zum Schluss kommen noch Zucker, Sahne und Johannisbeersirup dazu. Wir sind beide mit Trondheimer Suppe aufgewachsen, Karl und ich«, antwortete sie.

»Das Rezept muss ich auf jeden Fall mal ausprobieren«, sagte Linnea und schob den Teller von sich. »Und jetzt helfe ich dir mit dem Abwasch.«

»Kommt nicht infrage. Du gehst mit Karl rüber ins Wohnzimmer, und ich komme gleich mit dem Kaffee nach. Wir haben leider nur normalen Kaffee, nicht aus so 'ner Maschine«, entgegnete Edith.

Auf dem Sofa neben Linnea lagen ein paar altmodische Fotoalben bereit. Sie nahm sich das erste und öffnete es vorsichtig. Nach den alten Bildern hatte sie selbst gefragt, denn in Maries Haus waren keine weiteren Alben aufgetaucht, und sie wollte so gern noch mehr davon sehen, wie es auf Hjartøy früher war.

Die Schwarz-Weiß-Fotos führten sie viele Jahre zurück in die Vergangenheit. Sie zeigten Häuser, die inzwischen nicht mehr da oder bis zur Unkenntlichkeit modernisiert waren, und Menschen in Arbeits- und Festtagskleidung. Die Mode änderte sich, je weiter sie blätterte, und dasselbe galt für die Natur.

»Die Landschaft sah früher ganz anders aus«, stellte sie fest.

»Ja, inzwischen ist hier leider alles so zugewuchert. An manchen Stellen kommt man gar nicht mehr weiter. Früher lief hier überall weidendes Vieh herum, aber jetzt gibt es kaum noch Tierhaltung auf Hjartøy«, erklärte Karl.

Außer beim Schafsbauern, dachte Linnea finster, ging aber nicht weiter darauf ein.

Sie betrachtete Karls und Ediths Hochzeitsbilder und sah die beiden Kinder des Paares heranwachsen. Ihr fiel auf, wie gleich die Familien damals aussahen, man war wohl einfach ähnlich geprägt und richtete sich nach denselben Dingen. Auf einer Doppelseite mit Fotos von einer Johannisfeier hielt sie inne. Dort waren viele Menschen um ein Sonnwendfeuer versammelt, und der Ort kam Linnea nicht unbekannt vor.

»Diese Bilder sind auf dem Hügel oberhalb von Maries Haus entstanden. Bei gutem Wetter haben sich die Nachbarn dort am Johannisabend getroffen und ein Feuer angezündet, und Marie hat allen, die kamen, Eierpunsch serviert, wie schon ihre Eltern vor ihr. Das war viele Jahre lang Tradition, und wir hatten es immer richtig nett zusammen.« Edith schien in Erinnerungen versunken zu sein.

Linnea hob das Album an, um die Fotos näher zu betrachten. Eins zeigte eine Frau, die etwas aus einem Krug servierte. »Ist das ...«

»Ja, genau, Marie. So sah sie immer aus. Aber sie ließ sich nicht gern fotografieren. Sobald jemand mit einer Kamera ankam, hat sie sich meistens weggedreht«, erklärte Edith.

Marie trug ein geblümtes Sommerkleid mit Gürtel, ihr Haar war in eine Dauerwelle gelegt. Karl zufolge hatte sie ja im Postamt gearbeitet, solange er zurückdenken konnte, und war allseits beliebt gewesen. Auf dem Bild machte es auch den Eindruck, als hätte sie es genossen, Menschen um sich zu haben. Linnea blätterte weiter, und auf der letzten Seite des Albums begegnete ihr dasselbe Gesicht noch einmal.

»Ist das nicht auch Marie? Mit einem Kind? Das muss doch bei den hübschen Steinfiguren in ihrem Garten sein.«

Edith öffnete den Mund, um etwas zu sagen, aber Karl kam ihr zuvor.

»Ja, das ist Marie mit unserer Inger. Die beiden hatten einen guten Draht zueinander. Inger war immer sehr gern bei ihr im Garten.«

»Marie hatte ja keine eigenen Kinder, die Arme«, warf Edith ein. »Und erwachsene Leute, die mit Steinen spielen – also ich weiß ja nicht ...«

Als Linnea zu Edith sah, kam ihr das Gesicht der Nachbarin verändert vor.

Sie wollte gerade etwas sagen, als Edith plötzlich auf dem Sofa zusammensank. Linnea schlug das Album zu und fing sie auf. Karl stürzte herbei und begann, mit ihr zu reden. Wenig später kam Edith wieder zu sich, war aber deutlich verwirrt. Sie versuchte, etwas zu sagen, doch ihre Worte verhaspelten sich und waren nicht zu verstehen.

Entsetzt blickte Karl seine Frau an, und Linnea sah, dass dem alten Mann Tränen in den Augen standen und seine Hände zitterten.

»Setz dich hierher und pass auf sie auf, ich gehe in die Küche, hole mein Handy und rufe einen Krankenwagen«, wies Linnea an. Edith schien protestieren zu wollen, als sie das Wort Krankenwagen hörte, aber Karl legte ihr ein Kissen unter den Kopf und breitete fürsorglich eine Decke über sie aus.

Als Linnea mit der Notrufzentrale verbunden war, erklärte sie die Situation und behielt zugleich Edith im Auge, die immer wieder das Bewusstsein zu verlieren schien.

»Sie kommen, so schnell sie können, es dauert maximal eine Viertelstunde.« Karl wirkte erleichtert und strich Edith weiter über die Wange.

Der Krankenwagen kam mit blinkendem Blaulicht die Einfahrt hochgefahren. Ein Mann, der mindestens zwei Meter groß sein musste, sprang vom Fahrersitz, während auf der anderen Seite eine winzig kleine Frau erschien, und kurz darauf kamen beide mit einer Trage angelaufen. Linnea hielt ihnen die Tür auf und deutete ins Wohnzimmer. Während die Sanitäter ihrer Arbeit nachgingen und Karl erklärten, wie es weitergehen würde, blieb sie in der Küche zurück. Wenig später wurde Edith hinausgetragen. Sie sah aus, als schliefe sie, und Karl kam mit ihrer Jacke in der Hand hinterher. »Das Ambulanzboot wartet am Fähranleger. Wir müssen ins Krankenhaus«, sagte er und wirkte verwirrt.

»Das wird schon wieder, Karl. Zieh dir die Schuhe an und nimm auch ein gutes Paar für Edith mit, für eure Heimkehr.«

Karl schlüpfte in seine Schuhe und stand dann mit Ediths in der Hand da, ohne so recht zu wissen, was er damit machen sollte. Linnea nahm einen Einkaufsbeutel vom Haken und steckte die Schuhe hinein. Dann sah sie Ediths Handtasche auf der Kommode liegen und drückte sie ihm ebenfalls in die Hand, bevor sie ihn zur Tür hinausgeleitete. »Mach dir keine Gedanken um das Haus, ich sehe nach, dass alles in Ordnung ist, schließe ab und lege den Schlüssel in den Windfang.«

Linnea stand da und sah dem Krankenwagen nach, der auf die Straße bog und dann mit eingeschalteter Sirene das Tempo beschleunigte. Erst da fiel ihr ein, dass sie vergessen hatte, den Nachbarn von ihrer Reise nach Oslo zu erzählen, und dass sie Karl eigentlich bitten wollte, während ihrer Abwesenheit nach Arthur zu sehen.

KAPITEL 33

Oslo, 2010

Linnea setzte sich auf eine Bank auf dem Friedhofshain Unser Heiland, wandte das Gesicht in die Sonne und spürte, wie die Wärme sich in ihrem ganzen Körper ausbreitete. Selbst der Wind verhielt sich gerade still. Ihr Haar blieb, wo es hingehörte, und der Rock benahm sich ebenfalls und unterließ es, ihre Beine zu entblößen.

Es war seltsam, zurück in dem alten Mädchenzimmer in der Waldemar Thranes Gate zu sein, das ihre Mutter inzwischen als Nähzimmer benutzte, und wieder Rücksicht auf die Eigenheiten anderer nehmen zu müssen. Im Grunde kam sie zwar ganz gut mit ihren Eltern aus, dennoch merkte sie, wie schnell ihr bereits Kleinigkeiten auf die Nerven gingen: die halbvollen Kaffeetassen ihres Vaters zum Beispiel, die ständig in der Küche herumstanden, oder die Tatsache, dass ihre Mutter nie hinter sich abschloss, wenn sie zur Toilette musste und andere als sie und der Vater im Haus waren. Vielleicht wurde sie langsam so eigenbrötlerisch, dass sie ihre Mitmenschen auf Abstand viel lieber mochte.

Linnea war froh, dass der Geburtstag ihrer Mutter vorbei war. Die Feier war zwar nett gewesen, aber solche Familienzusammenkünfte stellten einfach ein herausforderndes Genre dar. In vielerlei Hinsicht ähnelten sie Theatervorstellungen, bei denen sämtliche Teilnehmer in ihre einstudierten Rollen schlüpften, auch wenn das Stück von Mal zu Mal ein kleines bisschen anders ausfiel. Überraschend viele Szenen und Dialoge tauchten jedoch immer wieder aufs Neue auf.

Zwanzig Minuten vor Beginn der Feier hatte es an der Tür geklingelt. Wer das war, hatten alle sofort gewusst, denn so war es schon immer gewesen: Tante Laila kam zu früh, während Onkel Tord mit entsprechender Verspätung eintrudelte. Die ganze Familie amüsierte sich darüber, dass man ihnen eigentlich keinen Vorwurf daraus machen konnte, denn zusammengerechnet kamen sie schließlich pünktlich.

Onkel Liam, der kleine Bruder von Linneas Vater aus Aberdeen, übernahm stets die Rolle des Hofnarrs, dessen Beleidigungen jedoch niemand so richtig ernst nahm. Das lag aber ausschließlich daran, dass er nicht so leicht zu verstehen war, und das wiederum beruhte vermutlich auf seinem Dialekt in Kombination mit einem erhöhten Alkoholpegel. Zum Glück bestand er konsequent darauf, bei Familienbesuchen im Hotel unterzukommen.

Als alle am Tisch saßen, hatte Tante Eli Onkel Sven mit dem Ellbogen angestupst und abfällig den Kopf über die Tischdeko ihrer Schwester geschüttelt. Anstelle von Schnittblumen hatte Linneas Mutter auf herausgerissene Abbildungen einer alten Flora aus dem Secondhandladen gesetzt. Sie hielt nichts vom Blumenpflücken, und Linnea hatte den Verdacht, dass die alte Botanikerin diese »Unsitte« als regelrechten Mord betrachtete. Der Familie hatte Gina Brose jedenfalls längst eingebläut, dass sie auf ihrer Beerdigung nicht eine einzige Blume sehen wollte.

Von den Schwestern der Mutter war Eli diejenige, die es als ihre Pflicht betrachtete, die Traditionen der wohlhabenden Osloer Gesellschaft in Ehren zu halten, denn die beiden anderen hatten sich mehr oder weniger deutlich vom elitären Dünkel ihres Elternhauses in Frogner distanziert. Sobald sich die Gelegenheit bot, machte Tante Eli eine Nummer daraus, dass ihr schwedischstämmiger Ehemann adeliger Herkunft war. Ihre zum Teil etwas unpassenden Fragen zielten einzig und allein darauf ab, dass sie nur zu gern selbst über ihren Hintergrund Auskunft gab.

Gerade war sie in einem längeren Monolog darüber begriffen, dass die Hochsprache im Rundfunk zunehmend von Bauerndialekten verdrängt werde, als Linneas kleiner Bruder Amund mit dem Messer gegen sein Glas schlug, um im Namen aller drei Kinder ein paar Worte an die Mutter zu richten und ihr das gemeinsame Geschenk zu überreichen. Mittlerweile war er der erwachsenste von ihnen, mit fester Stelle und fester Freundin, die mit ihm zusammenwohnte. Bruder Stig war von seiner Weltumsegelung zurück und hatte eine vorübergehende Stelle in der Informationsabteilung des Außenministeriums bekommen. Sein Pferdeschwanz war einem modernen Kurzhaarschnitt gewichen, und statt ausgewaschener T-Shirts trug er nun Piqué-Hemden. Ihr gemeinsames Geschenk, eine Reise nach Spitzbergen inklusive eines Besuchs der Saatgutbank in der Nähe von Longyearbyen, wo über eine Million verschiedener Samenproben im Inneren eines Bergs eingelagert sind, wurde sehr positiv aufgenommen.

Anschließend hatte Tante Eli flugs wieder das Wort ergriffen und sich erkundigt, ob Linnea auch gut mit den Lappen da oben im Norden auskomme oder ob die schon für Krawall gesorgt hätten. Linnea hatte sie nur verständnislos angeschaut, bis irgendwann Stig, der Anthropologe, erklärt hatte, dass »Lappen« eine veraltete und diskriminierende Bezeichnung für die samische Urbevölkerung Nordnorwegens sei. Daraufhin hatte Linnea der Schalk gepackt. Dass auf Hjartøy gar keine Samen lebten, brauchte die Tante ja nicht unbedingt zu wissen, und so hatte sie den Verwandten eine Räubergeschichte aufgetischt, die ausnahmslos alle, sogar Onkel Liam, der gar kein Norwegisch verstand, sofort als Scherz aufgefasst hatten. Als der Tante klar wurde, dass sie vorgeführt worden war, saß sie nur stumm und mit weißen Lippen da, und Linnea hatte ein schlechtes Gewissen bekommen.

Alles in allem war es jedoch eine gelungene Vorstellung gewesen, ein guter alter Klassiker, ganz im Gegensatz zu der eher experimentellen Inszenierung des Kindergeburtstags auf Hjartøy. Dort hatte Linnea Lampenfieber gehabt wie vor einer Premiere, aber es war eigentlich ganz gut gelaufen. Das Spektakel hatte komplett draußen stattgefunden, und sie hatte nach bestem Vermögen an den verschiedenen Spielen teilgenommen. Die Zwillinge hatten sie »very cool« gefunden, doch die prüfenden Blicke von Karstens Eltern hatte sie nicht so recht zu deuten gewusst. Als sie gerade gehen wollte, war seine Schwester, die sie zuvor nur kurz begrüßt hatte, herübergekommen, um sich mit ihr zu unterhalten. Sonja war durchaus freundlich gewesen, aber sie schien eine beschützende Rolle ihrem kleinen Bruder gegenüber einzunehmen, und eine potenzielle neue Schwägerin würde in diesem Haus nach allen Regeln der Kunst unter die Lupe genommen, das war nur allzu deutlich gewesen.

Ihr Handy gab einen Piepton von sich. Linnea griff hektisch in die Tasche, und als sie es schließlich gefunden hatte und sah, dass die eingegangene Nachricht von Helge kam, war sie erleichtert und besorgt zugleich. Sie hatte mehrmals versucht, Karl auf dem Festnetz zu erreichen, jedoch ohne Erfolg, was nur bedeuten konnte, dass er mit Edith noch im Krankenhaus war. Keiner der beiden besaß ein Handy, und in der Klinik wollte sie nicht anrufen, schließlich war sie keine Angehörige. Doch dann hatte sie Helges Nummer gefunden und ihm eine Nachricht geschickt, und nun hatte er ihr endlich geantwortet.

Helge schrieb, dass seine Mutter nach wie vor im Krankenhaus, aber auf dem Weg der Besserung sei und Karl während ihres Klinikaufenthalts bei ihm wohne. Edith hatte einen Schlaganfall gehabt, und er bedankte sich dafür, dass Linnea so geistesgegenwärtig gewesen war und sofort einen Krankenwagen gerufen hatte. Beide Eltern ließen sie grüßen. Linnea atmete erleichtert auf. Die Situation war zwar ernst, hätte aber durchaus schlimmer sein können.

Ein Blick auf die Uhr sagte ihr, dass es Zeit zum Aufbruch war. Sie hatte eine Verabredung mit Iris in einem Terrassenrestaurant am Dom.

Als sie dort ankam, war die Freundin schon da und hatte einen der begehrten Tische am Springbrunnen ergattert. Auch eine Flasche Rosé wartete bereits auf sie. Iris stand auf und nahm Linnea fest in den Arm, ihre Locken kitzelten sie an der Nase.

»Tut das gut, dich auch mal wieder zu *sehen*! Ja, ja, ich weiß schon, rein technisch wäre das auch auf Distanz möglich, aber auf diesen modernen Schnickschnack verzichte ich lieber, sonst müsste ich mir ja immer erst überlegen, ob ich überhaupt vorzeigbar bin, bevor ich ans Telefon gehe. Die Meeresluft scheint dir übrigens gutzutun, du siehst besser aus denn je«, sagte Iris mit einem breiten Lächeln.

»Da bin ich mir nicht so sicher ... Aber wie steht's bei dir? Du siehst auch nicht schlecht aus«, sagte Linnea, als sie Platz genommen hatten.

»Tja, du kannst mir gleich mal gratulieren.«

Linnea sah sie fragend an. »Wozu? Bist du etwa wieder schwanger?«

Iris brach in schallendes Gelächter aus. »Also dann hätte ich echt ein Problem, bei Guttorm ist längst die Leitung gekappt. Nein, ich habe einen neuen Job!«

»Was? Ich wusste ja nicht mal, dass du auf Stellensuche warst. Ich dachte, du warst zufrieden in deinem Job! Aber egal, erzähl schon, mit was arbeitest du jetzt?«

»Es ist erst seit heute offiziell, deshalb habe ich noch nichts gesagt, aber ich werde an einem kommunalen Forschungsprojekt zum Thema Kinder und Lesen mitarbeiten. Wir wollen uns anschauen, wie Vorlesen die mentale Entwicklung von Kindern beeinflusst«, erklärte sie und lehnte sich auf ihrem Stuhl zurück. »Und ja, ich habe zwar gern im Kindergarten gearbeitet, aber die Ansprüche mancher Eltern gehen mir allmählich echt auf den Senkel. Wenn du wüsstest, was es alles für Unverträglichkeiten gibt und wie sensibel viele sind ... Und jedes Mal, wenn die Medien was darüber bringen, wird es mehr. Ja, du merkst schon, ich rege mich mal wieder auf.« Iris begann, sich am Ohrläppchen zu zupfen, wie immer, wenn sie sich ereiferte.

»Na dann, aufs Lesen mit Kindern, Iris. Klingt nach dem perfekten Job für dich«, unterbrach Linnea sie und hob ihr Glas.

Dann kam die Pizza, die sie bestellt hatten, und eine Weile saßen sie schweigend da und genossen den Geschmack von Pfeffersalami, Käse und Basilikum, bis Iris erneut das Wort ergriff.

»Dann bin ich jetzt vielleicht mit Gratulieren dran, oder?«, fragte sie.

»Danke, ja, ich habe das halbe Jahr geschafft und sogar noch mehr. Wer hätte das gedacht?«

»Das meinte ich nicht. Wie heißt er?«

Linnea spürte, wie ihr die Wärme den Hals hochkroch, und ihr Blick flackerte hin und her, bis er schließlich an ein paar Vögelchen hängen blieb, die im Springbrunnen badeten. »Aber wie ... ich habe doch nichts davon gesagt, dass ...«

Iris sah sie nachsichtig an.

»Ab einem gewissen Zeitpunkt klangst du einfach deutlich fröhlicher und hast auf einmal wieder so gelacht wie früher. Ich war kurz davor, dich darauf anzusprechen, aber dann wollte ich mal sehen, wie lange es dauert, bis du selbst mit der Sprache herausrückst. Also los, jetzt erzähl schon. Alles!«

Nachdem Linnea die Karten auf den Tisch gelegt und von Karsten berichtet hatte, saß Iris eine ganze Weile schweigend da und musterte die Freundin. Schließlich lächelte sie und hob ihr Glas.

»Auf Stadt und Land, Hand in Hand. Das hast du wirklich verdient, Süße!«

Linnea wollte gerade einwenden, dass es nichts Ernstes sei und sie sowieso bald nach Oslo zurückkehre, als die Rathausglocken eine Melodie zu spielen begannen, die ihr bekannt vorkam. Den Titel kannte sie nicht, aber an irgendetwas erinnerte sie das Geläut.

»Ich muss dir übrigens ein Foto zeigen, von Jovan, Maries Geliebtem.« Linnea hatte das Bild von Rade zugeschickt bekommen, der es wiederum von Ljubica erhalten hatte, als Marie und er mit ihr zu tun hatten.

Sie musste eine Weile durch ihre E-Mails scrollen und bekam kurz Angst, dass sie die Nachricht aus Versehen gelöscht hatte, aber schließlich fand sie sie. Sobald sie das etwas unscharfe Bild auf dem Display hatte, reichte sie Iris ihr Smartphone.

Die starrte das Foto lange an, mit einem eigenartigen Ausdruck im Gesicht.

»Was ist los?«, fragte Linnea besorgt. »Du siehst so komisch aus, stimmt was nicht?«

»Wenn ich es nicht besser wüsste ...«, setzte Iris an und verstummte wieder, während sie das Foto noch etwas genauer studierte. »Das könnte glatt mein Vater sein. Auf einem Konfirmationsbild, das ich von ihm habe, sieht er ganz genauso aus.«

»Was sagst du da? Du meinst doch nicht etwa ...«, flüsterte Linnea.

»Jovan könnte Papas Vater gewesen sein. Dann wäre Marie seine leibliche Mutter und nicht Borghild. Keine Ahnung, ob das stimmt, aber diese Ähnlichkeit ist schon ziemlich eigenartig«, sagte Iris und sah vom Handy zu Linnea auf.

Da fiel es Linnea plötzlich wie Schuppen von den Augen: dieser Blick von Marie auf dem Schulfoto bei Karsten zu Hause. Den kannte sie von Iris!

»Rate mal, wie Papa außer Mathis noch heißt«, unterbrach Iris ihren Gedanken.

Linnea sah sie fragend an. »Stenberg?«

»Ja, schon klar, du Dummerchen. So heiße ich auch. Aber er hat noch einen zweiten Vornamen, den er nie benutzt, aber der in allen seinen Papieren steht.«

»Woher soll ich das wissen? Ach so, warte mal ... meinst du etwa, er heißt Mathis Jovan?«

»Nicht ganz, aber trotzdem nah genug dran, dass es wohl kein Zufall sein kann. Er heißt Mathis Johan. Mathis nach seinem Großvater Mathias und Johan ... nach seinem leiblichen Vater? Wenn das so zusammenhängt, würde das auch das angestrengte Verhältnis zwischen Borghild und Marie erklären – und Maries Wunsch, dass Papa das Haus auf Hjartøy erben sollte. Ich habe immer gedacht, das läge daran, dass Onkel Magne und Tante Reidun beide schon große Ferienhäuser besitzen«, sagte Iris.

Linnea fehlten die Worte. Das bedeutete ja, dass Maries ganze Lebensgeschichte umgeschrieben werden musste.

»Davon wirst du deinem Vater aber erzählen müssen, oder?«, brachte sie schließlich heraus.

»Nein, der darf nichts davon erfahren! Das wird ihn viel zu sehr mitnehmen. Sowohl Borghild als auch Marie haben dieses Geheimnis mit ins Grab genommen, und da soll es auch bleiben. Versprich mir, dass du Papa gegenüber nie was davon erwähnst«, bat Iris sie inständig.

»Ich habe immer gedacht, meine Großmutter wäre stark gewesen, aber jetzt glaube ich, sie war vielleicht eher hart«, fuhr Iris fort, nachdem Linnea ihr ihr Wort gegeben hatte.

Linnea sah sie an. »Wie meinst du das?«

Iris dachte kurz nach. »Na ja, wenn ich mich mal an einer Definition versuchen soll, dann ist Stärke wohl eine Eigenschaft, die man entweder hat oder mit der Zeit entwickelt, aber hart macht man sich ganz bewusst«, philosophierte sie. »Oma war immer eine makellose Fassade wichtig. Als sie nach Südnorwegen zog, hat sie sofort ihren Dialekt abgelegt. Das taten zwar viele damals, aber den meisten war trotzdem noch deutlich anzuhören, wo sie ursprünglich herkamen. Meine Großmutter dagegen sprach so lupenreines Osloensisch, dass sie von allen für eine Einheimische gehalten wurde. Nur ganz selten, wenn sie sich über irgendetwas aufregte, brach ihr Nordländisch gelegentlich durch, als hätte jemand eine gestrichene Fläche angekratzt und damit Reste der alten Farbe zum Vorschein gebracht. Ich glaube, Großvater war ihr etwas peinlich, der war nämlich sprachlich nicht so begabt. Er hat immer nur einzelne Wörter ausgetauscht, seinen Tonfall ein bisschen verändert und in so einem komischen Kauderwelsch dahergeredet.«

Sie hielt kurz inne und trank einen großen Schluck Wein, ehe sie fortfuhr. »Aber einmal habe ich Großmutter weinen sehen, und diesen Anblick fand ich so außergewöhnlich, dass er sich regelrecht eingebrannt hat. Ich war zehn Jahre alt und übers Wochenende bei Oma und Opa. Wie immer hatte ich viel zu viel Limo getrunken und musste abends vor dem Einschlafen noch mal aufs Klo. Auf dem Weg zur Toilette hörte ich plötzlich ungewohnte Geräusche durch die halb geöffnete Wohnzimmertür. Ich steckte den Kopf hindurch und sah meine Oma allein auf dem Sofa sitzen und weinen. Einen Moment stand ich wie angewurzelt da, und als ich mich wieder rühren konnte und schon auf dem Weg zurück ins Bett war, sah ich gerade noch, wie sie irgendetwas in die Tasche ihrer gewebten Jacke steckte, die sie zu Hause immer trug. Andere weinen zu sehen war eigentlich nichts Ungewöhnliches für mich, meine Mutter war eine richtige Heulsuse, die beim kleinsten Anlass in Tränen ausbrach. Aber Großmutter hat nie solche Gefühle gezeigt, nicht mal, als ihre chronischen Rückenschmerzen immer schlimmer wurden und sie nur noch im Bett liegen konnte. Vielleicht hatte das ja was mit Marie zu tun«, überlegte Iris.

»Diesen Ring habe ich übrigens von ihr geerbt«, fuhr sie fort und zeigte Linnea einen Goldring mit drei kleinen roten Steinchen, den sie am linken Ringfinger trug. »Ihr hat viel daran gelegen, dass ich ihn bekomme, sie sagte, er habe mal ihrer Mutter gehört, meiner Urgroßmutter Othelie.«

Die Kellnerin kam und fragte, ob sie noch einen Wunsch hätten. Ihr Tisch wurde schon von ungeduldigen Gästen umkreist, also beschlossen sie, die Rechnung kommen zu lassen und aufzubrechen. Als Linnea kurz aufschaute, blieb ihr Blick an einem Pärchen hängen, das ein paar Tische weiter saß und nichts um sich herum wahrzunehmen schien. So diskret sie konnte, sah sie genauer hin.

»Dreh dich jetzt nicht um, Iris, aber ich meine, da drüben sitzt doch tatsächlich der Drache.«

»Mit dem Drecksack?«

Linnea schüttelte den Kopf. Da saß Arnts Frau und schaute einem Mann, den Linnea noch nie gesehen hatte, tief in die Augen. Jetzt nahm er ihre Hand und drückte sie.

»Dann ist also was dran an den Gerüchten …«

»Welche Gerüchte?«, fragte Linnea schnell.

Iris zögerte. »Es heißt, zwischen den beiden wäre Schluss, sie sollen sich angeblich scheiden lassen. Ich habe dir nichts davon erzählt, weil … na, du weißt schon, weil ich Angst hatte, du gehst zu ihm zurück.«

Also deshalb hatte er am 17. Mai bei ihr angerufen. Kurz darauf hatte sie seine Nummer blockiert.

»Wie kommst du denn auf so was?«, schnaubte Linnea, während Erinnerungen an eine schöne Vergangenheit in ihr hochkamen und sich schamlos aufdrängten: Arnt und sie Hand in Hand. Leidenschaftliche Küsse, liebevolle Berührungen, die nur ihnen gehörten. Konnte sie all das wiederhaben?

»Niemals«, sagte sie nachdrücklich.

»Du wirst jedenfalls nicht vor die Tür gesetzt«, sagte Iris plötzlich. Sie hatten das Restaurant verlassen und bewegten sich auf Egertorget und die U-Bahn zu.

»Was meinst du?« Dass Iris in Rätseln sprach, kannte Linnea schon. Sie sprang oft von einem Thema zum nächsten, ohne Übergang.

»Na, das Haus. Da kannst du wohnen bleiben, solange du willst, soll ich dir von Papa ausrichten. Das wollte ich dir vorhin schon sagen, aber dann hatte ich es vergessen.«

»Danke, aber er sollte lieber versuchen, es zu verkaufen. Es wird ihm nicht guttun, noch einen Winter lang leer zu stehen. Dieses Haus ist wirklich etwas Besonderes und verdient jemanden, der sich darum kümmert«, sagte Linnea, als sie vor dem U-Bahn-Eingang stehen blieben.

Um sie herum wimmelte es von Menschen, freudiges Gelächter mischte sich in das Gejohle von Teenagern und die wehmütigen Klänge eines Straßenmusikers, der sein Saxofon liebkoste. Iris und Linnea nahmen sich in den Arm, und Linnea wartete auf die gewohnten Abschiedsworte ihrer Freundin, die inzwischen fast zu einer Art Mantra geworden waren. Schließlich kamen sie auch.

»Pass gut auf dich auf«, flüsterte Iris.

Linnea spürte warme Tränen auf ihrer Wange und konnte nicht ausmachen, ob es ihre eigenen oder die ihrer besten Freundin waren.

Am Tag ihrer Rückreise nach Hjartøy war Linnea schon um halb sechs wach und beschloss, vor dem Frühstück noch einen kleinen Spaziergang zu machen. Die Stadt war verschlafen um diese Uhrzeit. Die Straßen waren so gut wie leer, nur die Müllabfuhr und die Buslinie 21 waren bereits in den Tag gestartet. Sie bog links ab, um über die Steintreppe zur Fougstads Gate hinaufzugehen, und musste daran denken, wie oft sie und Iris dort auf den Stufen gesessen, die Köpfe zusammengesteckt und Geheimnisse geteilt hatten, bevor sie in verschiedene Richtungen nach Hause gegangen waren.

Linnea erreichte den Park, in dem ebenfalls noch Nachtruhe herrschte. Die Einzigen, die ihr begegneten, waren ein einsamer Jogger und ein Mann mit Hund, der partout nicht denselben Weg wie sein Herrchen einschlagen wollte. Sie spazierte über die alte Steinbrücke, unter der ein kleiner Bach hinunter zum Schwanenteich plätscherte, und ging die Treppe hoch zum Wasserbecken am Turmhaus. Dort setzte sie sich auf eine der Bänke vor der Rosenhecke hoch oben auf dem Plateau, von wo aus sie einen guten Blick über die Stadt und den Fjord hatte. Dieser Park, St. Hanshaugen, war auf eine Art, wie sie es von keinem anderen Ort auf der Welt behaupten konnte, *ihrer*. In der Kindheit war er ihr Garten und Spielplatz gewesen, und sie kannte jeden noch so verborgenen Winkel darin.

Ein Stück weiter unten saß Asbjørnsen, der norwegische Märchensammler, auf seinem Sockel. Auch er überschaute die Stadt, und sie fragte sich, ob er dasselbe sah wie sie. Und was war mit ihrem eigenen Märchen, wie würde das wohl enden? Sie fühlte sich hin- und hergerissen. Wenn sie wollte, konnte sie zurück in ihr altes Leben gehen, einfach den passenden Schlüssel hervorholen und es wieder aufschließen. Anfangs würde sie sich vielleicht noch etwas überrascht umschauen, doch schon bald käme ihr alles richtig und in bester Ordnung vor. Dann würde sie zurück in die alten Routinen verfallen, ihre Füße würden von ganz allein den Weg finden, die Hände nach den altbekannten Dingen in Schubladen und Schränken greifen. Ein Teil von ihr würde erleichtert aufatmen, Ruhe im Vertrauten finden, nach Hause kommen. Aber dann gab es da noch dieses andere, das gerade Gestalt annahm und neue Spuren hinterließ, auf bisher unbekannten Wegen, das ihre Neugier kitzelte und sie lockte.

Ihr Vater hatte ihr einmal das walisische Wort *hiraeth* beigebracht, das eine Mischung aus Heimweh und der Trauer über etwas Verlorenes bezeichnete, etwas, was nicht mehr einzufangen war. Damals hatte sie nicht gewusst, was er damit meinte, doch jetzt verstand sie es genau.

Ihre Gedanken wurden von zwei Krähen unterbrochen, die über den Gehweg gehüpft kamen und sich mit großem Eifer auf den überfüllten Mülleimer stürzten, offensichtlich enthielt er alles, was ein Krähenherz zum Frühstück begehrte. Sie nahm es als Zeichen, dass es Zeit für den Rückweg war.

Linnea sog die salzige Meeresluft ein und füllte begierig ihre Lungen damit, während sie zusah, wie die Fähre den Bug öffnete, ähnlich einem Riesenwal, der das Maul aufriss und Autos und Menschen ausspuckte. Entschlossen griff sie nach ihrem Koffer und ging an Bord. Die Touristensaison hatte offensichtlich begonnen, denn um sie herum hagelte es begeisterte Ausrufe in verschiedenen Sprachen über die wunderschöne Natur.

Der Flug gen Norden war gut verlaufen, auch wenn es in der kleinen Widerøe-Maschine geradezu klaustrophobisch eng gewesen war. Linnea hatte am Fenster gesessen, mit direktem Blick auf den Propeller, der sich in schwindelerregender Geschwindigkeit gedreht und dabei einen ohrenbetäubenden Lärm verbreitet hatte. Und obwohl unten auf dem Meer Windstille zu herrschen schien, hatte der ganze Flugkörper ordentlich geschaukelt, wie eine überdimensionale Hummel mit Verstärker auf dem Rücken.

Auf der Meeresoberfläche lagen Tausende kleinerer und größerer Inselchen verstreut, die im Sonnenschein in den verschiedensten Grün-, Blau- und Türkistönen leuchteten. Der Anblick erinnerte Linnea an die alte Knopfdose ihrer Großmutter, die früher ihr liebstes Spielzeug gewesen war. Einmal, als sie die Dose aus der Anrichte im Wohnzimmer nehmen wollte, war ihr der Behälter aus den Händen geglitten und all die hübschen, bunten Knöpfe hatten sich kreuz und quer über den Fußboden verteilt. Linnea war eine gefühlte Ewigkeit auf Großmutters meergleichem Wohnzimmerboden herumgekrochen, um sie wieder einzusammeln.

Beim Landeanflug schwebte die Maschine so niedrig, dass die Häuser auf Hjartøy deutlich zu sehen waren. Auf Abstand sah alles so idyllisch aus, dachte sie. Doch ging man näher heran, schaute durch die unebenen Fensterscheiben und rüttelte an den rostigen Türklinken, so änderte sich das Bild, und das echte Leben trat hervor, mit all seinen Fehlern, Makeln, aber auch Möglichkeiten.

Am Fähranleger wartete bereits ihr vorbestelltes Taxi, und ein junger Fahrer mit Baseballcap und Crocs hob ihr Gepäck in den Kofferraum.

»Froh, wieder zu Hause zu sein?«, fragte er munter.

Zuerst überlegte sie, ob er sie vielleicht mit irgendwem verwechselte, doch dann hörte sie sich »Ja« antworten. Der Mann war von der gesprächigen Sorte und fing direkt von dem schönen Wetter an, das seit ein paar Tagen auf der Insel herrschte. Hoffentlich werde es nicht zu trocken, denn das ständige Gießen finde er wirklich lästig. Und in der Tat sah es so aus, als wäre der Sommer jetzt endgültig gekommen; Blumen und Bäume standen in voller Blüte und reckten sich begierig gen Himmel. Die

Farben der Natur waren hier oben viel intensiver, wie durch ein Bildbearbeitungsprogramm verstärkt. Das Meer schien an diesem Tag nicht die geringste Lust auf Anstrengung zu haben. Ausgestreckt lag es da und stellte seine betörende, glitzernde Oberfläche zur Schau.

Nun waren sie fast am Ziel, und Linnea schaute gespannt zu Ediths und Karls Haus hinüber. Ja, die Tür stand offen, und draußen waren Gartenmöbel zu sehen. Erleichtert atmete sie auf. Als das Taxi in die Einfahrt vor Maries Haus bog, fiel ihr die frisch gemähte Wiese auf, und sie stutzte.

Sie zahlte, bedankte sich beim Fahrer und ging dann die Ahornallee zum Haus hinauf. Eine seichte Brise strich ihr um die Nase und trug einen Rosenduft herüber, und da erst bemerkte sie die Fülle von Blüten, die vor ihrer Abreise noch Knospen gewesen waren und sich nun zu ihrer vollen Pracht entfaltet hatten, wie ein Empfangskomitee in allen Farben des Regenbogens. Arthur musste das Taxi gehört haben, denn nun kam er ihr entgegen, den buschigen Schwanz steil aufgerichtet. Linnea stellte das Gepäck ab und beugte sich zu ihm hinunter, während der Kater sich eng an ihre Beine schmiegte und schnurrte.

»Ich freue mich auch, dich zu sehen, Arthur«, sagte sie und streichelte ihm über das weiche Fell. »Aber den Rasen hast doch nicht etwa du gemäht, oder?« Sie stand auf und ging weiter, dicht gefolgt von ihrem Vierbeiner. Als sie um die Hausecke bog, erblickte sie jemanden auf der Bank unter dem Goldregen, dessen Blüten ebenfalls aufgegangen waren und ihr leuchtend gelb entgegenstrahlten. Ihr Herz schlug schneller, und einen Augenblick blieb sie stehen, ehe sie langsam weiterging. In ihrem Inneren wuchs etwas und hüllte sie ein, sie fühlte sich geradezu randvoll von ... *Glück*? Sie spürte dem Wort auf der Zunge nach, doch dann schluckte sie es wieder runter. Es war immer noch etwas zu groß für ihren Mund.

Der Mann auf der Bank lächelte und machte ihr Platz. Sie setzte sich zu ihm und lehnte sich vorsichtig bei ihm an.

»Kann ich willkommen zu Hause sagen?«

»Sieht fast so aus.«

Es ist still,
doch tausend Stimmen erklingen.
Die Spuren verwischen,
aber die Erde unter meinen Füßen lebt.
Der letzte Hauch des Lebens verlässt mich
und wird zum ersten Atemzug eines anderen.
Ich stelle den Wanderstock beiseite
und lehne mich gegen den Wind.
Meine Reise ist vorüber,
deine nimmt erst ihren Anfang.

BEKENNTNISSE DER AUTORIN

Diese Geschichte nahm ihren bescheidenen Anfang während eines Spaziergangs über den Zemuner Friedhof in Serbien vor einigen Jahren. Ich blieb vor einem alten Grabmal mit dem Bildnis eines jungen Mädchens stehen. Der Großteil der Inschrift war verwittert, aber ich konnte den Namen des Mädchens entziffern: Katica. Damit war die Idee für die erste Figur des Romans geboren, der später *Die Insel der weißen Lilien* heißen sollte.

Ich wollte ein Buch schreiben, dessen Handlung in der Vergangenheit und der Gegenwart Norwegens und Serbiens spielte und in dem es eine Verbindung zwischen den beiden Ländern gab. Diese stellte wie selbstverständlich die sogenannte »Blutstraße« her – ein wichtiger, wenngleich nicht sonderlich bekannter Teil der norwegischen Geschichte im Zweiten Weltkrieg. Das Gefangenenlager in Rynes existierte nicht in Wirklichkeit, basiert jedoch auf Schilderungen und Erzählungen von mehreren als »Serbenlager« bezeichneten Lagern in Nordnorwegen (siehe Quellenverzeichnis).

Mein großer Dank gilt Hedvig Buene, die mich 2011 das erste Mal nach Zemun einlud. Seitdem bin ich viele Male dort gewesen und immer wieder äußerst froh darüber, in jenem Haus auf der Gardošhöhe wohnen zu dürfen. Zemun, einst eine eigene Stadt und heute ein Stadtbezirk von Belgrad, hat einen besonderen Platz in meinem Herzen, und ich freue mich auf weitere Reisen dorthin. Hedvig ist mir außerdem bei serbischen Wörtern und Ausdrücken behilflich gewesen. Bedanken möchte ich mich auch bei Ruzica Nedin, die meine Fragen zu serbischen Traditionen und vielem mehr beantwortet hat.

In der Kunst des Glockengießens war ich nicht bewandert,

als ich mit dem Schreiben begann, und was ich inzwischen darüber weiß, habe ich dem pensionierten Glockengießer Ole Christian Olsen Nauen zu verdanken. Seine Kenntnis darüber und mein Besuch in der Glockengießerei Olsen Nauen waren mir eine unschätzbare Hilfe bei den Schilderungen des Handwerks im Roman.

Hjartøy ist meiner Fantasie entsprungen. Inspiration für diesen Ort war meine eigene Herkunft von einer Insel an der Helgelandsküste, doch alles, was sich auf Hjartøy zuträgt, ist frei erfunden, und keine der geschilderten Figuren gibt es in Wirklichkeit.

Dieses Buch zu schreiben war nicht mal eben so getan, und ich hätte es auch nicht ohne die Zusammenarbeit mit einer tüchtigen Lektorin bewältigt. Tausend Dank an Ida Cleve, die das Potenzial der Geschichte erkannt und sie in die richtige Richtung gelenkt hat, wann immer sie auf Irrwegen unterwegs war. Vielen Dank ebenfalls an die vielen anderen klugen Köpfe des Verlags Cappelen Damm, die ihre Meinung dazu äußerten und viele wertvolle Anmerkungen beisteuerten.

Dass das Buch in der norwegischen Ausgabe so schön anzusehen ist, ist Anne Gundersens Verdienst, der ich hiermit danken möchte. Schon lange begeistern mich ihre Illustrationen von Häusern und der Küstenlandschaft, und dass eines dieser Bilder nun den Buchumschlag ziert, macht mich stolz.

Zuletzt möchte ich allen Freunden und Bekannten herzlich danken, die an der Seitenlinie gestanden und mich angefeuert haben – das hat mir enorm viel bedeutet! Mein besonderer Dank gilt Randi Astad, die immer an mein Buchvorhaben geglaubt hat, aber leider nicht mehr das Ergebnis erleben konnte.

Mein Dank gilt am Schluss euch Leserinnen und Lesern. Ich habe diese Geschichte mit einer Mischung aus Freude und ängstlicher Nervosität in die Welt hinausbegleitet, nun muss sie auf eigenen Beinen stehen. Ich hoffe, ihr habt die Gesellschaft von Linnea, Marie, Jovan, Katica und den weiteren Figuren genossen.

Oslo, 2022
Jorid Mathiassen

QUELLEN

Nils Christie: Fangevoktere i konsentrasjonsleire. En sosiologisk undersø-
kelse av norske fangevoktere i »serberleirene« i Nord-Norge i 1942/43
[KZ-Wächter. Eine soziologische Untersuchung norwegischer Wäch-
ter in den »Serbenlagern« Nordnorwegens]. Oslo, 2010

Reidar Hirsti: Partisanen [Der Partisan]. Oslo, 1990

Cveja Jovanović: Blodveien til Nordpartisanavdelingen [Die Blutstraße
zur Nordpartisanabteilung]. Beograd, 1988

Cveja Jovanović: Flukt til friheten. Fra nazi-dødsleire i Norge under Den
annen verdenskrig [Flucht in die Freiheit. Aus Nazi-Todeslagern in
Norwegen während des Zweiten Weltkriegs]. Oslo, 1985

Ostoja Kovacević: En times frihet [Eine Stunde Freiheit]. Oslo, 1959

Ljubo Mladjenović: Beisfjordtragedien [Die Beisfjordtragödie]. Drammen,
2013

Knut Flovik Thoresen: Til Norge for å dø. Serberfangene i nazistenes
dødsleirer i Nord-Norge [Nach Norwegen zum Sterben. Serbische Gefangene in den Nazi-Todeslagern in Nordnorwegen]. Ankenesstrand,
2013

Isidora Sekulić: Brev fra Norge. Norge sett med serbiske øyne i 1914. Oslo,
2009

Asbjørn Øksendal: Når nøden er størst. Jugoslavisk partisan som tysker-
nes slave fra Beograd til Trøndelag [Wenn die Not am größten ist. Ju-
goslawischer Partisan als Sklave der Deutschen von Beograd nach
Trøndelag]. Trondheim, 1969

Blodveien [Die Blutstraße]. Film, 1955

Lokalhistoriewiki.no